„Schwarze Kleider"

Für C.

Angela Neumann

„Schwarze Kleider"

Bibliografische Information der Deutschen Nationalbibliothek:
Die Deutsche Nationalbibliothek verzeichnet diese Publikation in der Deutschen
Nationalbibliografie; detaillierte bibliografische Daten sind im Internet über
dnb.dnb.de abrufbar.

© 2021 Angela Neumann
Grafik: amgun/ Apostrophe/ Shutterstock.com
Satz, Umschlaggestaltung, Herstellung und Verlag:
BoD – Books on Demand, Norderstedt
ISBN 978-3-7534-4762-9

1

Amelia hatte geduscht. Anschließend versuchte sie, eingehüllt in ein großes weißes Handtuch, im beschlagenen Spiegel über dem Waschbecken ihr Gesicht zu erkunden. Was sie sah, gefiel ihr nicht gut. Dass sie auf die fünfzig zuging, war unübersehbar, aber sie beschloss, dass sie sich nicht unterkriegen lassen würde. Sie zog ein sehr ausgeschnittenes schwarzes Kleid an. Es würde zu ihrem Lieblingsfilm passen. Zum Ausgehen war sie nicht motiviert, aber sie konnte auf dem Balkon ihrer Wohnung ein bisschen am Leben auf der Straße teilnehmen und nebenbei den Film verfolgen, den sie schon so oft gesehen hatte.

Das dunkle Kleid kontrastierte mit der weißen Fassade des Eckhauses in der Rat-Beil-Straße. Außerdem ließ es viel Haut sehen. Die Balkontür stand offen. Dem Kühlschrank entnahm sie eine Flasche Sekt. Um sie zu öffnen, stellte sie sie auf das Balkontischchen. Dann schenkte sie sich ein. Langsam floss die perlende Flüssigkeit in einen langstieligen Sektkelch. Es war Samstagabend. Aus der Nachbarschaft drangen keinerlei Geräusche zu ihr herüber. Nirgendwo schrie an diesem Abend ein Baby. Abgesehen von ihrem Film herrschte die Friedhofsruhe in der Straße.

„Verdi ist tot!" Laut ertönte der Schrei. Amelia hatte die DVD, die wie immer in ihrer Abspielstation lag, in voller Lautstärke gestartet, ihr Lieblingsfilm. Sie konnte nicht genug davon bekommen. Besonders der Anfang des Films faszinierte sie jedes Mal aufs Neue.

An der Ampel hielt jetzt ein Cabriolet. Der Fahrer sah zu ihr herüber und lächelte. Einladend deutete er auf den freien Beifahrersitz. Amelia schüttelte den Kopf und zog sich in ihr Wohnzimmer zurück, stehend verfolgte sie einen Moment den Fortgang des Films, bevor sie ihn zurücklaufen ließ und erneut startete. „Verdi ist tot." Wieder erklang der laute klagende Ruf des Bajazzos.

Ihr honigblondes halblanges Haar war immer noch feucht, als sie wieder auf den Balkon trat. Auf der Straße hatte es inzwischen einen

Tumult gegeben. Offenbar hatte der Fahrer des Cabrios gerade unerklärlicherweise Vollgas gegeben und war seinem Vordermann an der roten Ampel hinten reingerauscht. Beide Fahrzeuge schienen stark beschädigt zu sein, das eine war hinten und das andere vorne völlig eingedrückt. Amelia beobachtete die erregte Diskussion der beiden Unfallgegner und das Eintreffen der Polizei. Plötzlich sah sie, wie der Fahrer des Cabrios mit ausgestrecktem Arm auf sie wies. Kurz darauf trat eine Streifenpolizistin auf ihr Haus zu. Es klingelte. Mit leicht zitternden Händen öffnete Amelia die Tür, nachdem sie den Film gestoppt hatte. Die Beamtin fragte sie, was sie zu dem Unfall sagen könne. Amelia schüttelte stumm den Kopf, ihr Hals war wie zugeschnürt. Die Polizistin erklärte nun, dass der Unfallverursacher angegeben hatte, dass sie ihn durch lautes Schreien in Todesangst gebracht und durch wildes Gestikulieren abgelenkt habe. Sie habe massiv in den Straßenverkehr eingegriffen. Amelia traute ihren Ohren nicht. Ihr Erschrecken verwandelte sich in Zorn. „So eine Frechheit. Es war genau umgekehrt", empörte sie sich. „Er hat zu mir rübergesehen und auf den leeren Beifahrersitz gezeigt. Daraufhin habe ich den Kopf geschüttelt und bin reingegangen." Die Streifenbeamtin machte sich eine Notiz und gab Amelia ihre Karte für den Fall, dass ihr später noch ein Detail dazu einfiele. Danach klingelte sie bei den Nachbarn neben ihr und in der ersten Etage. Die junge Diensthabende hatte jedoch kein Glück. Es öffnete ihr niemand. Danach verließ sie endlich das Haus. Amelia trat wieder auf den Balkon und sah, wie sich alle Blicke auf sie richteten. Hastig zog sie sich erneut zurück. Nach einem kurzen Zögern genehmigte sie sich einen großen Whisky und dann noch einen. Diesen Ärger konnte sie jetzt nicht gebrauchen. War es nicht schon schlimm genug, dass es ihrer Tochter schlecht ging? Dem zweiten Whisky folgte ein dritter. Amelia lag mittlerweile auf der Couch im Wohnzimmer.

Thalia war acht Jahre alt gewesen, als Peter immer wieder versuchte, Amelia zu einem weiteren Baby zu bewegen. Er hatte das Babyalter

seiner Tochter verpasst, denn er war damals Bauleiter auf einer Groß-
baustelle in Australien, weil es immer schon sein Traum gewesen war,
eine Weile dort zu leben. Eines Tages hatte er dieses sensationelle
Angebot bekommen und spontan zugesagt. Amelia war damals hoch-
schwanger. Wegen des Australienaufenthalts hatte Peter die Geburt
seiner Tochter verpasst. Der Flug war einfach zu weit gewesen, um nur
zur Geburt zurückzukommen. Danach musste die große Entfernung
auch als Begründung für das Fehlen von Besuchen im ersten Lebens-
jahr herhalten. Schließlich war die Baustellenzeit beendet. Zurück in
Frankfurt gewöhnte Peter sich mühsam daran, eine Familie zu haben.
Amelia war sich sicher, dass er sie sofort nach seiner Australienzeit
verlassen hätte, wenn Thalia nicht gewesen wäre. Tapfer hielt er einige
Jahre durch.

Eines Tages war ihm die naheliegende Idee gekommen, dass sie ein
zweites Kind haben sollten, um so richtig zusammenzuwachsen, zu einer richtigen Familie zu werden. Wieder und wieder hatte er versucht,
Amelia davon zu überzeugen, wie schön es wäre, wenn Thalia noch
eine kleine Schwester hätte. Er wäre dann bei der Geburt dabei und
könnte das Neugeborene ins Leben begleiten. Es drängte Peter offenbar danach, seine Versäumnisse wiedergutzumachen. Erst hatte Amelia
zugestimmt. Doch irgendwann wurde ihre Panik vor einer weiteren
Schwangerschaft immer größer. „Du kannst doch immer noch alles
für Thalia tun. Sie braucht den Vater jetzt viel mehr als damals. Gib
ihr deine ungeteilte Liebe und deine ganze Aufmerksamkeit." So oder
so ähnlich hatte sich sie immer wieder geäußert.

Amelia verfiel wieder in eine tiefe Traurigkeit. Manchmal erlaubte
sie sich jetzt den Gedanken, dass es doch schön gewesen wäre, noch
eine eigene Tochter zu haben, auch wenn sich Peter trotzdem aus dem
Staub gemacht hätte.

Schließlich war Peters Exfreundin in Frankfurt aufgetaucht, weil
sie irgendwen besuchen wollte oder einen beruflichen Termin wahr-
nehmen musste. Amelia wusste es nicht mehr so genau. Bei dieser

Gelegenheit hatte es ein Wiedersehen von Peter und Lisa, so hieß sie, gegeben. Natürlich hatte Lisa keinen Hehl aus ihrem Kinderwunsch gemacht. Kurz nach diesem Wiedersehen wollte er die Trennung. Zu dem Zeitpunkt ging es Thalia noch gut. Doch kurz nach Peters Auszug aus der gemeinsamen Wohnung wurde die Krankheit entdeckt. Thalias Leiden hielt Amelia davon ab, sich in eine hoffnungslose Trauer fallen zu lassen. Der Kinderarzt hatte endlich, nachdem Mutter und Tochter immer wieder wegen der unerklärlichen Müdigkeit der Tochter bei ihm gewesen waren, eine Blutuntersuchung angeordnet. Das Blutbild zeigte übermäßig viele weiße Blutkörperchen. Es war ein Schock gewesen. Amelia hatte geglaubt, dass Thalia sterben würde. Medikamentös war die myeloische Leukämie jedoch gut behandelbar gewesen. Für einige Jahre galt Thalia als geheilt. Dies hatte ein weitgehend normales Leben ermöglicht. Sie sollte sich jedoch nicht zu viel zumuten und ansteckenden Krankheiten aus dem Weg gehen.

Thalia, die schöne Tochter einer attraktiven Mutter, steckte nach einer übereilten Eheschließung in der Wiederversöhnungsphase mit ihrer ersten großen Liebe. Ihr Jugendfreund war mittlerweile im Rahmen seiner Facharztausbildung zu einem kompetenten Stationsarzt an der Frankfurter Uniklinik aufgestiegen. Sollte die Krankheit einen akuten Verlauf bekommen, meinte er, müsse man an eine Stammzellentransplantation denken. Amelia wusste ihre Tochter wieder gut bei Jan, dem jungen Arzt, aufgehoben. Manchmal dachte sie jedoch darüber nach, ob die vielen Gespräche über die Krankheit die Gefühle in der wiedergefundenen Jugendliebe nicht in den Hintergrund drängten, ob damals vielleicht sogar die Krankheit Jan dazu bewogen hatte, sich von Thalia zu trennen, weil er in seiner Beziehung nicht mit Krankheiten konfrontiert werden wollte. Vordergründig hatte er gesagt, dass man während eines Medizinstudiums keine Freundin glücklich machen könne. Und dann hatte er angefangen, sich nur noch sporadisch zu melden bis hin zur völligen Funkstille seinerseits.

Nach der langen Zeit ohne Freund hatte Thalia schließlich doch überraschend schnell den Inhaber einer europaweit agierenden Frankfurter Immobilienfirma geheiratet, der zehn Jahre älter war als sie. Die junge Frau, die sich bisher nicht schlecht mit Vorzimmertätigkeiten ernährt hatte, fing als Sekretärin ihres Mannes in dessen Firma an, wurde jedoch bald seine Partnerin. Sie hatte ein gutes Auftreten, war selten offenherzig gekleidet, hatte eine Vorliebe für leuchtende Farben, die sie jedoch ohne Muster und meistens für Hosenanzüge bevorzugte. Die Macht der Farbe milderte sie mit einem weißen T-Shirt oder einem weißen Rollkragenpullover, was ihr ein frisches Aussehen verlieh. Ihr Mann Fabian Farberger war sich sicher, dass auch dieses positive Aussehen neben ihrem liebenswürdigen Wesen dazu beitrug, dass seine Partnerin so gute Abschlüsse erzielte. Thalia wirkte fröhlich, offen und unverfänglich. Nie versuchte sie, potenzielle Kaufinteressenten zu überreden. Offen wies sie auch auf den einen oder anderen Makel hin und bot Bedenkzeit an. Mit einem feinen Lächeln auf den blassrosa geschminkten Lippen reichte sie ihren Kunden die Hand zum Abschied, die meistens mit einer Bemerkung „Ach warten Sie, ich habe mich bereits entschieden" reagierten. Thalia verstärkte ihr Lächeln nicht, sondern fragte zurück: „Sind Sie sich sicher?" Danach wurde der Vorvertrag unterschrieben.

Am ersten Hochzeitstag entführte Fabian Farberger seine Frau auf eine griechische Insel. Anschließend übertrug er ihr die Hälfte seiner Firma. Als weiteres Zeichen seiner Liebe schenkte er ihr einen nicht zu auffälligen schmalen Diamantring, den die junge Frau an der linken Hand trug. Das Schmuckstück über dem Ehering wäre ihr zu aufdringlich erschienen.

Thalia stand vor der Eingangstür eines ihrer Objekte in der Nähe des Opernplatzes und wartete auf den Interessenten, als sie Jan nach langen Jahren wiedersah. Er ging auf den Eingang der U-Bahn zu. Es war dieser typische Gang, an dem sie ihn aus einiger Entfernung sofort erkannt hatte. Ohne zu zögern, rannte sie los. „Jan, Jan, warte doch." Der junge Mann blieb stehen. Er lächelte nicht, schien sie aber sofort erkannt zu haben. Thalia trat langsamer auf ihn zu. „Warum hast du dich damals überhaupt nicht mehr gemeldet?", hatte sie ihn spontan gefragt. „Ich wollte mich voll auf mein Studium konzentrieren, damit ich möglichst schnell Halbgott in Weiß werde. Hat Gott eine Freundin? Sicher nicht." Jan Jurak seufzte. „Es war ein Fehler, den ich bitter bereut habe", fügte er leise hinzu und versuchte nun, den Blick seiner verlorenen Jugendliebe aufzufangen, nachdem er vorher eingehend seine Schuhspitzen betrachtet hatte. Damit nahm Thalias Ehekrise ihren Anfang.

Die Sonne war schon fast untergegangen. Im letzten Tageslicht hatte Amelia ihren Lieblingsfilm noch einmal von vorne laufen lassen. Sie trat mit vorsichtigen Schritten wieder auf den Balkon. Erst Sekt, dann Whisky und jetzt wieder Sekt. Ein Mann war auf der Straße stehen geblieben und lauschte der Filmsequenz. Jetzt sah er zu ihr herüber. Sie beugte sich über die Balkonbrüstung nach vorne und prostete ihm mit der entsprechenden Bewegung des Glases zu. „Sehr zum Wohl", rief der Unbekannte. „Ein Glas Sekt würde ich jetzt auch gerne trinken."

„Was ist, wollen Sie nicht hereinkommen und mittrinken? Beeilen Sie sich, die Flasche ist gleich leer. Dann können Sie den Film auch sehen." Amelia war schon beschwipst genug, um dieses Angebot zu machen. Der Mann trat tatsächlich auf die Haustür zu, und Amelia betätigte den Summer.

Zögernden Schrittes betrat er den Hausflur. An der geöffneten Wohnungstür blieb er stehen und deutete eine leichte Verbeugung an. „Joseph Schönfelder", sagte er und streckte der Dame in Schwarz die Hand hin. „Amelia. Kommen Sie doch auf den Balkon. Ich bin gleich wieder da und hole schnell ein zweites Glas. Amelia hatte auch gleich eine weitere Flasche Sekt mitgebracht. Sie hatte Mühe, nichts fallen zu lassen, während ihr Besucher einen Moment lang im Stehen das Filmgeschehen verfolgte und neben sie auf den Balkon getreten war. Sie nahm sein dezentes Eau de Toilette wahr, welches bestimmt nicht billig gewesen war. Auch bemerkte sie ein hellblaues Einstecktuch in seinem grauen Jackett. Sein Blick fiel auf die Mauer des gegenüberliegenden Hauptfriedhofes. Hinter den Bäumen konnte man auch einige Gräber sehen. „Macht es Sie nicht traurig, so nahe am Friedhof zu wohnen? Jeden Tag die Friedhofmauer zu sehen?", fragte er und wand sich seiner Gastgeberin zu. „Vielen Dank, dass Sie mich zu dem Sekt eingeladen haben." Seine Worte waren von einer leichten Verbeugung begleitet. Ein echter Kavalier, mutmaßte Amelia, die sich bemühte, wieder nüchtern zu werden. „Das ist gerne geschehen. Sie passen auf, dass ich nicht zu viel trinke. Nicht wegen der Gräber hinter der Mauer. Nein, es gibt Dinge, die mich gerade mehr belasten als der Anblick des Friedhofs. Mir gefällt die Nähe der Toten. Es passt zu meiner momentanen Gefühlslage." Amelia schüttelte unwillig den Kopf. Bevor ihr Gast etwas sagen konnte, konterte sie mit der Gegenfrage. „Und was ist mit Ihnen, irritiert Sie hier die Nachbarschaft der Gräber?" Amelia verschüttete ein wenig Sekt beim Nachschenken.

„Nein, gar nicht. Ich war sogar gerade auf dem Friedhof. Mich hat der Besuch wie immer traurig gestimmt, aber Sie lenken mich ab." „Warum waren Sie da?", fragte Amelia direkt und sah ihren Zufallsgast an. Joseph Schönfelder stockte. „Jeden Samstag besuche ich meine verstorbene Frau. Sie hatte Krebs." „Oh, das tut mir leid." Eine Pause entstand. „Meine Tochter hat auch Krebs." Amelia wusste gar nicht, warum sie damit herausgeplatzt war. Ihr Besucher ergriff ihre Hand. „Das möchte ich genauer wissen. Vielleicht darf ich Sie demnächst zu einem Abendessen entführen. Ich würde mich gerne für die spontane Einladung bedanken." „Ja gerne, dann müssen Sie mir auch von Ihrer Frau erzählen", sagte Amelia und füllte erneut die Gläser. Amelias Überraschungsgast schaute auf seine echte Rolex. „Ich müsste leider gehen. Ich habe noch einen Mandanten, der nur jetzt Zeit hat." Joseph Schönfelder gab Amelia seine Karte. Rechtsanwalt und Notar las Amelia. Dann suchte sie nach einem Zettel und schrieb ihre Nummer auf. „Am besten ist es, wenn Sie vorher anrufen." Der Anwalt nickte. „Ich melde mich in den nächsten Tagen. Vielen Dank für den schönen Abend." Wieder deutete er eine Verbeugung an, bevor er ging. Von der Straße aus winkte er noch einmal.

Welch ein sympathischer, für sein Alter ganz gutaussehender Typ, dachte Amelia und musste lächeln. Ein Glas gönnte sie sich noch auf dem Balkon. Dann hatte sie die nötige Schwere, um sofort einzuschlafen. Für ein paar Stunden hatte sie ihre Sorge um Thalia vergessen, obwohl sie ihre Tochter in Gegenwart des Anwalts erwähnt hatte. Der Film lief jetzt ins Leere. Der Duft seines holzigen Eau de Toilette lag noch im Raum.

Amelia verbrachte den Sonntagnachmittag bei ihrer Tochter, für die sie am Vormittag Kuchen gebacken hatte. Sie hatte sich sehr anstrengen müssen, um trotz des Katers das Werk zu vollbringen. Eigentlich handelte es sich um einen gewöhnlichen Kuchen, Streuselkuchen vom Blech, den man aber nicht mehr so häufig in Cafés und Bäckereien fand. Amelia hatte für die Streusel Dinkelmehl benutzt, was dem Geschmack eine leicht nussige Note gab. Thalia lag beim Eintreffen ihrer Mutter auf der Couch. Obwohl es sommerlich warm war, hatte sie sich in eine Decke gehüllt. Sie war blass und sah matt aus. Amelia kochte Kaffee und deckte einen kleinen Tisch, der neben der Couch stand. In der Küche hatte sie sogar silberne Kuchengabeln gefunden. Weiter hinten im Raum stand der große Holztisch, an dem sich gewöhnlich das WG-Leben abspielte. Wie immer lagen Papiere auf dem Tisch und benutzte Kaffeetassen standen herum. Heute war niemand außer Thalia anwesend. Der Kaffeeduft und der Anblick des Kuchens riefen die Lebensgeister der jungen Frau auf den Plan. Sie warf die Decke zurück und setzte sich auf. Während Mutter und Tochter genüsslich den Kuchen verzehrten, erzählte die Tochter von ihrer neuen Beziehung zu Jan. „Er sagt, dass ich komplett aus der Wohnung mit Fabian ausziehen soll, um dauerhaft zu ihm in seine WG zu ziehen. Ich solle nicht mehr so viel arbeiten, könne mich mehr schonen, und er wolle mich in jeder freien Minute sehen. Auch hätten seine Mitbewohner ein Auge auf mich, wenn er im Krankenhaus arbeite." Amelia nickte zustimmend. „Das halte ich für eine sehr gute Idee. Und wenn es mit Jan ein Problem geben sollte, was ich keinesfalls hoffe, dann kommst du eben zu mir."

Jetzt erzählte Amelia von ihrer Begegnung mit dem Anwalt, mit welchem sie spontan Sekt getrunken hatte. Thalia lachte. „Was für eine gute Idee für eine Anmache. Man stelle sich einfach auf den Balkon, nehme ein Sektglas in die Hand und drehe Musik auf oder lasse lautstark einen Film laufen. Mama, diese Idee solltest du dir patentieren lassen. Hat er dir auch gesagt, wie er heißt?" Thalia blickte ihre Mutter erwartungsvoll an.

„Ja, natürlich. Er hat mir doch seine Karte gegeben. Er heißt, warte einmal …" Amelia überlegte kurz. „Ja, Joseph Schönfelder." Jetzt legte ihre Tochter nachdenklich die glatte blasse Stirn in Falten. Sie seufzte. „Mama, das geht nicht. Du kannst ihn nicht treffen, wenn er anrufen sollte. Das ist der Anwalt, den Fabian mit der Vorbereitung der Scheidung beauftragt hat. Er ist offenbar ein gerissener Kerl und will dafür sorgen, dass Fabian mir keinen Cent Unterhalt zahlen muss und dass er auch sonst alle Vermögenswerte behält. Jedenfalls hat mir Fabian so etwas nach seinem Termin bei dem Anwalt gesagt. Er ist so wütend auf mich."

„Was sagst du da?" Amelia sah ihre Tochter schockiert an. „Natürlich werde ich ihn nicht wiedersehen. So ein Schuft. Aber wie klein die Welt ist. Vielleicht sollte ich mir den Balkonauftritt doch nicht patentieren lassen. Da ist nämlich noch etwas Unangenehmes passiert." Amelia erzählte die Sache von dem ungebremsten Auffahrunfall und ihrem vermeintlichen Eingriff in den Straßenverkehr.

Als Jan aus dem Fitnessstudio nach Hause kam, erhob sich Amelia. Sie umarmte ihre Tochter und begrüßte deren Jugendliebe erfreut. „Ich bin froh, dass du wieder für Thalia da bist." Jan stellte die schwarze Sporttasche auf den Boden vor der Couch, entnahm ihr ein Handdesinfektionsmittel und umfasste die Arme von Amelia. „Ich bin froh, wieder Teil ihres Lebens zu sein." Seine blonden Haare glänzten feucht.

Als Amelia nach Hause kam, blinkte ihr Anrufbeantworter. Joseph Schönfelder zeigte sich enttäuscht, dass er sie nicht persönlich antreffen konnte und kündigte sein Erscheinen für den morgigen Abend an. Er würde sie um 19 Uhr zum Essen abholen und hoffte, dass ihr die Uhrzeit passen würde. Amelia schluckte. Nein, sie würde nicht aufmachen.

Am Montagmorgen gab sie sich besonders viel Mühe mit der Auswahl ihrer Garderobe, obwohl sie in einem Krankenhaus als Arztsekretärin arbeitete und einen offenen weißen Kittel über ihrer Kleidung tragen konnte. Sie hatte sich für ein körperbetontes anschmiegsames weiches Kleid entschieden, dessen Musterung aus unregelmäßigen bunten Dreiecken bestand. Oberhalb des Saumes verlief ein braungrüner Bordürendruck. Ihre Handtasche enthielt eine Zahnbürste und ihr Eau de Toilette. Amelia legte es darauf an, erst kurz vor 19 Uhr nach Hause zu kommen. Natürlich lief sie dem Anwalt in die Arme, der bereits vor ihrem Haus parkte. „Ich kann nicht mitkommen", sagte sie kurzatmig. „Warum denn nicht?", fragte Schönfelder enttäuscht. „Lassen Sie uns wenigstens an der Ecke der Eckenheimer Landstraße einen Wein trinken und erklären Sie mir, was Ihre Überlegungen sind." Er blickte sie mit aufrichtigen blauen Augen an, eine Strähne seines dunkelgrauen Haares war ihm ins Gesicht gefallen. Amelia willigte ein. Die wenigen Meter gingen sie zu Fuß. „Arbeitest du immer so lange? Ich finde, dass wir uns trotz allem duzen könnten. Es redet sich dann leichter." Amelia sagte, dass sie darüber erst nachdenken müsse. Und ja, manchmal müsse sie lange arbeiten, manchmal noch länger. „Was machen Sie beruflich?", fragte der Anwalt, als sie die Tür des Weinlokals erreicht hatten.

„Arztsekretärin. Manchmal gibt es eben besonders viele Arztbriefe zu schreiben." Die aparte Mittvierzigerin zog den Saum ihres kurzen Kleides nach unten, nachdem sie sich für den günstigsten Wein auf der Karte entschieden hatte. „Nur ein Glas", murmelte sie. „Eigentlich wollte ich doch gar nicht hier sein und außerdem muss ich morgen früh wieder fit sein." „Warum wolltest du mich nicht wiedersehen?", fragte der Anwalt und legte seine Hand auf ihre Hand, während er ihren Blick gefangen hielt. Amelia senkte die Augen. „Du vertrittst die gegnerische Partei." Sie erzählte von der Scheidung ihrer Tochter. Dass Fabian auf Anraten des Anwalts, nämlich aufgrund seines, Schönfelders Vorschlag, seiner kranken Frau keinerlei finanzielle Unterstützung gewähren sollte. Nur weil ihr zufälligerweise die verloren geglaubte Jugendliebe wieder über den Weg gelaufen sei. Aus einem Glas wurden schließlich drei, und Amelia schwankte leicht, als der Anwalt sie nach Hause brachte. Er hatte ihr versichert, dass er auf seinen Mandanten, was die finanzielle Regelung der Scheidung anging, ab sofort in gegenteiliger Hinsicht einwirken wolle. „Fabian hätte ich es nicht zugetraut, dass er überhaupt zu solchen Überlegungen fähig war", seufzte Amelia. „Ich werde dich an deiner Wohnungstür verlassen", sagte der Anwalt, während er Amelia auf dem kurzen Weg zu ihrem Haus unterhakte. Joseph Schönfelder half ihr beim Aufschließen. Nachdem hinter ihr die Wohnungstür ins Schloss gefallen war, schmierte Amelia sich ein Brot mit Pfälzer Leberwurst, zog das Kleid aus und ließ sich ins Bett fallen. Sie würde Thalia nichts von dem Treffen erzählen. Was sollte sie ihre Tochter unnötig aufregen. Das führte dahin, dass Amelia einen Abend später mit dem Anwalt essen ging. Sie hatten sich sehr gut unterhalten. Er kam anschließend mit in ihre Wohnung, aber im letzten Moment besann sich Amelia vor ihrer Schlafzimmertür. Das konnte sie ihrer Tochter nicht auch noch antun. Dafür gingen sie beim nächsten Treffen spazieren und kochten gemeinsam. Das alles geschah in einer Woche. Als Amelia am darauffolgenden Sonntag wieder ihre Tochter besuchte, die dieses Mal den Streuselkuchen gebacken hatte, wusste sie nicht, was sie auf die Frage, warum sie so glücklich aussehe, antworten sollte. Amelia zuckte die Schultern. „Ich weiß nicht. Vielleicht freut es mich, dass ich eine Woche Islandurlaub gewonnen habe." Es war die erstbeste Lüge, die ihr eingefallen war. Thalia zuckte die Schultern und verdrehte die Augen. „Aber Mama, wie schön. Warum hast du mich nicht gleich angerufen?" Amelia zog sarkastisch die Mundwinkel nach unten. „Du glaubst doch nicht etwa, dass ich dich allein lasse?" „Aber natürlich fährst du. Du musst auch einmal raus. Jan ist doch hier und all seine Mitbewohner. Alle tragen mich auf Händen." Als sich Mutter und Tochter trennten, umarmten sie sich und Amelia rief noch unterwegs bei Joseph an, um ihm zu sagen, dass er mit ihr nach Island reisen müsse, und zwar bald. „Nichts lieber als das", versprach er und bat sie, dass er sich um alles kümmern dürfe. Amelia war glücklich. In Gedanken fing sie bereits an, alles einzupacken. Wie das Wetter um diese Jahreszeit in Island sei, fragte sie sich.

2

Anfangs der Woche fuhr die Streifenpolizistin Eva Friedberger gegen
Abend wieder vor dem Eckhaus in der Rat-Beil-Straße vor, um eine
weitere Routinebefragung in Sachen Auffahrunfall mit Totalschaden
durchzuführen. Schließlich ging es um eine Schadenssumme von ca.
40.000 Euro, die eine klare Feststellung der Schuldfrage für die Ver-
sicherungsleistungen erforderte. Sie hoffte, dass die meisten Bewohner
der Immobilie wochentags abends anwesend waren. Vielleicht hatte
man ihr am Samstagabend nicht geöffnet. Als sie sich anschickte, die
Türklingelbeschriftungen zu lesen, löste sich gerade eine Person aus
dem Hauseingang. Friedberger blickte auf. Sie erkannte den Mann.
Es handelte sich um den Unfallverursacher. „Was machen Sie hier?",
fragte sie energisch. Der Fahrer des Cabrios mit Namen Normann
Millet zog die Schultern hoch und steckte die Hände in die Hosentaschen. „Ich kann mir schon denken, dass es bei der Schadenssumme
ein bisschen Ärger geben wird und wollte doch die Dame vom Balkon
bitten, dass sie bei der Wahrheit bleibt und zugibt, dass sie mich schwer
abgelenkt hat. Leider ist sie nicht zu Hause."

Eva Friedberger antwortete ihm, dass ein solcher Besuch bei der
Dame nach Nötigung aussehe und dass er sie besser jetzt zu ihrer
Dienststelle, die sich im Polizeipräsidium befinde, begleiten würde.
Dabei sah sie ihn streng an. Erstmals fiel ihr auf, wie gut der Mann
aussah. Wahrscheinlich war er höchstens Mitte dreißig. Eva konnte
sich nicht mehr an das Geburtsdatum, das sie im Führerschein gesehen
hatte, erinnern. Seine schwarzen Haare waren glatt zurückgekämmt.
Er trug ein blaues Polohemd, das das Emblem eines Polospielers trug.
Das Blau des Hemdes vertiefte das Blau seiner Augen.

3

Joseph Schönfelder erkundigte sich bei der isländischen Botschaft, wie man dort heiraten könne. Er hatte irgendwann einen Beitrag zu Hochzeiten nach einem altnordischen Brauch gesehen. Es sollte nur ein symbolischer Akt werden. Der Anwalt wollte diese charismatische Frau, die diesen einen Film so sehr liebte, unbedingt an sich binden. Eine standesamtliche Trauung könnte man später nachholen können, wenn die symbolische Verbindung zu dieser Person, die ihn mit einer Mischung aus Spontanität, Verzweiflung, Mutterliebe und körperlichen Reizen überschüttete, wie er sie in seinem Alter nicht noch einmal finden würde, hielt.

Eine germanische, heidnische Weltanschauung gilt in Island als eine anerkannte Religionsgemeinschaft. Auch Ausländern war es möglich, in Island nach diesem alten Ritus zu heiraten.

Joseph schwelgte in den Hochzeitsvorbereitungen. Sein Gepäck enthielt ein wunderschönes Hochzeitskleid, das er für Amelia ausgesucht hatte. Es war ein wahrer Traum in Weiß. Schulterfrei ging der Rock unter dem Satinoberteil nur gerade bis über die Knie, besaß aber eine unfassbare Tüllfülle. Auch schmale goldene Ringe hatte er gekauft und Brautschuhe. Er hoffte inständig, dass er die Maße seiner zukünftigen Frau richtig eingeschätzt hatte.

Am Abend vor dem Abflug war Amelia noch einmal bei Thalia gewesen und hatte alle WG-Mitbewohner gebeten, sehr gut auf ihre Tochter aufzupassen, die abgesehen von ihrer üblichen Blässe einen recht stabilen Eindruck machte. Jan hatte Dienst in der Klinik.

Der Flug ging am frühen Sonntagmorgen. Joseph Schönfelder hatte Amelia in einem Taxi abgeholt.

Die ersten drei Tage auf Island verliefen sehr unbeschwert und fröhlich. Amelia kam aus dem Staunen gar nicht mehr heraus. Immer wieder klatschte sie in die Hände und rief: „Sieh doch nur, wie schön." Dabei vergaß sie völlig die kühlen Temperaturen. Bereits nach der Ankunft hatte ihr Schönfelder in der Hotelboutique eine leichte weiße Felljacke geschenkt, denn Amelia war nicht über die zu erwartenden niedrigen Temperaturen informiert. Der Anwalt hatte sie im Hilton Hotel in Reykjavik einquartiert. Am Morgen des vierten Tages erschien Joseph Schönfelder in einem makellosen schwarzen Anzug und weißem Hemd zum Frühstück. Den Kragen hatte er offengelassen. Über dem Arm trug er einen leichten schwarzen Wollmantel. Amelia war sehr beeindruckt. „Was machen wir heute? Du bist so elegant. Ich denke, dass ich mir auch noch schnell etwas Eleganteres anziehen sollte." Joseph Schönfelder lächelte. „Das ist nicht nötig. Du siehst wie üblich völlig perfekt aus." „Schmeichler." Amelia machte ihm eine lange Nase. Sie brachen auf. Vor dem Hoteleingang wartete ein Mietwagen mit Chauffeur auf sie. Er nahm Joseph Schönfelder, den Mantel sowie die große schwarze Tasche, die aber ziemlich leicht schien, ab. „Wir machen später ein Picknick", erklärte er lächelnd. „Und dafür hast du dich in deinen besten schwarzen Anzug gezwängt. Vielleicht ist es auch etwas kalt dafür." Amelia schüttelte ungläubig den Kopf. „Es gibt vorher noch einen anderen Programmpunkt. Lass dich überraschen."

Sie fuhren ab. Der Wagen führte sie durch die wunderschöne raue isländische Landschaft, bis sie zu einem großen Wasserfall kamen, der von einem Felsvorsprung herabfiel, in dessen Nähe sich ein kleines rotes Holzhaus befand. „Geh da hinein und zieh dich um." Joseph gab der staunenden Amelia die Tasche in die Hand. Das Haus enthielt eine kleine gemütliche Bauernstube, ein Bad, ein Schlafzimmer und eine kleine Küche. Es wirkte wie ein Ferienhaus, war aber gut geheizt. Amelia ging in die Küche, stellte die Tasche auf den Tisch und öffnete sie. Der zusammengedrückte weiße Tüll entfaltete sich. Ungläubig zog sie das Kleid vollends heraus. Darunter fand sie die passende Wäsche und weiche weiße Satinpumps. Amelia atmete tief durch. Was sollte das werden? Er hatte sie nicht nach ihrer Geburtsurkunde oder dem Scheidungsurteil gefragt. Wie ferngelenkt zog sie sich aus und kleidete sich als Braut ein. Alles passte wie angegossen. Die Schuhe drückten ganz leicht, aber das spürte sie kaum. Ihrer Handtasche entnahm sie einen blutroten Lippenstift und ging in das Badzimmer. Kaum konnte sie sich von ihrem Spiegelbild trennen. Langsam trat sie schließlich vor die Tür. Die knappe weiße Felljacke, die sie offenließ, passte sehr gut zu dem Kleid. Bei ihrem Erscheinen ging Joseph in die Knie und küsste ihre Hand. Ihr Anblick betäubte auch ihn. Im Hintergrund wurde Amelia eines Mannes gewahr, der eine Art Geistlicher zu sein schien. Dieser trat auf das Paar zu und bat es, ihm zu folgen. Er führte sie hinter den Wasserfall. Dort befand sich ein Altar aus groben Steinen, auf dem eine weiße Spitzendecke lag und unzählige Kerzen brannten. Altnordische Klänge verschmolzen mit dem Tosen des Wasserfalls. Ihre Augen gewöhnten sich allmählich an das Dämmerlicht, das hinter dem gleißenden Weiß des Wassers lag, in welchen tausend Regenbogen glänzten. Das Paar hielt sich an den Händen und wurde des Chors der Elfen ansichtig, die in zerrissenen weißen Kleidern hinter dem Altar standen und sangen und spielten. „Lasst uns beginnen", sagte der Geistliche in gebrochenem Deutsch und hob die Hände. „Tretet hinzu. Willst du, lieber Joseph, die mit dir hier erschienene Amelia zu deinem Weib nehmen und mit ihr leben, bis dass die Nornen aufhören zu singen? Wenn du es willst, so sage laut und vernehmlich *Ja*. Die Elfen werden es bezeugen und den Nornen weiterraunen." „Ja", flüsterte Amelia kaum hörbar. „Noch einmal, ich kann dich nicht hören." Die Stimme des Priesters schwoll an, der Gesang der Elfen wurde lauter. „Ja, ich will." Fast schrie sie. Amelia bekam es mit der Angst zu tun. „Ich will es auch. Ich will sie immer ehren und umsorgen, in guten wie in schlechten Tagen." Ungefragt hatte Joseph sein Eheversprechen abgegeben, denn er hatte die Panik in den Augen seiner neuen Frau gesehen. Der Zeremonienmeister erhob beide Arme und sprach einen isländischen Fluch oder Segen. Kaum hatte er geendet, stieben die Elfen hinter dem Altar hervor und umringten das Paar in einer Weise, dass sie den Raum hinter dem Wasserfall verlassen mussten. Draußen vor der Höhle mussten sie blinzeln, um sich nun wieder an das helle Licht zu gewöhnen.

Ein junger Mann, leger gekleidet mit einer Kamera in der Hand, trat auf sie zu. Wieder wurde das Paar in Position gebracht. Eine Zeit lang wurden unzählige Fotos vor dem Wasserfall geschossen. Auch die Elfen gruppierten sich um die beiden Frischvermählten. Nachdem der Fotograf seine Tätigkeit eingestellt hatte, trat ein Oberkellner im Frack auf das Paar zu. „Madame Schönfelder et Monsieur Schönfelder, bitte folgen Sie mir. Es ist angerichtet." Eine weiße Serviette lag auf seinem Arm. Er trug eine Flasche Champagner in einem Kühlkelch. Mit gemäßen Schritten ging er dem Jubelpaar voraus an den Rand der Klippe. Dort lag ein weißes Tischtuch. Daneben loderte ein Feuerkorb und gab seine Wärme ab. „Setzen Sie sich, ich werde Ihre Gläser füllen und Sie danach Ihrem Glück überlassen. Der Chauffeur wartet im Haus."

„Auf dein Wohl, Liebe meines Lebens." Sie stießen an. Nachdem Amelia ihr Glas ausgetrunken hatte, trat sie auf Joseph zu. „Du darfst die Braut jetzt küssen", flüsterte sie.

„Nein, noch nicht. Nicht bevor du meinen Ring trägst. Ich frage dich noch einmal: Willst du meine Frau werden für die guten wie die schlechten Zeiten?" Amelia nickte heftig, dann hielt sie inne. „Wir sind doch aber nicht richtig verheiratet?"

„Zunächst nicht. Wir können es jederzeit in Frankfurt nachholen, wenn uns unsere Verbindung, die der Gode geschlossen hat, trägt. Ich hoffe es sehr, dass es dazu kommen wird." „Wie heißt der Geistliche? Gode? Das klingt ein wenig wie Gott. Er war so streng, kein liebender Gott." „Trotzdem haben wir unsere Verbindung vor Gott geschlossen", sagte der Anwalt. Amelia traten die Tränen in die Augen. „Jetzt darf ich dich küssen, bevor ich dir den Ring als äußeres Zeichen unserer Verbindung geben werde." Joseph Schönfelder küsste seine Frau lang und innig. Schließlich löste er sich schwer atmend von ihr. „Du bringst mich um Sinn und Verstand, meine Schöne." Er griff in die Jacketta-sche und fischte eine kleine schwarze Schmuckschatulle heraus. „Ich habe nicht um deine Hand angehalten, aber ich halte deine Hand in allen Tagen unserer gemeinsamen Zeit." Er ergriff ihre rechte Hand und steckte ihr einen schmalen goldenen Ring an den Zeigefinger. Danach gab er ihr die Schatulle und hielt ihr mit einem bittenden Blick die rechte Hand hin, die Amelia sogleich ergriff, um sie wieder loszulassen, um den Ring in die Hand zunehmen, den sie ihm vor-sichtig über den Ringfinger streifte. Joseph beugte sich zu seiner Braut und küsste sie erneut. „Darf ich um den ersten Tanz bitten?" Wie auf das Stichwort erschien der Elfenchor auf der Klippe und intonierte einen Walzer. Zu den melancholischen Klängen bewegten sie sich gefährlich nahe am Abgrund. Nachdem die Melodie verklungen war, verschwanden die Elfen im Nichts. „Jetzt gibt es Champagner und ein Picknick." „Ich bin dir so dankbar", flüsterte Amelia. „Was für eine wunderbare Überraschung. Schade, dass ich es Thalia nicht sagen kann." „Du willst unsere Ehe vor deiner Tochter geheim halten?" Eine steile Falte bildete sich in Josephs Gesicht. „Nur für kurze Zeit, bis sich ihre Seelenlage stabilisiert hat und Fabian seinen Zahlungsverpflichten nachkommt." Der Anwalt nickte ergeben. Er musste unbedingt in der Sache noch einmal mit Farberger sprechen. Nachdem sie genug gegessen und getrunken hatten, streckten sie sich nebeneinander aus und fassten sich an den Händen. Über ihnen war nur der Himmel Islands. Als sie aufwachten, dämmerte es bereits. Das Feuer war nie-dergebrannt. Sie froren und machten sich zu dem roten Holzhaus auf den Weg. Dort fanden sie weder den Chauffeur noch die Limousine. Mobilfunkempfang gab es nicht. Auch hinter dem Wasserfall war niemand. Es war eine düstere Höhle, in der es keinen Hinweis gab, dass dort am Vormittag eine Trauung stattgefunden hatte.

„Unser gemeinsamer Weg beginnt. Zieh deine anderen Sachen wie-der an. Wir werden bis zur nächsten Ortschaft laufen müssen." Amelia betrat das Holzhaus, fand aber die Tasche und ihre zuvor getragene

Kleidung nicht mehr. Barfuß und frierend traten sie den Weg zur nächsten Ortschaft an. Zum Glück gab es nur eine Straße, die sie nehmen konnten. Als sie endlich an einem Haus ankamen, war es bereits stockfinster. Sie klingelten. Ein mürrischer alter Mann öffnete. Amelia fühlte sich leicht an den Gode erinnert. Mühsam erklärte Joseph die Situation auf Deutsch und Englisch. Ein Bündel Banknoten half bei der Klärung. Der Mann telefonierte. Kurze Zeit später hielt ein Wagen vor dem Haus und brachte das Paar zurück zum Hotel. Den Preis für die Fahrt nahm Joseph Schönfelder schweigend zur Kenntnis.

Todmüde sank Amelia im Hilton in die Kissen. Die Hochzeitsnacht mussten sie zu Hause nachholen, denn am nächsten Tag ging der Flug abends zurück. Amelia kaufte in Reykjavik noch einen Pullover für Thalia. Erleichtert ließen sie sich schließlich in ihre Sitze im Flugzeug fallen. Als die Maschine abhob, fragte Joseph seine Angetraute, ob sie seinen Namen annehmen würde, wenn es zu einer Bestätigung der Eheschließung kommt. „Schönfelder statt Thalheimer? Warum nicht, aber dann heiße ich anders als Thalia." „Thalia heißt im Moment noch Farberger", erinnerte sie der Anwalt. Nachdem das Taxi seine Ehefrau an ihrer Wohnung in der Rat-Beil-Straße abgesetzt hatte und die Tür hinter ihr ins Schloss gefallen war, nannte Schönfelder dem Fahrer seine Adresse.

4

Die frisch verheiratete Frau erwachte erst um die Mittagszeit. Amelia musste noch nicht ins Büro. Sie gönnte sich eine ausgiebige Dusche und ein ebensolches Frühstück. Anschließend wollte sie Thalia besuchen und war im Begriff aufzubrechen, als es klingelte. Erstaunt öffnete sie die Tür. Vor ihr stand eine Person, die sie schon einmal gesehen hatte. „Normann Millet", stellte sich der Fremde vor. „Sie erinnern sich an den Auffahrunfall. Darf ich eintreten?" Amelia schüttelte den Kopf. „Was wollen Sie?", fragte sie unfreundlich. „Sie sollten sich dazu entschließen, Ihre Aussage zum Tathergang zu korrigieren." „Das werde ich nicht tun. Warum auch?" „Sie werden schon sehen, dass Sie in diesem Fall Ihres Lebens nicht mehr froh werden, weil Sie mein Leben zerstört haben." Amelia setzte ein ironisches Lächeln auf, das die Lippen umspielte. Dann schlug sie ihm die Tür vor der Nase zu. Was will der arrogante Schönling, dachte sie kopfschüttelnd.

Ein paar Minuten nach diesem Intermezzo trat sie den Weg zu ihrer Tochter an. Amelia war gut gelaunt, schaute sich trotzdem vorsichtig um, als sie die Straße betrat. Kein Normann Millet war weit und breit zu sehen. Thalia wirkte blass und zerbrechlich, als sie ihrer Mutter die Tür öffnete. „Komm rein Mama, schön, dass du wieder da bist. Komm mit in den Gemeinschaftsraum. Wir sind gerade allein." Thalia legte sich dort auf die Couch, wo sie wohl auch schon vorher gelegen hatte. „Jan meinte, dass ich wieder ins Krankenhaus gehen solle. Ich möchte das aber nicht. Die nächste Woche bin ich noch krankgeschrieben. Dann will ich wieder bei Fabian in der Firma arbeiten. Ich will nicht, dass er jemand einstellt und ich arbeitslos werde." „Meinst du nicht, dass es zu anstrengend für dich wird? Ich an deiner Stelle würde tun, was Jan sagt." „Nein, Mama, Arbeit und Leben ist die beste Medizin für mich. Ich darf mich nicht hängenlassen, sonst gleite ich vollends in die Krankheit ab. Erzähl, wie es auf Island war."

Die Mutter setzte sich zu der Tochter auf die Couch und versuchte, über Island zu berichten, ohne Joseph Schönfelder zu erwähnen. Sie tat so, als sei sie mit einer Reisegruppe dort gewesen. „Am vorletzten Tag durften wir bei einem isländischen Hochzeitsritual zuschauen." Diese Lüge fiel Amelia besonders schwer. Es tat ihr weh, die eigene Hochzeit, ihr neues Glück, vor ihrer Tochter verleugnen zu müssen, um diese nicht aufzuregen, damit ihr Kreislauf im Gleichgewicht blieb. Jan kam herein. Er begrüßte die Mutter seiner Freundin, bevor er diese zart küsste. „Thalia sagt, dass sie in einer Woche wieder arbeiten kann." Amelia wusste, dass sie ihrer Tochter damit in den Rücken fiel, aber sie wollte wissen, was der junge Arzt dazu sagte. „Das geht keinesfalls. Thalia, du darfst dir keine Infektionskrankheiten zuziehen. Es würde eine vermehrte Produktion weißer Blutkörperchen bedeuten, die nicht nur Infektionsherde, sondern auch rote Blutkörperchen vermehrt fressen. Warum will denn Fabian, dass du wieder arbeitest? Kann er die Trennung nicht verschmerzen?"

„Nein, nicht er will es. Ich möchte meinem Elfenbeinturm, meinem Gefängnis entfliehen. Ein normales Leben führen. Dann kann ich auch gesund werden." „Ja, vielleicht ist das so", sagte Jan Jurak nachdenklich.

Amelia kehrte beruhigt nach Hause zurück. Nur ihre Lüge blieb noch. Sie zwang sich, nicht daran zu denken. Als sie sich gerade darüber freute, dass ein weiterer arbeitsfreier Tag vor ihr lag, klingelte es erneut. Wenn das wieder dieser Millet ist, kann er sich auf etwas gefasst machen. Amelia machte sich gar nicht erst die Mühe, durch den Spion zu sehen, und riss die Tür auf. Verdutzt hielt sie in der Bewegung inne, als sie drei uniformierter Polizisten vor ihrer Tür gewahr wurde. Unter ihnen befand sich Eva Friedberger, die das Wort ergriff. „Dürfen wir hereinkommen, Frau Thalheimer?" Amelia nickte nur und trat zurück. Mit einer Handbewegung verwies sie auf ihr Wohnzimmer. Dort kam die engagierte Polizistin sofort zur Sache. „Normann Millet hat Sie heute noch einmal in seiner Unfallsache aufgesucht. Ist das richtig?" Amelia nickte wieder. Eva Friedberger fuhr fort. „Herr Millet sagt, dass er während seines Besuches ein geöffnetes Päckchen auf Ihrem Tisch gesehen hat, welches an Sie adressiert war und dessen Inhalt aus einem Plastikbeutel mit einem weißen Pulver bestand. Er hielt es für ein Rauschmittel und hat mir die entsprechende Mitteilung zukommen lassen, da er sich meine Telefonnummer notiert hatte in der Unfallsache. Dürfen wir bitte das Paket sehen?"

Amelias Gesicht hatte jegliche Farbe verloren. „Es gibt kein solches Paket. Er hat es erfunden, weil ich nicht bereit war, die Schuld an seinem Unfall auf mich zu nehmen." „Das haben wir uns allerdings auch gedacht. Trotzdem würden wir uns gerne ein wenig umsehen. Wir sind verpflichtet, jedem Hinweis nachzugehen." „Tun Sie das bitte, aber Sie verschwenden nur Ihre Zeit." Die Polizisten zogen Handschuhe über und begannen, sich umzuschauen. Nach nur einer Minute ließ ein Kollege Friedbergers einen Laut der Überraschung vernehmen. Er hatte gerade die Tür eines Seitenschranks geöffnet. Mit einem Griff beförderte ein geöffnetes Päckchen zutage. Es enthielt ein weißes Pulver. „Das, das ist nicht von mir. Das, das muss er mir untergeschoben haben." Amelia brach in Tränen aus.

„Beruhigen Sie sich bitte, Frau Thalheimer. Wir nehmen das Paket mit und lassen es untersuchen. Es wird sich alles aufklären." Nachdem die Beamten gegangen waren, rief Amelia, den Anwalt, den sie gerade geheiratet hatte, an. „Amelia, Liebling, wie geht es dir, wie geht es Thalia?" Amelia ging nicht auf Schönfelders Fragen ein. „Du musst mir helfen, Joseph." Sie erzählte. „Ich habe diesen Typ nicht aus den Augen gelassen, als er mich heute aufgesucht hat." „Vielleicht ist er während deiner Abwesenheit noch einmal wiedergekommen. Hattest du abgeschlossen, als du zu Thalia gegangen bist?" „Vielleicht nicht, aber ich habe die Tür ins Schloss gezogen, sicher." „Es hat ihm seine Kreditkarte genügt, um bei dir in der Wohnung vorbeizuschauen. Er wird durch das Kommen oder Gehens eines Mitbewohners in den Hausflur gelangt sein. Mach dir keine Sorgen, mein Liebling. Frühstücken wir

morgen zusammen? Ich bringe alles Nötige mit. Jetzt schlaf dich aus."
Nach dem Gespräch mit ihrem Mann fühlte sich Amelia besser. Am
Sonntag frühstückten sie lange, gingen danach im Günthersburgpark
spazieren, wo sie an dem Kiosk ein Glas Wein tranken. Schönfelder
überredete Amelia zu einem gemeinsamen Mittagsschlaf. Danach
schaute die Mutter noch einmal nach ihrer Tochter. Thalia war nicht
besonders gut gelaunt. „Du übertreibst es mit deiner Fürsorge, Mama.
Am besten gehst du gleich wieder. Ich brauche meine Ruhe."

Am nächsten Tag vormittags, Amelias erstem Arbeitstag nach der
Islandreise, erhielt sie im Dienst einen Anruf der Polizistin Friedberger. Die Beamtin informierte Amelia darüber, dass sie sich zur Überprüfung der Fingerabdrücke in der Dienststelle im Polizeipräsidium
einzufinden habe. Das Paket enthalte Kokain. Amelia war entsetzt, es
konnte nicht sein. Eva Friedberger hatte ein feines Gespür für Tonla-
gen und erkannte, dass das Entsetzen echt war. „Wir werden Sie heute
Abend noch einmal besuchen und über die Angelegenheit sprechen.
Passt es Ihnen gegen 18.30 Uhr?" Amelia nickte, bevor sie erkannte,
dass eine verbale Antwort von ihr erwartet wurde. „Ja, das passt mir."
Amelia konnte kaum ihre Mittagspause abwarten, in der sie, statt wie
üblich in die Kantine zu gehen, vor den Haupteingang des Bürgerhospitals trat und ein paar Schritte abseits Joseph Schönfelder anrief. Sie
erzählte ihm alles und flehte ihn an, dass er bereits um 18.30 Uhr zu
ihr käme und nicht erst eine Stunde später. „Gut, meine Schöne, ich
werde dem letzten Mandanten absagen. Deine Nähe und dein Wohl
stehen über allem." Eine Mutter und ihr Kind fuhren gerade an ihr
vorbei, als Amelia glücklich ihr Telefon anlächelte. „Schau mal, Mama,
die Ärztin telefoniert." Amelias Lächeln vertiefte sich, denn sie fühlte,
dass alles gut werden würde. Sie überlegte, ob sie noch kurz bei Thalia
anrufen sollte, hatte aber Angst, wieder als überbesorgte Mutter eine
unfreundliche Antwort zu erhalten. Sie ging noch schnell zu dem Kiosk neben dem Krankenhaus und kaufte ein belegtes Brötchen, das sie
im Gehen auf dem Rückweg zu ihrem Schreibtisch aß. „Das ist aber

ungesund, Frau Kollegin", rief ihr ein vorbeieilender Arzt zu. Amelia dachte, dass sie heute ihren Ärztetag hatte. Alles würde gut werden. Auf dem kurzen Weg nach Hause wurde sie schließlich doch sehr nervös. Joseph Schönfelder erschien bereits um 18.15 Uhr. Auch Eva Friedberger war mit ihren Kollegen sehr pünktlich zur Stelle. Joseph Schönfelder stellte sich vor. Er erwähnte auch, dass er Amelia Thalheimer vor wenigen Tagen kirchlich geheiratet hatte. Die Polizistin runzelte die Stirn, sagte aber nichts. Schönfelder ergriff wieder das Wort. „Amelia, ist es möglich, dass du vor einiger Zeit etwas bestellt und den Karton aufgehoben hast?" Amelia überlegte kurz und wollte schon verneinen, als ihr einfiel, dass sie im Internet ein Parfüm bestellt hatte, dessen voluminöse Verpackung sie ärgerlich fand. „Darf ich den Karton noch einmal sehen?", fragte sie. Eva Friedberger zeigte ihr ein Foto. Ja, das musste die Parfümverpackung gewesen sein. Amelia hatte sie aufgehoben, falls sie ihrerseits etwas verschicken wollte. „Norman Millet muss während deiner Abwesenheit hier gewesen und den Karton vorher schon gesehen haben", schlussfolgerte der Anwalt. Friedberger erinnerte sich daran, wie sie kurz nach dem Unfall Millet im Hauseingang gesehen und angesprochen hatte, wie sie damals sein Verhalten schon leicht verdächtig fand. „Wir werden der Sache nachgehen und Millet zu dem Kokain befragen." Sie verabschiedete sich knapp. Schönfelder ging mit seiner Frau in die Nibelungenschänke essen, denn Amelias Magen hatte sich während des Gesprächs lautstark bemerkbar gemacht.

5

Ihr Revierleiter hatte für Eva Friedberger und ihre Kollegen einen Durchsuchungsbeschluss für die Adresse, unter der Normann Millet gemeldet war, erhalten. Zu ihrer Überraschung wohnte er in einer Villa im Holzhausenviertel, wo sie kurz nach der Mittagszeit vorstellig wurden. Eva Friedberger klingelte, ihr Kollege stand dicht hinter ihr. Einige Zeit später kam eine ältere Frau an das Gartentor. „Ist Herr Millet zu Hause? Wir möchten ihn sprechen." „Welchen Herr Millet wollen Sie haben? Gibt zwei hier." „Normann Millet." „Andere Herr Millet ist auch da. Ich rufen beide. Bitte kommen Sie." Friedberger und ihr Kollege nahmen in einem riesigen, aber spartanisch eingerichteten Wohnzimmer Platz. Ein Panoramafenster gab den Blick auf den gepflegten Rasen, der von vielen alten Sträuchern umgeben war, frei. In der Mitte der Grünfläche stand eine weiße Sitzgruppe. Während Eva gerade die Wartezeit mit dem Nachdenken über ein eigenes Haus in dieser Kategorie überbrücken wollte, öffnete sich die Tür und gab den Blick auf zwei Männer frei. Normann Millets Begleiter war etwas älter, kleiner und unscheinbarer. „Mein Bruder Christian", stellte er während des Händeschüttelns vor. Sie setzten sich. Die Beamtin kam zur Sache, indem sie sich an Normann Millet wendete. „Wir haben den Verdacht, dass Sie das in Rede stehende Kokain Frau Thalheimer untergeschoben haben." „Wovon reden Sie?", fragte sein Bruder streng. „Wir haben nichts mit irgendwelchen Drogen zu tun, aber bitte überzeugen Sie sich selbst." „Das wird sich zeigen und deswegen sind wir hier." Evas Kollege, ein schmächtiger Blonder, dem die Uniform zu groß schien, aber mit scharf geschnittenen Gesichtszügen, entfaltete den Durchsuchungsbeschluss, während er das Wort ergriffen hatte. Der andere Polizist, der sowohl Eva wie auch den Blonden, den sie Paul nannten, um Haupteslänge überragte, sollte die Millet-Brüder ebenso wie die Haushälterin, die hereingerufen worden war, im Auge behalten. Eva übernahm das Erdgeschoss, Paul ging im ersten Stock auf die Suche. Die junge Polizistin war überrascht über die Fülle an teuren und edlen Dingen, auf die sie stieß. Es herrschte Ordnung und Sauberkeit im Hause Millet. Die Durchsuchung ergab keinerlei Hinweise auf Drogenbesitz oder sonstige Unregelmäßigkeiten. „Bevor wir Sie wieder verlassen, würde es uns interessieren, wie Sie Ihr Geld verdienen." Paul hatte das Wort ergriffen. Er war mit dieser Frage Friedberger zuvorgekommen. „Mein Bruder ist seit einigen Jahren Geschäftsführer von Merz, nachdem der alte Inhaber verstorben ist. Ich arbeite für ihn. Als Mädchen für alles oder Hausmeister, ganz wie Sie wollen." Normann Millet lächelte gewinnend. Merz war ein Pharmaunternehmen an der Eckenheimer Landstraße unweit des Holzhausenviertels. „Wie kommt es, dass Sie zusammen in einem Haus wohnen?" „Christians Frau ist vor einiger Zeit ausgezogen. Das Haus war für ihn allein zu groß. Er hat mir daraufhin den Vorschlag gemacht, zu ihm zu ziehen." Wieder hatte Normann die Frage beantwortet. „Wo waren Sie denn vorher tätig und untergebracht?" Normann Millet betrachtete seine Fußspitzen, bevor er Eva ansah, um ihre Frage zu beantworten. Dann hob er den Kopf und sah sie unverwandt an. Er versenkte seine Augen in die ihren und schien auf einmal ganz weit weg zu sein. Schließlich schüttelte er sich leicht. Er sah wieder zu Boden. „Es wird Ihnen nicht gefallen, was ich sage. Ich war im Rotlichtmilieu tätig und habe auch in den Unternehmen, in denen ich dort Manager war, gewohnt." Er gönnte seinem Bruder einen kurzen Seitenblick, bevor er fortfuhr. „Ich war sehr froh, dass mir Christian die Hand gegeben und mich aus dem Sumpf herausgezogen hat." Christian Millet blieb schweigsam. „Wir verabschieden uns. Vielen Dank für Ihre Kooperation." Diese Worte richtete die Polizistin an Normann Millet und gab ihm die Hand, die er eine Sekunde zu lang festhielt. Die junge Frau fühlte, wie sie errötete und wandte sich schnell ab. Die Beamten beschlossen, als sie wieder in ihrem Dienstwagen saßen, dass sie schon Feierabend machen würden.

Eva Friedberger zögerte noch einen Moment in ihrem Büro. Sie wusste, dass sie heute sehr pünktlich in ihrer WG sein sollte, in der sie mit zwei weiteren Frauen lebte. Eines der seltenen gemeinsamen Essen war geplant, für das jede von ihnen etwas beitragen sollte. Jedoch konnte Eva sich den hübschen Normann nicht so schnell aus dem Kopf schlagen. Sie fühlte noch den Händedruck und ließ ihren Computer noch einmal hochfahren, um in den Datenbanken der Polizei nach Normann Millet zu suchen. Sie wurde fündig. Bei einer Razzia waren in einem Rotlichtbetrieb, wo er zu der Zeit als Geschäftsführer tätig war, Drogen beschlagnahmt und illegal arbeitende Frauen aufgefunden worden. Weitere Recherchen in der Sache führten dazu, dass Eva Friedberger als Besitzer des Etablissements Christian Millet aufdeckte. Sie lehnte sich in ihrem Schreibtischsessel zurück und wusste nicht, wie sie weiter vorgehen sollte. Schließlich beschloss sie, den für das Bahnhofsviertel und das damit verbundene Milieu zuständigen Kommissar aufzusuchen, falls er noch im Haus war. Es fiel ihr nicht leicht. Fritz Mittag war bekanntermaßen wenig an Kooperation interessiert. Schließlich gab sie sich einen Ruck und suchte nach seiner Durchwahl. Förmlich spürte sie seine Gereiztheit, als er den Hörer nach dem dritten Klingelzeichen abnahm. Er sagte nichts und wartete schweigend ab. „Eva Friedberger hier. Revierbeamtin im dritten Revier. Es geht um eine Sache, die in das Rotlichtmilieu führt. Darf ich Sie kurz aufsuchen?" „Sagen Sie mir doch am Telefon, was Sie wissen wollen. Es ist schon spät." Die junge Polizistin versuchte so knapp wie möglich, den Vorgang zu schildern. „Jetzt weiß ich nicht, wie ich weiterverfahren soll." Der Kommissar hatte die Geschichte noch im Kopf. „Der hübsche Millet macht mit Sicherheit die Drecksarbeit für seinen Bruder, den weniger schönen Christian. Er wurde zu einem längeren Freiheitsentzug verurteilt. Wegen guter Führung kam er vorzeitig auf Bewährung frei. Danach ist er zu seinem Bruder gezogen. Und er hat sich bereit erklärt, für die Polizei zu arbeiten und Beweise gegen seinen Bruder zu erbringen, für den er gesessen hatte. Bis heute hat er nichts geliefert. Wissen Sie was, Frau Frieder..." „Friedberger." „Kommen

Sie jetzt doch in mein Büro. Wir besprechen die weitere Strategie. Sie können mir einen Kaffee mitbringen, wenn Sie sich beliebt machen wollen." Eva stand auf. Sie ging zum Kaffeeautomaten, suchte nach Kleingeld in ihrer Hosentasche. Es reichte nur für einen Kaffee. Sie hatte nicht gefragt, wie der Kommissar ihn wollte, deshalb entschloss sie sich für schwarz mit Zucker. Bei ihrem Eintreten musterte Fritz Mittag die junge Beamtin unverhohlen. Sie hatte kurze braune Locken und war nicht besonders groß und nicht besonders schlank. Die Uniform stand ihr nicht. Sie wirkte dadurch gedrungener, als sie wahrscheinlich war. „Vielen Dank für den Kaffee, Frau … Wie war doch Ihr Name?" „Friedberger." Mittag streckte den Arm aus und machte keine Anstalten aufzustehen. Nach einem Schluck lehnte er sich in seinem Schreibtischsessel zurück, streckte seine Beine, die in schwarzen Jeans steckten, aus. Unter dem anthrazitfarbenen Pullover erkannte man den Rand eines weißen Hemdes. Mittag war mittelgroß, schlank, schwarzhaarig mit angegrauten Schläfen. Das Haar trug er kurz geschnitten, über dem Stirnansatz standen ein paar kurze Haarstoppeln. In seinem blassen Gesicht glühten große dunkle, fast schwarze Augen. Er trug einen Dreitagebart. Eva Friedberger fand, dass er nicht schlecht aussah, aber sehr arrogant war. Von seinem Ruf, allem und allen gegenüber völlig gleichgültig zu sein, hatte sie schon gehört. Die Ermittlungsergebnisse schienen ihm einfach zuzufliegen, ohne dass er etwas dafür tun musste.

„Ich habe mir die Sache überlegt, während Sie mit dem Kaffeeautomaten beschäftigt waren." Der Kommissar starrte sie weiterhin ungeniert an, hatte sich zusätzlich noch über dem Schreibtisch nach vorne gebeugt. Eva schien es, als wolle er sie noch intensiver mustern. „Sie werden den Normann Millet noch einmal allein verhören. Fragen Sie ihn, was er wirklich bei dieser Dame, wie war deren Name doch gleich? Ja, gut Thalheimer, was er dort wirklich wollte. Konfrontieren Sie ihn mit seiner Vorgeschichte. Sagen Sie ihm, dass Sie mit mir zusammenarbeiten. Versuchen Sie sein Vertrauen zu gewinnen. Sagen Sie ihm, dass er kooperieren soll. Dann käme er unbeschadet aus der Sache raus. Lassen Sie offen, was „Kooperieren" bedeutet. Wenn das alles gut läuft, wenn Sie mir Ergebnisse liefern, werde ich Sie in meine Abteilung übernehmen und Sie von dieser schrecklichen Uniform befreien. So, nun habe ich zu tun." Fritz Mittag wartete keine Antwort ab, stand auf und öffnete die Tür, die er seiner Besucherin aufhielt. Eva Friedberger war entlassen. Langsam ging sie zu ihrem Büro im Erdgeschoss zurück. Ein seltsamer Typ, dieser Kommissar. Es wäre aber großartig, wenn er sie in seine Abteilung holen würde. Zurückgekehrt an ihrem Schreibtisch rief sie Normann Millet an. „Herr Millet, es haben sich noch ein paar Fragen ergeben, nachdem ich Ihre Akte über Ihre Vorgeschichte gelesen habe. Wann passt es Ihnen? Es muss nicht bei Ihnen zu Hause sein. Auch Frau Thalheimer ist nicht zu involvieren, wenn es um alte Geschichten geht. Möchten Sie im Präsidium vorbeikommen? Den Weg kennen Sie bereits." Eva hatte sich überlegt, dass Millet den Ort vorschlagen sollte. Sie wartete gespannt auf seine Entscheidung. Ihr Gesprächspartner zögerte kurz, bevor er antwortete. „Ich mache Ihnen einen Vorschlag. Möchten Sie mit mir auf dem Hauptfriedhof eine Runde drehen? Bewegung schadet nicht und dort sind wir ungestört. Alternativ könnten wir eines dieser Cafés an der neuen Campusmeile aufsuchen." Eva schluckte. „Ich nehme den Hauptfriedhof und hoffe, dass ich ihn wieder verlassen werde." „Vor mir müssen Sie keine Angst haben, im Gegenteil." Millet ließ offen, was er mit dem Gegenteil meinte.

Eva hatte das Gemeinschaftsessen gerade noch zum Dessert erreicht. Erschöpft ließ sie sich auf einen der alten weißen Holzstühle fallen, die den großen Küchentisch umstanden. Ihre beiden Mitbewohnerinnen erlaubten ihr, dass sie sich eine besonders große Portion der Panna cotta einverleibte. Da sie aber so unpünktlich gewesen war und nichts zu der Mahlzeit beigetragen hatte, wurde ihr der anschließende Küchendienst aufgetragen. Eva nahm es gelassen hin und suchte sich ein frisches Spültuch. Sie war erst am folgenden Tag um kurz nach zwölf am Hauptportal des Friedhofs mit Millet verabredet.

Er stand schon am Eingang, als sie eintraf. Schweigend gingen sie nebeneinander, bis die Wege schmaler und stiller wurden. Manchmal streiften sich ihre Hände unabsichtlich. Normann wies Eva auf den einen oder anderen Grabstein hin. „Ich gehe oft hier spazieren", sagte er. Was er sagte, passte nicht zu dem Rotlichtmilieu und den Drogen. Eva zerriss die Stimmung. „Warum haben Sie uns gestern nicht die Wahrheit erzählt?" „Mein Bruder. Er will nicht mehr mit Drogen in Verbindung gebracht werden. Es würde ihn seinen Posten bei Merz kosten." „Hat er denn noch immer etwas mit dem Milieu zu tun?" „Ich weiß es nicht. Manchmal gibt er mir kleinere Päckchen, die ich zur Post bringen soll. Neutrale kleine gelbe Packpakete ohne Absender. Die Empfänger kannte ich nie." Eva betrachtete den schlanken stilsicher gekleideten Normann von der Seite. Neben ihm kam sie sich wie ein Trampel vor. Sie holte tief Luft. „Was halten Sie davon herauszufinden, ob Ihr Bruder weiterhin in ungute Machenschaften verwickelt ist? Als Sie verurteilt wurden, konnte man ihm nichts nachweisen. Aus unserer Sicht haben Sie für ihn die Schuld auf sich genommen und sich an seiner Stelle bestrafen lassen. Wenn Sie der Polizei Beweise für kriminelles Verhalten Ihres Bruders liefern, werden wir in der Sache Thalheimer nicht weiter ermitteln." Normann betrachtete Eva mit einem feinen Lächeln. „Ich weiß noch nicht, ob ich das auf mich nehme. Ich liebe meinen Bruder. Wenn ich mich dazu entschließe, ihn auszuspionieren, geschieht es einzig und allein, weil Sie mir sympathisch sind. Sehr sympathisch. Wenn ich mich entschieden habe, gehen wir wieder hier spazieren. Ich melde mich." Normann Millet hatte Eva Friedbergers Hand ergriffen und lächelte.

6

„Es geht nicht. Wir können uns heute Abend nicht sehen. Verzeih mir bitte, Joseph, aber Thalia sagt, dass es ihr den ganzen Tag schon so übel war. Jan will sie stationär aufnehmen lassen. Ich muss nach ihr sehen." Nach Dienstschluss hetzte Amelia sofort zu ihrer Tochter. Sie klingelte. Die Tür öffnete sich, zwar langsam, aber sofort. Amelia erschrak. Fabian schob sich seitlich durch die Türöffnung. Auf seinen Armen trug er Thalia, Beine und Arme hingen schlaff nach unten. Fabian wurde gewahr, wer vor der Tür stand. „Komm mit. Wir müssen sofort ins Krankenhaus. Sie hat mir die Tür aufgemacht, ist mir dann in die Arme gefallen und war ohnmächtig. Mach mir mein Auto auf. Wir können nicht auf einen Krankenwagen warten." Fabian schob mit Amelias Hilfe Thalia auf den Rücksitz. Dann raste er die wenigen Meter zur Notaufnahme des Bürgerhospitals. Amelia wusste den Weg. Man erkannte sie als Chefarztsekretärin und sehr schnell wurde die Trage mit Thalia in einen Untersuchungsraum gebracht. Amelia und ihr Schwiegersohn gingen unruhig auf und ab. „Möchtest du einen Kaffee, Fabian? Welch ein Glück, dass du gerade heute zu ihr gefahren bist." „Sie hat mir eine Kurzmitteilung geschickt, dass es ihr nicht gut geht und sie ins Krankenhaus muss. Die Nachricht hat sie mir zukommen lassen für den Fall, dass es etwas in Sachen Scheidung zu regeln gäbe." In dem Moment öffnete sich die Tür. Ein Arzt kam heraus, er lächelte. „Sie ist wieder wach. Wir behalten Frau Farberger über Nacht bei uns und machen morgen ein neues Blutbild." Thalia war bereits vorher im Bürgerhospital in Behandlung gewesen. Der Arzt verabschiedete sich. Amelia und Fabian schauten kurz in den Untersuchungsraum, wo Thalia auf den Abtransport in ein Patientenzimmer wartete. „Brauchst du etwas?", fragte Fabian seine Frau, während Amelia sich einen Stuhl zu ihrer Tochter gezogen hatte. „Nein, danke, Fabi. Ich bin so froh und dankbar, dass du gerade im richtigen Moment gekommen bist." Wie lange hatte er dieses „Fabi" nicht mehr gehört. Fabian Farberger ging schnell zur Tür, um seine Rührung zu verbergen. Kaum hatte er den Raum verlassen, musste er sich an die Wand lehnen. Ihm war schwindelig vor Anstrengung und von der Trauer, die er zu tragen hatte. Farberger war nicht besonders kräftig. Als er Thalia getragen hatte, war sie ihm nicht sehr schwer vorgekommen. Seine großen braunen Augen glühten, er fühlte sich fiebrig. Für einen weiteren Moment stützte er sich an der Wand des Krankenhausflurs ab. Dann gab er sich einen Ruck und verließ die Klinik. Nichts wünschte er sich so sehr wie Thalias Rückkehr zu ihm. Dass sie in seinen Armen zusammengebrochen war, schien ihm ein Wink des Schicksals zu sein.

Als Thalia ein Dreibettzimmer bezogen hatte, schickte sie ihre Mutter nach Hause mit der Bitte, dass sie unbedingt Jan erreichen müsse, damit sie zu ihm in die Uniklinik verlegt werden konnte. Nachdem Jan Jurak nach Dienstschluss Amelias Nachricht abgehört hatte, war er nicht sofort nach Hause gefahren. Er hatte plötzlich das dringende Bedürfnis, sich zu bewegen, zu joggen und dabei Musik zu hören, damit er an nichts denken musste. Die nächste Zeit würde anstrengend genug werden. Zusätzlich zu seinen ärztlichen Dienstpflichten musste er nun die Versorgung seiner Freundin übernehmen. Eines stand außer Frage. Er konnte sie nicht auf seiner Station unterbringen, damit nicht von Ungleichheit in der Behandlung die Rede sein würde. Er würde in der benachbarten inneren Abteilung darum bitten müssen, dass er schnell an die erforderlichen Werte kam, und sich mit den Kollegen darüber unterhalten. Für diese Aufgabe benötigte er einen klaren Kopf. Jan bewahrte eine Sporttasche in der Uniklinik auf, denn er liebte es, am Mainufer entlangzulaufen. Erst als er geduscht hatte, gönnte er seinem Mobiltelefon einen Blick und rief zurück. „Ich habe es so kommen sehen, wie gut, dass du sie gleich gefunden hast." Wahrheitsgemäß erklärte Amelia ihm, dass Farberger Thalia gerettet hatte. Der junge Arzt schien nicht sonderlich beeindruckt. „Thalia wird die Nacht im

Bürgerhospital verbringen müssen. Ich kann mich erst morgen um ihre Verlegung kümmern. Es ist jetzt leider zu spät für einen Besuch bei ihr. Außerdem braucht sie Ruhe. Wir hatten einen Notfall."

Müde ging Amelia nach Hause. Wieder einmal war sie froh darüber, dass sie in diesem Krankenhaus arbeiten konnte, was so in der Nähe ihrer Wohnung und auch der neuen WG ihrer Tochter gelegen war. Sie war etwas erstaunt über die kühle Reaktion des Assistenzarztes, den ihre Tochter so liebte. Sie hatte etwas mehr Pathos von Jan erwartet. Zu Hause angekommen suchte Amelia nach ihrem Whisky. Sie fand ihn nicht. Kurzentschlossen rief sie ihren frischgebackenen Ehemann an. „Du, Joseph, kannst du doch kommen und deinen Whisky mitbringen? Bitte! Ich bin völlig fertig und kann nicht mehr weggehen. Thalia ist als Notfall ins Krankenhaus gekommen." „Beruhige dich, Liebling, ich bin gleich bei dir." Kaum hatte Amelia aufgelegt, überlegte sie, ob sie heute nicht doch lieber allein geblieben wäre. Doch dann freute sie sich, dass Joseph Schönfelder so bereitwillig und motiviert gewesen war, alles zu tun, wonach ihr der Sinn stand.

Fünfzehn Minuten später klingelte er. Er hatte Whisky, Wein und ein riesiges Dönersandwich dabei. „Leider habe ich schon gegessen, aber mittrinken kann ich." „Danke, Liebster. Komm setz dich." Amelia ließ sich auf die Couch fallen und biss herzhaft in das Sandwich. Sie hatte wirklich Hunger. Joseph füllte die Gläser. Erst gab es einen großen Whisky und danach einen Wein. Als er Amelia zugeprostet hatte, streichelte er zart ihren Oberschenkel. „Lass das", fauchte sie ihn an. „Aber wieso denn, was spricht gegen ein bisschen Zärtlichkeit? Es muss doch nicht bedeuten, dass wir zusammen übernachten." „Das stimmt, Joseph, aber die Sorge um Thalia lässt nichts zu, was mich von ihr ablenkt." Schönfelder räusperte sich. „Du bist zu sehr auf deine Tochter fixiert. Sie ist erwachsen, hat ihr eigenes Leben und einen kompetenten jungen Arzt an ihrer Seite. Du kannst ganz beruhigt sein." Amelia warf ihrem Mann einen bösen Blick zu. Das Funkeln unterdrückter Wut entging diesem nicht. „Das verstehst du nicht. Das ist das Gen einer Mutter, was mich steuert und dafür sorgt, dass man sich immer um seine Tochter kümmert. Es wäre mir lieb, wenn du jetzt gehst. Es tut mir leid, dass ich dich in einem schwachen Moment angerufen habe. Du bist keine Unterstützung für mich. Zum Glück sind wir nicht wirklich verheiratet." Schönfelder war aufgesprungen. Amelia blieb sitzen. „Vergiss deinen Whisky nicht", rief sie ihm hinterher, als er zur Tür eilte. Amelia stellte fest, dass es ihr guttat, wieder allein zu sein. Sie gönnte sich noch zwei Gläser Wein, wohl wissend, dass sie dafür am nächsten Tag büßen musste. Sie verschwendete keinen Gedanken daran, wie sich Joseph Schönfelder fühlen musste. Sie war nur froh darüber, ihr altes Leben wieder aufnehmen zu können.

7

Jan Jurak rief im Bürgerhospital an, schilderte dem zuständigen Kollegen den Sachstand und erklärte, dass er die Patientin aus ebendiesen Gründen ständig sehen wolle. Es kostete ihn einiges an Überredungskraft. Schließlich stimmten die Kollegen zu und versprachen, die Verlegung zusammen mit einer Kopie der Krankenakte in den nächsten Stunden durchzuführen. Dr. Jurak versprach, dass das Bürgerhospital im Gegenzug Befunde aus der Uniklinik erhalte, falls Thalia Farberger dort wieder als Notfall aufgenommen werde musste, was bei der Erkrankung durchaus denkbar war. Amelia gelang es gerade noch, Thalia zu sehen, bevor der Krankentransport durchgeführt wurde. Es ging ihr schon besser. Die Mutter versprach, abends in der Uniklinik vorbeizuschauen. „Das musst du nicht, Mama. Jan sorgt für mich. Er kann mir von zu Hause alles Notwendige mitbringen." Amelia hatte ihre Zweifel, ob Jan Jurak tatsächlich so gut für ihre Tochter sorgte.

Sie informierte ihren Schwiegersohn über die Verlegung. „Danke, Amelia, das ist nett von dir. Ich werde Thalia besuchen." Bereits am Spätnachmittag landete er mit einem großen Blumenstrauß auf der Bettkante. Fabian Farberger hatte noch keine Minute dort gesessen, gerade erst die Hand seiner Frau ergriffen, als sich die Tür öffnete und Jan Jurak im Türrahmen erschien. Vom Donner gerührt, starrte er auf das Bild der Harmonie, welches sich ihm bot. „Es tut mir leid, wenn ich störe. Ich wollte nur gerade noch einmal Blut bei der Patientin abnehmen, denn die Werte, die vor ein paar Stunden gewonnen wurden, differieren erheblich mit den heutigen Werten aus der anderen Klinik. Vielleicht ist etwas schiefgelaufen." Jan Jurak machte eine Pause. „Danach lasse ich euch gerne wieder allein. Thalia, wir sehen uns morgen." Geübt hatte der junge Arzt bereits die Kanüle gesetzt. Thalia hatte schreckensweite Augen bekommen. Einerseits war sie schockiert über die Sache mit den Blutwerten und andererseits gefiel es ihr nicht, dass

Jan so kühl zu ihr war. Schließlich hatte Fabian sie gerettet. Das musste Jan doch anerkennen. Außerdem war sie noch mit Fabian verheiratet.

Da Eva Friedberger nichts mehr von Normann Millet gehört hatte, beschloss sie, ihn kurz vor Dienstschluss zu kontaktieren. „Wir können wieder eine Runde auf dem Hauptfriedhof spazieren gehen, dann informiere ich Sie." Eva stimmte nur zögernd zu, denn sie fand es ziemlich romantisch, in der beginnenden Dämmerung auf dem Friedhof spazieren zu gehen, und fürchtete um ihr seelisches Gleichgewicht beziehungsweise um ihre Neutralität. Sie trafen sich wieder vor dem Hauptportal. Beide hatten sie keine fünfzehn Minuten bis zu dem Treffpunkt benötigt. Millet ergriff sogleich Friedbergers Hand. Einerseits war es eine Begrüßung, andererseits ein Weiterziehen in den fast menschenleeren Teil des Friedhofs. „Ich möchte aber nicht, dass Sie Angst bekommen", kommentierte der athletische Typ sein Verhalten. „Keine Sorge, ich bin bewaffnet", entgegnete Eva Friedberger. Trotzdem ließ Millet Friedbergers Hand nicht los. Er zog sie auf eine Bank gegenüber von einem Grab, das von einem mächtigen Trauerengel beweint und beschützt wurde. Noch immer ließ der smarte Typ die Hand der pummeligen Polizistin nicht los. „Ich habe noch nichts für Sie, deshalb habe ich mich nicht gemeldet, um mich nicht mit leeren Händen zu entblößen." „Wie sind Sie vorgegangen, um etwas herauszufinden? Vielleicht war die Methode falsch." Die Polizistin seufzte. Millet holte tief Luft, bevor er antwortete. „Ich habe die Kombination für den Tresor im Haus ausspioniert und dort nachgeschaut. Weder befanden sich dort Pässe, die jungen Frauen aus dem Osten abgenommen wurden, noch Kokain." Eva Friedberger überlegte, dass Normann Millet doch erstaunlich genau wusste, was er suchte. Also war Christian Millet an der Zwangsprostitution junger Osteuropäerinnen beteiligt und auch im Drogengeschäft tätig. Sie würde morgen Fritz Mittag über diese Erkenntnis informieren. Eva rührte sich nicht und behielt ihre Überlegung für sich. „Suchen Sie weiter. Irgendetwas muss es doch geben." Sie rückte ein Stück von Normann Millet ab.

Schlagartig begann sie zu frieren. „Sie dürfen nicht frieren." Er legte ihr kurz den Arm um die Schultern. Kommen Sie, ich lade Sie in die nächstgelegene Pizzeria ein." Die Polizistin wollte protestieren, doch sie sah in die nachtblauen Augen Normann Millets und nickte nur, denn sie hatte Angst, dass ihre Stimme versagte. Er führte sie zu dem Parkplatz in der Rat-Beil-Straße. „Das ist Christians Porsche. Mein Fahrzeug wurde schließlich bei dem Unfall demoliert." Eva hatte noch nie in einem Porsche gesessen. Sie fand es toll und bedauerte, dass sie so schnell bei Da Monica im Oeder Weg ankamen. Normann Millet bestellte Salat und Pizza sowie Weißwein. „Vielen Dank, dass Sie einen Vorbestraften zum Essen begleiten. Es macht mich glücklich zu wissen, dass Sie nur von Recht und Ordnung geleitet werden und nicht von Sex oder Geld. Jetzt müssen Sie mir erzählen, wie es in Ihrem Privatleben zugeht. Über mich wissen Sie ohnehin schon alles." Millet nahm das Glas. „Trinken wir. Auf gute Freundschaft oder vielleicht auch auf mehr." Eva schwieg. „Also, erzählen Sie einmal. Wie wohnt eine junge Ordnungshüterin?" „Da gibt es nicht so viel zu erzählen. Polizisten sind unterbezahlt genauso wie Pflegekräfte. Deshalb lebe ich mit einer anderen Polizistin und einer Altenpflegerin in einer Wohngemeinschaft. Es ist mehr eine Zweckgemeinschaft. Wir unternehmen selten etwas zusammen. Wenn eine von uns kocht, kocht sie automatisch für die anderen beiden mit. Manchmal verabreden wir auch ein gemeinsames Essen. Besucher sind willkommen." Eva erschrak. Hatte sie nicht gerade Normann Millet indirekt vorgeschlagen, sie zu besuchen? Schnell redete sie weiter. „Natürlich würde ich gerne umgeben von Luxus in einer schönen Villa leben mit Personal, das sich um das Essen kümmert und die Kinder versorgt." Normann lächelte. „Man fühlt sich einsam, man verliert den Kontakt zur Außenwelt. Man kommt sich überflüssig und nutzlos vor. Christian hat seine Familie und lässt mich so mitlaufen." „Warum ziehen Sie nicht aus?", fragte Eva. „Wer gibt schon einem Ex-Häftling eine Wohnung ohne Verdienstbescheinigung? Außerdem lebt es sich gut in der Villa." „Haben Sie keine Freundin?", platzte Eva heraus. Normann Millet sah ihr tief in die Augen, dabei lehnte er sich an die weißgetünchte Natursteinwand des Lokals. „Nachdem ich aus der Haft entlassen wurde, gab es nur Flirts, die sich aufgrund meines Aussehens ergeben haben", sagte er ein wenig selbstgefällig. „Selbst wenn ich nicht so lange gesessen habe, reicht diese Auskunft, um alle potenziellen Freundinnen abzuschrecken." „Das müssen Sie doch nicht gleich erzählen", meinte die Polizistin. „Doch, doch der Knast gehört zu mir. Ich muss doch erklären, warum ich Hausmeister bei meinem Bruder bin und was ich vorher gemacht habe." Eva nickte. Das Argument leuchtete ihr ein. Außerdem freute sie sich über seine Ehrlichkeit. Sie nahm einen großen Schluck Wein. Dann rutschte ihr ein fataler Satz raus. „Ich würde trotz Ihrer Vergangenheit mit Ihnen befreundet sein wollen." Sofort bemerkte Eva, was sie gesagt hatte, wurde dunkelrot und schlug sich mit der Hand auf den Mund. „Ich habe das nur theoretisch gemeint", sagte sie schnell. „Ich will nicht, dass Sie das missverstehen. Es war nur wegen Ihrer Ehrlichkeit. Die hat mir gut gefallen." „Wir sollten uns duzen, Eva. Du hast so einen schönen Vornamen, den ich gerne benutzen würde." „Der Vorname Normann ist auch sehr schön, ungewöhnlich. Wir bleiben trotzdem beim Sie. Ich bin dienstlich hier." Eva wurde sachlich. Normann Millet lächelte. „Es hat aber nicht den Anschein, dass Sie dienstlich hier sind." Eva wollte wütend aufstehen. Millet legte ihr begütigend seine Hand auf ihre Hand, die sie auf den Tisch gestützt hatte, während sie aufstehen wollte. „Es war ein Scherz. Verzeihen Sie bitte. Tatsächlich sind Sie genauso, wie ich mir meine zukünftige Frau vorstelle. Warmherzig, braunhaarig, kuschelig, aber trotzdem mit beiden Beinen fest im Leben stehend. Außerdem hätte ich gerne drei Kinder." Eva setzte sich wieder auf die äußerste Stuhlkante. „Kuschelig bin ich kein bisschen, das können Sie sich gleich aus dem Kopf schlagen." Sie machte eine Pause und nahm noch einen Schluck Wein.

„Es wäre trotzdem besser, wenn wir den Abend an dieser Stelle abbrechen. Es ist schon spät. Wenn ich Sie das nächste Mal treffe, möchte ich aber Ergebnisse haben." Millet fuhr sie nach Hause. Sein Blick streifte die Fassade und blieb an der Hausnummer hängen. Eva stieg aus. „Vielen Dank für die Einladung. Das verpflichtete mich aber zu nichts. Ach übrigens, mein Partner sollte ziemlich belesen sein, denn ich lese selbst gerne und viel." Der Seitenhieb galt Normann Millet. Er schluckte kurz und verabschiedete sich statt einer Erwiderung. „Es war mir ein Vergnügen, Frau Friedberger. Sie hören von mir." Er gab Vollgas. Der Motor heulte auf und die Reifen quietschten. „Was für ein Angeber", dachte Eva mit einem Lächeln, während sie die Haustür aufschloss. „Du hast aber heute gute Laune", stellten ihre beiden Mitbewohnerinnen fest, die in der Küche beim Essen saßen, als Eva den Kopf zur Tür hineinsteckte, um Hallo zu sagen. „Komm, iss noch ein bisschen mit." Eva schüttelte dankend den Kopf. „Ich habe im Dienst gegessen." „Ach, und das hat dich so in gute Laune versetzt. Na dann." Eva ging in ihr Zimmer und zog ihren Schlafanzug an. Vor dem Einschlafen überlegte sie, wie es wohl wäre, drei Kinder zu haben.

Normann Millet fuhr noch nicht nach Hause. Er musste noch in seiner Stammkneipe darüber nachdenken, wie er mit seinem Problem umging. Eva gefiel ihm. Sie war das Gegenteil seiner Welt. Er fand sie hübsch und kuschelig. Sie würde ihn auf den richtigen Weg bringen. Sie wäre die richtige Mutter für seine Kinder. Er dachte an seine Schwägerin, die Christian kaltblütig mit der Forderung einer hohen Unterhaltszahlung für die gemeinsame Tochter im Teenageralter verlassen hatte. Seine Schwägerin war grundlos gegangen und hatte auch nie etwas dazu gesagt. Normann war völlig irritiert gewesen über das irrationale Handeln, wie auch grundsätzlich über die vielen wahnsinnigen Schreckenstaten, über Vorfälle, die er nicht nur in der Familie seines Bruders erlebte.

Viele unangenehme Dinge gehörten zu seinen Aufgaben als Hausmeister. „Normann, die Heizung funktioniert nicht. Normann, der Rasen muss gemäht werden. Normann, die Mülltonnen müssten wieder einmal ausgewaschen werden. Normann, du musst ein Päckchen zur Post bringen. Normann, du musst einen Transport aus der Ukraine nach Frankfurt bewerkstelligen. Vier junge Damen wollen ein Praktikum bei Merz machen." Dieser Transport stand in den nächsten Tagen an. Normann wusste genau, dass er die Damen in einem sogenannten Hotel in der Bahnhofsgegend abgeben musste, wo man sich um die jungen Mädchen kümmern wollte, bis man ihnen einen Wohnplatz zuweisen konnte. Normann wusste, dass sein Bruder hinter dem Kokain stand, das ihn ins Gefängnis gebracht hatte. Er wusste, dass angebliche Transporte von Medikamenten dazu dienten, auf dem Rückweg Frauen oder Waffen ins Land zu bringen. Er musste sich entscheiden. Wollte er Eva gewinnen und ihr die Machenschaften seines Bruders aufdecken? Oder wollte er das Leben an der Seite seines Bruders in der Villa fortsetzen? Christian litt schon genug unter der Trennung von seiner Frau. Die Entscheidung hatte Normann vertagt. Nach dem dritten Bier wollte er nur noch schlafen. Er ließ sich von einem Taxi nach Hause bringen.

Zwei Tage später fuhr er mit einem Mercedestransporter, dessen Scheiben abgedunkelt waren, nach Kiew. Geladen hatte er mehrere Pakete mit Medikamenten für die ärmeren Gegenden des Landes. Am Vorabend hatte Millet die repräsentative Bibliothek seines Bruders durchforstet und sich für Goethes „Wahlverwandtschaften" entschieden. Er wollte nicht länger unbelesen erscheinen und ging früh zu Bett, wo er das Buch zu lesen begann. Bald nahm ihn die Handlung trotz der unangenehmen Sprache so gefangen, dass er beschloss, in den Ruhepausen seiner Ukrainereise darin zu lesen. Der Roman erzählte die Geschichte des Paares Charlotte und Eduard, deren Ehe durch das Hinzukommen eines weiteren Mannes und einer weiteren Frau zerbricht. Beide Ehepartner fühlen eine starke, jeweils auch erwiderte, neue Anziehung. Das Gefühlschaos zwischen Leidenschaft und Vernunft nimmt einen tragischen Verlauf.

Am Ende seiner Osteuropatour empfand Normann Millet ein leicht euphorisches Gefühl. Er setzte die vier Frauen in dem Haus im Bahnhofsviertel ab. Zu seinem Entsetzen wäre einer von ihnen fast die Flucht gelungen, was ihm und seinem Bruder das Genick hätte brechen können. Christian Millet hatte sich stillschweigend zur Übergabe der Neuzugänge eingefunden. Schon eine Weile lehnte er im Dunkel neben der Eingangstür an der Wand. Als die junge Frau an ihm vorbiranntc, rcagicrtc cr schr schncll mit cincr blitzartigcn Vierteldrehung und schoss, ohne dass er sein Ziel genau in das Visier nehmen konnte. Er hatte in seiner Hosentasche die Waffe in der Hand gehalten. Niemand hatte ihn gesehen, als er sich im Hausflur schwarz gekleidet in Warteposition begeben hatte. Das Barmann war an ihm vorbei nach draußen gerannt, der Türsteher hatte Mühe, die verbliebenen drei neuen Damen festzuhalten. Christian hatte sich während der ersten Schreie vorsichtig etwas weiter in das Innere geschoben, während er sich weiter an die dunkle Wand gepresst hielt. In dem darauf einsetzenden Chaos konnte er ungesehen durch den Hintereingang verschwinden. Niemand hatte gesehen, von wo geschossen worden war. Eine allgemeine Panik hatte sich breitgemacht und für Blindheit gesorgt. Nur Normann hatte ihn aus den Augenwinkeln wahrgenommen, denn er ahnte, dass Christian anwesend sein würde, um die sogenannte Ware zu begutachten. Sein Bruder hatte längst seinen Wagen erreicht, als die ersten Sirenen aufheulten.

Christian fuhr kurz zu Hause vorbei, wobei er wusste, dass er dort niemand antreffen würde. Er legte die Waffe sorgfältig abgewischt in den Tresor und war drei Minuten später wieder unterwegs zum Firmensitz der Merz Pharma GmbH in der Eckenheimer Landstraße. Aus den Nachrichten erfuhr er, dass er die Ukrainerin lebensgefährlich getroffen hatte. Etwas wie ein kalter Schauer lief ihm über den Rücken. Es war nicht das Entsetzen über seine Tat, sondern der Tatsache geschuldet, dass Normann ihn ans Messer liefern konnte. Er musste sich dessen absoluter Loyalität versichern. Sein Weg war trotz des momentanen Dilemmas der richtige. Es musste immer wieder Personen geben, die das uralte Gewerbe bedienten. Ein rotes Haus wie das der

Marie Haussmann, in dem nur geredet wurde, fand er lächerlich und überflüssig.

Nach dem gemeinsamen Abendessen, an dem Normann teilgenommen hatte, als ob nichts gewesen wäre, bat er ihn in seinem Arbeitszimmer zu einem kurzen Lagebericht. „Ich weiß, dass du zu deiner Familie stehst. Ich hoffe, dass es so bleibt. Ich werde alles für dich tun und niemals eine Attacke gegen dich starten, die dich wieder in den Bau bringen könnte. Ich weiß, dass du ebenso denkst." Normann sah seinem Bruder direkt in die Augen. „So ist es, und so wird es auch bleiben." „Also mach dir keinen Gedanken wegen dieser Unfallgeschichte. Ich werde das für dich regeln. Du musst dich nur still verhalten." Normann hatte verstanden. Er wusste genau, worum es ging. Sein Herz wurde schwer. Die Gelegenheit sich die Polizistin gewogen zu machen und zu einer aufrichtigen Person zu werden, lag vor ihm. Aber Christian war sein Bruder. Er liebte ihn. Und Christian konnte viel für und noch mehr gegen ihn tun.

Fritz Mittag war vom Tatort zurückgekehrt. Er hatte dort einen kurzen Blick auf die Örtlichkeit geworfen. Die schwerverletzte junge Frau war bereits abtransportiert worden. Es war mehr als fraglich, ob sie durchkommen würde. Derzeit lag sie im Koma. Die Umstehenden befragte er, ob sie etwas gesehen hätten. Den Türsteher der Einrichtung und den Barmann des Lokals ließ er vorläufig festnehmen. Auch die anderen Ukrainerinnen kamen zunächst zu ihrem Schutz und zu Zwecken der Vernehmung in Polizeigewahrsam. Fritz Mittag wusste im Vorhinein, dass niemand etwas wusste, was zur Klärung der Tat beitragen konnte. Schlecht gelaunt ging er zum Mittagessen in die Kantine. Am frühen Nachmittag überflog er die Vernehmungsprotokolle. Er hatte sich kurzgefasst. Wie vermutet ergaben sich keinerlei Anhaltspunkte zum Tathergang. Seine Laune wurde noch etwas schlechter, als die Gerichtsmedizinerin anrief, anstatt auf sein persönliches Erscheinen zu dringen. Glatter Lungendurchschuss mit wahrscheinlicher Todesfolge. Guter Allgemeinzustand der jungen Frau, jedoch leicht dehydriert. Fritz Mittag hätte gerne ein wenig mit der ein Meter fünfundachtzig großen Frau geflirtet, anstatt sich am Telefon abfertigen zu lassen. Rachsüchtig wählte er die Nummer Eva Friedbergers. „Was ist los, Frau Friedberger? Wollen Sie mich auf den Arm nehmen oder warum kommen von Ihnen keine Ergebnisse? Meine Geduld nähert sich ihrem Ende. Also machen Sie voran." Fritz Mittag beschloss, den Dienstschluss um wenige Minuten vorzuverlegen, damit er noch Schwimmen gehen konnte. Das brutale Durchpflügen des Wassers half ihm.

8

Jan Jurak hatte sich gerade in der Medizinischen Klinik II, wo er Thalia untergebracht hatte, nach den neusten Blutwerten erkundigt. Diese waren nicht so schlecht wie bei der vorherigen Abnahme, doch würde wohl in absehbarer Zeit kein Weg an einer Stammzellentherapie vorbeiführen. Er hoffte für diesen Fall, dass Thalia keine Abstoßungsreaktion zeigen und ein geeigneter Spender zu finden sein würde.

Kaum war der junge Arzt wieder auf seiner Station, als er zu seinem Oberarzt einbestellt wurde. Dieser lächelte ihn freundlich an und meinte, dass sein Einsatz Früchte trage, dass er ab sofort der Stationsarzt sei, welcher gute Aussichten habe, demnächst stellvertretender Oberarzt zu werden, vorausgesetzt, dass er etwas mehr Zeit auf seiner eigenen Station verbringe. „Sie gehören in die Klinik für Innere Medizin III. Dort sollen Sie auch bleiben." Jurak schluckte und nickte. „Danke, Herr Oberarzt, die Botschaft ist angekommen." In seiner Mittagspause telefonierte er mit Thalias Mutter, um sie zu bitten, Thalia zu erklären, warum er nicht weiter an der Behandlung mitwirken könne. Amelia solle ihn informieren, wenn sie mit Thalia das Foyer des Zentralbaus aufsuche, dann würde er vorbeischauen. Das sei unverfänglich. Amelia ärgerte sich noch einmal mehr über Jan Jurak. Für so karriereorientiert hätte sie ihn gar nicht gehalten. Umso besser, überlegte sie nach einer Weile. Damit ist für Fabian der Weg an Thalias Bett frei. Sie rief ihn sofort an. Nach einer Weile erhielt sie einen weiteren Anruf von Dr. Jurak. Er bat sie, dass sie sich von den Kollegen in der II daraufhin testen lassen solle, ob sie gegebenenfalls als Stammzellenspenderin infrage komme.

Als Amelia ihre Tochter nach Dienstschluss besuchte, lächelte Thalia nur schwach. „Ich bin so müde, Mama. Vielleicht kommt es von den neuen Tabletten. Ich wollte schon Jan danach fragen, aber er hat sich noch gar nicht sehen lassen." Amelia erzählte von Jans Anruf. „Wie

schön für ihn. Das freut mich aber, dass er stellvertretender Oberarzt werden soll." Thalia hatte den Kopf weiter seitwärts gelegt und
lächelte in ihr Kissen. „Wollen wir uns ein wenig in das Foyer setzen?
Ich könnte dich in den Rollstuhl verfrachten." „Danke, Mama, aber
heute bin ich besonders müde und kann nicht so lange sitzen. Das
müssen diese Tabletten sein." Thalia fielen die Augen zu. Amelia war
sehr besorgt. Sie blieb noch eine Weile am Bett sitzen, als ihr Schwiegersohn hereinkam. Er hatte eine große Schachtel von Thalias Lieb-
lingspralinen dabei. Sein Eintreffen weckte die Patientin. Als sie Fabian
sah, kam Leben in das blasse schmale Gesicht. Thalia versuchte, sich
aufzusetzen. Schon stürzte er zu ihr, um ihr zu helfen. Fabian küsste
sie, als er sie hochgezogen hatte. „Dein Arzt sieht es nicht. Er muss,
wie ich gehört habe, an seiner Karriere arbeiten. Die Gesundheit seiner Freundin steht wohl an zweiter Stelle." Thalia verzog das Gesicht.
„Er will mich doch im Foyer sehen, wenn es möglich ist." „Ich bitte
dich, mein Liebling. Das ist doch grob fahrlässig, dass er dich dort
der Infektionsgefahr aussetzt." Thalia wirkte noch etwas gequälter bei
Fabians Worten. „Vielleicht ist er wirklich so im Karrierestress, dass
er daran nicht gedacht hat. Wahrscheinlich kommt er aber bald zur
Besinnung. Vielleicht bedeutet es auch, dass es mir nicht so schlecht
geht." Thalia lächelte glücklich. Sie seufzte. „Wir sind doch Sand-
kastenfreunde und haben uns geschworen, dass wir ein Leben lang
zusammenbleiben werden. Doch dann haben wir uns irgendwie aus
den Augen verloren. Und dann bist du in mein Leben getreten. Jetzt
habe ich Jan durch Zufall wiedergetroffen und der Schwur unserer
Kinder- und Jugendtage war wieder in meinem Kopf." Sie machte eine
Pause. „Das habe ich dir alles schon erklärt, Fabian, als ich ausgezogen
bin. Zu Jan. Du wolltest es nicht verstehen. Vielleicht begreifst du
heute mit Abstand, dass ich mich an die früher getroffene Abmachung
halten wollte. Vielleicht war ich auch ein wenig zu engstirnig." Thalia
lächelte ihn traurig an. „Manchmal habe ich den Verdacht, dass Jan
seinerseits gar nicht mehr an unsere Vereinbarung von früher denkt.

Ich habe ihn nie danach gefragt. Es war so selbstverständlich für mich. Vielleicht hat er es aber über seine Karriere hinweg vergessen. Der Verdacht kommt mir erst jetzt. Egal, für mich gilt der Schwur aus alten Tagen." Thalia sah Fabian traurig an. Dieser wäre am liebsten aufgesprungen und weggelaufen, so sehr setzten ihm Thalias Worte zu. Sie war blind, fühlte sich an ein Kindheitsversprechen gebunden, war im Begriff, ihr Leben komplett zu ruinieren. Fabian wusste, dass er ihr nicht nachlaufen würde, sobald sie wieder gesund war. Das Verbot ihm seine Selbstliebe. „Was ist eigentlich mit Thalias Vater? Sollte Peter Caspari sich nicht auch testen lassen, ob er als Stammzellenspender infrage kommt, falls diese letzte Therapiemöglichkeit ergriffen werden muss?", wechselte er das Thema. Amelia hatte nur die Augen gerollt und leicht den Kopfgeschüttelt, als ihre Tochter diese Ehrenerklärung abgegeben hatte. „Vielleicht sollte ich ihn tatsächlich kontaktieren", seufzte Amelia und nahm eine Praline aus der mittlerweile geöffneten Schachtel. „Möglicherweise hält er das für einen Vorwand. Vielleicht denkt er, dass ich Sehnsucht nach ihm habe." „Vielleicht sollte ich ihn anrufen", flüsterte Thalia. „Mir wird er sicher helfen wollen." „Liebes, lass. Ich werde es tun. Du bist zu schwach für eine anstrengende Auseinandersetzung und solltest dich schonen. Ich mache es heute Abend." Amelia war noch einmal froh darüber, dass Joseph Schönfelder nicht mehr ihren Terminkalender bestimmte. Sie verabschiedete sich von ihrer Tochter. Fabian wollte noch ein bisschen bleiben.

Zu Hause suchte Amelia nach Peters Mobilnummer. Nach dem ersten Klingelton lief die Ansage, dass die gewählte Rufnummer zurzeit nicht vergeben sei. Amelia versuchte es erneut, mit demselben Ergebnis. Sie hatte keine Ahnung, wo Peter derzeit wohnte. Hektisch suchte sie im Internet nach ihm und kam zu keinem Ergebnis. Mühsam versuchte sie sich zu beruhigen und dachte an Josephs Whisky. Sie würde ihn nicht anrufen. Wahrscheinlich war sie doch die geeignete Stammzellenspenderin und wahrscheinlich war eine derartige Operation zum gegenwärtigen Zeitpunkt noch gar nicht nötig. Thalia erholte sich bestimmt schnell. Es war sicher nur das neue Medikament, was sie so matt machte. Sie würde sich jedoch sofort morgen in der Uniklinik testen lassen und erst später zum Dienst im Bürgerhospital erscheinen. So gesehen war es besser, wenn sie einen klaren Kopf behielt. Sie suchte nach Schokolade und wurde fündig. Sie unterdrückte ihre Nervosität und setzte sich mit einer weiteren Schachtel Pralinen vor den Fernseher.

Als sie am späten nächsten Vormittag endlich an ihrem Arbeitsplatz erschien, fand sie einen Zettel vor mit der Notiz, dass Joseph Schönfelder versucht hatte, sie zu erreichen. Sie rief ihn zurück. „Ich wollte mich nur kurz erkundigen, wie es Thalia geht und mich bei dieser Gelegenheit bei dir entschuldigen. Wollen wir nicht noch einmal über alles sprechen? Schließlich sind wir doch teilweise verheiratet." Er machte eine Pause. „Ich liebe dich, Amelia." Amelia seufzte vernehmlich. „Gut, ich bin kein Unmensch. Ich habe Thalia heute Morgen schon kurz gesehen. Von daher können wir uns heute Abend treffen. Du darfst mich zum Essen abholen. Allerdings muss ich heute länger arbeiten, weil ich erst spät zum Dienst erschienen bin wegen der Blutabnahme." Amelia wollte schon auflegen, als ihr noch etwas einfiel. „Ich versuche meinen Exmann zu finden. Allerdings weiß ich nicht, wo er wohnt. Ach ja, vielleicht liebe ich dich auch." Amelia hörte förmlich, wie Joseph lächelte. Vielleicht liebte sie ihn tatsächlich, ein wenig jedenfalls. „Wenn wir uns heute Abend sehen, reden wir über beide Themen, also über die Aufenthaltsermittlung und die Liebe." Schönfelder hatte einen Tisch bei einem Griechen in der Eckenheimer Landstraße reserviert. Obwohl das Restaurant auch fußläufig gut zu erreichen war, wollte er das Auto nehmen. Amelia ließ sich ermattet in den Beifahrersitz sinken, sie war heute schon genug unterwegs gewesen und hatte auch keine Lust gehabt, sich noch einmal umzuziehen. So rutschte ihr gelber Minirock ziemlich weit nach oben. Dazu trug sie eine weite schwarze Chiffonbluse und große gelbe Holzohrringe. Schönfelder musste manchmal an sich halten, dass er Amelias Hang zu bunten Farben und sehr kurzen Röcken nicht infrage stellte. Zweifellos sah es jedoch immer irgendwo gut aus, was sie trug.

Nach den gemischten Vorspeisen fragte er nach Amelias Exmann. „Wo hat denn dein Peter zuletzt gewohnt?" Amelia warf Schönfelder einen bösen Blick zu. „Er ist nicht mein Peter. Außerdem weiß ich nicht, wo sein letzter Aufenthaltsort ist. Wir haben seit damals keinen Kontakt mehr. Wie du weißt, hat er sich von seiner Exfreundin einwickeln lassen. Sie ist auch sofort schwanger geworden. Ich glaube es jedenfalls." „Die Geschichte erinnert mich ein bisschen an Thalia, die ihren Mann verlassen hat, um sich mit der Jugendliebe wieder zusammenzutun." „Ist doch klar, dass du Fabians Partei ergreifst. Schließlich bist du sein Anwalt." Amelia hatte fast vergessen, dass auch sie im Begriff war, sich auf die Seite ihres Schwiegersohns zu schlagen, nachdem sie den jungen Arzt für etwas zu karriereorientiert hielt. Amelia nahm einen großen Schluck Retsina. „Wenigstens ist der Wein gut." Schönfelder legte seiner wütenden Ehefrau die Hand auf den Arm. Erfreut stellte er fest, dass sie seinen Ring trug. „Unseren nächsten Urlaub verbringen wir in Griechenland." Amelia sah sich in dem Lokal um. Sie sah die weißen Säulen und die großen Fotowände mit blauen Stühlen am Strand vor einem noch blaueren Meer. Sie nickte, während Schönfelder wieder zum Thema zurückkam. „Kennst du denn den Wohnort dieser Dame?" Amelia schüttelte ungehalten den Kopf. „Es hat mich nicht interessiert, wo diese Schlampe wohnt." Joseph Schönfelder seufzte tief. „Beruhige dich, Liebling. Ich werde nach Peter Caspari mit Hilfe der Polizei fanden lassen und angeben, dass es um eine Unterhaltszahlung geht." „Das würdest du tun?" Amelia strahlte glücklich. „Darf ich denn im Gegenzug auf einen Gefallen deinerseits hoffen?" Mittlerweile hatten sie das Hauptgericht gegessen. „Was sollte das sein?", fragte Amelia misstrauisch. „Du könntest mir die große Freude machen, einmal bei mir zu übernachten. Du hast es noch nie getan. Meine Wohnung ist die größere." Und die bessere, fügte Amelia in Gedanken hinzu. Obwohl sie keine Lust hatte, bei Schönfelder zu übernachten, sagte sie zu. Als sie bei ihm ankamen, schlug er vor, dass Amelia die gemeinsame Übernachtung auch als Test ansehen sollte, ob sie sich vorstellen könnte, bei ihm einzuziehen. „Nicht, dass du wieder irgendwelchen Männern vom Balkon aus zuprostest." Amelia musste sehr an sich anhalten, um nicht aufzuspringen und fluchtartig das Lokal zu verlassen. Sie gab sich alle Mühe, die Haltung zu bewahren. Sie nahm sich vor, den Abend und die Nacht mit viel Alkohol zu überstehen. Es war ihr egal, wie sie sich am nächsten Morgen im Büro fühlen würde. Wider Erwarten verlor sie in Schönfelders Wohnung die Lust am Weitertrinken. Sie ließ sich behutsam ausziehen, einen süßen Espresso am Bett servieren und schlief trotz des Kaffees unter Schönfelders Zärtlichkeiten ein. Am nächsten Morgen war sie weich und bereit, als Joseph in ihrer Betthälfte ganz nah an sie heranrückte. Glücklich servierte er ihr später wieder den Kaffee an das Bett. „Ich glaube, dass ich tatsächlich mit dir zusammenwohnen könnte. Aber erst, wenn Thalia wieder gesund ist", fügte sie trotzig hinzu. Amelia schlürfte genussvoll den Cappuccino und fühlte sich wohl. Es war schön, so umsorgt zu werden. „Und ich glaube, dass wir vorher unsere standesamtliche Heirat im Römer nachholen sollten. In diesen Dingen bin ich sehr altmodisch und passe damit zu meinen Antiquitäten." Mit diesen Worten blickte Schönfelder lächelnd, inzwischen frisch geduscht und nach seinem holzigen Eau de Toilette markant wie ein sandiger Kiefernhain riechend, auf sie hinab. Amelia hatte zuvor überrascht festgestellt, dass sie ihn auch ohne Parfüm nach einer langen Nacht gut riechen konnte. Sie hatte ihm beim Ankleiden zugesehen. Nun stand er im schwarzen Anzug mit hellblauem Hemd ohne Krawatte vor ihr am Bett. Er betrachtete sie nachdenklich und noch immer mit diesem kleinen nicht zu deutenden Lächeln in den Mundwinkeln. Amelia wurde nervös. Verwundert hielt sie seinem Blick stand. Doch dann ging er gelenkig in die Knie, kniete nieder und nahm Amelias Hand. Sie wusste nicht, was kommen würde. „Würdest du mich bitte noch einmal heiraten, meine Schöne?" Amelias Blick fiel auf ihren gelben Minirock. „Bin ich dir nicht ein wenig zu bunt?", wich sie geschickt mit einer Gegenfrage aus. Als guter Anwalt erkannte Joseph Schönfelder das Ausweichmanöver und ging darauf ein. „Ich werde darüber nachdenken. Du kannst im Bett bleiben, solange du möchtest. Hier sind die Schlüssel zu meiner Wohnung. Schließ ab, wenn du gehst." Entsetzt schaute Amelia auf die Uhr und sprang aus dem Bett. Sie würde schon wieder zu spät kommen. Jeden Tag konnte sie sich nicht mit der Krankheit ihrer Tochter entschuldigen. Bald würde man sie für nicht mehr arbeitsfähig halten.

9

Eva Friedberger dachte, dass Kommissar Mittag nach dem tödlichen Schuss im Bahnhofsviertel garantiert sein Angebot an sie vergessen hatte. In Erinnerung konnte sie sich erst bringen, wenn sie etwas zu liefern hatte. Obwohl er sich melden wollte, musste sie dem Schönling Millet wieder hinterhertelefonieren. „Hier Eva Friedberger. Ich bin mir sicher, dass Sie mittlerweile etwas für mich haben, nur noch zögern, damit herauszurücken." Es war ein Schuss ins Blaue gewesen. Nach einigen Atemzügen schlug Millet mit gepresster Stimme ein erneutes Treffen auf dem Hauptfriedhof vor. Normann Millet fragte sich beunruhigt, woher die Polizistin etwas wissen konnte. Bis zum Abend blieben ihm noch ein paar Stunden.

Eva, die den Anruf schon morgens im Kopf gehabt hatte, war an diesem Tag dezent geschminkt. Sie hatte ein rosafarbiges Rouge aufgetragen und einen blassrosa Lippenstift benutzt, den sie sich tags zuvor, nachdem sie in einem Nagelstudio gewesen war, passend zur Farbe der Nägel gekauft hatte. Sie gönnte sich einen Spritzer Parfüm ihrer Mitbewohnerin, in der Hoffnung, dass sie ihr beim Verlassen der Wohnung nicht begegnete. Eva sagte sich, dass es im dienstlichen Interesse stand, wenn sie ihm gefiel. Vielleicht wurde er dadurch gesprächiger, wenn ihm daran gelegen war, ihre Gunst zu gewinnen.

Normann Millet fand keinen Parkplatz in der Rat Beil Straße. Er bog rechts ab und dachte daran, sein Fahrzeug seitlich in der Auffahrt zum Hauptportal des Friedhofs abzustellen. Um diese Uhrzeit war dort nicht mehr mit Dienstfahrten zu rechnen. Er wollte gerade seinen Wagen verlassen, als ihm das Hinweisschild auf das Abschleppen widerrechtlich abgestellter Pkws ins Auge fiel. Er hatte wirklich keine Lust, den Wagen seines Bruders irgendwo abholen zu müssen und einen Strafzettel zu kassieren. Mit geöffneter Tür stieß er zurück. Es krachte. Fast gleichzeitig hörte Millet einen wütenden Schmerzensschrei. Entsetzt trat er auf die Bremse, obwohl der Wagen bereits mit einem Ruck zum Stehen gekommen war. Er hatte ihn abgewürgt. Normann Millet stieg aus. Fast gleichzeitig kam der Radfahrer, den er umgenietet hatte, wieder auf die Füße. Für einen Moment hielt der Sportler sein Knie, um es sogleich loszulassen und sich auf Millet zu stürzen. „Du verdammtes Arschloch, kannst du nicht aufpassen mit deinem Angeberschlitten. Dir werde ich es zeigen." Mit diesen Worten ließ Millets Unfallgegner beide Fäuste auf ihn einprasseln. Es schien sich um einen Fahrradkurier zu handeln. Millet hielt erst schützend seine beiden Arme über den Kopf, doch dann schlug er zurück. „Hilfe", brüllte nun der Kurier. Mittlerweile hatte sich eine Ansammlung von Schaulustigen um die beiden Kontrahenten gebildet. Mit quietschenden Reifen war das Dienstfahrzeug, mit dem die Polizistin Eva Friedberger zu dem Zeugengespräch unterwegs war, vor der Menschenmenge zum Stehen gekommen. „Auseinander", rief die Beamtin mit einer in den Himmel gerichteten Dienstwaffe. „Er hat mich umgenietet und ist tätlich geworden, um mich mundtot zu machen", regte sich der Kurier auf. „Einsteigen, Sie begleiten mich in die Dienststelle", sagte Eva Friedberger in harschem Ton und winkte Norman Millet mit ihrer Dienstwaffe zu dem Einsatzfahrzeug. Sie musste noch warten, bis Verstärkung eintraf. Auch der wütende Radkurier sollte auf die Dienststelle im Polizeipräsidium verbracht werden. Außerdem musste Millets Fahrzeug aus der Auffahrt zum Friedhofsportal entfernt werden und ebenfalls zur Dienststelle gefahren werden.

„Es tut mir leid, dass unsere Verabredung so beginnt und wahrscheinlich noch unerfreulicher endet. So habe ich mir das nicht vorgestellt." Friedberger gab ihm keine Antwort und schwieg während der kurzen Fahrt zum Präsidium. Dort platzierte sie Millet vor ihrem Schreibtisch. Sie schaltete das Aufnahmegerät ein, nannte den Anlass für die Einvernahme und forderte Millet auf, den Tathergang zu schildern. Friedberger wies Millet darauf hin, dass er zum zweiten Mal durch unvorsichtiges Verhalten einen Unfall im Straßenverkehr verursacht habe. In Anbetracht seiner Inhaftierung wegen Drogenbesitzes würde man gleich anschließend eine Urinprobe untersuchen, um Drogenkonsum festzustellen oder auszuschließen. Normann Millet wurde unruhig. Er wusste nicht, wie der Test ausgehen würde. In den letzten Tagen hatte er gelegentlich, um seine Nervosität in den Griff zu bekommen, geraucht. Millet beschwor die Polizistin, dass sie ihm glauben müsse, dass er ganz sauber sei. Der Radler sei einfach ungebremst in ihn reingefahren. In dem Moment wurde die Tür aufgerissen und der Kollege steckte den Kopf in die Tür und erklärte, dass der Radfahrer seine Unaufmerksamkeit zugegeben und die eigene Schuld eingeräumt hatte. Demzufolge könne man den Halter des Pkws wohl laufen lassen. Eva Friedberger bedankte sich für die Information. „Da haben Sie aber Glück gehabt." Millet lächelte erleichtert und machte Anstalten aufzustehen. „Nicht so schnell, Herr Millet. Sie vergessen, warum ich Sie sprechen wollte." Er setzte sich wieder, lehnte sich im Stuhl zurück und betrachtete Eva aufmerksam mit verschränkten Armen. Dabei fiel ihm auf, wie hübsch sie heute aussah. „Erhalte ich eine neue Identität und meine Polizeiakte verschwindet?" „Aber hallo, nicht jeder Zeuge kommt in das Zeugenschutzprogramm. Da muss schon massive Gefahr für Leib und Leben des Zeugen bestehen." „Das tut es auch. Eva, du musst mir helfen, wenn ich dir etwas erzähle. Eine Hand wäscht die andere." „Also, Herr Millet, worum geht es? Was haben Sie für mich?" Friedberger wurde sehr sachlich, obwohl ihr Herz bis zum Hals klopfte. Sie spürte, dass Millet kurz davor stand, sich ihr anzuvertrauen. Schweigend musterte sie ihn. Ihre Blicke trafen sich. In dem Moment begann Normann Millet mit seinem Bericht. Er fing damit an, dass er für seinen Bruder die Haftstrafe abgesessen habe. Dieser sei massiv im Drogen- und Mädchenhandel im Bahnhofsviertel involviert. Der Laden, in dem er damals festgenommen worden war, gehöre seinem Bruder über einen Strohmann. Friedberger holte tief Luft. Also doch. „Vielen Dank, Herr Millet, das war sehr kooperativ. Gibt es etwas, was wir als Beweis haben können? Natürlich werden wir ab sofort Ihren Bruder im Auge behalten." Normann Millet wand sich. „Ich weiß nicht, wo er das Kokain lagert. Ich bin mir aber sicher, dass die Päckchen, die ich für ihn zur Post bringe, den Stoff enthalten. Wenn Sie ein Päckchen abfangen und es sich so verhält, wird mein Bruder aussagen, dass ich in eigener Regie die Drogen versende und dass er nichts damit zu tun hat. Es wird Aussage gegen Aussage stehen. Ich bin der Vorbestrafte in der Sache. Es wird dann sehr schwierig für mich. Mein Bruder sieht so unscheinbar aus. Er ist jedoch brandgefährlich." „Sie gehen am besten jetzt nach Hause und verhalten sich ganz normal. Ich werde morgen den zuständigen Kommissar verständigen und mich für Sie einsetzen." Normann Millet strich über seine schwarzglänzenden Haare. „Eva, ich will jetzt nicht in die Villa zurückgehen. Ich hätte Angst, mich zu verraten. Kann ich eine Nacht bei dir verbringen? Ich sage meinem Bruder, dass ich eine neue Freundin habe, in die ich verliebt bin. Das wird ihn beruhigen. Abgesehen davon stimmt es." „Was stimmt?", fragte Eva, die leicht errötet war. „Dass ich sehr verliebt bin. Ich weiß aber, dass es nur einseitig ist. Es wird nichts passieren, wenn ich jetzt mitkommen kann." Normann Millet bemerkte die Verlegenheit der jungen Frau. „Wir könnten uns jederzeit treffen, wenn die Polizistin, die ich bei dem Auffahrunfall zufällig kennengelernt habe, meine Freundin wird. Er wird denken, dass ich derzeit anderes im Kopf habe als seine Geschäfte." Eva sah ihn zweifelnd an. Sie überlegte, ob sie es riskieren konnte, Millet in die WG mitzunehmen. Der attraktive Mann konnte genau am Gesicht der Polizistin ablesen, wie sie mit sich kämpfte. Dieses Zögern verstand er zu seinen Gunsten zu nutzen. Er griff in seine großformatige Umhängetasche der Marke Gucci und zog die „Wahlverwandtschaften" heraus. „Ich habe das Buch gelesen und kann es nur empfehlen, auch wenn es ein altmodischer Klassiker ist." Damit hatte der Frauentyp Millet das Zweifeln der Polizistin besiegt. Vielleicht war er gar nicht so, wie er aussah. „Also gut, diese eine Nacht, aber Sie schlafen auf dem Fußboden. Eine Couch habe ich nicht, aber einen Teppich, falls einmal ein Hund bei mir übernachten will." Eva Friedberger wusste auch nicht, warum sie spontan so fies reagiert hatte. Immerhin musste ihr Millet noch einiges erklären. Außerdem gefiel er ihr doch. Wahrscheinlich wollte sie ihre Verlegenheit mit dieser Boshaftigkeit überspielen und jegliche romantische Stimmung im Ansatz ersticken. „Gehen wir jetzt?", fragte Millet und hielt ihr seine beiden Hände dergestalt ihn, dass man ihm Handschellen anlegen konnte. „Ich meine nur, falls Sie den Hund an die Leine legen wollen." Eva konnte sich eines Lächelns nicht erwehren.

„Das ist Normann Millet, ein wichtiger Zeuge, der heute Nacht bei mir eine geschützte Unterkunft bekommt, bevor er morgen wieder verhört wird. Wir haben uns darauf geeinigt, es nach außen so aussehen zu lassen, als wäre ich seine Freundin." „Aha, so macht man das jetzt, ich verstehe. Man tut nur so, als wäre man befreundet. Und wo ist der Unterschied zur echten Freundschaft?", fragte die andere Polizistin. Evas Mitbewohnerinnen musterten den gutaussehenden Millet interessiert. „Es dauert nur so lange, wie der Einsatz läuft. Es ist also schnell wieder beendet." Eva verteidigte sich. „Ein schnelles Ende gibt es auch bei echter Freundschaft", meinte die Altenpflegerin. „Nein, das stimmt nicht", mischte sich auf einmal Evas Begleiter ein, der bisher schweigend neben ihr gestanden hatte. „Wenn eine Freundschaft schnell wieder beendet ist, war es keine echte Freundschaft, sondern ein Strohfeuer." „Wir wollen das jetzt nicht weiter vertiefen", sagte Eva mit einem stolzen Seitenblick auf Millet. Sie holte Wurst, Käse, Butter und Marmelade aus dem Kühlschrank. „Willst du ein Bier?", fragte sie ihren Gast. „Ja, gerne. Marmelade?" „Eva liebt Marmelade, besonders auch zu Bier", meinte die Mitbewohnerin, die in der Altenpflege tätig war. Sie hieß Karin und war bei der Seniorenresidenz in der Nähe des Campus Westend beschäftigt. „Kann ich mir gut vorstellen, es gibt auch Bier mit Limo, genannt Radler." Millet stand Eva wieder zur Seite. „Oh ja, der Radfahrer." Eva seufzte. Die beiden anderen sahen sich erstaunt an, aber Millet lächelte. Nach dem Abendessen schlugen sie eine Partie Rommee aus und gingen in Evas Zimmer.

„Nett hast du es hier", meinte Millet mit einem Blick in die Runde, bevor er Anstalten machte, sich auf den Teppich zu setzen. „Lass das", sagte seine Gastgeberin. „Wir wollen doch nicht übertreiben. Setz dich mit mir auf das Bett. Du kannst mir aus dem Buch vorlesen. Das hatte ich schon lange nicht mehr." Normann Millet gehorchte und setzte sich neben Eva. Sie saßen dicht nebeneinander, damit Eva einen Blick in das Buch werfen konnte. Nur stockend formten sich die vorgelesenen Worte des Romangeschehens. Schließlich ließ der Vorleser das Buch sinken. „Ich muss einen Schluck Bier trinken. Danach lese ich weiter, aber bald werden mir die Augen zufallen." „Brauchst du nicht." Eva war großzügig. „Wie stellst du dir deine Zukunft vor, Normann?" Eva war zum Du übergegangen. „Was willst du tun, wenn es gelungen ist, deinen Bruder zu verhaften?" Normann Millet schwieg eine Weile, bevor er antwortete. „Dann heiraten wir und bekommen zwei Kinder." Eva Friedberger überhörte die Bemerkung. „Ich will jetzt schlafen. Du kannst im Bett bleiben, wenn du deine Füße auf das Kopfkissen legst und angezogen bleibst." Millet tat, was ihm gesagt wurde. Bevor er einschlief, murmelte er noch etwas, was Eva nicht mehr hörte, denn trotz des ungewohnten Mitschläfers in ihrem Bett war sie sofort in das Reich der Träume hinübergeglitten.

Die Polizistin nahm Normann wieder mit in ihre Dienststelle, nachdem sie ohne Frühstück aufgebrochen waren. Es blieb bei der Variante, dass sie jetzt seine Freundin war und sie sich daher ohne Vorsichtsmaßnahmen treffen konnten, ja mussten. Auch über zu erbringende Beweise hatten sie im Präsidium bei Automatenkaffee und unterwegs gekauften Croissants gesprochen. Millet hatte noch nichts über die Verantwortlichkeit seines Bruders an dem Mordversuch erzählt. Jedoch erklärte er sich bereit, Eva Friedberger über eine weitere Osteuropatour zu informieren, so dass für die Polizei die Möglichkeit des Zugriffs bestand, wenn die Anlieferung der Frauen erfolgte. Nach dieser Absprache schickte die Beamtin ihren Informanten nach Hause. Er verabschiedete sich mit einem traurigen Blick, jegliche Arroganz war von ihm abgefallen. Sein sonst so sorgfältig mit Gel glatt nach hinten gekämmtes Haar war strähnig zerrauft. Sein Gesicht wirkte blass unter der Bräune. Millet dachte, dass sein Bruder schon in der Firma war, umso erstaunter war er, dass er ihn an der Tür abfing. „Wo warst du, Normann? Ich habe mir Sorgen gemacht, weil du ohne Abmeldung unserem Abendessen ferngeblieben bist." „Lass uns doch erst einmal reingehen. Oder bin ich nicht mehr willkommen?", fragte Normann seinen Bruder. Dieser ergriff ihn am Ellenbogen und führte ihn in die Halle hinter dem Eingang. „Also, wo warst du?" „Was soll das, Christian? Ich komme mir vor, als wäre ich dein Gefangener." „Der bist du tatsächlich in gewisser Weise, denn ich muss dich kontrollieren nach allem, was du über mich weißt." Normann versuchte seinen Bruder zu umarmen. „Du bist doch meine Familie, alles was ich habe. Niemals würde ich dich ans Messer liefern." Christian schob seinen Bruder von sich weg. „Wie siehst du überhaupt aus?" Normann holte tief Luft. „Ich habe bei meiner neuen Freundin übernachtet. Es hat sich einfach so ergeben. Ich war auf dem Hauptfriedhof am Grab unserer Eltern. Als ich ausparkte, ist mir ein Radfahrer in die Tür gefahren. Zufällig ist die Polizistin vorbeigekommen, als dieser durchgedrehte Radfahrer nach der Polizei geschrien hat. Sie war sehr nett zu mir und hat sich zum Essen einladen lassen. Dann durfte ich sie nach Hause begleiten. Sie wohnt in einer WG, und dann sind wir einfach auf ihrem Bett eingeschlafen. Ihre weiße Bettwäsche mit Blümchenmuster hat so gut nach Lavendel gerochen. Ich mag sie sehr. Sie ist so süß und so unverdorben. Ich will sie dir unbedingt vorstellen, damit du dich davon überzeugen kannst, wie niedlich sie ist. Vielleicht kann ich sie auch zu uns einladen?" Normann war ganz außer Atem von der langen Rede. „Sachte, sachte", meinte Christian. „Du bist sicher, dass sie in dich verliebt ist und nicht irgendwelche dienstlichen Interessen verfolgt?" „Sie ist total verknallt in mich, du musst es dir einfach ansehen. Sie hat wahrscheinlich noch nicht so viele Typen gehabt, und mit Sicherheit bin ich derjenige, der am besten aussieht." Normann Millet lächelte selbstgefällig. Christian seufzte. „Ich muss jetzt dringend ins Büro. Du musst den Rasen mähen und heute Abend ein Päckchen zu Post bringen. Ich erwarte dich zum Abendessen. Allein." Christian drehte sich um und sah nicht mehr, dass Normann nickte.

10

Thalia wartete auf die Visite. Heute Morgen hatte Fabian angerufen und ihr mitgeteilt, dass er dringend zwei Tage verreisen müsse und sie zwei Tage nicht sehen könne. Ihm sei eine große Wohnung im Zentrum von Paris zum Verkauf angeboten worden, die er besichtigen müsse. Ein Millionenobjekt. „Wie schade, dass du mich nicht begleiten kannst. In Zeiten unseres Zusammenlebens sind wir nie in Paris gewesen." „Fabi, du vergisst, dass wir getrennt sind." „Schon, aber wir sind noch verheiratet, und neuerdings verstehen wir uns wieder gut. Da kann man schon auf die Idee kommen, etwas nachzuholen, was wir früher versäumt haben, zumal dein neuer Freund gerade so mit sich selbst beschäftigt ist."

„Das bist du doch gerade auch, Fabi. Wo ist da der Unterschied?" „Der liegt auf der Hand. Ich will dich mitnehmen. Es sind nur zwei Tage. Dein Doktor macht keine Anstalten, dich auf seine Station zu holen, um öfter mit dir reden zu können. Stattdessen muss er dich heimlich im Foyer treffen, wo es zugig ist und du dir eine Lungenentzündung holen könntest. Ich dagegen würde dich zu dem abendlichen Geschäftsessen mit der Verkäuferin gerne mitnehmen." Thalia schwieg. Sie musste Fabian recht geben. Sie fühlte sich sehr verletzt durch Jans Verhalten. Einer der Stationsärzte der II unterbrach das Gespräch, er war mit einigen der Schwestern und weiteren Assistenzärzten zur Visite erschienen. Er warf Farberger einen Blick zu und sagte zu Thalia, dass er es begrüßen würde, wenn sie Jan Jurak nicht nachweinte. Der Unterton war deutlich ironisch. Die Patientin beeilte sich, Fabian Farberger als ihren Ehemann vorzustellen. „Ah, so ist das", meinte der Arzt. „Zweigleisig ist besser als das Abstellgleis. Mein Name ist übrigens Hendricks. Georg Hendricks. Ich werde mein Bestes tun, um Sie schnell wieder fit zu machen, Frau Farberger. Und sollte Dr. Jurak komplett ausfallen wegen seiner ausufernden Berufstätigkeit, so bin ich gerne das Ersatzgleis." Er lächelte breit. „Nichts für ungut, Frau Farberger. Scherz muss sein. Lachen gilt als gesundheitsfördernd. So lachen Sie doch einmal." Thalia fand, dass dieser eitle Dr. Hendricks äußerst unverschämt war. Er meinte wohl, dass sie Freiwild sei, nur weil sie zuließ, dass ihr Ehemann und ihre Jugendliebe gemeinsam um sie besorgt waren. Fabian musste aufbrechen. Erschöpft sank Thalia in ihr Kissen und wurde erst durch das Mittagessen geweckt. Eine halbe Stunde nach dem Essen stand plötzlich Dr. Hendricks wieder an ihrem Bett. Thalia, die gerade wieder im Begriff war einzuschlafen, sah ihn entsetzt an. „Es ist alles gut. Ich wollte nur mein unschickliches Verhalten wiedergutmachen und Sie zu einem Spaziergang am Mainufer entführen. Ich habe gerade Pause." Ohne auf ihre Antwort zu warten, zog er Thalia hoch und verfrachtete sie geschickt in ihren Rollstuhl. Dann trat er an den Kleiderschrank, entnahm ihm einen dicken Pullover und eine Jogginghose. Thalia zog sich mühsam an. Sie freute sich, das Krankenhaus für eine Weile verlassen zu können. Hendricks schob sie schnellen Schritts zu den Aufzügen. Vom Zentralbau des Klinikums musste man nur wenige Meter bis zum Mainufer zurücklegen. Die Sonne und der Wind zauberten eine frische Farbe in das Gesicht der blassen jungen Frau. Der Main war nicht so grau wie sonst. Das Wasser wirkte fast blau. Sie sprachen nicht viel. Thalia war zu beschäftigt, ihre Umgebung in sich aufzunehmen. Das Glitzern des Wassers, auf dem Schwäne schaukelten, Schiffe, Fußgänger und Radfahrer zogen an ihnen vorbei, während der Arzt, der immer noch seinen Kittel trug, was aber niemandem aufzufallen schien, sie gemächlich zu einer Bank schob. Er setzte sich und zog eine Packung Schogetten aus der Kitteltasche. „Die teilen wir uns jetzt. Statt Kaffee und Kuchen." Er öffnete ungeschickt die Packung und hielt sie Thalia hin. „Ich möchte Ihnen etwas mitteilen, was Sie besser wissen sollten, bevor Sie ihren Ehemann in die Wüste schicken." „Und das wäre?", fragte Thalia zugleich überrascht und verärgert. Der Zauber des Flusslaufes war gebrochen. Ein weiteres Stück Schokolade lehnte sie ab. „Ich war vorher direkter Kollege von Jan Jurak auf der III und der dienstälteste der Stationsärzte. Es war klare Sache, dass ich die Vertretung des Oberarztpostens übernehmen sollte. Doch dann habe ich mich, wie damals Boris Becker, in einer Abstellkammer von einer schönen Pflegerin umgarnen lassen, die von einem Fehler, den sie in der Versorgung eines Patienten begangen hatte, ablenken wollte. Und ich flirte halt gerne. Jan Jurak hat uns erwischt. Ich weiß bis heute nicht, was er in dieser Kammer wollte. Jedenfalls ist er schnurstracks zu unserem Oberarzt gegangen und hat den Vorfall angezeigt. So wurde ich von der III auf die II versetzt, damit ich von dieser Pflegerin ferngehalten wurde. Und wo es derzeit keine Aufstiegsmöglichkeiten gibt." Dr. Hendricks seufzte. „Natürlich bekam Jurak sofort die Anwartschaft auf die Oberarztvertretung angetragen. Anstatt das abzulehnen und zu sagen, dass es ihm nur um die Sache als solche gegangen sei, hat er dankbar zugegriffen. Und Sie dabei hängen gelassen." Hendricks sah Thalia bei diesen Worten direkt in die Augen. „Sie sollten den Sachverhalt meiner Meinung nach kennen, bevor Sie sich bedingungslos an Jurak hängen und die Scheidung von einem Mann durchziehen, der, obwohl er der Verlierer ist, an Ihrem Bett steht. Thalia blickte den Arzt skeptisch von der Seite an. „Das soll ich glauben?" „Fragen Sie Jurak. Wir müssen jetzt zurück. Es war eine schöne Mittagspause mit Ihnen am Mainufer." Hendricks lächelte versonnen. Übrigens werde ich die Medikation ändern." „Wollen Sie mich umbringen?", fragte Thalia entsetzt. „Fragen Sie das lieber Dr. Jurak. Seit Sie das neue Medikament nehmen, geht es Ihnen doch noch schlechter als bisher. Ich werde diese Änderung jedoch erst morgen in der Chefarztvisite ansprechen. Bis dahin bleibt alles so, wie es ist."

Als Fabian abends wieder zu Besuch kam, erzählte ihm Thalia nichts von dem Gespräch. Sie hatte Angst, dass er sie bitten würde, zu ihm zurückzukommen, wobei sie sich eingestehen musste, dass sie selbst in letzter Zeit verstärkt darüber nachdachte. Doch zuerst musste sie mit Jan sprechen, und Fabian hatte diese Parisreise geplant. Farberger war erfreut, dass seine Frau so frisch aussah. „Es ist so leichter für mich, dich zwei Tage allein zu lassen, wobei wir aber telefonisch in Kontakt bleiben müssen." Thalia fiel ein, dass sie schon zwei Tage nichts von Jan gehört hatte. Oder waren es noch keine zwei Tage? Da sie so viel geschlafen hatte, war ihr ein wenig das Zeitgefühl abhandengekommen. Thalia überlegte, ob sie Jan eine Kurzmitteilung schicken sollte. Doch sie unterließ es. Er sollte sich bei ihr melden.

Sie war froh, als später am Abend noch ihre Mutter den Kopf in ihr Krankenzimmer steckte. „Wie geht es dir, mein Liebling?" Thalia nickte. „Ganz gut." Amelia legte ihrer Tochter ein Päckchen weiße Schogetten auf die Bettdecke. „Die sind genauso bleich wie du sonst. Gibt es gerade im Sonderangebot." „Mama, du wirst es kaum glauben, aber ich bin heute schon einmal mit Schogetten gefüttert worden. Die waren aber schokoladenbraun." Ihrer Mutter erzählte Thalia von ihrer Begegnung mit Dr. Hendricks. „Ich weiß jetzt nicht ganz genau, was ich davon halten soll", sagte sie. „Jan meldet sich einfach nicht." „Wir gehen ins Foyer. Dort schickst du ihm eine SMS. Die Sache muss geklärt werden." Im Foyer verfasste Thalia ihre Bitte, sie dort zu treffen. „Hallo Thalia", sagte Jan Jurak neutral, als er zehn Minuten später im Foyer auftauchte. „Du siehst schon viel besser aus. Es tut mir leid, dass ich in den letzten zwei Tagen keine Zeit für dich hatte." „Ja, ich weiß, du bist zu sehr mit der Vorstufe deiner Oberarztkarriere beschäftigt. Dr. Hendricks hat mir die Hintergründe für deinen Karriereschritt erklärt." Jan zuckte mit den Achseln. „Was ist so schlimm dabei? Zu seinem Fehlverhalten kommt jetzt noch seine Klatschsucht. Als Oberarzt musst du eine Vorbildfunktion haben. Wenn etwas in der Patientenversorgung nicht korrekt abläuft, muss es geändert werden. Das Wohl des Patienten ist ein sehr sensibles Gut und muss im Mittelpunkt stehen. Ich verstehe gar nicht, wo dein Problem ist, Thalia." „Verstehst du das wirklich nicht, Jan? Du hast einen Kollegen angeschwärzt, damit du selbst in den Vorteil der Beförderung kommst, obwohl du gar nicht für den Posten vorgesehen warst." „Du hast mich nicht verstanden, Thalia. Möchtest du, dass ein Arzt für dich verantwortlich ist, der nur an den Sex mit einer Pflegerin denkt und dich gar nicht im Blick hat, der vielleicht im entscheidenden Augenblick nicht erreichbar ist wegen irgendwelcher Liebesspielchen?" Jan schüttelte den Kopf über Thalias Unverständnis. „Weißt du, du hast doch auch nur deine Karriere im Kopf und nicht mein Wohl." „Wenn du das so siehst, gehe ich am besten wieder. Ich muss sowieso zurück. Am besten, wir reden weiter, wenn du entlassen wurdest und wieder klar denken kannst." Thalia stiegen die Tränen in die Augen, was Dr. Jurak schon nicht mehr bemerkte, als er mit wehendem Kittel auf die Aufzüge zusteuerte. „Was soll ich denn jetzt bloß tun? Jan hat sich so verändert. Er denkt gar nicht mehr an unseren Schwur. Er war doch nur lieblos zu mir oder etwa nicht?" Amelia nickte. „Du kommst erst einmal zu mir." Von Schönfelder konnte sie jetzt nichts erzählen. Das musste warten. Jetzt galt es, herauszufinden, wie Fabian auf die Krise zwischen Thalia und Jan reagieren würde. Nicht, dass er auch noch absprang, weil Thalia nur wieder zu ihm zurückwollte, weil sich ihre andere Beziehung beinahe erledigt hatte und nicht, weil ihre Liebe zu ihm die Oberhand gewonnen hatte.

Amelia hatte gerade das Krankenhaus verlassen, als Schönfelder anrief. Er fragte, ob er sie zum Essen abholen dürfe. Mit einem erfreuten Lächeln, das Schönfelder nicht sehen konnte, nahm seine Quasi-Ehefrau die Einladung an, meinte aber, dass sie sich noch ein bisschen schick machen müsse. Sie wollte nicht wieder im gelben Minirock auftauchen. „Ich bin gespannt, meine Liebe. In einer Stunde bin ich bei dir." Amelia hetzte nach Hause. Sie war glücklich, dass sich Schönfelder gemeldet hatte. Duschen konnte sie nicht mehr, aber für eine Katzenwäsche reichte die Zeit noch, als sie aus den Tiefen ihres Schrankes ein schwarzes langärmeliges Minikleid herausgefischt hatte. Mit schwarzen Pumps und Strümpfen sah sie sehr seriös aus. Das schwarze Kleid, welches sie ihrem Lieblingsfilm geweiht hatte, konnte sie keinesfalls anziehen. Sie kämmte ihre honigblonden Haare sorgfältig nach hinten. Plötzlich fiel ihr ihre schwarze Hornbrille ein. Eine Brille hatte sie vor einiger Zeit verschrieben bekommen, da sie geringfügig kurzsichtig war. Schönfelder hatte diese Brille noch nicht gesehen. Er würde bestimmt beeindruckt sein, überlegte Amelia und suchte auch nach weißen Perlohrsteckern.

Die Verwandlung war ihr geglückt. Joseph Schönfelder riss die Augen auf, als er seiner Partnerin ansichtig wurde. „Wie schade, dass wir nur zum Abendessen gehen. So, wie du aussiehst, wäre das Standesamt der passendere Ort für ein Rendezvous gewesen." „In Schwarz?" Amelia lächelte trotzdem geschmeichelt. Sie fühlte sich selbst sehr wohl in ihrer Aufmachung und beschloss, die bunten Farben, von denen sie annahm, dass sie sie jung machten, hintenanzustellen. Schwarze Kleider trug sie sonst nur bei Beerdigungen und eben wenn sie „1900" sah. Joseph Schönfelder hatte das Settimo Cielo in der Eckenheimer Landstraße ausgesucht. Der Name beschrieb seine Gefühlslage. Zuerst erzählte Amelia, was vorgefallen war, nachdem sie sich für einen kleinen Salat und eine Pizza mit frischem Gemüse entschieden hatte. Schönfelder schloss sich ihr an, bestellte aber zusätzlich noch die gemischte Vorspeisenplatte aus der Vitrine. „Ich habe ihr doch noch nichts von uns erzählt. Nachdem sie herausgefunden hat, dass du der Scheidungsanwalt von Fabian bist, hatte ich ihr versprochen, dass ich dich nicht wiedersehe." „Und was war mit der Islandreise, was hast du ihr über die Fahrt erzählt?" „Eigentlich alles, nur dass ich so getan habe, als wäre es eine Reisegruppe gewesen und die Hochzeit war ein Spektakel für die Gruppe." Schönfelder entgleisten die Gesichtszüge, seine Mundwinkel sackten nach unten. Er wusste nicht, was er dazu sagen sollte, dass er dermaßen verleugnet wurde. Schließlich war er absolut seriös und für alle anderen Frauen wahrscheinlich das, was man eine gute Partie nannte. „Was willst du jetzt machen, Amelia?", fragte er schließlich ernüchtert. „Na ja, ich denke, ich muss erst einmal eine Weile mit ihr zusammenwohnen und hoffen, dass sie sich bald mit Fabian wieder verträgt und die Scheidung nicht erfolgt. Fabian muss es aber für eine freiwillige Entscheidung zu seinen Gunsten erleben. Und es muss auch der tiefe Wunsch Thalias sein. Nicht, dass die Wiederversöhnung der beiden auf einer Lüge basiert." „Nicht, dass es so läuft wie bei uns", ergänzte Schönfelder sarkastisch, bevor er in neutralem Ton fortfuhr. „Vertiefen wir dieses Problem jetzt nicht. Ich habe gute Neuigkeiten für dich. Meine Beziehungen zur Polizei haben dazu geführt, dass ich nunmehr weiß, wo sich Thalias Vater aufhält. Sie haben für mich in der Nachbarschaft seiner letzten gemeldeten Anschrift nachgefragt." Die Nachbarn wohnen dort schon seit vielen Jahren. Seinerzeit sollten sie Post nach Rhodos nachschicken, wo er in Lindos ein kleines Café eröffnen und weiße Esel züchten wollte, die die Touristen zur Akropolis bringen. Es scheint, dass er mit seiner Freundin zum Aussteiger geworden ist." Amelia wusste nicht, ob sie sich über die Einflussnahme dieser Frau noch einmal ärgern sollte. Jedenfalls war sie sehr glücklich über die Information und lächelte Schönfelder dankbar an. Dieser beendete den Abend jedoch abrupt und brachte Amelia nach Hause. Als seine Fast-Ehefrau ihn lächelnd fragte, ob er noch mit nach oben komme, sah er sie traurig an. „Amelia, wenn du dich nicht zu mir bekennen kannst und unsere Beziehung verheimlichen musst, sollten wir uns nicht mehr sehen, bis du frei für mich bist. Denke daran, dass du schon vor ganz kurzer Zeit im Begriff warst, mich für mehr Zeit mit deiner Tochter wegzuschicken. Melde dich bei mir, wenn du mit Thalia über unsere Beziehung sprechen kannst." Schönfelder stieg aus, öffnete die Tür, half Amelia beim Aussteigen und küsste sie zärtlich auf die Wange. Traurig ging sie nach oben. Als sie sich auszog, dachte sie, dass ihr das schwarze Kleid kein Glück gebracht hatte. Vor dem Einschlafen überlegte sie, ob sie mit Thalia nach Griechenland reisen sollte. So würde die Trennung von Jan Jurak in Fabians Augen nicht nach Zerwürfnis aussehen. Aus der Ferne könnte Thalia ihrem Ehemann dann gegebenenfalls mitteilen, dass sie ihn mehr vermisste als den Jugendfreund. Dieses Fehlen und Vermissen sei ihr erst durch den größeren Abstand und die andere Welt klar geworden. Außerdem war dann die Möglichkeit gegeben, Thalias Vater nach der Stammzellenspende zu fragen, falls diese erforderlich wurde. Wenn sich alles so regeln ließ, würde sie sich zu Schönfelder bekennen und ihn standesamtlich heiraten. Einigermaßen beruhigt schlief Amelia ein.

11

Eva Friedberger rief bei Fritz Mittag an. Ob sie zu ihm kommen könne.

„Das wurde aber auch Zeit, dass Sie sich melden. Ich war bereits im Begriff, Ihren Chef zu informieren, dass ich Sie als wenig kooperativ und unfähig erlebt habe." Fritz Mittag hatte noch schlechtere Laune als gewöhnlich, denn er hatte beschlossen, dass er sich von seiner neuen Freundin, die sich einfach bei ihm einquartiert hatte, wieder trennen musste. Der Zustand war unhaltbar. Die Faszination, die diese schweigsame, gleichgültige, bestenfalls sarkastische Frau auf ihn ausgeübt hatte, war schnell verflogen. Vielleicht war sie ihm einfach zu ähnlich. Darüber wollte er jedoch nicht nachdenken. Jedenfalls hatte die attraktive Frau beschlossen, ihre Tätigkeit als Gesprächstherapeutin im roten Haus aufzugeben und zu ihm zu ziehen. Zuerst war ihm ihr Interesse als schmeichelhaft erschienen. Schnell schon fand er sie langweilig. Sie wollte oder wusste nichts zu erzählen. Das traf allerdings auch genauso auf ihn zu. Wenn sie sich beim Essen gegenübersaßen, betrachtete sie ihn verträumt lächelnd. Sicher sie kochte für ihn, ging oft allein spazieren, hörte ständig klassische Musik und die Nächte mit ihr waren angenehm. Der Kommissar fragte sich jedoch immer öfter, ob ihm das ausreichte. Sie war so gepflegt und schön, so wohlriechend, so klassisch leger gekleidet, aber es gab keine Gespräche zwischen ihnen. Ihre Kommunikation beschränkte sich auf den Austausch alltäglicher Notwendigkeiten. Er wusste nicht, was sie dachte, wenn ihre Augen auf ihm ruhten. Sie schien auch nichts über ihn erfahren zu wollen. Sie nahm ihre Tage an seiner Seite einfach so hin. So gesehen war sie die ideale Partnerin für ihn. Trotzdem wäre er lieber wieder allein in seiner Zwei-Zimmer-Wohnung an der Staufenmauer, die er nach der Trennung von seiner Frau bezogen hatte. Carmen passte ideal zu ihm, und trotzdem wollte er die Erlösung aus seiner Einsamkeit wieder loswerden. Möglicherweise wollte er sich selbst loswerden. Dieser Einsicht verschloss sich Fritz Mittag nicht.

In dieser Verfassung traf die uniformierte Polizistin auf den Kommissar. Sie berichtete ihm wahrheitsgemäß über das Treffen mit Normann Millet, auch darüber, dass sie als seine neue Freundin galt. Mittag verzog spöttisch die Mundwinkel. „Sie haben also die Distanz zu dem Zeugen verloren", stellte er fest. „Ich hoffe, dass Sie die Sache jetzt schnellstens zum Abschluss bringen. Sagen Sie Ihrem Millet, dass er eine weitere Beschaffungsfahrt bei seinem Bruder anregen soll. Ihm wird schon eine Begründung dafür einfallen. Notfalls nehmen Sie einfach einige der Frauen, es müssen aber die richtigen sein, wegen Verdachts auf Drogenhandel im Auftrag des Betreibers fest. So entsteht dann die Verknappung an vermarktbaren Frauen. Dann brauchen die Millet-Brüder Nachschub." Eva Friedberger war nicht begeistert über diesen Auftrag. „Meinen Sie, dass das nicht von Ihrem Dezernat erledigt werden kann? Ich weiß nicht, ob ich der Aufgabe gewachsen bin." „Sie wollten doch zu mir überwechseln, schon vergessen, junges Fräulein?" Fritz Mittag, der ganz in Schwarz gekleidet war, wippte nervös mit dem Fuß. „Ja, und wenn dann die neuen Frauen angeliefert werden, soll der schöne Millet seinen Bruder veranlassen, die Ware in Empfang zu nehmen. Sie rufen rechtzeitig das SEK und sobald sich Christian Millet einer dieser Frauen nähert, die aus Normanns Wagen aussteigen, erfolgt der Zugriff. Natürlich muss ihr Schätzchen dabei auch in Haft genommen werden, aber er kommt dann frei. Das sage ich zu." Fritz Mittag überlegte kurz und strich mit der Hand über sein unrasiertes Kinn. „Hat Millet eine Idee, wer die eine Frau, die sich absetzen wollte, erschossen hat? Hat er dazu etwas gesagt?", fragte er dann. „Nein, er hat nichts erwähnt. Wir haben auch nicht darüber geredet. Er hat nur gesagt, dass sein Bruder beim Eintreffen von Frauen oder Drogen keinesfalls anwesend sein will." „Genau", sagte Fritz Mittag. „Deshalb müssen Sie ihm argumentativ klarmachen, wie er seinen Bruder beim nächsten Mal dazu überredet. Das alles ist Ihr

Job. Sie haben sich jetzt lange genug mit Nichtigkeiten aufgehalten. Der Zugriff auf frischer Tat ist die einzige Möglichkeit, die wir haben." Der Kommissar winkte Eva Friedberger zur Tür. Sie kehrte ins Erdgeschoss in ihre Dienststelle zurück und war völlig schockiert. Sie hatte keine Ahnung, wie sie die ihr gestellten Aufgaben bewältigen konnte. Wenn sie es nicht schaffte, blieb sie eben einfache Streifenpolizistin. So schlimm war das nicht im Vergleich zu den Aufgaben, die auf sie zukamen. Kommissar Mittag wurde seinem Ruf mehr als gerecht. Nur Normann Millet konnte ihr helfen. Sie rief ihn an. „Heute kann ich nicht, Eva. Mein Bruder möchte, dass ich zum Essen zu Hause bleibe. Morgen können wir uns wiedersehen, schlimmstenfalls musst du vorbeikommen. Bestimmt will dich mein Bruder kennenlernen." „Es gibt aber etwas, worüber wir unter vier Augen reden müssen. Ich brauche deine Hilfe, Normann." „Ich helfe dir gerne, Eva, weil ich will, dass du meine Frau wirst. Alles zu seiner Zeit." „War das eben ein Heiratsantrag?", fragte Eva völlig perplex zurück. Der Tag hatte seine Höhen und Tiefen. „Wenn du es so sehen willst, dann ist es einer. Heißt deine Antwort ja?" „Ich werde darüber nachdenken", sagte Eva und betonte, dass sie jetzt Schluss machen müsse. Da es ihr mittlerweile egal war, was aus der Sache wurde, denn sie verspürte nicht mehr so große Lust, in das Dezernat von Fritz Mittag zu wechseln. Daher konnte sie gut noch zwei Tage damit abwarten, bis sie Normann Millet fragte, ob er vielleicht für sie Drogen in dem Haus seines Bruders im Bahnhofsviertel verstecken könnte. Er hatte doch Erfahrungen damit. Sie würde dann nur noch ein paar Polizisten von der Bereitschaft dorthin schicken, mit der Ansage, dass sie einen anonymen Tipp erhalten habe. Sollten die Kollegen nicht mitmachen, weil sie sich von ihr nichts sagen ließen, war das nicht ihr Problem. Fritz Mittag hätte den Einsatz anordnen müssen.

Als die junge Polizistin ihn verlassen hatte, griff der Kommissar zum Telefon und rief in der Rechtsmedizin an. Die Leiterin der Rechtsmedizin gab sich den Anschein, verrückt nach ihm zu sein. Die dunkle

Schönheit mit romanischen Zügen überragte ihn um mindestens zehn Zentimeter. Die Obduktion seiner Leichen übernahm immer sie persönlich, um ihm die Merkmale der Todesursache zu erläutern, indem sie sich ohne Abstand neben ihn stellte. Er konnte jedes Mal ihr schweres Parfüm riechen. Mehrfach hatte sie ihm schon angeboten, ihm dieses oder jenes in einem anderen Rahmen näher zu erläutern. Fritz Mittag hatte diesen Vorschlägen bisher keine Beachtung geschenkt. Er überhörte sie ganz einfach, obwohl ihm die Medizinerin nicht unangenehm war. Dass sie im Fall des Mordversuchs an der jungen Ukrainerin nicht für ihn tätig war, setzte ihm Tage später noch zu. Er beschloss daher, die Ärztin ganz einfach zum Essen einzuladen. Jetzt wollte er nicht mehr abwarten, bis die Dinge sich von selbst ergaben. Vielleicht bekam seine Beziehung mit Carmen Denar dadurch eine neue Wendung. Sie musste nur dahinterkommen, dass er sie betrog. Tatsächlich nahm heute Dr. Antonella Wirth seinen Anruf entgegen. „Hier ist Fritz Mittag. Ich bin sicher, dass Sie sich noch an mich erinnern, auch wenn Sie letztens die Zusammenarbeit verweigert haben. Ich dachte, dass ich Sie einmal zum Essen einladen muss, damit so etwas nicht noch einmal vorkommt." Mittag kam sofort zur Sache.

„Ich habe die Zusammenarbeit nicht verweigert, Herr Kommissar. Es dürfte Ihnen doch bekannt sein, dass ich Ihre Gegenwart sehr schätze. Es war nur leider so, dass ich Urlaub hatte. Aber sehr gerne gehe ich mit Ihnen essen, nachdem Sie mich nun in dem neuen Fall schmerzlich entbehrt haben. Wissen Sie schon, wer der Täter ist? Oder war es vielleicht eine Frau? Oh, ich glaube, dass wir es in diesem Fall mit einer weiblichen Person zu tun haben." Fritz Mittag ärgerte sich über dieses dienstliche Interesse. „Die Täterfrage geht Sie gar nichts an. In diesem Fall hatten Sie nichts beizusteuern." Sogleich bereute er seinen unwirschen Ton. Er lenkte ein. „Was halten Sie von dem Wirtshaus am Hühnermarkt? Ich finde, das ist der passende Ort, um mit Ihnen essen zu gehen. Treffen wir uns dort um 19.00 Uhr?" „Ja gerne, das passt gut. Ich werde dort sein", antwortete Antonella Wirth. „Und ich freue mich über Ihre Einladung." Nachdem Fritz Mittag daraufhin kurz angebunden mit einem „Bis später dann" das Gespräch beendet hatte, schrieb er seiner neuen Mitbewohnerin Carmen Denar, als solche sah er sie mittlerweile, dass er heute Abend zum Essen verabredet sei und sie also nicht zu kochen brauche. Carmen antwortete nicht. Fritz Mittag sagte sich, dass er in diesem Fall auch nicht geantwortet hätte. Es wäre besser, wenn sich ihre Wege wieder trennten. Er überlegte, ob er Carmen Denar, die auch Ärztin war, worauf sie jedoch eines Tages keine Lust mehr hatte, in das rote Haus zurückschicken konnte. Mittag beschloss, mit Marie Haussmann, der Chefin des roten Hauses, zu telefonieren. In dieser Einrichtung, einem Haus, das sich den Anschein des Rotlichtmilieus gab, aber eher am Gegenteil davon orientiert war, hatte Carmen zuletzt gelebt und auch ansatzweise mitgearbeitet. Er war ihr im Rahmen einer Ermittlung aufgefallen. Dass er sein Augenmerk ebenfalls auf sie gerichtet hatte, ließ Fritz Mittag nicht gelten, denn es war aus seiner Sicht nur der Anflug einer Laune gewesen, falls er überhaupt zu Launen fähig war. Abgesehen von seinem eigentlichen Anliegen konnte er Marie Haussmann auch gleich fragen, ob sie etwas über den neuesten Mordfall im Rotlichtmilieu gehört hatte.

Mittag recherchierte kurz die Telefonnummer und wählte. Er wollte schon wieder auflegen, als er ein „Ja bitte" vernahm. „Frau Haussmann, sind Sie das? Hier spricht Kommissar Mittag." „Hallo, Herr Mittag, was verschafft mir die Ehre Ihres Anrufs?", antwortete die Barchefin, wie es ihm schien, leicht süffisantem Ton. „Frau Haussmann, es dürfte Ihrer geschätzten Aufmerksamkeit nicht entgangen sein, dass es im Bahnhofsviertel einen Mordversuch gegeben hat. Es geht um die junge Ukrainerin, die weglaufen wollte und die dann angeschossen wurde, um sie am Fliehen zu hindern. Ist Ihnen der Fall bekannt?" Marie bejahte, dass sie davon gehört habe. „Wollen Sie mich damit in Verbindung bringen?", fragte sie empört. „Nein, ich wollte Sie nur bitten, ob Sie sich vielleicht ein bisschen umhören können, so wie damals, als Ihr Mann erschossen wurde." „Ich kann es versuchen, aber versprechen kann ich nichts. Und was habe ich im Gegenzug davon?" „Einen verlässlichen Kontakt im Frankfurter Polizeipräsidium. In Ihrem Gewerbe kann so etwas nicht schaden." Mittag sah förmlich das empörte Gesicht der Barchefin. „Außerdem habe ich eine gute Nachricht für Sie", fuhr er fort. „Carmen Denar will in das rote Haus zurückkommen. Sie haben doch noch keinen Ersatz für sie?" „Natürlich kann Carmen wieder zu uns kommen. Ich bin nur etwas überrascht, denn sie hat sich in der Zeit, in der sie bei Ihnen wohnt, nicht einmal blicken lassen." „Sie hat einen langen Selbstfindungsprozess hinter sich und das ist das Ergebnis, also der Wunsch der Rückkehr." Fritz Mittag hegte keinen Zweifel an der Richtigkeit seiner Worte. Was ihm über die Lippen kam, war immer eine Wahrheit, die tief in ihm geschlafen hatte. So lange, bis sie aufwachte und sich den Weg in seine Worte bahnte. Die leisen Zweifel an der Täterschaft, die er nach der Festnahme im Mordfall Max Haussmann verspürt hatte, waren nur der Einmischung dieser unsäglichen Praktikantin und dem Bemühen Carmen Denars um seine Person geschuldet, so dass er nicht in der üblichen Distanzierung hatte verbleiben können. Das würde ihm kein zweites Mal passieren. Eine Abweichung von der Regel genügt. Dass Marie Haussmann ihn gefragt hatte, ob er traurig sei, dass Carmen ihn verlassen wollte, hatte er gar nicht mitbekommen. Stattdessen fragte er nach, wie die Geschäfte so gingen. Marie erzählte freimütig, dass Antoine, der Hausverwalter, jetzt als Frau verkleidet, also als Transvestit, mitarbeite und dass er als Gesprächspartner bei den Gästen der Bar sehr begehrt sei. „Macht er das wirklich freiwillig? Ich dachte, dass er trauert, weil seine Frau sich als Mörderin präsentiert hat. Der Prozess wird bald stattfinden. Vielleicht wird auch auf Totschlag plädiert. Wie dem auch sei, ich erwarte Ihren Anruf im Fall der Ukrainerin. Sie können der Sache heute Abend nachgehen." Ohne sich zu verabschieden, beendete er das Gespräch. Dass Marie noch gesagt hatte, dass Antoine wohl ein trauriger Clown sei, drang nicht mehr zu Fritz Mittag durch. Ratlos blickte Marie ihr Telefon an. Wahrscheinlich hatte der Kommissar recht und sie sollte sich wegen der Ukrainerin einmal umhören. Dass diese Überlegung von der ihr verbliebenen Naivität getragen wurde, kam Marie nicht in den Sinn.

12

Fritz Mittag machte sich direkt vom Präsidium aus auf den Weg zum Wirtshaus am Hühnermarkt in der Frankfurter Altstadt. Er konnte bequem mit der U-Bahn bis zur Hauptwache fahren und die kurze Strecke bis zum Römer zu Fuß zurücklegen. Die Hände hatte er in die Hosentaschen gesteckt. Ob er in dem Gewühl angerempelt wurde, war ihm egal, genauso wie er keine Rücksicht nahm. Er war wie so oft ganz in Schwarz gekleidet, bis auf das weiße Hemd, wovon allerdings nur die Kragenkante unter dem schwarzen Rundhalspulli sichtbar war. Seine alte Vorliebe für schwarze Hemden und Rollkragenpullis hatte sich erledigt. Heute war er nicht rasiert, was den düsteren Eindruck seiner Gestalt verstärkte. Carmen war früh aufgestanden, und er hatte sich nicht länger als unbedingt notwendig zu Hause aufhalten wollen.

Mittag betrat das Lokal. Nachdem er seinen Blick in die Runde geworfen hatte und Dr. Antonella Wirth nicht ausfindig machen konnte, wollte er sich sofort wieder auf den Weg machen. In diesem Moment betrat sie die Gaststätte und sah einfach atemberaubend aus. Im Gegensatz zu ihm war sie zu Hause gewesen und hatte sich umgezogen. Zu einem enganliegenden schwarzen Kleid, welches ihr überaus rundes und ausladendes Gesäß sehr gut zur Geltung brachte, trug sie Ballerinas und eine knappe schwarze Lederjacke. Sie standen sich gegenüber und gaben sich die Hand. Die Medizinerin überragte ihn trotz der flachen Schuhe immer noch um fast einen halben Kopf. Fritz Mittag empfand es nicht als unangenehm, denn eine übergroße schlanke Frau an seiner Seite, auch wenn sie ein ausladendes Hinterteil hatte, gab ihm einen besseren Rahmen als eine dickliche biedere Erscheinung. Fritz Mittag dachte kurz mit einem leichten Schaudern an seine geschiedene Frau. Das angenehm herbe Parfüm der Leichenbeschauerin und ihr noch leicht feuchtes Haar zwangen ihn zur Teilnahme an der Gegenwart. Mit einer knappen Handbewegung wies er auf den freien

Tisch, neben welchem sie gerade standen. Nachdem sie sich gesetzt hatten, meinte Fritz Mittag, ob die geschätzte Frau Kollegin aus der Rechtsmedizin vielleicht ihr Wissen zu dem vorliegenden Fall zum Besten geben wolle. Wie sie zu der Annahme komme, dass eine Frau die Täterin sein könne. Antonella Wirth lächelte den Kommissar an. „Verehrter Herr Mittag, wollen wir vielleicht erst bestellen und dann Brüderschaft trinken? Schließlich haben Sie gerade eben unsere Kollegenschaft so hervorgehoben. Dann kann ich gerne einiges zu dem Fall sagen, wobei ich lieber über private Dinge geredet hätte. Aber wer wird denn gleich mit der Tür ins Haus fallen?" Die Ärztin schüttelte ein wenig den Kopf über sich selbst.

„Ich bin schon froh, dass ich heute einmal ohne Begleitung eines Herrn, den ich über einen Escort-Service gebucht habe, essen gehen kann." Fritz Mittag riss die Augen auf. Jetzt war er doch kurz davor, die Fassung zu verlieren. „Sie machen was?", fragte er unnötigerweise. „Es ist als erfolgreiche, berufstätige Frau, die ihren Geschlechtsgenossen allesamt aufgrund ihrer Größe Angst einjagt und die nicht über Elitepartner nach einer Liebschaft sucht, schwierig, gepflegt essen zu gehen. Aus diesem Grund habe ich mich sehr über Ihre Einladung gefreut, Herr Kommissar." Der bestellte Riesling wurde serviert. Sie stießen an. „Also duzen wir uns in Gottes Namen. Ich heiße Fritz", sagte Mittag. Über die Wendung „in Gottes Namen" rundzelte Antonella leicht die Stirn, meinte aber dann lächelnd, dass sie Antonella heiße, er könne aber auch Anton zu ihr sagen. „Das greife ich gerne auf. Prost, Anton. Also wie war das mit der weiblichen Täterschaft?" Antonella zog nun die Mundwinkel herunter. „Du lässt aber auch nicht locker, Fritz. Ich vermute, dass sich das Geschehen folgendermaßen abgespielt hat. Dem Augenschein und den Indizien zufolge handelt es sich um einen Neuzugang im Gewerbe. Gehen wir davon aus, dass sie nicht allein geraubt wurde. Womöglich hatte eine ihrer Begleiterinnen auf sie geschossen, nicht in der Absicht sie zu töten, sondern um sie aufzuhalten, weil sie nicht allein gelassen werden wollte." „Klingt plausibel bis auf eine Kleinigkeit. Woher hat sie die Schusswaffe gehabt?" „Die hat sie dem Bewacher oder dem Türsteher gestohlen, als alle Augen auf die fliehende Frau gerichtet waren." „So könnte es gewesen sein. Allerdings haben meine Mitarbeiter die Schusswaffe des Türstehers überprüft und kein passendes Kaliber gefunden. Es gab auch keine Fingerabdrücke, die einer Frau hätten zugeordnet werden können." „Trotzdem, ich bleibe bei meiner Meinung. Vielleicht hat eine der neuen Frauen eine eigene Waffe gehabt?" „Warum hat sie die dann erst jetzt zum Einsatz gebracht? Warum hat man sie ihr nicht vor dem Transport abgenommen?" „Vielleicht wollten die Frauen nach Frankfurt gebracht werden, um hier dem uralten Gewerbe nachzugehen und wurden gar nicht dazu gezwungen?" „Lassen wir die unerfreuliche Diskussion. Erzähle mir lieber was von deinen Erfahrungen mit den gemieteten Begleitern." Fritz Mittag wechselte das Thema. Er hoffte, dass er nicht vergaß, einen uniformierten Beamten in das in Rede stehende Haus zu schicken. Und wenn er sich morgen tatsächlich nicht mehr an dieses Vorhaben erinnern konnte, dann war es auch egal. Antonella lächelte wieder. „Aber gerne doch. Die Herren sind alle sehr nett, gebildet und sehen gut aus. Allerdings langweile ich mich in deren Gegenwart meistens. Es ist doch etwas anderes, wenn man Fachgespräche führen kann, die Person, mit welcher man essen geht, schon vorher kennt." Anton schenkte dem Kommissar einen langen Blick. „Du wechselst immer die Begleitung?", fragte Fritz Mittag neugierig. „Es wäre sonst noch langweiliger." Seine Begleiterin seufzte. Der Kommissar nickte, beugte sich ein wenig vor. „Warum suchst du keinen festen Partner, Anton? Was ist so schlimm für dich an einer Beziehung, Anton?" Mittag betonte das Anton überdeutlich. „Es geht nicht um die Beziehung als solche. Ich möchte nur die Person nicht ständig sehen. Ich möchte mich aber auch nicht fragen müssen, wie sie sich ohne mich beschäftigt. Erschwerend kommt hinzu, dass ich ein wenig eifersüchtig bin. Mach dich also auf etwas gefasst, Fritz." Der Kommissar lehnte sich in seinem Stuhl zurück, verschränkte die Arme. „Dann darf ich also hoffen, dass du noch einmal mit mir essen gehst?" Sie hatten mittlerweile zwei Gläser Riesling getrunken, einen Wein, der dem Kommissar ganz hervorragend gemundet hatte. „Trinken wir noch ein halbes Glas und bestellen dabei die Rechnung?", fragte er. „Ich bestelle dir dann ein Taxi. Ich wohne fußläufig in der Nähe." Es schien ihm, als sei Anton etwas blasser geworden, als er das Taxi für sie erwähnt hatte.

Als Fritz Mittag beschwingt nach Hause kam, hoffte er, dass Carmen schon schlief. Zu seiner Überraschung war sie nicht anwesend. Noch besser, dachte er und machte sich bettfertig. Lange konnte er nicht einschlafen. Es war ihm alles zu viel. Carmen, die hier wohnte, aber nicht zu Hause war. Antonella Wirth, die offenbar an einen gemeinsamen Heimweg gedacht hatte. Als er schließlich nach einer unruhigen Nacht im Präsidium mit einem ersten Kaffee an seinem Schreibtisch saß, bestellte er Eva Friedberger zu sich. „Bringen Sie mir einen schwarzen Kaffee und ein Croissant mit. Das Geld gebe ich Ihnen dann." Kaum war die uniformierte Polizistin eingetroffen, als er ihr das Frühstück quasi entriss und ihr mitteilte, dass er einen weiteren Auftrag für sie habe. Eva Friedberger schluckte. „Ich weiß nicht, ob ich das alles schaffe. Schließlich muss ich auch noch meinen Dienst im Revier leisten. Und der Fall Millet ist ganz schön schwierig." Fritz Mittag betrachtete die junge Polizistin nachdenklich. Kein Vergleich mit der charismatischen Rechtsmedizinerin, aber auf ihre Art ganz nett. „Kein Problem, wenn Sie sich der Sache nicht gewachsen fühlen. Schlagen Sie mir doch einfach jemand aus dem Kollegenkreis vor, den ich ansprechen kann. Es ist verständlich, wenn Sie in der Bezirksliga bleiben wollen. Warum denn nach den Sternen greifen, wenn das Gute liegt so nah?" Der Kommissar seufzte. „Was ist denn der neue Auftrag, Herr Mittag? Vielleicht schaffe ich es doch." Eva Friedberger klang sehr kleinlaut. „Es geht darum, dass Sie in der Pension, vor welcher es den Mord gegeben hat, nachfragen, ob eine der neuen Frauen aus der Ukraine eine Waffe besitzt oder besaß. Sie müssen das indirekt herausfinden." „Wie soll ich das denn machen?" „Lassen Sie sich etwas einfallen. So, jetzt muss ich telefonieren."

Tatsächlich wollte Fritz Mittag wieder bei Marie Haussmann anrufen. Sie meldete sich sofort. „Frau Haussmann, was haben Sie herausgefunden?" Der Kommissar verzichtete auf die Begrüßung. „Ja, ähm, gestern Abend konnte ich nicht weggehen." „Frau Haussmann, Ihnen ist schon klar, dass meine Bitten höchste Priorität haben, oder?" Mittag hörte förmlich, wie die Barbesitzerin zusammenzuckte. „Ich werde mich umgehend darum kümmern, versprochen." „Noch etwas, Frau Haussmann, ist Carmen schon bei Ihnen gewesen? Es schien ihr mit ihrem Besuch eilig zu sein. Gestern haben wir uns nicht mehr gesprochen." „Nein, leider nicht. Vielleicht kommt sie dann heute." „Melden Sie sich sofort nach Ihrer Recherche." Fritz Mittag beendete das Gespräch so grußlos, wie er es begonnen hatte.

„Ich bin kurz außer Haus." Der Kommissar meldete sich ab und fuhr nach Hause. Er hatte vergessen zu überprüfen, ob Carmen ihre Sachen mitgenommen hatte. Außerdem wollte er wissen, ob sie mittlerweile wiederaufgetaucht war. Seine Wohnung an der Staufenmauer befand sich genau in dem Zustand, in dem er sie am Morgen verlassen hatte. Plötzlich fiel sein Blick auf das Mobiltelefon, das auf dem Küchentisch lag. Wie konnte er es übersehen haben? Wahrscheinlich weil es so offensichtlich und selbstverständlich auf dem Tisch ruhte. Abrupt nahm er das Gerät in die Hand. Es war geladen und nicht passwortgeschützt. Sofort erschien auf dem Display die zuletzt geschriebene Kurznachricht. „Max, mein Schatz, ich beende meine Auszeit von unserer Ehe und komme zurück nach München. Ich freue mich auf dich. Carmen." Fritz Mittag war einigermaßen perplex über das, was er las. Dieser Max hatte zuvor keine weiteren Nachrichten erhalten und auch nicht geantwortet. Mittag wählte die Nummer, an die die Kurzmitteilung gegangen war. Er erhielt die Nachricht, dass die Nummer ungültig sei. Offenbar handelte es sich um eine vorausbezahlte Karte, die nach dem Senden der Nachricht zerstört worden war. Aber warum hatte dieser Max das getan? Das Telefon, welches der Kommissar in der Hand hielt, wies aus dieser einen SMS keine weiteren Nachrichten oder Anrufe auf. Warum besaß Carmen ein zweites Telefon und offenbar nur zu dem Zweck des Sendes einer einzigen Nachricht? War es Carmen offenbar darum gegangen, ihn zu informieren? Aber warum enthielt die Nachricht einen Vornamen? Die Anrede Schatz und der Hinweis auf die Fortführung der Ehe hätten doch genügt. In Mittags Überlegungen nahm der Name Gestalt an. Er wählte wieder Marie Haussmanns Nummer. „Frau Haussmann, ich muss Sie leider noch einmal stören." Fritz Mittag wunderte sich über seine spontane Höflichkeit und fragte übergangslos weiter. „Sind Sie sicher, Frau Haussmann, dass Sie seinerzeit Ihren Mann Max Haussmann zweifelsfrei identifiziert konnten? Oder ist Ihnen etwas seltsam erschienen? Hat Sie etwas irritiert?" „Wieso?", fragte Marie. „Ich habe doch die Augen zugemacht, weil ich nicht hinsehen konnte." Marie war sich ihrer Naivität nicht bewusst. Fritz Mittag fühlte einen leichten Schwindel. Vielleicht sollte er ein Glas Gin trinken. „Noch etwas anderes, Frau Haussmann, wie geht es Ihrem Verwalter? Sie standen sich doch zum Schluss sehr nahe?" „Er hat mich nach dem Tod meines Mannes sehr unterstützt. Ja, wir waren sehr vertraut. Heute sind wir das auch noch. Er hat aber viel Arbeit." Marie wollte dem Kommissar nicht sagen, dass sie und Antoine sich zwar geschäftlich nahestanden, aber keinen freundschaftlichen Umgang mehr pflegten, seit sie ihren algerischen Hausverwalter zwang, als Frau verkleidet an der Bar zu sitzen. Antoine hatte jeglichen Kampfgeist verloren und ließ es mit sich machen. Er lebte vor sich hin. Es gab keine Ideale mehr für ihn. Gescheitert und ohne seine Frau wollte er nicht nach Hause, nach Algerien, zurückgehen. Selbst am Leben zerbrochen hätte er seiner Mutter keinen Trost spenden können. Marie schwieg, schien emotionslos. Fritz Mittag konstatierte, dass es wohl keine Beziehung zwischen dem Algerier und der Barbesitzerin gab. Die Causa Haussmann würde er nicht erneut aufrollen, wozu auch. Carmen hatte ihm seine Unfähigkeit vorführen, ihm zeigen wollen, wie sehr sie ihm überlegen war und wie wenig er wusste. Gut. Der Fall Haussmann war eigentlich geklärt worden. Es gab ein Geständnis. Also musste er sich auch nicht die Frage stellen, ob eine unschuldige Person für die Tat büßte, die so nicht stattgefunden hatte. Da es keine Vermisstenanzeige gab, konnte auch die Frage, wer der Tote aus dem Main war, vernachlässigt werden. Carmen Denar hatte ihn und alle anderen an der Nase herumgeführt. Auch das war ihm egal, allerdings nur relativ. Erfreulich war aber, dass er auf diese Weise Carmen losgeworden war. Er ließ die Sache mit dem Hinweis auf das Weiterleben des Ehemanns von Marie Haussmann auf sich beruhen.

Marie hatte mittlerweile Antoine, nachdem sie das Frühstück beendet hatten, ins Bahnhofsviertel geschickt. Das Frühstück war mittlerweile die Hauptmahlzeit im roten Haus geworden, wo alle anstehenden Angelegenheiten besprochen wurden. Es wurde in der im Erdgeschoss des Hauses befindlichen Teilbar eingenommen, wie alle anderen Mahlzeiten auch. Der Name „Teilbar" wurde so gut wie nicht verwendet, obwohl er auf das Konzept der Bar verwies, auf den Ort, an dem man sich mitteilen konnte. Hier konnten die meist männlichen Besucher über ihre Probleme reden. Käufliche Liebe wurde nicht angeboten, sondern im Gegenteil darauf hingewiesen, dass diese die Probleme vergrößere und nicht löse. Die Bardamen erklärten ihren Gästen, dass ein Leben ohne Sex erstrebenswerter sei. Das rote Haus war seinerzeit von Max Haussmann gegründet worden, nachdem dieser als Dirigent in einem vollbesetzten Konzerthaus gescheitert war. Er hatte Marie, die als Neuzugang in das Haus gekommen war, geheiratet und war kurz nach der Eheschließung ermordet worden. Mit Antoines Hilfe, der Max' rechte Hand gewesen war, gelang es der verwitweten und unerfahrenen Marie, die Bar weiterzubetreiben. Sie und ihre Kolleginnen wohnten in kleinen Apartments über dem Lokal und bildeten eine Wohngemeinschaft. Auch Antoine schlief dort. Nach dem letzten Anruf des Kommissars erklärte Marie Antoine kurz, was die Kriminalpolizei wieder von ihr wollte und bat ihn, dass er sich für sie umhörte und dass er das möglichst noch im Laufe des Tages erledigen möge. Sie war die Anrufe des Kommissars leid.

Antoine zuckte mit den Achseln, zündete sich eine Zigarette an und machte sich auf den Weg. Er rauchte Gitanes. Maries Verwalter hatte resigniert und den Versuch aufgegeben, mit Marie befreundet zu sein oder mit ihr auf Augenhöhe umzugehen. Als er vor dem in Rede stehenden Haus im Bahnhofsviertel auftauchte, sah er, wie ein offenbar sehr gut aussehender jüngerer Mann mit schwarzem nach hinten gekämmtem Haar dem Personenschützer an der Tür ein kleineres Paket überreichte. Der Wachhabende wog es leicht in der Hand und nickte. Er ging in das Innere des Hauses. Als er kurze Zeit später wieder heraustrat, steckte er dem wartenden Schönling ein Bündel Banknoten zu, die dieser einsteckte. Antoine hatte die Szene verfolgt, während er scheinbar interessiert die Bilder von fast nackten Frauen betrachtete. Locker schlenderte Antoine weiter. Hier und da blieb er stehen und sprach mit alten Bekannten über den Mord an der Ukrainerin. „Nee, eine der Frauen war das nicht. Da ist einer im Haus gewesen, leider hat keiner sein Kommen und Gehen gesehen. Langsam ging Antoine in die Frankfurter Innenstadt zurück. Von einem Besuch in der Rosenkranzbar nahm er Abstand. Dort war jetzt Maries Mutter tätig. Sie machte ihre Sache gut. Der Mensch wächst mit seinen Aufgaben, dachte Antoine resigniert. Er wollte nicht mehr wachsen.

Bevor es zum Mittagessen Suppe und Kuchen gab, der Tisch war schon gedeckt, informierte Antoine seine Chefin über seine Beobachtungen. „Also da hat einer ein Paket mit Stoff abgegeben, ziemlich gut aussehender schwarzhaariger Typ. Alle meine Freunde glauben, dass aus dem Haus raus geschossen wurde. Aber keiner weiß von wem." Marie rief sofort bei Kommissar Mittag an, bevor sie den genauen Wortlaut wieder vergaß. Die Sache mit dem Päckchen schien dieser interessant zu finden. „Gut, Sie hören von mir." Mittag beendete das Gespräch. Marie betrachtete ihr Telefon konsterniert, während sie es noch eine Weile in der Hand hielt. Sie mochte nichts mehr von ihm hören und fragte sich, was er immer noch wollen könnte. Was hatte sie mit seinen Ermittlungen zu tun? Nichts, aber auch gar nichts. Sie drehte sich um. Ihre Augen suchten Antoine. Sie musste wieder liebevoller mit ihm umgehen.

Fritz Mittag begab sich in das dritte Polizeirevier. Irritiert sah er sich nach dem Dienstzimmer von Eva Friedberger um. „Wieso haben Sie mich nicht informiert?", donnerte Fritz Mittag, als er die Wachstube betrat. Die junge Polizistin erschrak und sprang auf. „Herr Mittag, ich verstehe nicht ganz, was Sie meinen?" Alle anwesenden Beamten zeigten sich sehr hellhörig und hoben aufmerksam die Köpfe. „Junge Frau, Sie sollten mich informieren, wenn der Zeuge Millet das Kokain in dem Objekt im Milieu platziert, damit wir Zugriff auf die dort diensttuenden weiblichen Personen haben zu Zwecken der Vernehmung." „Herr Kommissar, ich hatte keine Ahnung von der Sache. Normann Millet und ich wollten uns heute treffen. Ich konnte ihn noch gar nicht über diesen Auftrag unterrichten. Es muss ein Zufall sein." Eva Friedberger war sprachlos. „Das ist nicht gut für Sie gelaufen, Frau Kollegin. Ich möchte spätestens morgen über die Hintergründe informiert werden." Das Wort „Kollegin" hatte Fritz Mittag unnötig in die Länge gezogen. Er verließ das Revier. In seinem Büro wählte er die Nummer der Rechtsmedizinerin. Er brauchte Ablenkung. „Hallo, Anton, wie sieht es mit uns heute Abend aus? Der gestrige Abend sollte fortgesetzt werden. Wir könnten auch auf Dienstgespräche verzichten. Ich könnte uns etwas kochen." „Leider muss ich heute Abend einen Vortrag halten vor der ehrenwerten Frankfurter Gesellschaft. Du könntest mich begleiten. Es spart mir die Kosten für den Begleitdienst." Fritz Mittag zögerte einen Moment, bevor er zusagte. „Als Gegenleistung erwarte ich eine gemeinsame Nacht. Wenn du das zusagst, eskortiere ich dich." Antonella Wirth beschied ihn mit der Aufforderung, sie pünktlich um 18.00 Uhr in der Rechtsmedizin abzuholen. Der Vortrag sei um 18.30 Uhr im Frankfurter Hof.

„Ist das nicht ein bisschen eng geplant?", fragte Mittag. „Streng dich an, Fritz, du suchst den Parkplatz, während ich schon reingehe. Du musst dich nützlich machen, wenn du die erwähnte Gegenleistung haben willst." „Richte dich darauf ein, dass ich vielleicht nicht komme, wenn ich spontan schwimmen gehen möchte." „Ich untersage es dir, schwimmen zu gehen. Du wirst dich an meine Anweisung halten. Das weiß ich." Fritz Mittag befürchtete, dass er in Anton seinen Meister gefunden hatte. Warum auch nicht, dachte er. Was lag ihm schon an dem letzten Wort.

13

Normann Millet hatte gerade den Rasenmäher in den Schuppen zurückgestellt. Er dachte darüber nach, ob sein Bruder sich ohne ihn einsam fühlen würde. Ob er nicht nur sein Hausmeister war, sondern auch Gesellschaft für ihn bedeutete. Er wunderte sich, dass Christian noch keine neue Freundin hatte. Gleichwohl er hatte seine Geschäftsfreunde, die oft abends zum Abendessen kamen. Obwohl er unscheinbar und ein wenig schmächtig wirkte, umgab ihn ein gewisses Charisma. Wahrscheinlich bedient er sich seiner Ukrainerinnen, dachte Normann, während er die Schnur des Mähers sorgfältig aufwickelte. Er hatte keine Lust mehr, der Sklave seines Bruders zu sein. Normann wusste nicht genau, wie er die Zeit bis zum Abendessen verbringen sollte. Das Päckchen mit den Drogen hatte er bereits mittags nicht auf die Post, sondern in das Haus bringen müssen. Christian war noch einmal kurz zu Hause gewesen, um es ihm auszuhändigen. Wie leichtsinnig, dass er dort wieder Kokain in Umlauf bringt, dachte Normann. Er betete, dass es nicht wieder auf ihn zurückfiel. Der Anruf der jungen Polizistin kam ihm wie gerufen. „Eva, wie geht es dir? Schön, dass du dich meldest. Ich muss dir etwas sagen. Können wir uns kurz treffen? Ich habe eine Stunde Zeit." „Du hast mich reingelegt, Millet. Ich will dich nicht mehr sehen. Welche Kontakte hast du außer mir bei der Polizei? Sag es!" Normann Millet verstand Eva Friedberger nicht. „Eva, was ist? Ich weiß nicht, wovon du redest." Sie hatte das Gespräch beendet, ohne auf seine Erklärung zu warten. Nervös ging Normann auf und ab. Dann begann er den Tisch zu decken und zu kochen. Auch das gehörte zu seinen Aufgaben. Als Christian nach Hause kam, wirkte er sehr gut gelaunt. Er goss zwei Martini in die entsprechenden Gläser. „Danke, mein Lieber, dass du die Übergabe des Päckchens so gut hinbekommen hast. Ich war mir sehr sicher, dass dich deine Polizeifreunde dabei erwischen würden. Offenbar hast du vorher nicht mit deiner vermutlich reizenden Freundin darüber geplaudert. Bring sie doch morgen zum Abendessen hierher. Meine kleine Rachel kommt auch. Bei dieser Gelegenheit kann sie feststellen, dass ihr Onkel auch noch andere Frauen im Kopf hat als seine kleine Nichte und ihre Schwärmerei aufgeben." Normann wusste jetzt, warum er die Drogen in das Haus bringen sollte, wo er seinerzeit genau deswegen verhaftet worden war. Christian wollte ihn testen. „Nach dem Abendessen kannst du deine kleine Bullenmieze gleich anrufen und einladen. Hast du dir schon überlegt, was du uns morgen Gutes kochst?" Mit einem leichten Rülpsen lehnte sich Christian Millet zurück. Normann war nicht wenig schockiert über das vulgäre Verhalten seines Bruders. Er verstand auch nicht, was es bei Rührei mit Speck, Spinat und Kartoffeln zu rülpsen gab. Offenbar hatte Christian schon etwas vor seinem Eintreffen in der Villa getrunken. Seit der Trennung von seiner Frau war er dem Alkohol noch weniger abgeneigt als zuvor. Jetzt öffnete er den Gürtel seiner Hose.

„Du hättest mich also festnehmen lassen, falls ich Eva etwas von meinen Kurierdiensten erzählt hätte?", fragte Normann. „Ja, das hätte ich. Wenn du dich nicht loyal verhalten hättest, wäre das schöne Leben an meiner Seite beendet gewesen." Normann runzelte die Stirn. Er wollte die Situation mit seinem alkoholisierten Bruder nicht eskalieren lassen. Stillschweigend räumte er den Tisch ab und stellte die schlichten weißen Rosenthalteller in die Spülmaschine. Dann trat er vor das Haus. Er wartete eine Weile und horchte. Flaschen klirrten aneinander. Schließlich erklang das Fernsehen. Christian hatte offenbar die Tagesschau eingeschaltet. Normann suchte sich einen Sitzplatz am hinteren Ende des Gartens und wählte erneut Evas Nummer. Sie nahm seinen Anruf nach dem ersten Klingeln entgegen. „Entschuldige, Normann, dass ich so unfreundlich gewesen war, aber ich hatte gerade Ärger mit einem Vorgesetzten in der Sache mit dem weißen Pulver. Du weißt schon." „Wieso denn? Ich verstehe immer noch nicht, was du meinst." Normann war irritiert. „Also ich hatte genau den Auftrag, dich zu bitten, Stoff in das Haus zu bringen, den ich und meine Kollegen finden, und dabei einige Frauen vorübergehend festzunehmen. Einer meiner Kollegen hatte die Idee, dass so ein Engpass entsteht und du wieder eine Osteuropatour machen musst, um sozusagen Nachschub zu beschaffen. Zu dem Eintreffen neuer Ware solltest du deinen Bruder hinzubitten. Du hättest ihm sagen können, dass er aufpassen soll, dass nicht wieder eine der Frauen wegläuft. Dabei hätten wir deinen Bruder festnehmen können. Jetzt hast du aber Kokain dort abgegeben, ohne dass du meinen Auftrag gekannt hast. Wie ist es dazu gekommen? Ich musste mich dafür verantworten, dass ich die Übergabe nicht gemeldet habe." Normann räusperte sich. „Wie gut, dass du mir den Auftrag noch nicht erteilt hast. Mein Bruder wollte uns testen. Er hatte genau das angenommen, dass ich dich über die Sache informiere und ein Polizeieinsatz dabei erfolgt. Es wäre ihm egal gewesen, ob ich festgenommen worden wäre. Er hätte seine Hände in Unschuld gewaschen." Eva verschlug es die Sprache. Beide schwiegen für einen Moment. „Bist du noch dran, Eva?" Die Polizistin bejahte. „Dann war es wirklich gut, dass ich die Sache etwas verschleppt habe, weil ich damit so überfordert war." Normann lächelte in die einsetzende Dämmerung. „Es ist meistens besser, die Dinge nicht zu überstürzen und zu sehen, was daraus wird. Aber was für eine Milchmädchenrechnung dein Chef angestellt hat. Anzunehmen, dass mein Bruder sofort auf Neuzugänge für das Haus drängt, wenn es gerade wegen Drogen im Gerede ist." „Also erstens soll er erst mein Chef werden, wenn ich die Sache erfolgreich durchgezogen und zur Festnahme deines Bruders beigetragen habe. Zweitens sind es manchmal die einfachen Dinge, die zum Erfolg führen. Das stimmt wohl. Es sind nicht die raffinierten Schachzüge, die funktionieren. Abgesehen davon ist der Kommissar, der mir den Auftrag erteilt hat, gar nicht der Typ, der sich zu irgendwelchen Sachverhalten viele Gedanken macht. Und damit ist er sehr erfolgreich. Er setzt auf Eigendynamik." „Der scheint dich aber sehr zu beeindrucken, dein künftiger Chef. Gefällt er dir?" Die

Polizistin lachte leise. „Nein, Normann, wirklich nicht. Ich will nur seine Wellenlänge klarmachen und auch mittragen, denn ich würde wirklich gerne von meinem dritte Revier in sein Dezernat im Polizeipräsidium wechseln. Da würde ich auch mehr verdienen und könnte dich ernähren." „He, he, der Mann in unserer Beziehung bin ich. Ich muss die Kohle beschaffen." „Wir arbeiten eben beide, jedenfalls am Anfang." „Oha, darf ich dich so verstehen, dass du bereits an gemeinsame Kinder denkst?", fragte Normann aufgeräumt. Das Stichwort „Kind" erinnerte ihn an den Auftrag seines Bruders. Er musste auch zurück ins Haus gehen, bevor sein Bruder ihn suchte und fragte, warum er nicht im Haus telefonieren konnte. „Eva, du musst morgen Abend unbedingt zu uns zum Essen kommen. Mein Bruder will dich kennenlernen. Meine fünfzehnjährige Nichte, also Christians Tochter, kommt auch. Es wäre wichtig für uns, wenn wir morgen sehr verliebt aussähen." Eva versprach ihr Erscheinen und dass sie sich anstrengen würde, verliebt zu tun. „Hoffentlich fällt es dir nicht allzu schwer." Normann beendete das Gespräch mit einem Telefonkuss und ging mit einem Lächeln auf den Lippen über den Rasen zurück zum Haus. Sein Bruder war mittlerweile eingeschlafen. Er setzte sich leise neben ihn und dachte an den morgigen Abend, während er mit einem Auge den Spielfilm im Ersten verfolgte. Normann würde morgen selbstgemachte Hamburger servieren mit einem knackigen Salat. Als Nachtisch käme Eis infrage.

14

Eva kam direkt vom Dienst zu den Millets und hatte keine Gelegenheit mehr gehabt, sich umzuziehen. Ihre Waffe hatte sie im Revier gelassen, so dass sie wenigstens die unförmige Uniformjacke ausziehen konnte. Während des Essens ruhten die Augen der beiden Männer auf ihrem vollen Busen. Die kleine Rachel war schon vor ihrem Eintreffen anwesend gewesen. Sie sah missmutig aus, während sie mit einer Gabel in ihrem Hamburger stocherte und das Brötchen damit in Einzelteile zerlegte. „Du bist also Onkel Normanns Freundin", sagte sie beleidigt. „Eigentlich möchte ich nicht, dass er eine Freundin hat. Als ich klein war, hat er mir versprochen, dass er mich heiratet, sobald ich volljährig bin. Versprochen ist versprochen und wird nicht gebrochen." Normann war erschüttert, dass Rachel sein Gerede aus Kleinkindertagen im Kopf behalten hat. Er fühlte sich veranlasst, etwas dazu zu sagen. „Weißt du, Rachel, manchmal hält die Liebe nicht ewig. Du hast doch gesehen, dass deine Eltern sich auch getrennt haben, weil sie sich nicht mehr so geliebt haben wie am Anfang." Abrupt wandte sich Christian zu seinem Bruder. „Was soll das heißen, Normann, dass manchmal die Liebe nicht mehr hält? Was weißt du schon von meiner Ehe und darüber, warum es zur Trennung gekommen ist? Ich verbitte es mir, dass du darüber spekulierst." Christian hielt einen Moment inne, dann sprang er auf und stürzte sich auf seinen Bruder. „Was hast du mit ihr gemacht, als sie klein war? Womit hast du ihr den Kopf verdreht? War es etwas, was ihr weh getan hat?" Während er seinen Bruder schüttelte, drehte er sich über die Schulter zu seiner Tochter um. „Rachel, Schätzchen, hat Normann etwas Böses mit dir angestellt?" Rachel war für ihre fünfzehn, knapp sechzehn Jahre sehr gut entwickelt und sah die Gelegenheit, sich an ihrem treulosen Onkel zu rächen. „Ja, Papa", rief sie aufgeregt und versuchte, den pinkfarbigen Minirock nach unten zu ziehen. Sie warf die hellblonde Mähne nach hinten in den Rücken. „Wir haben ganz oft Doktorspiele gespielt. Onkel Normann hat sich auch nackt ausgezogen. Er wollte mir erklären, wie ein Mann aussieht und funktioniert und was er mit einer Frau alles machen kann." Christian ließ seinen Bruder los und zog reflexhaft seine Waffe. Eva Friedberger stürzte sich auf Christian Millet, bevor er schießen konnte. „Nein, nein, nein", schreiend stürzte Rachel auf die Straße und wurde von einem Auto erfasst, das aus einer Parklücke viel zu schnell herausstieß, nachdem der Einparkversuch nicht funktioniert hatte. Mit einem dumpfen Schlag ging Rachel zu Boden. Eva ließ den tobsüchtigen Millet los und rannte auf die Straße. Sie wählte die 112 und forderte einen Krankenwagen an, bevor sie die Kollegen alarmierte. Auf dem Boden kniend fühlte sie der reglosen jungen Frau den Puls. Sie schien noch zu leben.

In dem allgemeinen Tumult hatte niemand auf den Schuss geachtet, der im Haus gefallen war. Normann hatte sich auf seinen Bruder gestürzt und sich der Waffe bemächtigt. Christian Millet entwand sich seinem Bruder und stürzte auf die Straße. Normann hatte blindlings eine Kugel abgefeuert, während sein Bruder hinter seiner Tochter auf die Straße stürzen wollte. Während Christian umfiel wie ein Baum im Wind, schoss Normann sich selbst in den Arm. Er achtete nicht auf Blut und Schmerz. Er beugte sich über seinen sterbenden Bruder und gab ihm die Waffe in die Hand. „Ich habe sie nicht …", begann Normann zu flüstern, während er Christians Hände um die Waffe schloss. „Erschieß mich trotzdem. Dir habe ich weh getan, dafür habe ich es verdient." Normann hatte es mit lauter Stimme gesagt, bevor er sich vor seinen Bruder kniete. Er war wie paralysiert. Er hatte das nicht gewollt, aber es war kein Missbrauch gewesen. Nie hätte er seiner Nichte so etwas angetan. Christian hätte es ihm nie geglaubt, er hatte auf ihn schießen wollen. Er war kein Kinderschänder geworden, und er hatte sich wehren wollen. Der Rettungswagen war eingetroffen. Normann versuchte, auf die Beine zu kommen und schleppte sich nach draußen. Stockend sagte er zu den Sanitätern, dass sie auch ins

Haus gehen müssten. „Es hat einen Unfall gegeben. „Es war Notwehr." Plötzlich schrie er auf. „Mein Bruder, ich habe ihn vielleicht getötet. Sie müssen ihm helfen. Ich habe das nicht gewollt, aber ich habe ihr nichts getan." Er schrie jetzt hysterisch. Die Sanitäter wollten Normann Millet beruhigen, doch er schüttelte sie ab. Eva Friedberger drehte sich entsetzt um. „Normann, was ist passiert, was hast du getan?" Eva Friedberger wurde von ihren Kollegen zurückgedrängt, die Normann Handschellen anlegten und ihn festsetzten, während die Sanitäter die Wunde versorgten, einen Verband anlegten und ihm eine Spritze gaben. Mit quietschenden Reifen war ein zweiter Rettungswagen eingetroffen. Notarzt und Rettungsassistenten stürzten ins Haus. Wenig später wurde Christian Millet auf einer Trage herausgebracht. Man hatte seinen Leib in einen Plastiksack gesteckt. Es gab einen kurzen Wortwechsel mit dem inzwischen eingetroffenen Kommissar des Morddezernats. Fritz Mittag hatte Bereitschaftsdienst gehabt. Ohne Blaulicht fuhr der Krankentransport ab. Der andere Wagen war bereits mit der angefahrenen jungen Frau unterwegs in die Notaufnahme des nächstgelegenen Krankenhauses. „Was war hier los?", herrschte er Eva Friedberger an, die mit hängenden Armen das Geschehen über sich ergehen ließ. Sie fröstelte. „Meine Jacke, sie ist noch drinnen im Haus. Ich, ich war hier eingeladen." Sie stotterte. „Dann holen Sie sie." Fritz Mittag wandte sich zu den Gaffern, wie er die erschreckten Nachbarn und Passanten nannte, die auf der Straße standen. „Es gibt hier nichts mehr zu sehen. Die Schau ist beendet. Sie können wieder in Ihre Häuser gehen, wenn Sie keine Zeugenaussage zu machen haben." Fritz Mittag wandte sich an seine Kollegen des Einsatzfahrzeuges. „Wurden schon erste Zeugenaussagen aufgenommen? Ich hoffe doch." Er nickte zufrieden. „Der Schütze wird festgesetzt. Ich erwarte ihn morgen früh zur Vernehmung. Er soll mir allerdings nur vorgeführt werden, wenn er sich bis dahin beruhigt hat und keine weiteren Spritzen nötig waren." Er ging zu seinem Dienstwagen und fasste Eva Friedberger kurz am Arm, um ihr zu bedeuten, dass sie ihn zu begleiten hatte. Es ging mittlerweile auf 21 Uhr zu und Eva fühlte sich hundemüde. Sie hatte einen langen Tag gehabt.

Als sie vor Fritz Mittags Schreibtisch saß, begann sie zu berichten. Sie zwang sich, die Dinge in der richtigen Reihenfolge wiederzugeben und ruhig zu bleiben. Der Kommissar hörte der jungen Beamtin schweigend zu. Sie erklärte ihm, dass sie Millet noch gar nichts von den Drogen gesagt hatte, als dieser das Päckchen in das Bahnhofsviertel gebracht hatte. Dies habe er im Auftrag seines Bruders getan, der testen wollte, ob sie tatsächlich die Freundin Normanns sei oder ob es um eine Falle ging, die ihm gestellt wurde. Nachdem sie den Test bestanden hatte, sei sie zu den Millet-Brüdern eingeladen worden. Dort habe es einen Vorfall mit Christian Millets halberwachsener Tochter gegeben, die offenbar in ihren Onkel Normann verliebt war. Es sei zu einer Gemengelage aus enttäuschter Jugendschwärmerei und Missbrauchsvorwürfen gekommen, die ganz plötzlich im Raum gestanden hatten, die von der Millet-Tochter bestätigt und erläutert wurden. Sie, Eva, sei dann auf die Straße gelaufen, um der enttäuschten jungen Frau zu folgen, die vor ein Auto gelaufen war. Was sich dann im Haus zwischen den Brüdern abgespielt hatte, könne sie weder beschreiben noch vermuten. Sie hatte von dem Geschehen unddem Beginn des Einsatzes nichts mitbekommen. Erst jetzt fiel Eva Friedberger auf, dass der Kommissar sehr elegant gekleidet war. Er trug einen schwarzen Anzug und ein weißes Hemd, dessen oberster Knopf offenstand. Fritz Mittag hatte Evas bewundernden Blick durchaus wahrgenommen. „Keine Sorge, Sie haben mich mit dem von Ihnen angezettelten Einsatz nur mittelmäßig gestört. An meiner Abendveranstaltung war nur die Vorträgerin interessant. Sonst nichts." Eva war beeindruckt. Zum ersten Mal hatte der Kommissar ein Interesse an einer Frau erkennen lassen. Böse Zungen hatten ihm seinerzeit eine Schwäche für seine Praktikantin anhängen wollen. So radikal, wie er sie nach kurzer Zeit abserviert hatte, war wohl der Wunsch Vater des Gerüchts gewesen. Fritz Mittag stand auf und wies auf die Tür. „Letztendlich haben Sie

Ihre Sache gut gemacht, Frau Friedberger. Zwar ist Ihnen der Zufall zu Hilfe gekommen, und die Sache ist nicht gemäß meiner Anweisung ausgeführt worden. Dieser Arbeitsstil entspricht jedoch meiner eigenen Haltung, also Fällee durch Nichteinmischung zu klären. Sie können einen Antrag auf Versetzung in mein Dezernat stellen. Ich werde ihn befürworten." Eva war völlig sprachlos. Damit hatte sie nicht gerechnet. Sie hatte eine Abmahnung auf sich zukommen sehen. „Aber er ist doch gar nicht der Tat überführt worden." Sie hatte schließlich doch Worte gefunden für das, was sie dachte. „Wieso, das Ergebnis ist doch das Gleiche. Ein Verbrechen an der Menschheit wurde gesühnt." Eva konnte darauf nichts erwidern. Der Standpunkt schien ihr richtig, jedoch ein wenig außerhalb der geltenden Gesetze zu stehen. Doch darüber wollte sie nicht nachdenken, denn es hätte bedeutet, dass sie auch über sich und ihre Ideale hätte nachdenken müssen. Dafür war die Stunde zu weit vorgerückt und sie zu erschöpft. Eine andere Frage bewegte sie jedoch noch viel mehr. „Was wird jetzt aus Normann Millet? Wird er freigesprochen?" „Das entscheiden die Richter, meine Liebe, nicht ich. Ich werde nach der Vernehmung des Zeugen und dem rechtsmedizinischen Gutachten meinen Bericht an die Staatsanwaltschaft weiterleiten. Man wird auch die kleine Millet befragen müssen. Die Mutter ist bereits verständigt worden. Ich habe das veranlasst, nachdem Sie nicht auf die Idee gekommen sind." Fritz Mittag öffnete die Tür.

Nachdem die Polizistin gegangen war, schaute er in die Nacht, die das Polizeipräsidium mittlerweile umgab. Er spiegelte sich in der Fensterscheibe. Schließlich nahm er sein Mobiltelefon in die Hand und wählte Antons Nummer. Sie meldete sich nach dem zweiten Klingelton. „Schade, dass du gehen musstest. Mein Vortrag war ein voller Erfolg." „Daran zweifle ich nicht. Wann sehen wir uns?" Antonella seufzte schwer. „Vielleicht muss ich nächstens doch wieder den Begleitdienst in Anspruch nehmen, damit ich mich vor den Gesprächen mit dieser ehrenwerten Gesellschaft drücken kann." Auf die Frage des

Kommissars ging sie nicht ein. „Soll ich morgen etwas für uns kochen und du besuchst mich? Oder möchtest du mich jetzt noch sehen? Ich könnte meinen Ausfall wiedergutmachen." „Ich werde es mir überlegen", sagte die Rechtsmedizinerin. „Ich bin noch nicht zu Hause. Pass gut auf dich auf, Kommissar." Dieser fragte sich kurz, ob die Bemerkung eine Absage an die kaum begonnene Beziehung bedeutete. Er wollte nicht darüber nachdenken und öffnete seine Schreibtischschublade. Ganz hinten befand sich eine Flasche Gin. Mittag verzichtete auf ein Glas und setzte sie mehrfach an. Derart getröstet und mit seinem Schicksal versöhnt, trat er den Heimweg in seine Wohnung an der Staufenmauer an. Komme, was da wolle. Sollte Anton abspringen, würde er jemand anderen dafür büßen lassen. Dabei dachte er an die von ihm geplante Besetzung der freien Stelle. Eva Friedberger brachte alle Voraussetzungen mit, um sich an ihr in Maßen abzureagieren zu können.

Fritz Mittag hatte sich gerade ausgezogen und die Bettdecke sorgfältig über sich ausgebreitet, als sein Telefon klingelte. Er angelte es von seinem Nachttisch und nahm das Gespräch an. Es war Anton, ob er gleich kommen könne. Fritz Mittag war eigentlich müde und etwas alkoholisiert. Sein Bett war angenehm warm. Trotzdem versprach er, sofort bei ihr zu erscheinen. Er griff sich die schwarze Anzugshose und einen ebensolchen Pullover. Er rief ein Taxi. Fahren wollte er nicht mehr. Als er bei Anton klingelte, betätigte sie sofort den Türöffner und er lief in den zweiten Stock. Dort rief sie durch die Tür. „Sie ist nur angelehnt. Komm rein." Fritz Mittag fand Antonella Wirth auf dem Tisch in der Küche sitzend vor. Sie trug noch ihre Abendgarderobe, nur die Schuhe hatte sie ausgezogen. Neben ihr stand eine geöffnete Flasche Sekt. Als Fritz Mittag zu ihr trat, setzte sie die Flasche an und nahm einen großen Schluck. Dann hielt sie ihm den Sekt hin. „Willst du etwas trinken? Aber nicht zu viel. Es muss noch etwas für mich bleiben." Während der Kommissar die Flasche ansetzte und trank, griff sie nach seinem Hosenbund und zog ihn zu sich heran. „Du wolltest eine gemeinsame Nacht als Gegenleistung für deine Begleitung? Nachdem du dich so schnell aus dem Staub gemacht hast, wird es nur der Teil einer Nacht." Antonella Wirth gab Fritz Mittag keine Chance zu protestieren. Mit einer Hand drückte sie eine seiner Hände auf die Knöpfe ihrer Bluse, während sie die andere auf den Reißverschluss seiner Hose legte. Fritz verstand, er nestelte an ihren Knöpfen, während ihm ganz heiß wurde, während sie ihm half, seine Hose zu öffnen. Er hatte schwarze Unterwäsche mit Spitzen erwartet, umso überraschter war er, als ein schlichter hautfarbiger BH ohne jegliche Verzierung zutage trat, nachdem er die Bluse halb geöffnet hatte. Anton kam zur Sache. Offenbar hatte die angetrunkene Rechtsmedizinerin nicht mehr sehr viel Kontrolle über sich. Nachdem sie ihm ihren Unterleib fordernd entgegengestreckt hatte, zog sie ihn kurze Zeit später zurück. Abrupt stieß sie den Mann, der ihr völlig zu Willen war oder sein wollte, zurück. „Du gehst jetzt besser. Das Taxi kannst du unten vor dem Haus bestellen. Mach die Tür hinter dir zu." Antonella stand vor ihm, überragte ihn um einiges und ging an ihm vorbei in ein Zimmer, dessen Tür sie sofort hinter sich abschloss. Der Kommissar verließ die Wohnung. Noch im Treppenhaus rief er das Taxi. Er ärgerte sich sehr über sich. Dass er sich auf diesen nächtlichen Besuch eingelassen hatte. Dass er sich von ihr hatte dominieren lassen. Dass sie ihn weggeschickt hatte. Dass er Wachs in ihren Händen war. Gleichwohl fühlte er eine ungeheure Faszination von ihr ausgehen. Eine Viertelstunde später wälzte der Kommissar sich im Bett hin und her. Nichts war mehr so wie bei seinem ersten Versuch einzuschlafen. Diese Frau hatte seinen Seelenfrieden gestört. Es war ihr gelungen, der Haut seiner Gleichgültigkeit einen Riss beizubringen. Als er sich endlich dazu durchrang, ihre Übermacht zu akzeptieren und sich ihr auszuliefern, gelang es ihm gegen Morgen, endlich einzuschlafen. Eine Stunde später klingelte der Wecker. Im Spiegel sah er sein bleiches Gesicht und nahm gerötete Augen wahr. Er rasierte sich sorgfältig, zog das weiße Hemd vom Vortag wieder an, darüber einen hochgeschlossenen schwarzen Pullover. Im

Laufe des Vormittags würde die Obduktion von Christian Millet abgeschlossen sein. Mittag musste also in das rechtsmedizinische Institut fahren. Erst danach konnte er Normann Millet vernehmen. Er trommelte nervös auf dem Schreibtisch. Endlich war nach drei Bechern Kaffee die Zeit reif um aufzubrechen. Er bestellte einen Dienstwagen. Der zähe Verkehr und das langsame Vorankommen von Frankfurts Nordwesten zu dem im Süden auf der anderen Mainseite gelegenen Universitätsklinikum, wo sich auch das Zentrum der Rechtsmedizin befand, strengte ihn noch zusätzlich an.

Antonella Wirth stand ohne Kittel in einem leuchtend blauen Kleid am Seziertisch, auf dem sich noch Millets Leiche befand. „Haben Sie keine Angst, sich mit Blut oder irgendwelchen Sekreten das schöne Kleid zu verderben?", fragte Mittag, nachdem er die Ärztin förmlich begrüßt hatte. Sie wollten sich im Dienst weiterhin siezen. „Es sollte dir gefallen", sagte Antonella Wirth, die sich nicht an die Absprache hielt. Mittag sah sich vorsichtig um. Niemand schien das Du gehört zu haben. „Ja, danke", sagte er. „Sehr nett." Die Doktorin wurde sachlich. Offenbar hatte sie sich ein wenig über den kühlen Kommentar geärgert. „Der Tod ist nicht durch die Schussverletzung entstanden, sondern wurde durch ein Blutgerinnsel im Gehirn ausgelöst, welches durch den Aufschlag geplatzt ist. Der Tote hätte ohnehin nur kurze Zeit gelebt. Der Schuss hat sein Ableben ohne tragische Leidenszeit begünstigt. Seiner Familie ist dadurch einiges erspart geblieben. Von der Schussverletzung allein hätte er sich vollständig erholt." Fritz Mittag nickte. Antonella Wirth sah auf ihre Uhr. Der Kommissar erkannte die Marke der teuren Uhr. Es handelte sich um eine Rolex. Der Ärztin war sein Blick nicht entgangen. „Die Uhr wurde mir bei einem Vortrag in Biel geschenkt. Rolex ist am Bieler See ansässig. Für diesen Vortrag habe ich auf ein Honorar verzichtet. So kam es zu diesem Geschenk. Sie ist schön, nicht wahr?" Antonella Wirth schenkte ihrer Uhr einen verliebten Blick. „Oh, ich muss weg. Meine Vorlesung." „Danke, Frau Wirth", sagte Mittag und gab ihr die Hand. „Sehen wir uns heute Abend?" Die Frage hatte er leise hinzugefügt. Er fuhr ins Polizeipräsidium zurück, ohne ihr die Zeit zu geben, die Verabredung abzulehnen. Dort ließ er Normann Millet zur Vernehmung bringen.

Millet war über seine Rechte aufgeklärt worden. Er sah sich suchend um. „Wer steht hinter der Scheibe? Ist Eva auch da?" „Nein, Frau Friedberger ist derzeit nicht mehr mit Ihrer Angelegenheit beschäftigt. Beantworten Sie bitte meine Frage. Warum haben Sie auf Ihren Bruder geschossen?" Normann Millet zögerte, er sah ziemlich mitgenommen aus. Seine Haare, denen das Gel fehlte, hingen strähnig in sein Gesicht. Er trug ein weißes T-Shirt und Jogginghosen. Von der eleganten und geschniegelten Erscheinung war nichts mehr übriggeblieben. Millet sah den Kommissar verzweifelt an. „Ich will nicht jahrelang in den Knast wandern." „Das wird sich finden. Erzählen Sie mir einfach die Wahrheit. Das wirkt sich immer günstig auf das Strafmaß aus." „Mein Bruder, er hat mich wie seinen Sklaven gehalten. Seine Verfassung hat sich auch sehr ungünstig verändert. Vielleicht ist ihm die Trennung von seiner Frau und seiner Tochter nicht bekommen." „Es rechtfertigt keinesfalls Ihre Tat, wenn sich die Charaktereigenschaften Ihres Bruders negativ verändert haben. Sie wurden dort nicht gefangen gehalten." Millet krümmte sich ein wenig, als hätte er Magenschmerzen, bevor er weitersprach. „Ja, es stimmt. Es war etwas anderes, was den Reflex zu schießen in mir ausgelöst hat. Als er plötzlich losrannte, durch die Tür nach draußen wollte, stand die Szene in dem Haus im Bahnhofsviertel wieder vor mir. Wissen Sie, die junge Ukrainerin, die weglaufen wollte. Christian hat hinter ihr hergeschossen und sie wahrscheinlich getötet. Er stand in der einer Ecke neben der Tür, niemand hat ihn gesehen. Er wollte nicht, dass die Sache mit der Verschleppung ans Licht kam." Der Kommissar nickte nur und machte eine Handbewegung, die sagte, dass er mehr hören wollte. Einmal ins Reden gekommen, fuhr Normann Millet fort.

„Christian wusste, dass ich ihn gesehen hatte. Ich war sicher, dass er mir ab jetzt das Leben zur Hölle machen würde, damit ich nur nichts sagen würde. Es war aber dieses Bild des Wegrennens, das den Impuls bei mir ausgelöst hat. Ich wusste, dass ich ihn niemals ans Messer hätte liefern können. Und dann ist schon vorher seine Tochter in Panik auf die Straße gelaufen. Schon da stand Christan mit der Waffe in der Hand wieder vor meinen Augen."

„Wussten Sie eigentlich, dass Ihr Bruder todkrank war?", fragte Mittag. Millet stutzte. „Nein, das wusste ich nicht. Was hat er denn gehabt? Er hat nie etwas erwähnt." Fritz Mittag erwähnte das Blutgerinnsel. „Er wäre sowieso gestorben. Sie hätten ihn also nicht umbringen müssen." Normann Millet erschrak. Seine Reaktion entging dem Kommissar nicht. „Das ist dumm gelaufen für Sie", fügte Fritz Mittag süffisant hinzu. „Hätten Sie etwas davon gewusst, wären darüber möglicherweise mildernde Umstände entstanden. Sie hätten darauf plädieren können, dass er sie um Sterbehilfe gebeten hat. Aber so …" Fritz Mittag zuckte bedauernd die Schultern. Normann Millet fuhr sich mit beiden Händen durch das derangierte Haar. Mittag hatte plötzlich eine Eingebung. „Herr Millet, wissen Sie, was ich denke? Sie haben die Ukrainerin angeschossen. Jetzt haben Sie sich zum zweiten Mal genauso verhalten. Die Ukrainerin wurde mit dieser Waffe getötet. Die Waffe war in Ihrem Besitz. Sie enthielt Ihre Fingerabdrücke. Die Situationen waren identisch. Jemand wollte fliehen, und Sie haben blindlings hinterhergeschossen. Sie waren derjenige, der die jungen Frauen entführt hat. Sie wollten nicht auffliegen. Es wird zu prüfen sein, ob weitere derartige Taten mit Ihnen in Verbindung zu bringen sind." Normann Millet erbleichte. „Ich war das nicht. Ich möchte mit Frau Friedberger sprechen. Sie weiß, dass ich es nicht war. Sie kann es bezeugen." Fritz Mittag dachte nicht im Geringsten daran, Friedberger als Zeugin für Millets Unschuld in Betracht zu ziehen.

„Sie kann Ihnen einen privaten Besuch in der Untersuchungshaft abstatten. Hier und jetzt hat die Streifenpolizistin nichts zu suchen." Normann Millet zögerte und zerwühlte erneut seine strähnigen Haare. „Sagen Sie ihr bitte, dass Sie mir einen guten Anwalt suchen muss.

Koste es, was es wolle." „Sie wissen aber schon, dass sich Ihre finanzielle Lage vermutlich ändern wird. Nach unserem Gespräch mit Rachels Mutter ist die Tochter Alleinerbin. Die Mutter wird das Erbe bis zur Volljährigkeit verwalten. Wir gehen davon aus, dass Sie auch über ein eigenes Vermögen verfügen. Schließlich war da doch etwas mit dem Totalschaden im Zusammenhang mit einem von Ihnen verursachten Auffahrunfall, der auf Sie zukommen wird. Frau Friedberger hat mir davon berichtet im Zusammenhang mit dem Kokain, das bei einer Zeugin des Unfalls gefunden wurde. Sie haben versucht, die Zeugin zu erpressen. Auch das zeigt Ihre kriminelle Energie und die Tatsache, dass Sie einigermaßen vermögend sein müssen." Fritz Mittag stand kurz davor, sich aufzuregen, und verließ daher den Verhörraum. Er bedeutete mit einer knappen Handbewegung, dass der Tatverdächtige wieder in die Haftanstalt zurückgebracht werden könne. Für den Kommissar war es höchste Zeit, sich um sein Mittagessen zu kümmern. Die Struktur des Tages half ihm, sich nicht völlig in das Ungenaue zu verlieren. Während er in der Polizeikantine allein an einem Tisch sitzend das Tagesmenü verzehrte, überlegte er, dass dieser Fall als bereits geklärt betrachtet werden konnte. Zweifellos war Christian Millet der Auftraggeber für die Verschleppung von jungen Ukrainerinnen, die sich im Bahnhofsviertel prostituierten mussten. Sein Bruder Normann Millet war das ausführende Organ gewesen. Der eine hatte die Tat passiv gegangen, der andere aktiv. Normann Millet hatte mindestens einen Menschen erschossen. Selbst wenn sein Bruder Christian die letal verletzte Ukrainerin tatsächlich auf dem Gewissen hatte, konnte Normann dafür geradestehen. Auch die Faktenlage sprach für Normann Millet als Todesschützen in beiden Fällen. Fritz Mittag war so ins Grübeln geraten, dass er nur in seinem Gemüseeintopf herumrührte und vergaß weiterzuessen. Die Suppe war schon kalt geworden. Er angelte die Würstchen heraus, diese konnte er auch kalt essen, und wandte sich dem Dessert, einem Erdbeerjoghurt, zu. Bevor am Nachmittag das Gespräch mit der kleinen Rachel anstand, wollte er noch einen Beamten in die Firma Merz schicken, der Christian Millets Alibi zur Tatzeit überprüfte, welches auch einen Verweis auf die Täterschaft Normann Millets bedeutete. Rachel Millet sollte laut ärztlicher Aussage an diesem Nachmittag vernehmungsfähig sein. Sie musste den Bericht der Zeugin Friedberger bestätigen. Fritz Mittag hatte keine Lust auf die unangenehme Situation, die ihm bevorstand. Schließlich hatte man dem Mädel gerade erst gesagt, dass ihr Vater erschossen wurde. Er schüttelte sich leicht und machte sich wieder auf den Weg in sein Büro. Sein Mobiltelefon summte in seiner Hosentasche. Er las die Nachricht. „Ich vermisse dich." Anton. Dank ihr würde er in guter Verfassung alles über sich ergehen lassen. Heute Abend würde er sie wiedersehen. Er sah an sich herunter und untersuchte seinen schwarzen Pullover nach etwaigen Essensresten. Dann ließ er sich einen Wagen kommen, der ihn in das Markuskrankenhaus brachte. Dort erfuhr er, dass es der kleinen Millet bereits wieder recht gut ging. Sie hatte offenbar ein Schädel-Hirn-Trauma erlitten. Man wollte sie jedoch noch einige Tage für Tests und weitere Untersuchungen dortbehalten. Fritz Mittag riss sich zusammen und betrat das Krankenzimmer. Er blieb am Bett stehen, hielt seinen Ausweis hoch und erklärte, dass er gerne hören wolle, was sich gestern in der Villa abgespielt hatte. „Sie wissen, dass Ihr Vater getötet wurde?" Die Augen der jungen Frau füllten sich mit Tränen. „Ja, Mama hat es mir gesagt, auch dass es Onkel Normann gewesen ist. Eine Psychologin war heute hier und hat mir erklärt, dass es eine Zeit lang sehr weh tut, dass es doch dann besser wird. Sie hat auch behauptet, dass Onkel Normann es damals nicht ernst gemeint hat, als er gesagt hat, dass er mich auf jeden Fall heiraten will. Dass er gedacht hat, dass man so mit kleinen Mädchen reden muss. Dass es seine ungeschickte Art war, mir zu sagen, dass er mich mag. Ich mag ihn jetzt überhaupt nicht mehr. Ich will ihn nie wieder sehen. Warum hat er Papa so etwas angetan? Ich verstehe es nicht. Onkel Normann ist durch und durch böse." Erschöpft sank Rachel nach ihrem Redefluss zurück in die Kissen. Sie wurde ganz still und schien spontan eingeschlafen zu sein. Dass Normann Millet durch und durch böse war, entsprach ganz der Einschätzung des Kommissars. Der lebende Millet-Bruder war ein erwachsener Mann, klar bei Verstand. Sich zur Ausführung von ungesetzlichen Handlungen bereit zu finden, entsprach seinem Charakter. Er hätte sich auch dagegen entscheiden können.

„Warum musste er nur diese Frau mitbringen? Wegen ihr ist das alles passiert." Rachel seufzte mit geschlossenen Lidern. Mittag fragte sich, ob an den Missbrauchsvorwürfen nicht doch etwas dran war, die ihm Friedberger angedeutet hatte. Jetzt fiel ihm auch wieder ein, dass er es versäumt hatte, die Polizistin über den Besuchs- und Anwaltswunsch von Normann Millet zu informieren. Das konnte bis morgen warten. Für heute würde er den Dienst quittieren. „Ich werde Sie jetzt in Ruhe lassen, damit Sie sich erholen können", sagte er zu Rachel. Diese hatte sich auf die Bettkante gesetzt und Anstalten gemacht aufzustehen. Fritz Mittag konnte nicht umhin, ihr hilfsbereit die Hand hinzustrecken. Rachel ergriff sie und stand auf. Mittag hielt immer noch ihre Hand, während die junge Frau in ihre Pantoffel schlüpfte. Warum müssen junge Mädchen eigentlich immer alles in Rosa haben?, fragte er sich mit Blick auf Rachels Nachthemd. Seine eigenen Töchter waren in diesem Alter vermutlich genauso von der Farbe Rosa fasziniert gewesen. Er musste sich dringend bei ihnen melden. Wenn etwas nicht in Ordnung gewesen wäre, hätte er es gehört und sich gekümmert. Mit diesem Gedanken beruhigte er sehr schnell sein schlechtes Gewissen.

Bevor er nach Hause fuhr, machte er einen Abstecher ins Panoramabad, um einige Runden zu schwimmen. Es würde seinen Kopf befreien. Seltsamerweise musste er an seine ehemalige Praktikantin denken, die sich bestimmt niemals mit Rosatönen umgeben hätte. Seine Badehose war jedenfalls schwarz. Mit einem gekonnten Startsprung versenkte er sie im kalten Wasser und ließ alle Gedanken an junge Frauen außen vor. Immer wieder liebte er es, kraftvoll das

Wasser zu durchpflügen und alle anderen Schwimmer zu verdrängen. Nachdem er das Bad nach einer ausgiebigen Dusche verlassen hatte, fuhr er nach Hause. Er stellte sein Fahrzeug an der Staufenmauer ab und ging zurück zur Konstabler Wache, um dort bei dem Green Thai zwei Gerichte für das Abendessen zu organisieren. Seine Weinvorräte ergänzte er immer samstags, vorzugsweise an dem Weinstand auf dem Erzeugermarkt. Fritz Mittag schenkte sich ein Glas Weißwein ein und wartete.

Eva Friedberger verließ am frühen Nachmittag das Revier und fuhr direkt in die Justizvollzugsanstalt Preungesheim. In Uniform und mit Dienstausweis wurde ihr der Häftling Normann Millet schnellstmöglich vorgeführt. Vorsichtshalber siezte sie ihn. „Herr Millet, können Sie mir sagen, wie es Ihnen geht und was den Schuss ausgelöst hat?" Millet hielt sich nicht an das Sie. „Eva, du musst mir helfen. Ich brauche einen guten Anwalt. Dein Chef hängt mir den Mord an der Ukrainerin an. Ich war das aber nicht. Das war Christian. Ich habe ihn mit der Waffe in der Hand gesehen. Dein Chef scheint zu glauben, dass ich durch und durch kriminell bin und dass es egal ist, wie viele Morde ich begangen hätte. Ich wollte Christian nicht töten. Ich weiß auch gar nicht mehr, warum ich ihn mit dem Schuss zu Fall bringen und aufhalten wollte. Vielleicht hat mich die Situation an die Sache im Bahnhofsviertel erinnert. So war es, ich wollte die Ukrainerin rächen, die nicht ich, sondern er umgebracht hat. Ich brauche einen sehr guten Anwalt." Normann Millet setzte sich sehr aufrecht hin und strich seine strähnigen Haare nach hinten. Endlich wusste er, warum er seinen Bruder getötet hatte. Er fühlte sich gleich viel besser. Nun konnte er argumentieren. „Ich kann dir vielleicht einen sehr guten Anwalt verschaffen. Die Polizistin, mit der ich zusammenwohne, ist die Großnichte eines sehr bekannten und guten Frankfurter Anwalts. Ich werde sie bitten, dass sie ihrem Großonkel vorschlägt, deine Verteidigung zu übernehmen. Sie kennt dich von deinem Besuch in der WG." Normann Millets Gesicht erhellte sich kurzzeitig, bevor es sogleich wieder von Sorge gekennzeichnet war. „Dein Chef hat zu der Anwaltsfrage gesagt, dass ich jetzt mittellos sei. Die kleine Rachel würde alles erben, die Mutter sei die Verwalterin des Erbes. Ich habe keine Ersparnisse. Und den Totalschaden habe ich auch noch am Hals. Und falls ich hier schnell wieder draußen bin, habe ich keine Wohnung mehr. Eva, ich bin völlig mittellos und habe nur noch dich." Millet starrte sie mit aufgerissenen Augen an. „Normann, ich helfe dir. Wir müssen zuerst sehen, dass du hier rauskommst. Ich werde für dich eine Wohnung finden. Wir gehen zusammen auf Wohnungsbesichtigung und tun so, als wäre ich die Mieterin und würde dich als meinen Mitbewohner aufnehmen. Der Mietvertrag sollte dann nur auf mich laufen. Schließlich bin ich Beamtin und bei der Polizei. Das zieht immer. Ich kann dich auch bei der Beantragung von Arbeitslosengeld unterstützen. Und wenn du überraschend schnell entlassen wirst, kommst du erst einmal in meiner WG unter. Das geht allerdings nicht für lange. Schließlich sind wir drei Mädels. Wenn drei Frauen und ein Mann zusammenwohnen, weiß ich nicht, ob das gut geht. Aber für kurze Zeit ginge es bestimmt." Die junge Beamtin hatte glänzende Augen bekommen, und auch der Untersuchungsgefangene strahlte mit neuem Lebensmut erfüllt seine Besucherin an. Schließlich tauchte Eva Friedberger aus der Vision einer glücklichen Zukunft wieder auf. Sie sah auf die Uhr. „Ich muss jetzt leider gehen und werde mich um die Anwaltsfrage kümmern. Bevor wir die Zukunft planen können, liegt noch ein weiter Weg vor uns. Aber es wird schon. Pass gut auf dich auf, Normann." Sie winkte dem Strafvollzugsbeamten und ließ sich aufschließen. Er ließ die junge Frau aus dem Besuchsraum hinaustreten und meinte süffisant: „Der Bursche gefällt Ihnen, was? Na ja, ist ja auch verständlich. Es gibt viele solcher alleinstehenden Ladies, die denken, sie können sich einen Strafgefangenen krallen, die dann Briefe schicken und ab und an hier auftauchen. Am Entlassungstag stehen sie dann mit Blumen vor dem Tor. Kaum haben sie den ehemaligen Häftling mit nach Hause genommen, ist er auch wieder weg. So schnell können Sie gar nicht gucken." Eva Friedberger funkelte den Aufseher böse an. „Das war eine verdeckte Zeugenbefragung und geht Sie im Übrigen gar nichts an." „Ach so nennt man das jetzt", meinte der Vollzugsbeamte und klapperte mit den Schlüsseln.

15

Amelia erschien am nächsten Morgen pünktlich an ihrem Arbeitsplatz. Sie hatte sich sorgfältig zurechtgemacht. Wohl wissend, dass sie gerade erst eine Woche Urlaub für die Islandreise genommen hatte, trat sie an den Schreibtisch ihres Chefs. Der Chefarzt verbrachte normalerweise nur wenig Zeit in seinem Büro, denn er hielt sich, mit Leib und Seele Arzt, die meiste Zeit auf der Station auf. Seine Anwesenheit war unaufschiebbaren Unterschriften geschuldet. Amelia übersah er meistens. Dabei wurde er nicht nur von seinem Berufsethos geleitet. Als sie im Bürgerhospital die Stelle als Chefarztsekretärin angetreten hatte, wollte er sie einmal abends einladen. Amelia gehörte zu den Typen, die das Privatleben nicht mit dem Arbeitsleben verquicken wollten. Sie hatte die Einladung abgelehnt. Allerdings fand sie ihren Chef auch nicht besonders sympathisch. Er war klein, grauhaarig und untersetzt, trug eine altmodische Hornbrille mit dicken Gläsern. Wahrscheinlich war Amelias Arbeitsethos auch dadurch begünstigt worden. Jedenfalls musste sie heute die Gunst der Stunde nutzen und ihn erneut um Urlaub fragen. „Sie wissen doch, dass meine Tochter krank ist, Herr Professor Seeberger." „Ja, ich erinnere mich. Was liegt an, Frau Thalheimer? Ich bin in Eile." „Es wäre sehr schön, wenn ich noch einmal kurzfristig eine Woche Urlaub nehmen könnte. Ich wollte mit Thalia eine Reise zu ihrem Vater nach Griechenland machen. Danach wäre ich dann stabil hier." Hoffentlich, fügte Amelia in Gedanken hinzu. „Machen Sie das, Frau Thalheimer. Ich zähle auf Ihre Arbeitsmoral, die Ihnen doch so wichtig ist." Zum ersten Mal seit ihrer damaligen Ablehnung erlaubte sich Seeberger eine Anspielung. Erleichtert präsentierte Amelia den Urlaubsantrag. Nun konnte sie den Flug buchen, wenn Thalia tatsächlich heute entlassen worden war. Um sie anrufen zu können, musste sie warten, bis Seeberger das Büro verlassen hatte, damit keine Zweifel an ihrem Arbeitsethos aufkamen.

Thalia war am Nachmittag mit einem Taxi in ihre Wohngemeinschaft gefahren. Sie rief von dort aus bei ihrer Mutter an und kam deren Anruf knapp zuvor. Amelia erzählte Thalia von ihren Urlaubsplänen, dass der Urlaub bereits genehmigt worden sei, dass sie einen Flug buchen werde. Thalia sollte zwei Tage bei Jan bleiben und ihm erst am Vorabend des Abflugtages von der Reise berichten mit der Erklärung, dass die Reise eine Überraschung und Geschenk von ihrer Mutter sei, sozusagen ein Genesungsurlaub. „In diesen zwei Tagen kannst du sehen, ob sich Jan liebevoll dir gegenüber verhält und was du für ihn fühlst." Thalia freute sich über den Vorschlag.

Als sie die gemeinsame Wohnung betreten hatte, waren alle Mitbewohner ausgeflogen, so dass sie Zeit hatte für ein ausgedehntes Bad nebst Schönheitsprogramm. Danach fühlte sie sich gleich noch besser. Erst zaghaft, doch dann immer zielstrebiger ging sie einkaufen. Als sie wieder zurück war, deckte sie in Jans Zimmer, das sie jetzt gemeinsam bewohnten, seinen Schreibtisch und stellte die erworbenen Vorspeisen zusammen mit einer Flasche Wein darauf. Sie passte auf, dass sie seine Papiere nicht durcheinanderbrachte. Sie suchte nach Kerzen. Schließlich zog sie sich um und tauschte Jogginghose und Sweatshirt gegen einen orangefarbigen Pulli mit der weißen Aufschrift „C'est moi pour toi". Sie hatte ihn nach dem Besuch der Kleinmarkthalle bei dem schwedischen Modegiganten im Fenster gesehen und spontan gekauft. Aus ihrer Zeit mit Fabian besaß sie eine plissierte hautfarbige Hose, die fast durchsichtig war. Jetzt konnte Jan kommen. Thalia wollte die Wiederversöhnung, das Aufheben der Distanz, die sich im Krankenhaus eingestellt hatte. Da sie nun doch von der Anstrengung des Tages erschöpft war, schlief sie auf dem Bett liegend sofort ein. Als Jan spätabends kam, deckte er sie vorsichtig zu. Erleichtert darüber, eine ruhig schlafende Thalia vorzufinden, lächelte er, während er sich auszog, denn sie hatten auf der III noch den Geburtstag eines Kollegen gefeiert. Der junge Arzt wusste, dass er von den Kollegen angefeindet wurde wegen seines Vorgehens gegen Dr. Hendricks, deshalb war der

Geburtstagsumtrunk für ihn so wichtig gewesen, wichtiger als der Versöhnungsabend mit seiner Jugendliebe. Tatsächlich hatte er erstmals die Gelegenheit gehabt, in einem größeren Kreis über sein Motiv sprechen zu können und Verständnis zu ernten. Erleichtert war Jan auf seiner Seite des Bettes sofort eingeschlafen und früh am nächsten Morgen aufgewacht. Sein Blick fiel auf den vorbereiteten Abendimbiss, der noch auf der schön gedeckten Schreibtischecke stand. Thalias Einsatz für den Erhalt ihrer Beziehung berührte ihn. Unbedingt musste er an diesem Abend sehr nett zu seiner Freundin sein und sein Oberarztwunschdenken hintenanstellen. Er suchte nach Papier und Bleistift. Als Thalia am nächsten Morgen endlich aus ihrem Tiefschlaf aufwachte, fand sie auf ihrem Kissen einen Zettel. „Guten Morgen, Süße. Mach' dir einen schönen Tag. Wir holen unseren Abend nach." Ein ungelenkes Herz zierte den Text. Thalia ärgerte sich. Warum hatte Jan sie nicht geweckt? Er hätte sie zärtlich wach küssen müssen. Fabian hätte sich in dieser Situation bestimmt so verhalten. Sie ließ den Tisch so, wie er war. Mochten die Sachen abends noch genießbar sein oder nicht. Keinesfalls wollte sie noch einmal solch einen Aufwand betreiben. Sie kämmte sich flüchtig, putzte sich die Zähne und suchte unterwegs nach dem ersten Kaffee des Tages. Lange saß sie auf einer Parkbank und überlegte, was sie tun sollte. Schließlich fror sie, war müde und hungrig. Auf dem Rückweg in die WG besorgte sie sich einen Dönerfladen und Pommes. Sie ging in Jans Zimmer, es kam ihr nicht mehr wie ein gemeinsames Zimmer vor. Auf dem Bett sitzend verspeiste sie ihr mitgebrachtes Essen, um danach wieder einzuschlafen. Sie wusste jedoch, dass sie Jan hören würde. Als er zu seiner normalen Zeit nach Hause kam, wurde sie wach und setzte sich auf. Jan trat zu ihr ans Bett und gab ihr einen Kuss. „Mm, du riechst nach Zwiebeln." „Ich hatte Hunger, nachdem ich seit der Entlassung gestern Morgen nichts mehr gegessen habe. Das hat dazu geführt, dass ich ein Dönerbrot und auch Pommes verspeisen musste. Jetzt schaue ich dir gerne beim Essen zu und trinke ein Glas Wein mit."

Jan nickte und warf einen Seitenblick auf die Vorspeisen vom letzten Abend. Irgendwie sahen sie etwas grau aus. „Ich weiß etwas Besseres. Und dann trinken wir zusammen den Wein." Jan nahm Thalia in den Arm und streichelte sie in dem Bestreben, auf diese Weise ihre Beziehung zu kitten. Thalia ließ es geschehen, dass er sie auszog. Sie bemühte sich genauso um eine liebevoll innige Zuneigung, vielleicht noch etwas mehr als Jan. Ein rauschhafter Höhenflug war es nicht. Während Jan anschließend noch einmal misstrauisch das Essen vom Vortag betrachtete und verlauten ließ, dass er mal nachschauen wolle, was der WG-Kühlschrank noch so hergab, dachte Thalia an ihr witziges Strippoker mit Fabian.

Sie tranken den Rotwein und nach zwei Gläsern versprach Thalia ihrem Jugendfreund, dass auf alle Fälle künftig seine Karriere auch für sie im Vordergrund stehen sollte. Jan nahm dankbar die Hand seiner Freundin und küsste sie. Als der Arzt am nächsten Morgen ins Krankenhaus zum Dienst gefahren war, packte Thalia ihre Sachen zusammen und ließ sich von einem Taxi zu ihrer Mutter bringen. Sie hatte Jan nun ihrerseits einen Zettel auf das Kopfkissen gelegt. „Jan, ich liebe dich sehr. Aus diesem Grund will ich keinesfalls deiner Karriere im Weg stehen. Die Wochen an deiner Seite waren sehr schön. Ich bin dir dankbar für alles, was du für mich getan hast. Ich habe aber erkannt, dass man das Rad der Zeit nicht zurückdrehen kann. Es ist nicht wegen Fabian, wenn ich jetzt weggehe, es ist wegen uns. Ich werde zu meiner Mutter ziehen und vielleicht mit ihr ein bisschen wegfahren, um Abstand zu gewinnen. In Liebe, deine Thalia." Eine Träne tropfte auf das Blatt.

Amelia hatte an diesem Tag schon frei. „Sei nicht traurig, mein Liebes. Wir machen es uns jetzt gemütlich und morgen früh fliegen wir nach Rhodos. Ich habe schon angefangen zu packen. Brauchst du noch etwas für den Urlaub?" Thalia schüttelte den Kopf. Sie hatte eine cremefarbene Jacke getragen, als sie die WG verlassen hatte. Sie war mit blassgelben Blüten und Ranken bedruckt und wurde von einer dunkelgrünen Bordüre eingefasst. Im gleichen Dunkelgrün gehörte eine Hose dazu. Jetzt zog sie sich aus und beschloss, diese Kleidung für den Flug nach Rhodos anzuziehen. Sie ging wieder in ihr Bett, das Amelia ihr liebevoll vorbereitet hatte, und überließ ihr auch die Arbeit des Packens. „Ich bin dir so dankbar, Mama", seufzte sie und wurde erst am Spätnachmittag durch das Klingeln an der Wohnungstür geweckt. Sie hörte die Stimme ihrer Mutter und die eines Mannes. Mühsam schwang sie die Beine aus dem Bett und zog ihren Hausmantel an. Vielleicht war Jan gekommen, um nach ihr zu suchen. Genau konnte sie die Stimme nicht identifizieren, die zu ihr drang. Sie ging in das Wohnzimmer, wo ihre Mutter erstarrte, als sie ihrer Tochter ansichtig wurde. „Thalia, das, das … ist Dr. Schönfelder. Wir haben uns noch ein paar Mal getroffen, obwohl du dagegen warst. Jetzt will er sich von mir verabschieden. Ich habe ihm auch gesagt, dass wir uns nicht mehr treffen können." Amelia stotterte. Schönfelder streckte Amelia die Hand zur Begrüßung hin, die diese übersah. „Was heißt können, nicht mehr wollen wäre für mich angebrachter gewesen." Thalias große braune Augen hatten sich mit Tränen gefüllt, während sie die Ausdrucksweise ihrer Mutter infrage stellte. Amelia ergriff mit einem verzweifelten Blick die Hand ihrer Tochter. „Ich wollte dich nicht aufregen, in deinem Zustand. Deshalb habe ich nichts gesagt. Joseph hat mich abgelenkt und mir versprochen, dass er auf Fabian einwirken will zu deinen Gunsten." „Es gibt nichts Schlimmeres, als von der eigenen Mutter belogen zu werden, wenn es niemand mehr gibt, dem du rückhaltlos vertrauen kannst." Thalia weinte jetzt hemmungslos. Amelia stand mit hängenden Armen daneben und hatte Angst, ihre Tochter in den Arm zu nehmen. Schönfelder kam ihr zuvor und seltsamerweise ließ Thalia die tröstliche Umarmung zu. „Ich habe deine Mutter überredet und ihr gesagt, dass es zu deinem Besten ist, wenn ich sie unterstütze." „Das mag sein, aber es ist die Lüge, die jetzt zwischen ihr und mir steht. Ich kann ihr nicht mehr vertrauen." „Manchmal heiligt der Zweck die Mittel", murmelte Schönfelder, der noch immer seinen Arm um Thalias Rücken gelegt hatte. „Ich muss meinen Vater finden. Vielleicht steht er mehr zu mir." „Ja und seine neue Adresse hat Joseph beschafft", versuchte Amelia sich zu verteidigen. Thalia schüttelte Schönfelders Arm ab. „Ich habe Hunger", sagte sie. „Ich auch. Die Überwindung, deine Mutter aufzusuchen, nachdem sie mir eröffnet hat, dass sie mich nie wieder treffen will, hat mich eine Menge Kraft gekostet. Den Gedanken *Der Mohr hat seine Schuldigkeit getan und kann gehen* zu verdrängen, war sehr anstrengend. Ich gehe zu dem Imbiss an der Kreuzung und besorge uns etwas. Was darf es sein?" Schönfelder versuchte zu retten, was zu retten war. Amelias dankbaren Blick erwiderte er nicht. Da Schönfelder auch zwei Flaschen Rotwein aus dem Imbiss mitgebracht hatte, wurde der Abend doch noch erfreulich. Thalia sah ein um das andere Mal auf ihr Telefon. Jan hatte ihren Abschiedsbrief offenbar ohne Widerspruch hingenommen.

Am nächsten Morgen fuhren sie sehr früh zum Flughafen. Amelia hatte vorgeschlagen, dort bei McDonald's zu frühstücken. Als sie den Kaffee und die Croissants vor sich stehen hatte, sah Thalia ihre ihr gegenübersitzende Mutter an. „Also gut, Mama, ich verzeihe dir deine Lüge. Aber misstrauisch dir gegenüber werde ich bleiben." Im Flugzeug hielten Thalia und Amelia sich die Hand, während die Maschine abhob. „Weiß Papa eigentlich, dass wir kommen?", fragte Thalia, als sie über den Wolken angelangt waren. „Nein, wir haben ein Hotel und gehen ihn dann in seinem Café besuchen." Thalia nickte. Auch sie wollte die spontane Reaktion ihres Vaters erleben. Nach der Landung auf Rhodos suchten sie nach dem Bus, der sie nach Lindos bringen sollte. Thalia war ganz begeistert von der warmen staubigen Luft, dem blauen Himmel und dem Geruch des Südens, der ihr entgegenschlug. Von Jan hatte sie noch immer keine Nachricht erhalten. Es ist das Kreuz des Südens, dachte Thalia, obwohl sie wusste, dass es sich dabei um ein Sternbild handelte. Sie war von ihrer neuen Situation völlig gefangen genommen. Während der Fahrt betrachtete sie erfreut die alten Häuser, Zeugen einer ehemaligen Pracht in Rhodos-Stadt. In der Ausfallstraße entdeckte sie entzückende große Gummibäume am Straßenrand. Die Busfahrt brachte sie nach zwei Stunden an ihren Bestimmungsort. Zu Fuß gingen sie zu den Lindos Harmony Suites und begegneten den ersten Eseln. Thalia war auch davon ganz bezaubert. Nachdem sie in das Hotel eingezogen waren, wollte die junge Frau sich trotz der Hitze nicht umziehen. „Papa soll sehen, wie chic seine Tochter ist. Wir laufen erst einmal durch den Ort und schauen, wo das Café ist. Dann entscheiden wir spontan, ob wir sofort dort hingehen oder erst morgen Vormittag."

Abends im Bett brach Thalia unvermittelt in Tränen aus. „Was ist, mein Liebes?" Amelia war entsetzt. „Es ist nichts, Mama, ich musste nur gerade an meinen ersten Hochzeitstag denken, an dem mich Fabian nach Korfu geschleppt hat, ohne dass ich etwas von der geplanten Reise wusste", schniefte Thalia.

16

Die Wohnung in einem Gebäude von 1990, das sich aber dem Stil der Haussmann-Ära anpasste und einen Blick auf den Eiffelturm bot, sollte 2,3 Millionen kosten, was nach Einschätzung von Fabian Farberger ein sehr moderater Preis war. Er war gegen Mittag mit dem TGV in Paris angekommen. Um 15.00 Uhr war die erste Besichtigung angesetzt, für die zweite hatte man 16.30 Uhr festgesetzt. Es blieb ihm noch die Zeit, in seinem Hotel einzuchecken und einen kleinen Spaziergang durch die Stadt zu unternehmen, der auch den Besuch einer Café-Terrasse beinhaltete, wo er neben Kaffee und Wasser auch ein großes Sandwich zu sich nahm. Während er in der Sonne saß und das Pariser Flair genoss, wanderten seine Gedanken zu Thalia. Schließlich zwang er sich dazu, das Bewerbungsdossier des ersten Kaufinteressenten durchzusehen. Plötzlich legte sich eine Hand auf seine Schulter. Farberger zuckte zusammen. „Fabian, was machst du in Paris? Wir haben uns Ewigkeiten nicht gesehen." Als er aufsah, erkannte er einen ehemaligen Kollegen aus der Frankfurter Immobilienszene, bei dem er seinerzeit die ersten Gehversuche in der Branche unternommen hatte. Die beiden Männer hatten sich gut verstanden und viele gemeinsame Abende verbracht. „Das könnte ich dich auch fragen", sagte Fabian. Sein ehemaliger Chef, der ihm dann zum Freund geworden war, setzte sich unaufgefordert dazu. Schnell kamen sie ins Reden. Farberger sah auf die Uhr. Er musste aufbrechen. Nach den Besichtigungsterminen wollten sie das Gespräch fortsetzen. Der Makler Hans Michel schlug eine dieser versteckten Bars auf den Dächern von Paris vor, wo sie gemeinsam noch einen Aperitif nehmen konnten, vorzugsweise einen Apérol, wie er sagte. Als sich Hans Michel entfernte, fielen Farberger die neonfarbigen Turnschuhe auf, die dieser zu seinem schwarzen Anzug trug.

Bereits der erste Wohnungsinteressent gefiel Farberger so gut, dass er den zweiten Termin sehr knapp hielt. So hatte er genügend Zeit, nach der Bar zu suchen. Im Verlauf der blauen Stunde, die die beiden Männer mit einer fantastischen Aussicht über Paris genossenen hatten, waren sie übereingekommen, dass Hans Michels Tochter nach Frankfurt kommen werde, um ein Praktikum in Farbergers Büro zu machen. Elisabeth sollte Erfahrungen im Ausland sammeln und nicht nur im Fahrwasser ihres Vaters schwimmen. Farberger bot sogar an, dass sie zunächst bei ihm wohnen könne, da er nach Thalias Auszug über viel Platz verfügte. Man würde sehen, ob sie beide gut harmonierten. Hans Michel war sehr froh, dass er seine Tochter unter Aufsicht wusste. Sie sollte bereits in den nächsten Tagen in Frankfurt eintreffen. Auf der Rückfahrt kamen Fabian Farberger erste Bedenken darüber, ob seine Entscheidung so klug gewesen war. Er hätte seinem Mentor und Freund den Gefallen jedoch schwerlich abschlagen können. Er wappnete sich bereits gegen die Wildheit einer Achtzehnjährigen und zog die Schultern hoch. Schließlich sagte er sich, dass er sich womöglich nur unnötige Sorgen machte. Er sah auf sein Mobiltelefon und war etwas unmutig darüber, dass es noch immer keine Nachricht von Thalia gab.

Am Sonntagabend holte er Elisabeth Michel vom Bahnhof ab. Er war überrascht, welche kesse, aufreizend gekleidete Blondine auf ihn zukam. Gerade deswegen verhielt sich Farberger kühl und antwortete kaum, während Elisabeth auf der Fahrt zu seiner Wohnung alles kommentierte, was sie sah. „Wie nett, dass Ihnen Frankfurt so gut gefällt, aber jetzt sind wir angekommen", bemerkte er schließlich versöhnlich, als sie vor seiner Haustür anhielten. Elisabeth sah sich neugierig in seiner Wohnung um. Sie bewunderte den großen Pokertisch und den dahinter aufgehängten Spiegel. Fabian dachte an Thalia und an ihr gemeinsames Strippoker. „Da ich nicht besonders gut kochen kann, gibt es heute Abend einen kleinen Salat und Spaghetti mit Pesto." „Oh, oui, très bien", meinte Elisabeth, während sie sich weiter neugierig umsah. Schließlich bugsierte er Elisabeth in Thalias ehemaliges Arbeitszimmer, das er als Gästezimmer umfunktioniert hatte, und forderte sie auf, sich ein wenig frisch zu machen. Spöttisch zog die junge Frau die Mundwinkel nach unten. Sie fand den Freund ihres Vaters äußerst spießig. Sie beschloss, während sie sich wunschgemäß frisch machte, dagegen anzugehen. Sie zog ein Top an, das eine Schulter frei ließ.

Elisabeth beendete ihr Telefonat, bevor sie sich zu Farberger an den Tisch setzte. Er fragte sich, wen sie gerade angerufen hatte. Die Angst, sich an ihrem ersten Abend in Frankfurt zu langweilen, veranlasste Elisabeth zu der Frage, ob sie Wein bekommen könne, denn aus Paris sei sie es gewohnt, wenigstens abends Wein zu trinken. Farberger stand auf und holte eine Flasche. Nach zwei Gläsern schlug Elisabeth vor, dass sie sich duzten. Sie wollte alles über Farbergers Frau wissen. „Ich hoffe für dich, dass sie einigermaßen gut drauf ist, wenn sie aus dem Krankenhaus entlassen wird", meinte sie selbstbewusst. „Lade sie doch einmal ein." Fabian Farberger nickte nur, während er einen Kloß im Haus verspürte. Nach einem Räuspern gab er zu bedenken, dass Elisabeth ganz schön kess sei für ihr Alter. Nun seufzte die junge Frau. „Weißt du, meine Eltern haben sich getrennt und die Neue von Hans hat mich von Anfang an schikaniert. Das hat dazu geführt, dass ich sie zurückgeärgert habe. Vielleicht ist das auch der Grund, warum Hans wollte, dass ich möglichst weit weg ein Praktikum mache. Damit er seine Ruhe hat." „Du nennst deinen Vater mit seinem Vornamen?" „Schon. Als Vater kann ich ihn nicht ernst nehmen. Außerdem bin ich volljährig." Elisabeth machte eine Pause und trank einen großen Schluck, wobei sie den einen Ärmel ihres Oberteils etwas nach unten schob, so dass jetzt beide Schultern entblößt waren, dann beugte sie sich ein wenig vor. „Im Übrigen wohnt meine Mutter in Frankfurt. Wenn es mir also bei dir nicht gefällt, kann ich auch zu ihr gehen." Fabian war perplex. „Warum bist du nicht gleich zu ihr gezogen?" „Ich wollte nicht. Ich hatte Angst, dass ich dort auch wieder nur das fünfte Rad am Wagen bin. Außerdem wollte ich nicht bemuttert werden. So kam es gerade sehr gelegen, dass Hans dich in Paris getroffen und eine Alternative für mich gefunden hat." Fabian nickte. „Ich bin übrigens hundemüde und werde jetzt schlafen. Wenn du morgen dein Praktikum noch nicht beginnen, sondern dir Frankfurt ansehen willst, so ist das für mich in Ordnung. Gute Nacht." „Nein, nein, ich will morgen von dir mit in dein Büro genommen werden. Weck mich rechtzeitig." Fabian nickte erneut, aber dieses Mal mit einem deutlich gequälten Gesichtsausdruck.

Seine Firma Immotel lag an der Bockenheimer Landstraße. Er stellte Elisabeth seinen Kolleginnen und Kollegen vor, während er sie durch alle Räume führte. Die meisten von ihnen bekamen große Augen, als sie der neuen Praktikantin ihres Chefs ansichtig wurden. Fabian betonte noch einmal nachdrücklich, dass sie die Tochter eines in Paris lebenden alten Freundes sei. Er hoffe, dass Elisabeths Kleidung als Pariser Chic durchging. Sie trug das Oberteil vom Vorabend und dazu einen rosafarbigen Ballonrock. Als er gegen Abend das Büro verließ, teilte er seiner Praktikantin mit, dass er heute auswärts esse. Sie könne sich in seiner Küche etwas kochen. Elisabeth schaute ihn entsetzt an, doch dann nickte sie. Fabian ließ sie ohne eine weitere Erklärung stehen. Er war zuerst in der Uniklinik gewesen und hatte nach Thalia gefragt. Dort hörte er, dass sie entlassen worden war. Allerdings reagierte sie weiterhin nicht auf seine Anrufversuche. Schließlich versuchte er, Jan Jurak zu finden. Er schwitzte leicht bei dem Gedanken, dem Rivalen gegenüberzutreten. Schließlich hatte eine Schwester auf Juraks Station ein Einsehen und erklärte, dass er tatsächlich im Hause sei. Sie werde ihn suchen. Er solle doch Platz nehmen. Mit diesen Worten schenkte sie ihm ein kokettes Lächeln. Der Makler fühlte sich langsam wieder in seinem gewohnten Fahrwasser. Er hasste es, nicht zu wissen, wohin er sich wenden musste. Allerdings musste er weitere fünf Minuten warten, bis die Pflegerin mit Jurak im Schlepptau wiederkam. Farberger stellte sich vor, obwohl er ahnte, dass der Arzt genau wusste, wen er vor sich hatte. Fabian Farberger erklärte trotzdem, dass er noch der Ehemann von Thalia Farberger sei und sich deshalb für sie verantwortlich fühlte. Er wollte wissen, wie es ihr tatsächlich gehe, und sagte, er könne sie telefonisch nicht erreichen. Jurak gab mit knappen Worten Auskunft. Der Krankheitsschub sei noch einmal zu behandeln gewesen. Derzeit sei die Patientin gesund. Wo sie sich aufhalte, wisse er nicht. „Wir haben uns getrennt", fügte er mit heruntergezogenen Mundwinkeln hinzu. Dann verschwand er grußlos mit wehendem Kittel in die Richtung, aus der er gekommen war. „Sie haben nicht zufällig jetzt Feierabend?", fragte Farberger die nette Pflegekraft. Diese schüttelte bedauernd den Kopf. Er solle doch anrufen. In der nächsten Woche habe sie Frühdienst. Farberger nickte zustimmend und verließ die Station. Er fuhr nach Sachsenhausen und geriet beim Wagner in eine lustige Runde. Die Nachricht, dass Thalia und Jurak sich getrennt hatten, ließ ihn leicht euphorisch werden. Er musste sie nur noch finden. Im Moment war er froh darüber, am Tisch bei dieser Betriebsfeier gelandet zu sein, und spendierte eine Runde Apfelwein. Am nächsten Morgen würde er seine Schwiegermutter kontaktieren.

Als er gegen 22.00 Uhr nach Hause kam, saß Elisabeth vor dem Fernseher. Farberger wollte sich noch einen kleinen Whisky aus dem Kühlschrank nehmen, doch er zuckte zurück. Seine futuristische blitzsaubere Kochinsel war nicht wiederzuerkennen, auch auf allen Ablageflächen standen benutztes Geschirr und aus den Schränken herausgenommene geöffnete Flaschen oder Packungen. Der Immobilienmakler stürzte ins Wohnzimmer zurück. Er zog Elisabeth hoch und schüttelte sie wütend. Seine gute Laune war schlagartig verflogen. „Was hast du dir dabei gedacht?", fragte er zornig. „Ich kann doch nicht kochen und du hast gesagt, dass ich mir etwas kochen soll." Elisabeths Stimme klang sehr kleinlaut. „Ich werde alles aufräumen." „Aber nicht jetzt. Ich will in Ruhe schlafen. Du kannst das morgen früh machen und später kommen. Du weißt jetzt, wo das Büro ist und findest allein dorthin. Elisabeth nickte. „Guten Nacht." Sie flüsterte und verdrückte sich in Richtung Gästezimmer.

17

Als die junge Frau in einem enganliegenden schwarzen Lederminikleid gegen Mittag in der Firma auftauchte, ging sie zielstrebig, ohne anzuklopfen in Farbergers Büro. Alle Blicke folgten ihr. „Sie stören und ein Anklopfen wäre auch angebracht." Mürrisch hob er den Kopf. „Ich wollte dir nur mitteilen, dass deine Mutter geklingelt hat." „Im Dienst sind wir per Sie oder noch besser kehren wir ganz zum Sie zurück. Was wollte meine Mutter?" Elisabeth senkte schuldbewusst den Kopf. „Mir ist dummerweise etwas herausgerutscht, als sie mich gefragt hat, was ich in deiner Wohnung, oh, in Ihrer Wohnung mache." „Und haben Sie ihr gesagt, dass Sie meine neue Putzfrau sind?" „Nein, leider ist es viel schlimmer. Ihre Mutter hat das Kleid so abschätzend betrachtet, dass ich ihr sagen musste ..." Hier unterbrach Farberger sie mit einem Grinsen. „Sie haben ihr gesagt, dass Sie ein Callgirl sind, stimmt's?" Elisabeth schniefte. „Es ist noch viel schlimmer. Ich habe gesagt, dass ich Ihre neue Freundin bin." Die junge Frau hob trotzig den Kopf. „Das ist nun wirklich nicht gut, denn ich habe meiner Mutter letzthin erklärt, dass ich alles daransetzen werde, mich mit meiner Frau wieder zu versöhnen." Jetzt bekam Elisabeth Schluckauf. „Heute war auch eine Postkarte von ihr in der Post. Der Briefträger hat sie mir in die Hand gegeben, als ich gerade den Müll heruntergebracht habe. Ich habe sie gleich mit dem Müll zusammen weggeworfen, damit Sie sich nicht aufregen, dass Ihre Frau allein in Urlaub gefahren ist." Elisabeth holte tief Luft. „Ihre Mutter erwartet Sie übrigens zum Mittagessen im Vapiano." Das Vapiano im Gebäude Westend Duo in der Bockenheimer Landstraße war, was das Ambiente betrifft, sehr angenehm. Man hatte die Möglichkeit, sich nach dem Essen noch in dem angrenzenden Lounge-Bereich aufzuhalten. „Sie hat vorgeschlagen, dass ich Sie begleite. Offenbar schien sie ganz angetan von mir zu sein." Die Achtzehnjährige mit dem Auftreten einer Fünfundzwanzigjährigen schaute Fabian Farberger trotzig in die Augen. „Ich glaube, dass wir jetzt gehen müssen. Außerdem sollten wir uns wieder duzen, jedenfalls vor Ihrer Mutter." Der Makler sah sie irritiert an. „Gehen wir, ich habe zwar keine Zeit, aber ich kann meine Mutter schlecht versetzen. Und ich denke, dass wir die Distanz wahren sollten." Seiner Sekretärin sagte er im Vorbeigehen, dass er eine Verabredung zum Mittagessen habe. Seine Praktikantin nehme er mit, damit diese in seiner Abwesenheit nichts anstelle, wie zum Beispiel die Eingangspost wegzuwerfen. Elisabeth ärgerte sich sehr über diese Bemerkung.

Kaum hatten sie das Haus verlassen, wollte Elisabeth dagegen protestieren. Farberger fuhr ihr über den Mund. „Sie beschaffen mir die Postkarte wieder und wenn Sie ihr bis zur Mülldeponie nachreisen. Keine Widerrede." Marianne Farberger wartete bereits im Vapiano. Sie hatte schon einen Salat vor sich stehen, den sie jedoch nicht angerührt hatte. Dafür hatte sie bereits ein halbes Glas Weißwein ausgetrunken. Farberger schickte sich an, Elisabeth vorzustellen. Diese senkte betreten den Kopf in der Erwartung, dass er sie als seine Praktikantin entlarvte. „Mama, Elisabeth hast du schon kennengelernt. Also, ich mache es noch einmal offiziell. Das ist Elisabeth, meine neue Freundin. Elisabeth, darf ich dir meine Mutter Marianne Farberger vorstellen. Setz dich doch bitte, Elisabeth. Ich gehe für dich an die Theke. Was möchtest du essen?" Elisabeth setzte sich. Ihr war der Mund vor Staunen offen stehen geblieben. Nie hätte sie es für möglich gehalten, dass Fabian Farberger dieses Spiel spielte. Schließlich waren sie alle mit einem Gericht und Getränken versorgt. Fabian hatte sich für Penne all'arrabbiata entschieden. Jetzt kam er ins Reden. Wahrheitsgemäß erzählte er seiner Mutter, dass er Elisabeth erst seit kurzer Zeit kannte und sich spontan in sie verliebt habe. Es sei während seiner Parisreise passiert, als er von seinem alten Freund, den er durch Zufall getroffen hatte, um einen Praktikumsplatz für seine Tochter gebeten worden sei. Natürlich habe man sich erst kennenlernen müssen und so sei der

Blitz eingeschlagen. „Das gefällt dir doch, Mama?", fragte er lächelnd. „Du warst doch nie davon überzeugt, dass Thalia die Richtige für mich ist. Du weißt, dass ich noch bis zuletzt an eine Versöhnung gedacht habe beziehungsweise hoffte, dass es dahin kommen würde. Ich musste erst Elisabeth in das Wohnzimmer ihres Vaters treten sehen, um zu begreifen, dass es auch noch andere Frauen gibt." Farberger trank einen Schluck Wein und schenkte Elisabeth ein Lächeln, das seine Augen nicht erreichte. „Ist sie nicht ganz entzückend?", fragte er seine Mutter. Elisabeth lächelte leicht gequält. Sie fühlte sich wie ein Kleinkind, über dessen Kopf hinweg sich die Erwachsenen austauschten. Farberger bemerkte Elisabeths düstere Miene. „Natürlich ist sie ein bisschen jung. Sie ist noch um einiges jünger als Thalia. Dafür ist sie formbar. Sie wird mein Geschöpf werden. Nicht wahr, mein Schatz?" Diese letzten Worte galten Elisabeth, die Mühe hatte, vor Wut nicht zu platzen. Sie wollte nicht von einem Mann geformt werden. Sich eine Form zu geben, sah sie wie wohl auch alle anderen Menschen, die klar denken konnten, als eigene Aufgabe an. Aber sie beherrschte sich mühsam. „Was werden denn Ihre Eltern zu der Verbindung mit einem doppelt so alten Mann sagen?". Mit diesen Worten wandte sich Marianne an Elisabeth. Die junge Frau rollte die Augen. „Ach, wissen Sie, Frau Farberger, mein Vater wird froh sein, wenn er mich los wird. Er interessiert sich ohnehin nur für seine neue Ehefrau und die ist ein echtes Biest, kalt und berechnend. Ich bin ihr ein Dorn im Auge." „Mein Liebling, du tust mir so leid", mischte sich der Immobilienkaufmann ein. Seine Mutter beachtete den Einwurf nicht. „Ach, Ihre Eltern haben sich getrennt. Weshalb denn?" „Ich weiß es nicht so genau, ich glaube, dass Papas neue Freundin der Trennungsgrund war. Sie ist viel attraktiver als meine Mama." Tränen stiegen in Elisabeth Augen auf. „Wo lebt denn Ihre Mutter jetzt?" Marianne Farberger fand das Thema sehr interessant.

„Ich glaube, dass sie sogar irgendwo hier in der Nähe wohnt." Elisabeth runzelte die Stirn, während sie sich an die Adresse zu erinnern versuchte. „Ach und da sind Sie nicht zu Ihrer Mutter gezogen, sondern haben sich gleich bei meinem Sohn in das gemachte Nest gesetzt." „Er wollte es so. Es war doch Liebe auf den ersten Blick. Außerdem möchte er mich doch formen." Elisabeth setzte sich zu Wehr. „Ich verstehe. Ist denn Ihre Mutter auch wieder neu gebunden?", hakte Fabians Mutter noch nach. „Wie ich schon sagte, ist sie nicht so attraktiv. Aber mein Vater hat kürzlich erwähnt, dass sie jetzt über eine Onlinebörse nach einem neuen Partner sucht. Natürlich will ich sie dabei nicht stören", setzte Elisabeth noch hinzu. „Welche Pläne haben Sie denn für Ihre berufliche Zukunft?" Fabians Mutter setzte die Überprüfung dieser neuen Freundin fort. „Ich denke, dass ich bei Ihrem Sohn eine Ausbildung machen kann. Seine Exfrau hat doch auch erfolgreich, wie ich hoffe, in der Firma mitgearbeitet." Elisabeth gab sich alle Mühe, altklug zu wirken. „Und, wenn Fabian mich nicht ausbilden will, weil er mich für ungeeignet hält, denn ich neige manchmal dazu, die Post wegzuwerfen, werde ich Hausfrau und Mutter. Sie würden sich doch bestimmt über einen kleinen Enkel freuen?" Elisabeth gefiel dieses Spiel mittlerweile sehr gut. Sie erdreistete sich sogar, ihrem Scheinfreund die Hand auf den Oberschenkel zu legen. Allerdings zuckte dieser zurück, als wäre er mit einem heißen Eisen in Berührung gekommen. Doch er fasste sich schnell und legte Elisabeth einen Arm um die nackten Schultern. „Ich werde dich über den Fortgang der Beziehung auf dem Laufenden halten, Mutter. Erlaube mir bitte, dass ich bezahle. Im Büro wartet noch viel Arbeit auf mich. Dadurch, dass Elisabeth die Eingangspost weggeworfen hat, ist es nicht besser geworden." Farberger lächelte freundlich. Als sie gemeinsam das Lokal verließen, legte auch Elisabeth einen Arm um ihn. „Danke, dass Sie das Spiel mitgemacht haben, aber manchmal waren Sie echt gemein." „Sie waren auch richtig gut. Falls es Ihnen gelingt, mir die Postkarte wieder zu beschaffen, werde ich mich erkenntlich zeigen. Vielleicht würde ich Sie einmal abends ausführen. Die Betonung liegt auf ‚einmal'. Ich liebe meine Frau und nichts ist mir wichtiger als die Versöhnung mit ihr." „Verstanden." Elisabeth nickte.

Den Nachmittag im Büro verbrachte sie damit, besonders liebenswürdig zu den Mitarbeitern des Maklers zu sein und sich von diesem selbst fernzuhalten. Um 17.00 Uhr meldete sich die Praktikantin bei der Chefsekretärin ab. Sie beeilte sich, zu Farbergers Wohnung zu kommen. Als Erstes legte sie die grüne Papiertonne auf die Seite. Sie musste fast in den Behälter kriechen, um deren Inhalt in den Hinterhof zu schaufeln. Schließlich räumte sie sie Stück für Stück wieder ein. Endlich wurde sie der Postkarte ansichtig. Elisabeth legte das Objekt der Begierde zu Seite und stellte sicherheitshalber ihre Handtasche darauf. Hastig räumte sie den Papiermüll wieder ein. Besonders lästig waren die Papierschnitzel von zerrissenen Schriftstücken. Sie ging noch einmal weg, um sich etwas zu essen und zu trinken zu kaufen. So opulent war der Salat im Vapiano nicht gewesen. Farbergers Kühlschrank würde sie nicht noch einmal anrühren. Sie beschloss, den Abend im Gästezimmer zu verbringen und sich nicht blicken zu lassen. Die Postkarte lag deutlich sichtbar auf dem Tisch in der aufgeräumten und blitzblanken Küche. Gelegentlich horchte sie, ob der Makler schon nach Hause gekommen war. Nachdem sie ein halbes Bier getrunken hatte, wurde ihr langweilig. Was trieb der Mann so lange? Elisabeth griff nach ihrem Telefon und suchte nach der Nummer ihrer Mutter. „Elisabeth, du? Ich habe schon lange nichts mehr von dir gehört. Wie schön, dass du dich meldest. Wie geht es dir, Kleines?" „Danke, Mama, mir geht es gut. Ich wollte eigentlich hören, wie es dir so geht. Was macht die Liebe?" „Die ist immer noch in Arbeit. Du weißt, dass sich deine Mutter nicht so leichttut wie dein Vater, einen neuen Partner zu finden. Aber das ist Schnee vom letzten Jahr. Was macht die Schule?" „Mama, du wirst es kaum glauben, aber gerade mache ich ein Berufspraktikum, und zwar ganz in der Nähe. Mama, ich bin in Frankfurt." Elisabeth ließ die Bombe platzen. „Das gibt es doch nicht. Und wo bist du gerade? Du hättest doch bei mir wohnen können. Das hätte mich so gefreut." „Es war Papas Idee, dass ich bei dem Freund von ihm wohne, bei dem ich auch das Praktikum mache." „Typisch dein Vater, er versucht, dich von mir fernzuhalten." „Ich komme dich besuchen, Mama. Wenn du willst jetzt gleich."

18

Nina Michel erklärte ihrer Tochter den Weg zu ihr. Die Verabredung, die sie an diesem Abend mit einem der Kandidaten aus der Partnerbörse hatte, ließ sie einfach, ohne abzusagen, platzen. Sie überlegte, was sie ihrer Tochter zu essen machen konnte. Sie hatte zum Glück eine Tiefkühlpizza und Vanilleeis. Das musste reichen. Sie öffnete eine Flasche Rotwein. Schneller als erwartet klingelte es.

Nina starrte ihre Tochter an, die noch immer das schwarze Lederkleid trug. „Du bist aber attraktiv geworden." Sie trat auf ihre Tochter zu und umarmte sie. „Ich habe dich so vermisst, Lilly. Komm rein." Elisabeth sah sich in der schlichten, aber gemütlichen Wohnung ihrer Mutter um. Sie trug die Handschrift des Möbelherstellers Ikea. Nina fragte nach der Schule und hörte, dass ihre Tochter diese kurz vor dem Baccalauréat abgebrochen hatte und jetzt vor der Entscheidung für eine Ausbildung stand. „Es ist so traurig, dass dein Vater den Kontakt zwischen uns beiden verhindert und mich von allem abschneidet." „Mama, reg ich nicht auf. Er hat halt versucht, seine Neue zu meiner Ersatzmutter zu machen, dafür musstest du ausgeblendet werden. Niemand kann zwei Mütter haben. Damit hatte er sich aber geschnitten. Seine Neue und ich haben uns nach allen Regeln der Kunst das Leben zur Hölle gemacht." Elisabeth lächelte spöttisch. „Ich glaub' auch nicht, dass das für die Ewigkeit ist. Pariser Chic allein reicht nicht." Mittlerweile hatten sie sich gesetzt. Als Elisabeth das betrübte Gesicht ihrer Mutter sah, stand sie wieder auf und umarmte sie von hinten. Jetzt bin ich doch bei dir, und ich habe dich lieb." Mit Appetit begann sie sich über die Tiefkühlpizza herzumachen. Nina trank ein Glas Wein und überließ ihrer Tochter das Essen. Elisabeth wusste nicht so genau, was sie aus ihrer Vergangenheit erzählen sollte. Aus ihrer Sicht war bereits alles gesagt. Sie erzählte einfach von ihren ersten Tagen hier in Frankfurt und vor allem von Fabian. Besonders gern sprach sie über die Geschichte, die sich gerade mit Fabians Mutter ergeben hatte. „Aber ganz im Ernst, Mama, ich könnte mir schon vorstellen, tatsächlich seine Freundin zu werden. Dann hätte ich ausgesorgt." „Aber er ist doch viel zu alt für dich. Du könntest deine Jugend gar nicht genießen." „Mama, mach dir keine Sorgen. Es wird nicht dahin kommen. Er ist verheiratet und liebt seine Frau, auch wenn sie gerade getrennt sind." „So etwas soll es geben", seufzte Nina. „Jedenfalls kannst du jederzeit zu mir kommen. Und immer anrufen. Übrigens arbeite ich nicht mehr in einem Maklerbüro. Seit zwei Jahren bin ich Sekretärin des Frankfurter Polizeipräsidenten. Wahrscheinlich denken sie dort, dass ich besonders seriös wirke. Niemand würde mir eine Affäre mit meinem Chef anhängen. Wahrscheinlich hat das den Ausschlag dafür gegeben, dass sie mir den Job gegeben haben. Bei der Polizei kommt ein wenig glamouröses Auftreten auch gut an. Niemand traut mir zu, in irgendwelche dubiosen Machenschaften verwickelt zu sein. So war es schon bei den Kundengesprächen des Maklerbüros. Einmal war ich sogar zum Essen zu Hause bei meinem neuen Chef, dem Polizeipräsidenten. Ich glaube, dass mich seine Frau mochte."

„Mama, was hast du nur, erstens du siehst doch gut aus und zweitens siehst du, was du für Vorteile durch deine Erscheinung hast." „Danke, Lilly, du hast sicher recht, solange es nicht um Beziehungen geht. Dein Vater hat das anders gesehen. Ich habe es lange genug erlebt, dass kein Blick an mir hängen geblieben ist. Und jetzt mit der Partnersuche sind auch alle enttäuscht, wenn sie mich sehen." „Du bildest dir da wirklich etwas ein, Mama. Papa hat dich völlig verunsichert, indem er dir deine fehlende Strahlkraft vorgeworfen hat. Aber am Anfang hat er dich jedenfalls geliebt. Sonst gäbe es mich schließlich nicht." Nina wollte das Gespräch mit ihrer Tochter nicht vertiefen. „Das stimmt, was du sagst, mein Liebling."

Sie schluckte es hinunter, was sie über ihr Aussehen dachte, das sich in den Augen der anderen spiegelte. Sie war zu mager. Ihre Haare hatten dieses Mausbraun und waren eher strähnig, selten gut geschnitten.

Sie trug meistens altmodische bequeme Jeans und dazu kleinkarierte beigebraune Jacken, die eher zu kurz und zu weit waren, um elegant auszusehen. Sie hoben sich kaum von ihrer Haarfarbe ab. Die hellblauen Blusen und die Gesundheitsschuhe rundeten das Bild der perfekten Unauffälligkeit ab.

Nina lächelte ihre Tochter dankbar an. „Du bist das Beste in meinem Leben." Sie machte eine kleine Pause, bevor sie weitersprach. „Wenn du so attraktiv bist, kann ich gar nicht so hässlich sein. Schließlich fällt der Apfel nicht weit vom Stamm." Nina glaubte in dem Moment, was sie sagte und nahm sich vor, mehr aus sich zu machen, ohne jedoch zu übertreiben. Nachdenklich schaute sie in eine unbekannte Ferne und überlegte, ob sie ihrer Tochter die Vorgeschichte zu ihrer Unauffälligkeit erzählen sollte. Von den Tagen, als sie genau das Gegenteil von unauffällig war. Wie sie von Hans kritisiert wurde, weil sie so exaltiert auftrat.

Anfangs hatte er nichts gesagt, wenn sie damals mit Anfang zwanzig extrem auffällig gekleidet aufgetreten war. Seine Kritik begann mit der Begründung, dass er sie aufgrund ihres auffälligen Aussehens nicht zu einer Geschäftsreise mitnehmen würde. Als Nina darauf sehr gekränkt reagiert hatte, warf er ihr vor, dass sie zudem wankelmütig und unberechenbar sei, nicht zu einer klaren Aussage finden könne, genau wie sein jüngerer Bruder, der vor Kurzem nach einem Messerangriff auf die gemeinsame Mutter in eine psychiatrische Unterbringung gekommen war. Nina würde von ihrer fehlenden Standpunkthaftigkeit mit schriller Aufmachung ablenken. Daraufhin hatte Hans die riesige Kapuze ihres honiggelben Anoraks kritisiert. Niemand laufe so herum wie sie. Niemand ziehe die Kapuze so weit in das Gesicht wie sie. Sie vermumme sich. Überhaupt ging es doch gar nicht, dass sie mit Anfang zwanzig noch bei ihrer Mutter wohne. Sein Bruder sei auch viel zu lange bei der Mutter geblieben und das hätte dem mehr geschadet als genützt. Nina war nach einer Depression, in der sie ihr Studium abgebrochen hatte, wieder bei ihrer Mutter eingezogen. Andere Personen, die nicht so eine nachgiebige und langmütige Mutter hätten, wären in so einer Situation obdachlos geworden und dann hätte man sich von Amts wegen um sie gekümmert. Nina hatte geantwortet, dass sie sich jetzt auf die Aufnahme an einer Schauspielschule vorbereite. Das fand Hans lachhaft, denn sie sei doch nie ins Theater gegangen. Er wollte wissen, ob sie wegen ihrer vorausgegangenen depressiven Phase noch Medikamente einnehme. Außerdem müsse sie sich einer Therapie unterziehen. Nina hatte entgegnet, dass sie doch Harz IV beantragen könne, wenn es mit der Aufnahmeprüfung nicht funktioniere. Hans hatte etwas gemurmelt, das so klang, als müsse sie dafür auch erst einmal eine Leistung erbringen. Nina hatte ihm erklärt, dass es doch ihre Sache sei, was sie tue und was nicht. Er solle sie doch einfach in Ruhe lassen, wenn ihm ihre Lebensführung und ihr Erscheinungsbild nicht passten.

Nach dieser Auseinandersetzung war Nina traurig gewesen. Sie hatten sich eine Weile nicht gesehen, schon vor Antritt der Reise hatte es kein weiteres Treffen gegeben. Doch dann war Hans eines Tages mit einem großen Blumenstrauß vor ihr in die Knie gegangen und hatte sich entschuldigt. Noch vor ihr kniend hatte er sie gefragt, ob sie ihn heiraten wolle. Nina war so perplex gewesen, dass sie einfach „Ja" gesagt hatte. Vor lauter Glück hatte sie ihm danach versprochen, dass sie ihr auffälliges Äußeres aufgeben und sich eine solide Arbeit suchen werde, obwohl Hans es nicht gefordert hatte. Nina hatte es anfangs eine tierische Freude verursacht, sich zu versachlichen. Sie begann ihre äußere und innere Verwandlung lustvoll auf die Spitze zu treiben. Es war eine groteske Lust gewesen, sich zu verhässlichen und zu versachlichen. So war sie immer mehr zur grauen unattraktiven Maus geworden. Auch ihr Auftreten hatte sich ihrem Erscheinungsbild im Parallelschwung angepasst. Anfangs war Hans aus dem Staunen nicht mehr herausgekommen. Doch dann war er schnell dazu übergegangen, sie wegen ihres langweiligen Auftretens zu kritisieren. Er wollte die alte Nina wiederhaben. Sie aber hatte nur müde geantwortet, dass ihr ihre Jugendsünden leidtäten. Sie dankte ihm mit tonloser Stimme, dass er sie auf den richtigen Weg gebracht habe. Wütend hatte Hans entgegnet, dass es ihr nicht gelungen sei, die richtige Mitte zu treffen, was ihn sehr traurig stimme und darin bestätige, dass sie nicht richtig ticke. Anfangs hatte Nina es als sehr schwierig empfunden, unauffällig und schlicht zu sein. Es waren lange Überlegungen nötig. Dabei bemerkte sie, dass ein exaltiertes Auftreten viel einfacher zu bewerkstelligen war. Man konnte einfach tun, wozu man Lust hatte. Es war die Wahrheit, wenn sie sagte, dass sie Hans dankbar sei, dass er sie auf den richtigen Weg gebracht habe. Schließlich gelang es ihr immer leichter, zu verschwinden, unsichtbar zu werden. Ohne Hans als Gegenspieler war Nina ihr fades Aussehen in letzter Zeit wieder leid geworden, aber sie konnte irgendwie nicht mehr zurück. Sie hasste Hans dafür und für die Trennung.

„Erzähl mir von deinem Vater. Wie geht es Hans gesundheitlich? Ist er glücklich? Wird er dich hier in Frankfurt besuchen?" Elisabeth dachte einen Moment nach, bevor sie antwortete. Sie griff nach dem Rotweinglas ihrer Mutter. „Ich glaube, dass er gesund ist. Er jammert jedenfalls nicht über irgendwas. Und zum Arzt geht er auch nicht. Ich glaube aber nicht, dass er besonders glücklich ist. Er geht oft allein etwas trinken oder mit Kunden, dann kommt er meistens gut gelaunt nach Hause. Sie macht das aber auch. Natürlich gibt er sich alle Mühe, besonders flott auszusehen. Seine neonfarbigen Turnschuhe, die er zu schwarzen Anzügen trägt, finde ich allerdings besonders albern." Nina lächelte zufrieden. „So, er geht also oft allein aus. Vielleicht hast du damit recht, dass sie sich auch eines Tages trennen werden." Elisabeth seufzte. Sie war sich sicher, dass sie falsche Hoffnungen bei ihrer Mutter erzeugt hatte. Was aber hätte sie sonst sagen sollen? „Ich glaube nicht, dass er mich hier besucht. Ich denke, dass ich jetzt gehen sollte. Vielleicht komme ich morgen wieder." „Ja, mein Schatz, soll ich dich begleiten? Aber willst du vielleicht noch ein bisschen Eis essen?" „Auch das das nächste Mal. Es ist noch nicht so spät. Ich möchte gerne allein laufen, damit ich einen klaren Kopf bekomme. Außerdem bin ich kein kleines Kind mehr." Nina nickte und brachte ihre Tochter zur Tür. „Danke, dass du da warst. Es war ein sehr schöner Abend." „Danke, Mama, dass du immer für mich da bist." Elisabeth ging schnell die Treppen hinunter. Der Abend mit ihrer Mutter hatte bei ihr das Gefühl von Verzweiflung hinterlassen. Trotzdem würde sie ihre Mutter künftig öfters besuchen, denn es war auch schön, so bedingungslos aufgenommen zu werden.

19

Als Elisabeth in ihr derzeitiges Zuhause zurückkehrte, saß dieses Mal Fabian Farberger vor dem Ferngerätgerät. In der Hand hielt er ein Glas Rotwein. Es schien ihr, dass er auf sie gewartet hatte. „Hallo, Elisabeth, schön, dass du die Karte wiedergefunden hast. Meine Frau ist auf Rhodos in Begleitung meiner Schwiegermutter. Ich hoffe, es war nicht zu anstrengend, die Karte wiederzufinden. Jedenfalls werde ich dich ausführen, während Thalia noch unterwegs ist. Wo warst du eigentlich? Möchtest du auch ein Glas Rotwein?" „Oh danke, gerne. Ich war bei meiner Mutter. Sie hat sich gefreut, mich zu sehen. Sie möchte dich gerne kennenlernen. Ich habe ihr die Sache mit deiner Mutter erzählt." Fabian gab Thalia ein Glas in die Hand. „Wir könnten am Donnerstagabend ins Spielcasino nach Bad Homburg fahren. Am Wochenende ist es zu voll. Warst du schon einmal in einem Casino?" Ein Strahlen ging über Elisabeths Gesicht. „Wie toll ist das denn. Ich war noch nie in einem Casino. Das ist aber schon bald. Was soll ich denn da überhaupt anziehen? Danke, danke, Darling." „Das Darling will ich großzügig überhören. Deine Garderobe ist doch insgesamt eher für ein Casino geeignet als für mein Büro." Elisabeth sah etwas betreten aus. „Keine Sorge, meiner Mutter hast du gefallen. Sie hat noch einmal angerufen, um mir das zu sagen." Farberger stand auf. Er zog seine Geldbörse aus der Gesäßtasche und gab Elisabeth hundert Euro. „Du kannst morgen Abend einkaufen gehen. Blamiere mich bitte nicht. Die Bekanntschaft deiner Mutter zu machen, würde mich sehr freuen. Jetzt gehe ich aber besser schlafen. Gute Nacht." Farberger stand auf, ohne Elisabeth eines weiteren Blickes zu würdigen.

In Bad Homburg fand Farberger in der Nähe des Casinos einen Parkplatz. Er musterte Elisabeths Trenchcoat noch missmutiger als beim Einsteigen. „Besonders elegant siehst du aber nicht aus." Die junge Frau lächelte nur. An der Garderobe öffnete sie den Regenmantel und stand in einem schlichten schwarzen Hängerkleid vor ihm. Als sie den Mantel auf die Theke legte, gewahrte Farberger den Rückenausschnitt. „Oh", entfuhr es ihm. Der Ausschnitt ging bis hinunter zum Gesäß. Bei manchen Bewegungen wurde der schwarze Spitzenslip sichtbar. Einen BH schien sie nicht zu tragen. Gut gelaunt besorgte der Makler die Chips, führte Elisabeth an einen der Tische und nahm zwei Gläser Sekt von dem Tablett eines heraneilenden Kellners. Danach erklärte er seiner Begleiterin die Grundregeln des Spiels. Elisabeth setzte nach Gutdünken und gewann. Sie jubelte laut. „Anfängerglück. Freue dich bitte nicht so auffällig. Das gilt hier als unfein", flüsterte er ihr ins Ohr. Sein Mund streifte fast ihr Ohrläppchen. Elisabeth konnte seinen Pfefferminzatem riechen. Eine Gänsehaut überzog ihren bloßen Rücken. Sie gewann wieder. Beide merkten nicht, wie die Zeit verging. Im letzten Spiel setzte Elisabeth alles auf die Dreizehn, ihre Glückszahl und verlor den gesamten Gewinn. Beide hatten im Laufe der Nacht einige Gläser Sekt getrunken, so dass sie nur darüber lachen konnten. Der Makler bestellte ein Taxi.

„Danke für den schönen Abend." Nachdem die Wohnungstür hinter ihnen ins Schloss gefallen war, umarmte Elisabeth den Mann, der ihr dieses Vergnügen bereitet hatte. Schließlich küsste sie ihn, erst zögerlich, doch als er sich nicht wehrte, heftiger. Fabian ließ seine Hände über ihren nackten Rücken gleiten. Es kam, was kommen musste. Am nächsten Morgen wachten beide viel zu spät in Farbergers Schlafzimmer auf. Erschrocken sah er auf die Blondine an seiner Seite, die so selbstverständlich in der Betthälfte lag, in der doch Thalia schlafen sollte. Entsetzt sprang aus dem Bett. Er ging in die Küche und nahm zwei Aspirin. Nachdem er geduscht hatte, ging er ins Schlafzimmer zurück und weckte Elisabeth, die noch immer selig in seiner grauen Satinbettwäsche schlief. „Es tut mir leid, was passiert ist. Es war ein wunderschöner Abend, aber ich liebe meine Frau. Es tut mir weh, dich heute Morgen auf ihrem Platz zu sehen. Es darf sich nicht wiederholen. Ist dir das klar, Elisabeth? Ist dir das klar?" Die junge Frau hatte sich verschlafen aufgesetzt. Farberger schüttelte sie leicht. „Ich gehe jetzt. Du kannst später nachkommen. Sag, dass du beim Zahnarzt gewesen bist." Elisabeth rieb sich die Augen und nickte. „In der Küche steht Kaffee." Farberger verließ sie mit diesen Worten. Als er gegangen war, schlurfte sie in die Küche. Auch ihr brummte der Schädel. Als Elisabeth wieder einigermaßen klar denken konnte, fing sie an, sich von Farbergers Worten verletzt zu fühlen, besonders über die Aussage, dass es ihm weh getan habe, sie auf dem Platz seiner geliebten Frau zu sehen. Die Achtzehnjährige weinte ein bisschen. Schließlich war es sehr schön gewesen, bevor sie in seinen Armen eingeschlafen war. Es konnte nicht sein, dass er das einfach so wegwischte. Mit irgendjemand musste sie über die Sache reden. Da sie angeblich beim Zahnarzt war, konnte sie sich ruhig Zeit lassen. Sie rief ihre Mutter an. Jetzt erwies es sich als gut, dass sie den Kontakt wiederhergestellt hatte. Ihr konnte sie die ganze Geschichte ausführlich erzählen. „Aber Kleines, er ist doch doppelt so alt wie du. Sei froh, dass er keine Beziehung aufbauen will." „Bin ich aber nicht. Er gefällt mir gut." „Kind, er ist verheiratet. Jetzt sieh zu, dass du in sein Büro kommst und verhalte dich so, als ob nichts gewesen wäre. Das wird ihn spätestens bei eurem nächsten Zusammentreffen in seiner Wohnung irritieren. Und zieh dich nicht mehr so aufreizend an." „Aber so bieder wie du mag ich nicht rumlaufen." Elisabeth machte eine Pause. „Entschuldige Mama. Das war nicht so gemeint. Vielleicht sollten wir einmal einen gemeinsamen Einkaufsbummel unternehmen? Du suchst mir etwas aus und ich dir?" Elisabeth beendete das Gespräch und griff zu der schwarzen Latzhose, die sie für irgendwelche Freizeitaktivitäten eingepackt hatte und zog ein orangefarbiges T-Shirt darunter. Jetzt sah sie sportlich aus und hatte den angesagten Pariser Stil gewählt. Farbergers Kollegen betrachteten sie interessiert und auch etwas enttäuscht, als sie gewahr wurden, dass ihre Praktikantin keine nackte Haut sehen ließ.

Nina Michel hatte im Treppenhaus telefoniert. Während sie wieder an ihren Schreibtisch zurückging, freute sie sich sehr über den Vertrauensbeweis ihrer Tochter. Ein Lächeln lag noch auf ihrem Gesicht, als sie sich wieder setzte. Ihr Bürotelefon und ihr Mobiltelefon klingelten gleichzeitig. Nachdem sie das Dienstgespräch beendet hatte, verließ sie wieder das Büro und die Blicke der Kollegin aus dem gegenüberliegenden Büro folgten ihr mit der unausgesprochenen Frage, welche Privatgespräche die stille Frau Michel heute zu führen hatte. Nina war nicht wenig verwundert darüber, dass der sitzen gelassene Kontakt aus der Partnerbörse sich noch einmal bei ihr meldete. „Ich dachte, dass ich noch einmal nachfrage. Schließlich hätte es doch auch ein Missverständnis sein können. Dass du ohne abzusagen nicht kommst, habe ich dir nicht zugetraut. Weißt du, ich bin noch nie versetzt worden. Deshalb wollte ich der Sache unbedingt nachgehen." Kevin Bauer schien nicht unter mangelndem Selbstbewusstsein zu leiden. „Ja, ähm, meine Tochter stand gestern plötzlich vor der Tür. Ich hatte sie jahrelang nicht gesehen. Alles andere war plötzlich egal." „Das verstehe ich", sagte Kevin empathisch. „Hätten wir uns schon früher getroffen, wäre es dir sicher nicht passiert. Wer mich kennengelernt hat, dem habe ich mich unauslöschlich eingebrannt." „Sicher, ja, weißt du Kevin, ich muss zurück an meinen Schreibtisch. Schön, dass du nicht verärgert bist." „Halt, nicht so schnell, wann holen wir unser Treffen nach?" „Ich weiß nicht, Kevin. Vielleicht sollten wir es bei dem missglückten Versuch bewenden lassen. Vermutlich bin ich auch eher langweilig." „Aber wieso denn? Du hast doch so einen interessanten Job. Wie sollte ich mich mit dir langweilen. Treffen wir uns heute Abend? Gleiche Zeit, gleicher Ort?" „Nein, heute lieber nicht, ich muss doch morgen früh wieder ins Büro." „Keine Bange, es wird nicht spät werden. Wir sollten uns ganz einfach kennenlernen, wo du doch so eine engagierte Frau bist." Dummerweise hatte Nina ihren Arbeitsplatz im Vorfeld des Treffens erwähnt. Das war ein unverzeihlicher Lapsus. Wenn er nur nicht dort erschien. Zum Glück konnte niemand das Gebäude ohne Anmeldung betreten. Um ihn ruhigzustellen, würde sie sich mit ihm treffen müssen. Sie trafen sich in einer Weinbar in der neuen Frankfurter Altstadt. Nina fühlte sich in dem überfüllten kleinen Lokal völlig fehl am Platz. Sie war froh, dass sie nicht viel reden musste, denn Kevin hielt lange Vorträge darüber, was für ein toller Kerl er doch war. Wie konnte jemand nur so von sich selbst überzeugt sein?, fragte sich Nina und auch, ob alles stimmte, was er von sich gab. Demzufolge war er beruflich ungeheuer erfolgreich als Steuerberater für große Firmen, fuhr Motorrad, segelte, spielte Golf, liebte die Oper und war im Winter zum Skilaufen unterwegs. Außerdem hatte er, wie es schien, die ganze Welt bereist, was wollte so ein Kerl von ihr? Sie war noch nicht einmal ein Spiegel, der seinen glänzenden Auftritt an ihn zurückgab, sondern eher ein Nichts. Plötzlich hörte sie am Nachbartisch ein Gespräch mit. Der Mann, offenbar ein Rechtsanwalt, regte sich darüber auf, dass sein Kollege Schönfelder einen zweifachen Mörder bis zum Prozess aus der Untersuchungshaft freibekommen hatte. Wenigstens sei die Presse erschrocken, dass ein mutmaßlicher Schwerverbrecher auf freiem Fuß war. Am nächsten Morgen würde es eine Pressekonferenz mit dem Polizeipräsidenten geben. Nina sprang ruckartig auf. Sie musste sofort nach Hause und ins Bett, denn der nächste Tag würde sehr anstrengend werden. Sie warf im Weggehen zwanzig Euro auf den Tisch und sagte zu Kevin, dass sie es ihm später erklären würde. Damit verschwand sie in Richtung U-Bahn-Abgang.

20

Joseph Schönfelder hatte den Fall übernommen. Die Aufmerksamkeit der Medien konnte er gerade gut gebrauchen, weil es in seiner Herzensangelegenheit gerade einen Stillstand gab, da Amelia mit ihrer Tochter auf Rhodos weilte. Mit Rücksicht auf Thalia durfte er sie nicht kontaktieren. Vielleicht las sie etwas über seinen neuesten umstrittenen Erfolg in der Zeitung. Seine Großnichte war kürzlich in seinem Büro aufgetaucht, um ihn zu bitten, einen Fall als Pflichtverteidiger zu übernehmen. Da Schönfelder keine eigenen Kinder hatte, war ihm seine jugendliche Verwandte sehr ans Herz gewachsen. So ersetzte die Enkelin seines älteren Bruders gelegentlich die fehlende eigene Tochter.

Sie war Polizistin, so dass er die Rechtmäßigkeit ihres heutigen Ansinnens nicht infrage stellte. Die Großnichte erzählte ihm ausführlich die ganze Angelegenheit, auch dass ihre Kollegin ein wenig in den attraktiven Tatverdächtigen verliebt war. Danach hatte sich Schönfelder unverzüglich in der JVA angemeldet und Normann Millet einer intensiven Befragung unterzogen. Der junge Mann wirkte gealtert, etwas verwahrlost und gebrochen. Er berichtete von den Drogengeschäften seines Bruders, dessen verstecktem Hotel und auch davon, dass er, weil er den Bruder gedeckt hatte, bereits eine Haftstrafe abgesessen hatte. Dass er Zeuge gewesen war, wie der Bruder die fliehende Ukrainerin angeschossen hatte, brachte er ebenfalls unumwunden zur Sprache. Auch von der Leibeigenschaft, die er im Hause seines Bruders erdulden musste, erzählte er. Wie er komplett unter Kontrolle gestanden hatte, als Christian klar war, dass er von Normann beobachtet worden war. Dass die Situation bei diesem gemeinsamen Abendessen eskaliert sei. Dass ihm die Missbrauchsvorwürfe zugesetzt hatten, dass er vielleicht impulshaft die junge Ukrainerin hatte rächen wollen. Eva Friedberger hatte Normann gut auf das Gespräch vorbereitet.

Staranwalt Schönfelder hatte Akteneinsicht beantragt und erhalten. Es stellte sich dabei heraus, dass der Tod von Christian Millet durch seinen Sturz und nicht durch die Schussverletzung herbeigeführt worden war. Diesen ihn entlastenden Umstand hatte Millet in seiner Beichte unberührt gelassen. Daraufhin gelang es Schönfelder, dem sein neuer Schützling nicht unsympathisch war, mit einer geschickten Argumentationskette im Haftprüfungstermin Normann Millet bis zu seinem Prozess freizubekommen. Schönfelder hatte einem Bewährungshelfer zugestimmt, bei dem sich Millet täglich zu melden hatte. Ein weiterer Grund für die Freisetzung war die Auflage, dass Millet die Zeit nutzen sollte, um sich eine neue Existenz aufzubauen. Er sollte sich eine Wohnung und Arbeit beschaffen, was sich im Prozess günstig auswirken würde. Natürlich ging ein Aufschrei durch die Medien, dass ein, wie es hieß, zweifacher Mörder in Frankfurt auf freiem Fuß sei, weil ihm die Lügenpresse auch nur zu gerne den Mord an der jungen Ukrainerin zur Last legte. Die Berichterstattung gipfelte in dem Titel „Schönling tötet wahllos junge Frauen und die eigene Familie. Wer ist sein nächstes Opfer?" „Wie kann ein seriöser Anwalt diese Bestie verteidigen? Was ist aus unserer Justiz geworden?" Genüsslich klagte Schönfelder auf Unterlassung wegen Rufmords mittels falscher Tatsachen. „Anwalt geht äußerst geschickt vor", konnte er daraufhin lesen. Das sollte werbewirksam sein. Schönfelder fügte die Berichterstattung der Akte des Mandanten hinzu.

Der Polizeipräsident hatte eilends eine Pressekonferenz anberaumt, in der er sich schützend vor seinen Freigänger stellte und auf die gegebene Unschuldsvermutung verwies. Seine Sekretärin Nina Michel kam aus der Vielzahl von Anrufen gar nicht mehr heraus.

Nach zwei stressigen Tagen hatte Nina ein Herz für den von ihr kaltgestellten Kevin Bauer, der sie mit einer Vielzahl von WhatsApp-Sprachnachrichten in immer ergreifenderen Worten bat, das abgebrochene Treffen fortzusetzen und ihn nicht abzuservierenkaltzustellen. Nina war gerührt über so viel Anhänglichkeit. Wieder trafen sie sich in der Weinbar in der Altstadt. Nina fühlte sich bei dem Betreten des Lokals schon viel wohler als beim ersten Mal. Kevin im leuchtend blauen Jackett strahlte sie an, als er ihrer ansichtig wurde. Er hatte bereits in der hintersten Ecke des sehr kleinen Raums Platz genommen und konnte von dort mühelos die Tür im Auge behalten. „Erzähl mal, läuft hier tatsächlich ein Mörder frei herum?" Nina wusste plötzlich nicht sicher, ob sein breites Lächeln ihr galt oder dem spannenden Fall. Unwirsch erklärte sie ihm, dass ihre Meinung dazu nicht zu erörtern sei und dass sie sich hier in der Öffentlichkeit sowieso nicht über ihre Arbeit unterhalten wolle. „Komm mich doch einmal bei mir zu Hause besuchen, ich koche für uns", sagte Kevin Bauer daraufhin und ergriff ihre Hände. Nina errötete, dachte aber wieder, dass das Interesse wieder nicht ihr, sondern den Polizeiberichten mit unbekannten Details aus erster Hand galt, die er sich auf privater Ebene erhoffte.

Plötzlich vernahm Nina eine bekannte Stimme. Hinter ihr stand ihre Tochter Elisabeth, die ihrem Begleiter gerade erklärte, dass sich an Ninas und Kevins Tisch noch zwei freie Stühle befänden. Nina stand auf, um ihre Tochter zu begrüßen. Elisabeth war nicht schlecht erstaunt, als sie ihre Mutter erkannte. „Du siehst aber schön aus, Mama", sagte sie. Nina, die ein schwarzes Strickkleid mit Rollkragen trug, lächelte peinlich berührt. „Meine Tochter, Elisabeth", stellte sie diese vor. „Kevin Bauer, ein Bekannter." „Aha", stellte Elisabeth fest und grinste breit. „Mama, das ist mein Chef Fabian Farberger." „Es freut mich, dass ich Sie kennenlerne. Elisabeth hat mir schon von Ihnen erzählt. Bitte setzen Sie sich doch." Elisabeth zog Farberger auf einen der beiden Stühle, um dem Wunsch ihrer Mutter zu folgen. Nach einem Moment der Verlegenheit bekamen sie den bestellten Wein gereicht. „Prost Mama, auf bessere Zeiten." Elisabeth grinste wieder. Farberger warf ihr einen strengen Blick zu und wandte sich dann an die Mutter der jungen Frau. „Ich bin sehr froh, dass wir uns hier treffen, denn ich möchte gerne Ihnen gegenüber meinen Umgang mit Ihrer Tochter ein wenig präzisieren. Ihre Tochter hat mich zu einer Besichtigung eines Projekts in die neue Altstadt begleitet, denn auch hier habe ich einige Objekte, die ich erneut vermieten werde, da die ersten Mieter beziehungsweise die Eigentümer wieder ausgezogen sind, weil sie sich von den Touristenströmen gestört fühlen. Ihre Tochter hat darauf bestanden, dass wir hier in der Altstadt noch ein Glas Wein trinken. Ich wollte keine längere Diskussion vor dem Lokal." Farberger unterbrach sich kurz und nahm einen großen Schluck Weißwein. „Vorzüglich. Eigentlich wollte ich die Freizeitaktivitäten mit Elisabeth nicht fortsetzen. Darüber hat sie sich sicher mit Ihnen unterhalten. Leider haben die gemeinsamen Unternehmungen dazu geführt, dass sie in meinen Geschäftsräumen sehr dominant aufgetreten ist. Sozusagen als Freundin des Chefs." Farberger trank erneut. Elisabeth versuchte, ihn zu unterbrechen, aber Farberger legte ihr einfach eine Hand auf den Mund. „Ich möchte Sie bitten, in diesem Sinne auf Ihre Tochter einzuwirken. Falls es nicht gelingt, dass wir streng dienstlich miteinander umgehen, müsste Elisabeth zu Ihnen ziehen oder in letzter Konsequenz nach Paris zurückkehren." Nina hatte Farbergers Worten mit wachsendem Entsetzen gelauscht. Elisabeth wollte aufbegehren und sich von Farbergers Hand auf ihrem Mund befreien, doch dieser ließ nicht locker. Nina war erregt aufgestanden. „Selbstverständlich werde ich dafür sorgen, dass sich Elisabeth zu benehmen weiß. Am besten nehme ich sie gleich mit zu mir. Wir würden dann morgen Elisabeths Sachen bei Ihnen abholen." „Vielen Dank, Frau Michel, noch kann sie bei mir wohnen, wie ich es ihrem Vater versprochen habe. Sie sind schließlich in Begleitung. Ich habe Ihnen den Abend bereits genug verdorben mit meinem Wunsch, einmal unmissverständlich darzulegen, was passiert, wenn die Spielregeln nicht eingehalten werden. Komm, Elisabeth, wir gehen." Mit zusammengebissenen Zähnen folgte die junge Frau dem Makler an die Theke, der dort die Zeche bezahlte. „Wir haben uns verstanden, oder?", fragte er, als sie das Parkhaus betreten hatten, um seinen Wagen zu nehmen. Elisabeth nickte stumm. Sie hatte beschlossen, nicht mehr mit Farberger zu reden, nachdem dieser ihr den

Mund zugehalten hatte. Jedenfalls soweit es sich vermeiden ließ. Sie konnten sich in seiner Wohnung mit Zetteln verständigen. Obwohl sie tief verletzt war über den Auftritt im Weinlokal, wollte sie bei ihm bleiben. Sie musste sich eingestehen, dass er ihr gefiel und dass sie irgendwie hoffte, dass es doch wieder Sex zwischen ihnen geben würde. Falls sie zu ihrer Mutter ziehen musste, wäre an eine Wiederholung der Nacht nicht zu denken. Sie hoffte, dass er einlenken würde, wenn sie sich eine Weile weigerte, mit ihm zu sprechen und abends konsequent im Gästezimmer blieb. Schweigend fuhren sie nach Hause. Elisabeth betrat hinter Farberger die Wohnung. Schnell ging sie in die Küche und nahm zwei Joghurts, die sie sich gekauft hatte, aus dem Kühlschrank. Zum Glück fiel ihr noch ein, einen Löffel mitzunehmen.. Mit ihrem Proviant verschwand sie in Richtung Gästezimmer. Farberger schaute ihr irritiert nach und überlegte, dass sie ihm wenigstens eine gute Nacht hätte wünschen können. Er wartete eine Weile, aber alles blieb ruhig. Umso besser, dachte er und nahm sich einen Whisky, mit welchem er sich vor den Fernseher setzte. Bis morgen würde sich Elisabeth wieder beruhigt haben. Die junge Frau stand früh auf, duschte ausgiebig, machte Kaffee, wobei sie darauf achtete, dass sie die Kaffeemaschine abgeschaltet hatte. Schließlich konnte sie nicht wissen, wann Farberger vorhatte aufzustehen. Elisabeth lief die Bockenheimer Straße entlang. Sie war eine der Ersten in der Firma. Schüchtern bat sie ihre direkte Vorgesetzte um eine neue Aufgabe. „Du kannst Kaffee kochen und diese ganzen Wohnungsgrundrisse kopieren. Sie müssen zuerst verkleinert werden, dann alles zehnmal.“ Elisabeth konnte sich gerade noch enthalten festzustellen, dass sie nicht zum Kopieren hier sei. Ergeben machte sie sich ans Werk. Farberger kam spät. Ohne sie eines Blickes zu würdigen, rauschte er an ihr vorbei und ließ die Tür von seinem Büro hinter sich ins Schloss fallen. Er war sichtbar schlecht gelaunt, denn am frühen Morgen hatte er einen Anruf von Jan Jurak erhalten. In dem Gespräch teilte er Farberger mit, dass er nach Thalias Rückkehr von Rhodos vorhabe, sich mit Thalia zu versöhnen. Er werde sie bei ihrer unmittelbar bevorstehenden Rückkehr vom Flughafen abholen und habe sich dazu entschieden, sie über seinen Beruf an die erste Stelle in seinem Leben zu setzen. Fairerweise wollte er Farberger darüber informieren, damit er nicht von falschen Voraussetzungen ausginge und sie nicht beide am Flughafen stünden. Farberger bedankte sich kühl für die Information. „Im Übrigen wird Thalia sich entscheiden. Entweder für Sie oder für mich oder für keinen von uns, egal wer sie bei ihrer Ankunft in Empfang nimmt. Guten Tag." Damit hatte er das Gespräch beendet. Wie sehr hatte er sich getäuscht, als er annahm, dass es nur noch eine Frage von kurzer Zeit sei, bis er seine Thalia wiederhatte. Jetzt verspürte er einen Anflug von Bedauern, dass er bei Elisabeth dermaßen auf Distanz gegangen war, so dass es nicht möglich war, sich mit ihr abzulenken. Gleichzeitig verachtete er sich für diese niedrigen Gedanken. Vielleicht musste er auch einmal dem roten Haus einen Besuch abstatten. Über das Unternehmen hatte Farberger vor Kurzem einen Artikel in der Zeitung gelesen.

Nachdem Elisabeth und ihr Makler das Weinlokal verlassen hatten, klatschte Kevin sich mit beiden Händen auf die Schenkel. „Nina, du siehst zwar nicht so großartig aus, aber mit dir ist es nie langweilig. Ich bin schon gespannt, was als Nächstes kommt." Nina warf ihm einen bösen Blick zu und wollte bereits nach ihrer Handtasche greifen. „Entschuldige, Nina, so habe ich es nicht gemeint. Du bist schön, nur nicht auf diese modische oberflächliche Art. Du hast zum Beispiel eine wunderbare Figur, die du permanent versteckst. Wann darf ich dich endlich einmal zu Hause besuchen? Ich könnte dich zum Beispiel jetzt begleiten." Nina war etwas versöhnt durch Kevins Ansage, dass es nur ihre Aufmachung sei, die ihn optisch störte. Sie beschloss, tatsächlich demnächst mit Elisabeth einkaufen zu gehen und sich von ihrer Tochter in Sachen Mode beraten zu lassen. Zu gründlich hatte sie sich vor allen modischen Trends verschlossen. An diesem Abend wollte Nina aber in jedem Fall allein nach Hause gehen, denn es konnte gut möglich sein, dass Farberger Elisabeth heute schon hinauswarf.

Sie wollte als Auffangbecken zur Verfügung stehen. „Ich muss jetzt wirklich gehen, Kevin. Ich muss früh aufstehen." „Nina, Liebste, ich lasse dich nur gehen, wenn wir uns morgen wiedersehen. Ich besuche dich, und wir kochen zusammen." Kevin ergriff Ninas Hand und hielt sie fest. „Also gut, morgen." Nina versuchte, ihre Hand aus der seinen zu lösen. „Ich würde dich trotzdem gerne jetzt nach Hause bringen. Das gehört sich so." Nina wies auf den U-Bahn-Eingang. „Zu Hause habe ich auch direkt den U-Bahn-Eingang vor der Tür." Nina wollte nicht mit Kevin Bauer U-Bahn fahren. Sie hatte bereits genug von seiner anhänglichen Art. Bauer stand auf und begleite Nina zur Tür. Er insistierte nicht weiter auf seinen Begleitschutz, versuchte aber, ihr einen Kuss zum Abschied aufzudrücken, doch Nina war schneller. Denkbar schlecht gelaunt fuhr sie nach Hause. Sie schickte Elisabeth eine Kurzmitteilung mit der Bitte, morgen Abend zu ihr zum Essen zu kommen. Kevin Bauer käme auch. Er habe sich selbst eingeladen und sie wolle nicht mit ihm allein sein. Elisabeth schickte ihrer Mutter mehrere rote Herzen und Emojis, versprach aber zu kommen. Das passt gut, sagte sich Elisabeth. Dann ist es morgen Abend nicht so langweilig, und ich kann Farberger trotzdem ignorieren.

Bevor sie zu der Verabredung mit ihrer Mutter aufbrach, zog sie sich sehr sexy an und hoffte, dass Fabian sie im Weggehen in ihrem engen schwarzen Lederrock bemerkte. Tatsächlich drehte er den Fernsehsessel zu ihr und sagte: „Schönen Abend." „Ich gehe zu meiner Mutter. Wir kochen." Elisabeth bemerkte sofort, dass ihre Erklärung fehl am Platz war. „In dem Aufzug? Auch gut. So genau hatte ich es eigentlich gar nicht wissen wollen. Grüße zu Hause." „Ihr neuer Verehrer kommt auch." „Möchtest du ihr den Herrn ausspannen und hast dich deshalb so ins Zeug gelegt? Das finde ich nicht so nett deiner Mutter gegenüber." „Ups, daran habe ich gar nicht gedacht. Sorry, aber ich komme zu spät, wenn ich nicht jetzt gehe und dann ist der Ärger noch größer als über den engen Rock." Elisabeth ging eilig zur Haustür. Sehr weit war sie nicht damit gekommen, Fabian Farberger zu ignorieren.

Als sie bei ihrer Mutter ankam, standen schon zwei Gläser Sekt auf dem Tisch. Das Glas von Kevin Bauer war bereits fast geleert. „Oh, bitte, darf ich auch ein Glas Sekt haben?" „Aber gern, mein Schatz. Kevin, bist du so lieb?" „Klar, ich fühle mich doch hier schon ganz zu Hause. Aber bevor ich hier einziehe, fahren wir nach Paris. Das wird die vorgezogene Hochzeitsreise. Fährst du mit, Elisabeth?" Der Verehrer ihrer Mutter war glänzender Laune und sich für keine Plumpheit zu schade. Elisabeth musterte ihn. Eigentlich sah er passabel aus und war nur ein bisschen zu protzig gekleidet. Dieser Kleidungsstil passte zu seiner vorlauten Art. Jedoch würde ihre Mutter an seiner Seite gar nicht mehr wahrgenommen werden. Trotzdem gefiel Elisabeth die Idee, denn ihre Mutter würde in Paris ihren neuen Freund besser kennenlernen. Außerdem kannte sie sich dort gut aus und konnte mit einer Selbstsicherheit auftreten, die er gewiss nicht hatte und Boden gutmachen. „Ich passe solange auf deine Wohnung auf und du kannst Papa besuchen." „Aber nur mit mir zusammen. Alles andere wäre zu gefährlich", ergänzte das neue Familienmitglied. Die Nudeln waren mittlerweile fertig. Nina hatte den Tisch gedeckt. Zunächst gab es ein paar italienische Antipasti, die sie schnell in ihrer Mittagspause eingekauft hatte. In der Nähe des Polizeipräsidiums gab es einen großen gutsortierten Rewe-Markt. Kevin hatte nicht nur den Sekt mitgebracht, sondern auch ein Tiramisu gezaubert. Elisabeth betrachtete ihre Mutter und deren Gast. Was wollte dieser selbstherrliche Mensch von einer so unscheinbaren mittelalten Frau? Dabei fiel ihr allerdings auf, dass ihre Mutter trotz ihres mausgrauen Kleides an Ausdrucksstärke gewonnen hatte. Was die Liebe doch so alles bewirkt. Elisabeth dachte sehnsüchtig an Fabian Farbergers blasse Arme.

21

Eva Friedberger hatte sich zwei Stunden frei genommen, um Normann Millet aus der Haftanstalt abzuholen. Da Normann nicht in die Villa seines Bruders zurückkehren konnte, nahm sie Millet wieder in ihre WG mit. Dort konnte er wie schon einmal in ihrem Zimmer schlafen und versuchen, von dort seine Angelegenheiten zu regeln. Er musste sich arbeitssuchend melden. Sein Bewährungshelfer musste kontaktiert werden. Normann Millet stand schon vor dem Tor der JVA und sah sich suchend um. Eva ließ ihn in ihr Auto einsteigen. Während der kurzen Fahrt zu ihrem Wohnhaus erläuterte die Polizistin ihren Plan. Normann sah sie dankbar von der Seite an. Er wirkte gebrochen und kleinlaut. In der gemeinschaftlichen Wohnung war nur Karin, die Altenpflegerin, bei ihrem Eintreffen anwesend, weil sie Spätschicht hatte. Sie bot Normann ihre Hilfe an, denn Eva musste zurück in ihre Dienststelle. Gemeinsam schauten sich Karin und Normann schon einmal Wohnungen im Internet an, nachdem Normann geduscht hatte. Schließlich machte Karin ihm etwas zu essen. Während er sich hungrig über die Spiegeleier hermachte, saß sie mit ihm am Küchentisch. Sie lächelte ihn freundlich, aber auch etwas schalkhaft an. Jedenfalls kam es ihm so vor. Das kurzärmelige weiße T-Shirt ließ die kräftigen Arme der Pflegerin sehen. Dazu trug sie die üblichen hellblauen Jeans und weiße Gesundheitsschuhe. Sie hatte sehr kurze hellblonde Haare und war dezent geschminkt. Nachdem Karin Normann die Spülmaschine erklärt hatte, meinte sie, dass sie ihn zu seinem Bewährungshelfer begleiten könne. Ein Spaziergang vor Dienstbeginn werde ihr guttun. Normann war Evas Mitbewohnerin dafür dankbar und fühlte sich fast ein wenig verlegen. Karin gab Normann einen Schlüssel, damit er wieder in die Wohnung zurückkehren konnte, denn sie ging gleich weiter in Richtung des Seniorenheims. Eva selbst würde etwas später am Abend kommen, denn sie wollte für

Normann Kleidung aus der Villa besorgen. Aus diesem Grund hatte sie mit Christian Millets Exfrau telefoniert. Während des Gesprächs stand sie draußen vor dem Polizeipräsidium. Danach war die Polizistin schweißgebadet, obwohl es ein bewölkter Sommertag war. Die hellblaue Bluse klebte an ihrem Körper. Sie konnte sich kaum beruhigen, wenn sie daran dachte, was sie sich hatte sagen lassen müssen. Dass sie an allem schuld sei. Weil sie ihrer Tochter den geliebten Onkel abspenstig gemacht habe, sei diese wütend und traurig auf die Straße gelaufen. „Und Sie haben dem Kind den Vater genommen. Sie haben Normann Millet dazu getrieben, zu schießen. Er wollte sich vor Ihnen profilieren. Sie sind an allem schuld. Sie sind eine Mörderin. Ich will Sie nicht sehen. Sie sind mir zutiefst zuwider. Ich werde Ihnen den Kram von diesem Verbrecher vor die Tür stellen. Kommen Sie in eineinhalb Stunden. Bis dahin müsste ich es erledigt haben. Im Übrigen erteile ich Ihnen Hausverbot und wünsche Ihnen ein schönes Leben mit dem Scheißverbrecher." Eva Friedberger war völlig schockiert über das Ausmaß des Zorns, der sich über sie entladen hatte. Allerdings musste sie sich auch eingestehen, dass etwas Wahres daran war. Sie war keine gute verdeckte Ermittlerin. Eva fragte sich, ob sie sich daraufhin tatsächlich bei Kommissar Fritz Mittag bewerben sollte. Kaum hatte sie an ihn gedacht, als er auf sie zutrat. „Hallo Frau Friedberger, was macht Ihre Bewerbung? Ich habe noch nichts auf dem Tisch." Eva fasste sich ein Herz und erzählte dem Kommissar von dem Gespräch mit der Witwe des Getöteten. „Wie Sie wohl doch wissen, nicht zuletzt durch Ihre Kontakte zu dem noch lebenden Millet-Bruder, ist er an einem Blutgerinnsel im Gehirn gestorben. Das wäre früher oder später sowieso passiert. Im Übrigen gebe ich Frau Millet recht. Sie haben sich an dem Abend nicht sehr professionell verhalten. Noch unprofessioneller ist es, dass Sie die Sache so an sich heranlassen. Wenn Sie bei mir arbeiten, müssen Sie sich das abgewöhnen. Schönen Abend noch und denken Sie daran, meine Geduld hat ihre Grenzen." Mit diesen Worten ließ der Kommissar die Polizistin stehen. Eva fühlte sich noch miserabler als zuvor. Sie fuhr nach Hause, um kurz nach Normann zu sehen, da sie heute mit ihrem alten Opel Corsa ins Präsidium gefahren war, weil sie ihn hatte abholen wollen. Die Wohnung im dritten Stock war verwaist. Eva hatte gehofft, dass Normann auf sie warten würde. Auch Karin war offenbar schon im Dienst. Wie sich die Dienstzeiten von Lena, der anderen Polizistin, gestalteten, wusste sie nicht genau. Sie gehörte zu einem anderen Revier. Eva ging kurz ins Bad und fand, dass sie ganz furchtbar aussah. Doch damit konnte sie sich jetzt nicht befassen. Sie wusch kurz ihr Gesicht und zog die Uniform aus. In einer etwas unförmigen Jeans ging sie wieder nach unten. Durch ihr leichtes Übergewicht waren ihr Hosen immer zu lang, vielleicht hätte sie ihr Sommerkleid anziehen sollen, das einzige Kleid, das sie besaß, aber an diesem wolkigen Tag und für die bevorstehende Aktion schien ihr das nicht geeignet. Wenn sie zurück war, würde sie Leggins und ein langes T-Shirt anziehen. In dieser Aufmachung sah sie nicht ganz so unförmig aus. Aber sich dreimal am Tag anders anzuziehen fand sie auch übertrieben. Sie stand über solchen Äußerlichkeiten. Während sie sich auf den Weg zu ihrem Auto machte, sah sie sich noch einmal um. Von Normann keine Spur.

Als Eva bei der Villa eintraf, standen drei blaue Müllsäcke auf dem Bürgersteig. Gleichzeitig mit Normanns Habseligkeiten bemerkte sie, dass vor der Garage ein Porsche Targa parkte. Eva ärgerte sich über die Art Verpackung. Sie überlegte kurz, ob sie klingeln sollte, um zu fragen, ob das alles sei, was von Normanns Leben in der Villa übrig geblieben war. Sie entschied sich dagegen. Es stand ihr doch nicht der Sinn nach einer weiteren Konfrontation. Sie wuchtete nacheinander die Säcke in ihr kleines Auto. Hoffentlich war Normann mittlerweile in die WG zurückgekehrt. Er musste ihr helfen, seine Habe hochzutragen. Als Eva keuchend und schwitzend im dritten Stock angelangt war und aufgeschlossen hatte, fand sie Karin und Normann fröhlich mit einer Flasche Apfelwein in der Küche vor. „Hallo Eva", sagte Karin. „Wir haben schon auf dich gewartet." „Musst du nicht arbeiten?", fragte Eva statt einer Begrüßung. „Ich habe mir freigenommen, da wir nicht wussten, wann du kommst und ich Normann nicht allein lassen wollte. Lena hat Dienst." Eva schluckte. Auf die Idee, dass ihre Mitbewohnerinnen an Normann Interesse zeigen könnten, war sie bisher nicht gekommen. Sie riss sich zusammen. „Ja, schön, dass ihr Normann so gut aufnehmt. Danke dafür. Hallo, Normann. Es freut mich, dass du dich gut eingefunden hast. Eine Bitte hätte ich. Könntest du mir helfen, deine Sachen nach oben zu tragen? Deine Schwägerin hat alles in Müllsäcke verpackt. Einen habe ich schon mitgebracht. Die beiden anderen sind noch im Auto." Normann war sofort aufgesprungen und hatte Eva nach unten begleitet. Als sie auf die Straße getreten waren, fragte er Eva, ob er ihre Hand halten dürfe. Diese nickte errötend. Normann nahm die feuchte Hand und drückte sie auf seinen Brustkorb, wo er sein Herz vermutete. „Eva, mein Herz schlägt für dich. Du bist doch jetzt meine Freundin?" Eva nickte nur. Sie verspürte einen Kloß im Hals. Dann entfernte sie ihre Hand unter Normanns Hand, wobei sie sie ganz langsam herauszog und über seinen Oberkörper gleiten ließ. Wie hatte sie nur einen Stich von Eifersucht verspüren können?

Zurück in der Wohnung stellten sie die Säcke erst einmal in Evas Zimmer. Es war klar, dass man dort nicht alles unterbringen konnte. Eva und Normann gingen in die Küche zurück. Karin gab Eva auch ein Glas mit Apfelwein. „Nachher lassen wir uns Pizza kommen. Wenn es ein Platzproblem mit Normanns Sachen gibt, kann ich auch in meinem Schrank Platz schaffen." Normann nickte dankbar. „Wie war es bei deinem Bewährungshelfer?", fragte Eva. „Der Mann ist in Ordnung. Er hat angeboten, mich zur Agentur für Arbeit zu begleiten und mir bei dem Papierkram zu helfen. Zuerst hat er mir ein Merkblatt über die Aufgaben eines Bewährungshelfers gegeben." Eva nahm das Blatt und begann zu lesen.

„Einem verurteilten Straftäter kann zur Aufsicht und Leitung die Bewährungshilfe zur Seite gestellt werden, wenn die Vollstreckung einer Frei-

heitsstrafe oder des Restes einer Freiheitsstrafe zur Bewährung ausgesetzt
wird oder die Person unter Führungsaufsicht steht …"

Eva reichte das Blatt, ohne es zu lesen, an Karin weiter. „Das muss der Typ aus Wikipedia kopiert haben. Sozialarbeiter sind normalerweise nicht so redegewandt", meinte Karin und gab mit einem vielsagenden Blick den Informationszettel an Normann zurück. Der junge Mann fuhr sich durch die Haare und richtete sich etwas auf. „Karin hat eine gute Idee gehabt. Sie will in dem Seniorenheim fragen, ob sie mich als Aushilfe mit einem Minijob beschäftigen. Das wäre dann schnell erledigt, und ich müsste nicht so lange warten, bis ich endlich etwas finde bei Leuten, die keine Vorurteile haben. Es ist schon sehr schlecht, wenn du gesessen hast. Dann will niemand mehr etwas mit dir zu tun haben. Einerseits habe ich für Christian meinen Kopf hingehalten, aber andererseits hat er mich auch aufgefangen und gut für mich gesorgt. Jetzt gibt es ihn nicht mehr. Es war meine Schuld." Normann traten die Tränen in die Augen. Hastig trank er sein Glas aus und schenkte sich nach. „Aber jetzt seid ihr für mich da. Wenn ihr wollt, kann ich uns die Pizza besorgen." Die beiden Frauen sahen sich an und nickten. Eva gab Normann Geld.

Während sie auf die Pizza warteten, hatte Eva sich doch noch umgezogen und Karin gefragt, wie realistisch es sei, dass der Ex-Häftling in dem Altenheim eingestellt würde. „Ich habe gute Karten dort. Wenn ich mich für ihn verbürge und wenn sein Bewährungshelfer auch mitkommt zur Vorstellungsrunde, wird das schon laufen. Die Verwaltung nimmt fast jeden, weil wir so unterbesetzt sind. Niemand will alten Leuten für wenig Geld die Windeln wechseln und sich mit Dementen herumschlagen. So wie Normann aussieht, wird er dort das Herz der alten Damen erwärmen. Außerdem ist er nicht wegen Diebstahls verurteilt worden. Da wäre man schon etwas vorsichtiger." „Danke, Karin, du bist ein Schatz." In dem Moment betraten der neue Mitbewohner und Lena, die andere Polizistin, gemeinsam die Wohnung. Ein ungemein anregender Pizzaduft verbreitete sich. Während des Essens musste Normann wieder Rede und Antwort stehen, was seine Vergangenheit anging. Er erzählte, dass er und sein Bruder in Pakistan geboren worden waren, dass sie mit den Eltern immer wieder umziehen mussten, weil Mutter und Vater die Welt sehen wollten. Das bedingte auch ständige Schulwechsel. Christian, der ältere, hatte Ehrgeiz und immer viel gelernt, so dass ihm das Abitur gelungen war. Er hatte es sogar geschafft, ein Studium abzuschließen. Wohingegen Normann wenig Interesse für die Schule aufbringen konnte. Er hatte die Schule ohne Abschluss abgebrochen. Danach war es für ihn jedoch leicht gewesen, diverse Gelegenheitsjobs zu bekommen. Das Thema Ausbildung stand nicht an, da er immer wieder Arbeit gefunden hatte. Zum Schluss war er mehrere Jahre bei einem Autohaus beschäftigt gewesen, bis die Sache mit seiner Haftstrafe den Rauswurf bedeutete. Seine Wohnung hatte er schon lange bei seinem Bruder, besser gesagt war er immer wieder zu ihm gezogen. Zwischenzeitlich gab es auch ein oder zwei Freundinnen, die mit ihm zusammenleben wollten. Auch die letzte Beziehung sei über seine Inhaftierung hin zerbrochen. Lena klinkte sich in Normanns Lebensbeichte ein. „Viele Frauen finden doch Häftlinge besonders sexy und wenn schon einer so aussieht wie du, dann ist das doch wohl besonders gegeben." Lena schenkte Normann einen langen Blick aus großen braunen Augen, bevor sie wieder in ihr Pizzastück biss. Der Ex-Häftling schüttelte den Kopf. „In meinem Fall war das leider nicht so. Sie wollte mit mir nichts mehr zu tun haben. Ich hatte Kontaktsperre." Eva unterstützte ihren Freund, indem sie damit argumentierte, dass zumeist alleinstehende Frauen mit den Häftlingen in Kontakt treten würden, während diese bereits inhaftiert waren. „Jaja, leichte Beute, die nicht weglaufen kann, und die Faszination des Bösen." Lena gab Eva recht, während sie sie mit einem langen nachdenklichen Blick bedachte, den sie dann zu Normann wandern ließ. „Abgesehen davon wird das Böse in den Medien zu sehr verherrlicht. Ich hatte gerade einen Kriminalroman in der Hand, den ich nach wenigen Seiten wegen der vielen Toten weglegen musste. Ich muss euch nur den Klappentext vorlesen, dann versteht ihr, was ich meine." Lena stand auf und ging in ihr Zimmer, um das Buch zu holen. Sie setzte sich wieder und schlug das Buch auf. „Macht euch auf etwas gefasst." Lena holte Luft und las vor. „Schlechte Menschen kriechen dicht am Rande unserer Wahrnehmung um uns herum, unsichtbar und unerkannt, und beobachten uns, während wir unsere Träume träumen. Sie behalten uns im Auge, wachsam, lauernd und singen dabei leise ihre Lieder, die nur sie selbst hören können und andere von ihrer Sorte." Niemand sagte etwas. „Noch einen Satz muss ich euch vorlesen." Lena blickte wieder auf den Klappentext. „Ich, Smokey Barrett, lausche diesen Sängern der Finsternis und sammele ihre Lieder. Ich bin keiner von ihnen, aber ich kann sie verstehen. Ich fühle mich von ihren Liedern angezogen, von ihrer Musik, wie ein Schiff von den Felsen. Ich höre, wo andere nichts hören, weil ich die Wahrheit gesehen habe." „Wer schreibt denn so etwas?", fragte Karin. „Ein Amerikaner. Das Buch heißt *Die Stille vor dem Tod*. Die Frage, die ich mir nun stelle, ist, ob diese Ermittlerin nicht eine von den Bösen ist. Ich finde, dass diese Worte, die ich euch nur in Auszügen vorgelesen habe, das Böse verherrlichen, es poetisieren. Das Buch übertrifft alles an Darstellung der in Szene gesetzten Gewalt und des Tötens. Will es jemand lesen? Wenn nicht, bekommt es das Altpapier." Alle schüttelten den Kopf. „Das ist ja geradezu ein Aufruf zum Töten", sagte Normann Millet und blickte in die Runde. Eva Friedberger hörte nicht, was er sagte. Sie hatte sich gerade vorgenommen, dass sie sich morgen bei Kommissar Mittag bewerben bzw. ihm ihren Antrag auf Umsetzung in sein Dezernat zukommen lassen würde. Eva wollte sein wie diese Romanfigur, auch die geheimnisvollen Lieder verstehen. Unbeabsichtigt hatte Lena ihr den Weg in ein faszinierendes Leben gezeigt.

Eva Friedberger klopfte. Sie hatte vorher nicht angerufen. Jetzt wollte sie es wirklich. Der Kommissar sah auf und setzte seine Lesebrille ab. „Ich höre. Was führt Sie zu mir, Frau …, wie war doch gleich Ihr

Name? Ah ja, Friedberger? Danke." Die Polizistin wedelte mit dem DIN-A4-Umschlag, den sie in den Händen hielt. „Hier ist meine Bewerbung, die wollten Sie doch haben." „Ach so. Im Moment gibt es jedoch keinen aktuellen Fall, wobei ich Sie einsetzen könnte. Bis die Umsetzung funktioniert, wenn sie denn funktioniert, dauert es auch ein Weilchen." Eva Friedberger war wie benommen. Sie hatte gedacht, dass es nur an ihr liege, ob sie in das Polizeipräsidium wechseln würde. „Nun schauen Sie nicht so betreten, vielleicht funktioniert es doch", meinte Fritz Mittag generös.

22

Sie waren mit dem ICE aus Frankfurt in der Gare de l'Est angekommen. Im Hotel Le Robinet d'Or packte Nina schnell ihre Sachen aus, ging ins Bad, um sich zu waschen und umzuziehen. Sie wollte sich sofort mit einer Freundin treffen, damit sie danach nur noch Zeit für ihn hätte. Kevin nickte. Er würde sich im Fernsehen mit der fremden Sprache vertraut machen und sich ein wenig hinlegen. „Danach bin ich wunderbar ausgeschlafen für dich, meine Süße." Nina hätte seine Worte lieber nicht gehört. Das Blut gefror ihr in den Adern. Bevor er sich hinlegte, unterzog auch er das Bad einer Besichtigung. Dabei begutachtete er die Cremes seiner Partnerin und die Toilettenartikel des Hotels, ohne dass es ihm gelang, die genauen Bezeichnungen zu entziffern. Kevin überlegte, ob er die, wie es schien, luxuriösen kostenlosen Pflegeprodukte, am Ende einpacken konnte. An dem Haartrockner und dem Vergrößerungsspiegel würde er sich selbstverständlich nicht vergreifen. Bei Booking.com hatte das Hotel sehr gute Bewertungen erhalten. Es befand sich in einer ehemaligen Pariser Wasserhahnfabrik aus den 1930er Jahren. Vom Bahnhof Gare de l'Est hatten sie nur sieben Gehminuten gebraucht. Nun wartete Kevin auf Nina, während er auf dem Bett lag und fernsah.

Nina wollte sich mit ihrer Freundin Adrienne im Café A treffen. Dieses Café hatte man in dem ehemaligen Kloster eröffnet. Auch hier war der historische Rahmen eine Besonderheit. Dazu kam die begrünte und vom Verkehr völlig abgeschirmte Terrasse. Adrienne stand noch immer mit Hans in Kontakt und wurde von dessen neuer Frau auch regelmäßig eingeladen. Nach einer heftigen Umarmung saßen sich die beiden ehemaligen besten Freundinnen gegenüber und lächelten sich verhalten an. „Wie lang ist es eigentlich schon her, dass wir uns das letzte Mal gesehen haben? Wann war ich in Frankfurt?" Adrienne versenkte ihren Blick in Ninas Augen. „Wie schön, dass du jetzt in Paris bist. Ich hoffe aber, dass du mich nicht nur über Hans ausfragen willst, sondern dass es dich auch interessiert, wie es mir geht." Nina nickte langsam. „Wie geht es dir, Adrienne? Ist alles in Ordnung?" „Ach, Nina, ich wollte dich nur ein bisschen ärgern. Mir geht es sehr gut. Ich bin manchmal so zufrieden mit meinem Leben, dass ich Angst habe, dass mich irgendwann ein Schicksalsschlag ereilt, damit ich die Erfahrung mache, dass es auch einmal schrecklich sein kann im Leben. Dass ich irgendwann auch meinen Preis bezahlen muss. Lassen wir das aber, denn es geht mir noch glänzend." Nina lächelte. „Das freut mich, Adrienne. Mir geht es gerade auch gut. Ich sehe Elisabeth oft und habe einen neuen Freund. Mit ihm bin ich hier. Er wartet im Hotel." „Ich würde ihn sehr gerne kennenlernen. Vielleicht können wir noch einmal zu dritt ausgehen. Hoffentlich ist er nicht so ein Schurke wie Hans. Letztens hat er zu mir gesagt, dass die Trennung von dir die beste Entscheidung in seinem Leben und die Hochzeit von euch der größte Fehler gewesen sei. Das hat er bestimmt nur so dahergesagt für die Ohren seiner Neuen. Ich glaube, dass er jetzt gar nicht mehr so dagegen wäre, wenn Elisabeth öfter bei dir ist. Schließlich war es seine Idee, sie zu diesem Praktikum nach Frankfurt zu schicken. Übrigens ist seine neue Frau sehr exaltiert und aufgedonnert." Nina lachte gekünstelt. „Komm, Adrienne, lass uns jetzt einen Cocktail trinken. Auf das Leben!"

Als Nina wieder im Hotel war, ließ sie sich nichts anmerken. Sie unternahm einen ersten Rundgang mit Kevin, zeigte ihm die vom Brand beschädigte Kathedrale Notre-Dame, Sacré-Coeur und den Montmartre, scherzte, ging mit ihm essen. Als sie abends ins Hotel zurückkehrten, machte sich eine gewisse Verlegenheit zwischen ihnen breit. Seine ganze Wichtigtuerei war von ihm abgefallen. Nina ging ins Bad, zog ihr cremefarbiges langärmeliges Nachthemd an und putzte ausgiebig die Zähne. Mit einem leisen Lächeln auf den Lippen kam sie zurück. „Bad ist frei." Kevin kam ihrer Aufforderung nach. Nina zog die Bettdecke bis unter das Kinn und rührte sich nicht. Als sich

Kevin in seine Betthälfte legte, deckte er sich auf ebensolche Weise zu. Nina löschte das Licht und wartete. Irgendwann hörte sie gleichmäßige Atemzüge. Am nächsten Morgen wachte sie vor Kevin auf, sie betrachtete ihn kurz und fand ihn furchtbar mittelmäßig. Schnell stand sie auf und machte sich einen Kaffee in der kleinen Teeküche, die zu dem Zimmer gehörte. Der Geruch des Kaffees weckte Kevin. Er rieb sich die Augen. „Hast du gut geschlafen, Liebling? Komm ich mache dir auch einen Kaffee. Schmeckt gar nicht schlecht." „Ja gerne. Schön diese Anrede. Es war doch auch unsere erste gemeinsame Nacht." Nina wunderte sich darüber, was er unter gemeinsamer Nacht verstand. Sie ging aber darüber hinweg und war eigentlich froh darüber, dass nichts passiert war. „Heute gehen wir in den Louvre und die Tuilerien. Aber erst frühstücken wir ausgiebig."

Sie flanierten schon eine Weile auf einer der breiten Alleen des Parks. Nina erkannte Hans schon von Weitem. Seine Begleiterin hatte sie noch nie gesehen. Es musste seine Neue sein. Warum hatte Hans sie nicht erkannt? In unverändertem Tempo gingen sie aufeinander zu. Nina trug ein braunes Sommerkleid mit kleinen dezenten Blümchen und ein Kopftuch als Sonnenschutz. Plötzlich vertrat ihr eine andere Person den Weg, die aus dem Nichts aufgetaucht war. Nina stieß gegen ihre Hacken, stolpert und fiel auf Hans. In ihrer Tasche fühlte sie das kleine spitze Küchenmesser, das sie zu ihrer Selbstverteidigung immer mit sich trug. Spontan griff sie danach. Es dauerte nur wenige Sekunden, bis er zu Boden ging. Nina warf ihm einen kurzen Blick zu, steckte das Messer wieder in ihre Tasche, rückte ihre Sonnenbrille gerade und zog Kevin weiter, der zwei Schritte zur Seite gemacht hatte. Sie gingen hinter der kräftig ausschreitenden Frau her, die Nina ins Stolpern gebracht und den Vorfall offensichtlich nicht zur Kenntnis genommen hatte. Unbehelligt konnten sie ihren Weg fortsetzen. In einiger Entfernung hörten sie plötzlich einen gellenden Schrei, aber niemand folgte ihnen oder hielt sie an. Als sie den Park verlassen hatten, fragte Kevin, was Nina getan habe. „Ich? Ich habe ihm nichts angetan, nur er mir." Sie lächelte. Kevin blieb für den Rest des Tages sehr einsilbig, während Nina wie ein Wasserfall über die Schönheit der französischen Metropole sprach. Nur einmal musste sie ihren Vortrag unterbrechen, als ihr Mobiltelefon klingelte. Kevin lauschte gespannt dem Gespräch. Es musste sich um einen Anruf ihres Chefs, des Polizeipräsidenten, gehandelt haben. Er hatte sie gebeten, die Tage in Paris abzukürzen. Das Telefongespräch beruhigte Kevin. Schließlich war Nina in einer führenden Position bei der Frankfurter Polizei. Der Abend verlief in ähnlicher Form wie der des Vortags. Auch in dieser Nacht ergriff Kevin nicht die Initiative. Am nächsten Morgen mussten sie die Rückreise antreten.

Kurz nachdem Nina zu Hause angekommen war, erhielt sie einen Anruf aus Paris. Sie erkannte die Nummer. Mit tränenerstickter Stimme erklärte die Französin, dass Ninas Exmann, der Vater ihrer Tochter Elisabeth, Hans Michel, vor einem Tag in den Tuilerien von einer unbekannten Frau niedergestochen worden und an seinen Verletzungen gestorben sei. Von der Frau fehle jede Spur. Nina weinte ein wenig. Schließlich nahm sie eine Tüte, steckte das braune Kleid und das Kopftuch hinein und ging zum nächsten Altkleiderbehälter. Sie trug jetzt ein schwarzes Kleid. Noch am Hauptbahnhof hatte Kevin ihr erklärt, dass der Parisaufenthalt sehr nett gewesen sei, er jedoch gerade sehr viel zu tun habe und er sich bei Gelegenheit wieder melden würde.

Nina rief ihre Tochter an. „Dein Vater ist tot", sagte sie tonlos, bevor sie zu weinen begann. „Mama", was sagst du da?" schrie Elisabeth in das Telefon. „Was ist passiert?" Ihre Stimme war schrill. Nina fasste sich und erzählte ihr, dass ihr Vater das Opfer eines Attentats geworden sei. Bei dem Täter handele es sich offenbar um eine vermummte Frau oder einen Mann, der sich als weibliche Person ausgab. Nina weinte. Schließlich sagte sie ihrer Tochter, dass sie nun für immer bei ihr in Frankfurt bleiben könne, falls sie nicht nach Paris zurückkehren wolle. Schließlich sei sie achtzehn Jahre alt und volljährig. Elisabeth sagte, dass sie sofort kommen würde, wobei Nina hörte, wie sie zu schluchzen anfing. Kurz darauf stand sie vor der Tür. Mutter und Tochter umarmten sich und weinten eine Weile zusammen. Elisabeth war ohne ein Wort zu Farberger und ohne Jacke weggerannt. In dieser Nacht blieb sie bei ihrer Mutter. Sie hatten sich schließlich eine Pizza kommenlassen. Durch Nichtessen würden sie den Verstorbenen nicht wiederbekommen. Immer wieder sprachen sie davon, welch toller Vater Hans gewesen war. Blass und übernächtigt erschien Elisabeth am nächsten Morgen bei Farberger im Büro. Er fragte sie nach einem langen nachdenklichen Blick, was los sei. Elisabeth traten wieder die Tränen in die Augen. „Mein Papa, er ist ja auch mit Ihnen befreundet, wurde vor zwei Tagen in einem öffentlichen Park niedergestochen und ist gestorben." Farberger riss die Augen auf. „Um Himmels willen, wer tut denn so etwas? War es ein Attentat?" „Man weiß noch nicht, wer es war. Vielleicht war es eine Frau, die wohl irgendwie gestolpert und gegen meinen Vater geprallt ist. Dagegen spricht, dass sie dann seelenruhig und von niemand beachtet weitergegangen ist, so als hätte sie nichts bemerkt. Es kann aber auch sein, dass es seine Lebensgefährtin gewesen ist. Sie steht wohl nicht direkt unter Tatverdacht, denn sie hatte kein Messer bei sich und auch keine Gelegenheit, es wegzugeben, es sei denn, die Unbekannte war eine Komplizin. Jedenfalls werde ich vorerst nicht nach Paris zurückgehen." Farberger legte Elisabeth tröstend eine Hand auf die Schulter. Er überlegte. „Wenn du eine Ausbildung im Anschluss deines Praktikums machen willst, bist du mir herzlich willkommen." „Danke", murmelte Elisabeth verwirrt. „Ich werde es mir überlegen."

23

Marie Haussmann saß vor dem Mittagessen mit überschlagenen Beinen an der Bar des roten Hauses. Vor ihr lag die aufgeklappte Zeitung. Die Barchefin betrachtete zwar die Schrift, aber sie las nicht wirklich. Ihre Gedanken wanderten zu ihrem Verhältnis zu Antoine. Warum war es so kaputt gegangen? Wann war das gewesen? Was war nur aus der tiefen Freundschaft und zarten Verliebtheit, die sie beide verbunden hatte, geworden? Jetzt war Antoine nur noch verschlossen. Er duckte sich weg unter ihrem aggressiven Verhalten. Und sie? Sie wurde immer gemeiner. Sie wollte es ändern. Mechanisch blätterte sie die Zeitung durch. Ihr Blick fiel auf einen Artikel über die Academia del Tango in der Sonnemannstraße. Marie las den Bericht mit zunehmendem Interesse. Neben der Philosophie des Tangotanzens kamen auch die Kurse und vor allem die Schnupperabende zur Sprache. Begeisterungsfähig und naiv, wie sie war, dachte Marie sofort daran, dass es im roten Haus künftig in regelmäßigen Abständen Tangoabende geben könnte. Bisher sah ihr Konzept Gespräche über Probleme und das Warum anstatt Verführung vor. Vielleicht konnte das Tangotanzen eine weitere Möglichkeit für ein Glück ohne Sex sein. Marie wartete sehnsüchtig darauf, dass ihr Manager und Verwalter vom Einkaufen zurückkam. Zuerst wollte sie das gute Verhältnis wiederherstellen und danach mit ihm über ihre neue Idee sprechen. Dummerweise konnte sie nicht tanzen. Die Eingangstür wurde aufgedrückt. Antoine schob sich mit einem Karton, gefüllt mit Flaschen und Lebensmitteln, in die Bar. Sein Gesicht wirkte im Gegenlicht verhärmt und fahl unter der olivfarbigen nordafrikanischen Haut. „Antoine, Antoine, ich muss mit dir reden." „Ja, gnädige Frau, lass mich nur schnell die Kiste in der Küche abstellen." Die Küche grenzte direkt an den Barbereich. Außerdem gab es im Erdgeschoss noch ein Büro und ein Bad sowie ein WC. „Gnädige Frau" hatte Antoine sie schon lange nicht mehr genannt. Es war nach dem Notartermin seine neue Bezeichnung für sie. In diesem Termin wurde die Bar ihres ermordeten Ehemanns auf sie übertragen. Antoine hatte die Anrede des Notars übernommen und sich manchmal damit einen Spaß gemacht. Offenbar standen die Chancen für eine Versöhnung gerade gut. Womöglich hatte sich ihr Sinneswandel ihm atmosphärisch mitgeteilt. Er setzte sich neben sie an den Tresen. „Was liegt an, gnädige Frau?" Da war sie wieder, die vertraute Anrede. „Antoine, es geht um unser Verhältnis. Warum ist das so kaputt gegangen?" Antoine zuckte zusammen und überlegte. „Ich war traurig über Tiziana. Dass sie sich lieber verhaften lassen wollte, als mit mir zusammen zu sein, hat mir sehr zugesetzt. Es ging also nicht um Max. Es ging um mich. Mich hat sie abgelehnt. Danach wollte ich mich an jemanden anlehnen, um mein Selbstwertgefühl wiederzufinden. Du warst die Person, bei der das anfangs funktioniert hat. Aber dann bist du dazu übergegangen, mich mit der lächerlichen Verkleidung als Frau, zu der du mich gezwungen hast, zu demütigen. Warum eigentlich?" Antoine machte eine Pause, in der er Marie eine Antwort einfordernd ansah. Marie fiel keine Antwort ein. Sie konnte ihm nicht sagen, dass sie einfach Lust gehabt hatte, ihn zu quälen und die Chefin herauszukehren. Sie wollte testen, wie weit sie gehen konnte. Jetzt sah sie Antoine hilflos aus ihren großen blauen Augen an, die sich mit Tränen zu füllen begannen. Zum ersten Mal seit langer Zeit wünschte sich Marie, dass sie sich wieder in ihrem hässlichen dunkelblauen Rollkragenpull verstecken konnte, der sie in ihrer Schulzeit unsichtbar gemacht hatte. Antoine half ihr aus ihrer Verlegenheit, die er als Reue interpretierte. „Mittlerweile bin ich zu der Überzeugung gekommen, dass Tiziana vielleicht von ihrem Schuldbewusstsein getrieben worden war." Tiziana war Antoines Ehefrau, die vor Maries Eheschließung mit Max Haussmann, dem Inhaber des roten Hauses, ein Verhältnis gehabt hatte. „Ich werde versuchen, Tiziana in der Haftanstalt zu besuchen, um mit ihr zu reden." Marie sagte dazu nichts. Schließlich fiel ihr eine Erklärung für ihr Verhalten ein. Sie meinte, dass sie vor lauter Einsamkeit bösartig geworden sei. Bei diesen Worten griff sie nach seiner Hand. „Antoine, was hältst du davon, wenn wir demnächst hier Tangoabende veranstalten, die eine Ergänzung zu unseren Gesprächen sein könnten? Ich habe gerade so einen interessanten Artikel über die Tangoakademie gelesen. Ich kann aber nicht Tango tanzen." „Gnädige Frau, nichts lieber als das. Ich bringe dir den Tango bei, und wir bieten einmal in der Woche diesen Abend an. Das ist eine sehr gute Idee von dir. Am ersten Abend laden wir alle Leute ein, die wir kennen." Marie klatschte in die Hände. „Das wird aber voll werden, wenn wir alle unsere Bekannten einladen." „Da siehst du es, du bist gar nicht einsam." Marie überlegte. „Vielleicht war ich auch nur eifersüchtig." Sie sah Antoine an. Der Algerier erwiderte ihren Blick, während er hinter die Bar trat. Er fand die passende Musik und zog Marie auf die Freifläche der leeren Bar. Marie erlernte den Tanz einigermaßen schnell, nachdem sie ihrem Tanzlehrer zuerst mehrfach auf die Füße getreten war. „Wir wiederholen das morgen", sagte er. „Jetzt muss sich einer um das Mittagessen kümmern."

Nachdem sich Marie auch am nächsten Tag in Antoines Armen gewiegt hatte, spürte sie wieder die körperliche Anziehung, die von ihm ausging. Es war ihr sehr leichtgefallen, sich an ihn zu schmiegen. Sie bemerkte, dass Antoine positiv darauf reagierte. Anschließend erstellten sie die Gästeliste für den ersten Tangoabend. Wie zufällig landete Antoine Hand auf ihrem Arm und blieb dort liegen. Marie hatte das Gefühl, dass ihre Haut darunter regelrecht zu glühen anfing. Auf der Liste für die Einladungen standen auch der Kommissar Fritz Mittag mit Begleitung, der Arzt, mit dem sich Marie ein paar Mal unterhalten hatte, Friedrich Kistner, der Bestatter, Rosalie, Maries Mutter sowie Hubert und viele der Gesprächspartner ihrer Mitbewohnerinnen. Selbst Marisas Bruder in Dublin erhielt eine Einladung. Schließlich hatte Marie noch die kühne Idee, dem Direktor des Städelmuseums eine Karte zu schicken. Marie war schon sehr gespannt, wer alles ihren Einladungen folgen würde. David hatte per Mail abgesagt, aber daran erinnert, dass er immer noch darauf warte, dass Marie zu ihm nach Dublin komme, um ihn als Haushaltshilfe zu unterstützen. Er sei immer noch allstehend und könne ihr ein gutes Gehalt anbieten. Dahinter hatte er jede Menge rote Herzen gesetzt. Seinerzeit hatte Marie ihm die Komödie des Dienstmädchens vorgespielt, als er noch nicht wusste, dass sie die neue Chefin der Teilbar im roten Haus war.

Der Abend lief auf Hochtouren. Marie trug ein rotes schulterfreies Samtkleid. Antoine und sie hatten den Abend mit einem Tanz eröffnet. Antoine machte im schwarzen Anzug mit blütenweißem Hemd eine beeindruckende Figur. Fritz Mittag ließ sich von Antonella Wirth über die Tanzfläche schieben. Er beherrschte zwar das Tangotanzen, hatte aber gegen die fast um Haupteslänge größere Rechtsmedizinerin keine Chance. Aus Platzgründen wurde in zwei Gruppen getanzt. Während die eine Gruppe in Bewegung war, musste die andere an der Bar stehend ein Getränk zu sich nehmen und warten. Die Tische waren entfernt worden. Wer immer des Tangos nicht mächtig war, bekam durch Maries Kolleginnen oder Antoine die Einführung in das Schrittmuster. Der Rest ergab sich von selbst. Alle waren der Einladung gefolgt, sogar Personen, die nur durch Mundpropaganda von der Sache erfahren hatten. Marie beobachtete in einer ihrer Pausen, wie die Rechtsmedizinerin sich zu dem Kommissar herunterbeugte und ihm etwas ins Ohr sagte. Kurz darauf verließen beide die Bar.

Der Tango wogte weiter, unberührt durch den Abgang des ungleichen Paares. Antoine hatte endlich die Gelegenheit gefunden, Marie noch einmal über die Tanzfläche zu führen, als plötzlich die Tür aufgerissen wurde. Herein stürmten acht schwarzgekleidete Männer mit schwarzen Strumpfmasken. Sie schwangen Schlagstöcke. Drei von ihnen überwältigten den sich heftig und gekonnt zur Wehr setzenden Antoine, während ein weiterer Vermummter Marie an einen Stuhl fesselte. Die anderen Gäste wurden von dem Rest der Eindringlinge in den Hintergrund des Raumes gedrängt und mit Tränengas handlungsunfähig gemacht. So schnell wie das Höllenkommando aufgetaucht war, so schnell war es wieder weg. Nach einer Weile konnten sich die durch das Gas beschädigten Gäste ins Freie retten. Polizei und Rettungswagen wurden verständigt. Beherzt hatte der noch anwesende Arzt Marie mitsamt dem Stuhl nach draußen gezerrt. Die eintreffende Polizei befreite sie. Marie zitterte vor Kälte, obwohl Friedrich Kistner ihr sein Jackett über die Schultern gelegt hatte und dicht hinter ihr stand, um ihr ein wenig Körperwärme zu spenden. Die Sanitäter verteilten Decken und schickten einen nach dem anderen in das Innere des Krankenwagens, wo Barbesucher der Reihe nach untersucht wurden. Anschließend nahm die Polizei Personalien und Beobachtungen auf. Die Spurensicherung war mit ihrer Arbeit fertig. Marie schlug vor, dass alle Beteiligten auf den Schreck hin ein Getränk auf das Haus zu sich nehmen sollten. Sie sei so froh, dass niemand zu Schaden gekommen war. Während sie nach gespülten Gläsern Ausschau hielt, fiel ihr Antoine ein. „Antoine, Antoine", rief sie laut. „Antoine, hat jemand Antoine gesehen?" Sofort stand der Einsatzleiter neben ihr. „Wer wird vermisst?" „Antoine, er ist mein Geschäftsführer", sagte Marie mit schreckensweiten Augen. „Sie haben ihn mitgenommen. Vielleicht ging es gar nicht um mich und den Tango." Marie zitterte noch etwas mehr. „Vielleicht war es ein rassistischer Anschlag", brachte sie schließlich stirnrunzelnd hervor. „Antoine ist kein Franzose, wie man denken könnte, sondern Algerier." Marie wurde gebeten, ein Foto des Verschleppten zu beschaffen. Schließlich fiel ihr ein, dass man in seinen Sachen nach dem Pass suchen könnte. In seiner Personalakte war kein Bild. Marie liefen dicke Tränen über das Gesicht, nachdem klar war, dass Antoine weg war. Es war ihre Schuld. Sie hatte das öffentliche Interesse auf sich gezogen mit dem Tangoabend. Auf einmal fühlte sie sich unendlich müde.

Fritz Mittag war hinter dem ihm zugewendeten muskulösen Rücken von Antonella Wirth eingeschlafen, nachdem sie ihn mehrfach gedemütigt hatte. Sie reizte ihn, zog sich vor ihm aus, fasste ihn an und als er darauf reagierte, sie an sich ziehen wollte, schickte sie ihn nach Hause. Erregt musste Fritz Mittag sie bitten, bleiben zu dürfen. Nach einer erneuten Attacke auf seine Männlichkeit wurde er wieder weggeschickt. Ihm gefiel das Spiel nicht. Er mochte keine Frauen, die die Domina gaben, doch konnte er sich ihrem aufreizenden Verhalten nicht entziehen, zumindest nicht an diesem Abend. Sein Mobiltelefon blieb unbeachtet. Am nächsten Morgen stellte ihm Antonella mürrisch einen schwarzen Kaffee hin. „Du bist immer noch da, warum?" Fritz Mittag zuckte die Schultern und sagte entschuldigend, dass er es nicht verstanden hatte, dass er tatsächlich gehen sollte. „Ich hatte es für ein Spiel gehalten", fügte er hinzu. Jedoch begriff er an diesem Morgen, warum die Rechtsmedizinerin einen Escort-Service bemühte. „Anton, ich weiß nicht, ob unser Weg …" „Lass die alberne Anrede, bitte. Ich bin in Eile." Fritz Mittag klatschte die Tasse, die er in Händen hielt, auf den Tisch. Während er aufstand, ließ er den Stuhl krachend zu Boden gehen. Er suchte hektisch nach seinen Sachen. Endlich hatte er den Absprung geschafft und fuhr nach Hause. Er musste dringend duschen. Plötzlich bemerkte er bei dem Gedanken, dass er die Rechtsmedizinerin wahrscheinlich nicht mehr wiedersehen würde, dass er sich nur noch wütend und gedemütigt fühlte. Trotzdem war ihm zum Heulen zu Mute. Bei dienstlichen Zusammentreffen würde er sich künftig vertreten lassen. Innerlich zerrüttet, aber mit einem klaren Kopf kam er im Polizeipräsidium an. Mittag hatte nicht viel getrunken, weil er mit dem Auto unterwegs gewesen war.

Auf seinem Schreibtisch fand er die Mitteilung, dass seine Zeugenaussage zu dem Überfall auf die Bar vom ersten Polizeirevier gewünscht wurde. Fritz Mittag hatte bis zu diesem Moment noch nichts von dem Vorfall im roten Haus gehört. Er rief Eva Friedberger an und verlangte von ihr Informationen über die Sache. Nachdem die Polizistin sich im ersten Revier informiert hatte, was in der Nacht vorgefallen war, gab sie ihrerseits die Information an Fritz Mittag weiter. Kurz nach seinem Abgang mit Antonella Wirth seien acht schwarz maskierte Typen in die Bar eingedrungen und hatten Marie gefesselt, die restlichen Gäste bedroht und den algerischen Manager mitgenommen. Fritz Mittag registrierte, dass mittlerweile im ersten wie im dritten Revier bekannt war, mit wem er den Tangoabend im roten Haus besucht hatte. Gegen diese bittere Wahrheit würde er angehen müssen, weil es umso klarer wurde, je länger er darüber nachdachte, dass das Ende vom Anfang so sicher war wie das Amen in der Kirche. Es würde keine weiteren Begegnungen zwischen der großen dunklen und nicht verstehbaren Frau und ihm geben. Er saß an seinem Schreibtisch und zog die Ärmel seines schwarzen leichten Baumwollpullis bis über die Handgelenke, als würde es ihn an den Händen frieren. Nicht seine Hände waren kalt, sein Herz fror. Je länger er über die gestrige Nacht nachdachte, desto mehr verstand er, dass die Rechtsmedizinerin ihn nicht aufreizend behandelt und dann weggeschickt hatte, sondern dass sie sich einfach nur ausgezogen hatte, um schlafen zu gehen. Dass er in ihre Wohnung gelangt war, weil er noch einen Kaffee hatte trinken wollen. Wann immer er versucht hatte, die große Frau zu umarmen, hatte sie ihn weggeschoben und aufgefordert, endlich zu gehen, während sie sich immer weiter auszog. Mittag hatte es als ein provokantes Spiel aufgefasst. Tatsächlich war es nur der Wunsch gewesen, allein zu sein.

Sein Telefon klingelte. Empört nahm der Kommissar das Gespräch an und hörte sich gar nicht an, was der oder die Anruferin sagen wollte. Er ließ nur in unfreundlichem Ton verlauten, dass er nicht gestört werden wollte, um sofort wieder in eine lethargische Haltung zu verfallen. Er stützte den Kopf auf die Hände und stierte auf eine Welt hinter der kahlen Wand seines Büros. Es gab keinerlei Bilder im Büro des Kommissars. Auch einen Gummibaum, den man ihm zu seinem Geburtstag zugedacht hatte, damit es etwas weniger karg sein sollte in seinem Dienstzimmer, hatte er sofort in den Flur verbannt. Seine Überlegungen, wie er den Gerüchten um seine Beziehung zu Antonella Wirth, die zu Ende war, bevor sie angefangen hatte, den Garaus machen konnte, wurden durch ein Klopfen an der Tür unterbrochen.

24

Fritz Mittag wollte gerade wütend wegen der erneuten Störung auf-
springen, als sich die Tür öffnete und Nina Michel, die Sekretärin des
Polizeipräsidenten, eintrat. Er hatte sie bisher kaum wahrgenommen,
doch jetzt gab das Gegenlicht ihrem ordentlich gekämmten, ansonsten
mausgrauen Haar einen warmen Honigton, der in einem schönen
Kontrast zu ihrer blassen Haut stand. Ihre Augen waren nicht geschminkt. Sie benutzte nur einen hellen rosafarbenen Lippenstift, der
die Farbe ihrer Bluse aufgriff. Dazu trug sie einen gerade geschnitten
grauen Rock, der bis über ihre Knie reichte. Fritz Mittag befand die
Mitarbeiterin des Polizeipräsidenten überaus bürotauglich. Doch dann
fiel sein Blick auf ihre beigefarbigen Gesundheitsschuhe. Erneut über-
fiel ihn ein leichtes Frösteln. Wie konnte man so danebenliegen und
völlig ohne Gespür sein, was passendes Schuhwerk anging? Nachdem
sie sich eine Weile angestarrt hatten, sie in der Tür stehend, er mit
aufgestützten Ellenbogen, entschloss sich die Mitarbeiterin des Chefs,
ihr Anliegen vorzutragen. Herr Ehringer wollte ihn sofort sprechen. Er
sei außerdem verärgert, dass der Kommissar ihn am Telefon einfach
abgewürgt habe. Er habe sie beauftragt, ihn sofort mitzubringen. „Was
will er?", fragte Fritz Mittag, obwohl ihm nichts Gutes schwante. „Es
geht um den gestrigen Tangoabend." Fritz Mittag schluckte. Langsam
ging er hinter Nina Michel her. Die Bewegungen ihres Gesäßes waren
trotz des unförmig locker sitzenden Rockes deutlich zu erkennen. Obwohl sie völlig unauffällig war, wurde auf diese Weise deutlich, dass
sie auch ein Mindestmaß an Attraktivität besaß.

Während Fritz Mittag hinter der Sekretärin durch den langen Flur
marschierte, kam ihm die entscheidende Idee, um dem in Umlauf
befindlichen Gerücht zu begegnen. Er hatte sich erst für die Zeit nach
Tisch bei den Kollegen in der Innenstadt angekündigt. Fritz Mittag
hatte noch Zeit, um etwas zu klären. Kurz vor dem Büro des Poli-

zeipräsidenten überholte er dessen Sekretärin und stellte sich ihr in den Weg. „Es tut mir leid, Frau Michel, dass Sie wegen mir solche Unannehmlichkeiten hatten und durch das ganze Gebäude laufen mussten, um mich zu erreichen. Dürfte ich Sie vielleicht als kleine Wiedergutmachung in der Mittagspause einladen?" Die Chefsekretärin, der Mittag den Weg abgeschnitten hatte, lächelte. „Sehr gerne, Herr Mittag, wenn ich nicht gerade sehr unter Druck stehe, dann jederzeit." Fritz Mittag musste sich nicht besonders anstrengen, erfreut auszusehen. Er war angenehm überrascht von der bereitwilligen und offensichtlich erfreuten Zusage auf sein Angebot. „Oh, das freut mich. Wäre es auch in Ordnung für Sie, wenn es nur die Kantine wäre? Falls nicht, würde es ein bisschen schwieriger werden, einen Termin zu finden, aber auch das wäre mir lieb." „Ganz im Gegenteil, Herr Mittag. Die Kantine ist sehr in Ordnung. Ich war in der Mittagspause schon so lange nicht mehr dort." Fritz Mittag war versucht, sich zu schämen, weil er die unattraktive Frau nur eingeladen hatte, um öffentlich mit ihr zu flirten. Dass er es auf den Zugang zum Polizeipräsidenten abgesehen habe, würde ihm niemand unterstellen, denn sein guter Draht zur Chefetage war bereits allgemein bekannt. „Wir versuchen es gleich morgen, ja?" Fritz Mittag blickte sein Gegenüber aus den schwarzbraunen Augen eindringlich an. Nina Michel nickte und öffnete die Tür zum Büro ihres Chefs. „Herr Ehringer, Herr Mittag ist jetzt hier." „Vielen Dank, Frau Michel. Schließen Sie bitte die Tür. – Fritz Mittag, nimm doch bitte Platz. Was war das denn eben am Telefon? Und seit wann besuchst du in Begleitung der Rechtsmedizin ein Freudenhaus?" „Erstens ist das rote Haus keine solche Einrichtung, sondern das Gegenteil davon." Der Kommissar erläuterte das Konzept, soweit es ihm bekannt war. „Und zweitens wurden wir von der Leiterin des Hauses zu ihrem ersten Tangoabend eingeladen. Marie Haussmann kennt uns aus den Ermittlungen zum Tode ihres Mannes." „Hm", der Polizeichef, klang aber nicht sehr überzeugt. „Man erzählt sich, dass du und Frau Dr. Wirth neuerdings ein Paar seid." Fritz Mittag zog seine dunklen

Brauen hoch. „Wie die Gerüchteküche doch arbeitet. Es ist immer wieder faszinierend. Wir waren einmal zum Abendessen verabredet. Das stimmt schon. Über dieses Essen reden wir seit vielen Jahren. Jetzt ist es realisiert worden. Da wir beide eine Einladung zu dem Tangoabend erhalten haben, sind wir zusammen hingegangen. Wenn diese beiden Verabredungen bereits ausreichen, um uns als Paar zu definieren, dann sind wir tatsächlich ein solches." Fritz Mittag bemerkte, dass sein Chef nun etwas vehementer nickte. Er hatte ihm unterschlagen, dass er mit Begleitung eingeladen gewesen war und dass die zweite Einladung so nicht existiert hatte. „Alles andere hätte mich auch sehr gewundert, Fritz." Der Kommissar blickte auf die Uhr. „Jaja, ich weiß, dass du im ersten Revier erwartet wirst. Pass auf dich auf, mein Freund." Jetzt nickte Fritz Mittag und verließ das Büro. Nina Michel sprang auf, als er aus der Tür ihres Chefs getreten war und eilte zur Tür des Vorzimmers, die sie dem Kommissar öffnete. „Wir sehen uns morgen", sagte er und warf noch einen Blick auf die beigen Gesundheitsschuhe der Sekretärin. Da musste er durch. Nina Michel blieb der Blick des Kommissars nicht verborgen. Sie beschloss, für das Mittagessen mit ihm ihre schwarzen Schnürschuhe anzuziehen.

Tatsächlich war ihr Chef mit einer längeren Mittagspause einverstanden, denn er war selbst außer Haus zum Essen verabredet. Nina Michel lächelte, als Fritz Mittag sie nach einem vorhergehenden Anruf abholte. Zusammen betraten sie die gut besuchte Kantine. Alle Augen waren auf sie gerichtet. Was hatte der unwirsche Kommissar mit der Sekretärin des Polizeipräsidenten zu tun? Wollte er sich ganz oben einschmeicheln? Er hatte doch bereits einen guten Draht zum allerhöchsten Chef. Der Kommissar bezahlte für die Sekretärin das Essen und zog ihr den Stuhl zurück. Während sie aßen, sah er ihr unverwandt in die Augen. Er fragte, wie sie ins Polizeipräsidium gekommen sei. Nina Michel erzählte von ihrer Pariser Zeit und ihrem Entschluss, in die Unsichtbarkeit abzutauchen. „Das ist Ihnen gut gelungen." Fritz Mittag nickte bestätigend und konnte sich eines fiesen Grinsens nicht erwehren. Als die Chefsekretärin dem Hauptkommissar erzählte, dass ihr Exmann gerade in Paris erstochen worden war, traten ihr Tränen in die Augen. Fritz Mittag suchte nach seinem Taschentuch, erhob sich halb und tupfte ihr vorsichtig die Augen trocken. Nachdem er sich wieder gesetzt hatte, lächelte ihn die Essensbegleitung dankbar an. Fritz Mittag legte seine Hand auf ihren Unterarm, denn er wusste, dass sie immer noch unter Beobachtung standen. Nina Michel erwähnte, dass sie mit ihrer Tochter nach Paris reisen würde. „Wenn Sie von der Beisetzung aus Paris zurück sind, müssen wir uns unbedingt einmal abends treffen, damit Sie mir vom Stand der Ermittlungen der Pariser Kollegen berichten können. Der Fall interessiert mich." Er machte eine Pause und versenkte wieder einen Blick aus seinen fast schwarzen Augen in den hellen Blick seines weiblichen Gegenübers. „Der Fall ist der Vorwand für die Verabredung mit Ihnen. Es geht eigentlich nicht darum." Nina Michel schaute verlegen nach unten. Fritz Mittag erhob sich und räumte beide Tabletts ab. Während sie zum Ausgang gingen, legte er beschützend seinen Arm um die Schultern seiner Tischdame. Erneut folgten ihnen viele interessierte Blicke. Fritz Mittag brachte Nina in ihr Büro zurück. „Ich melde mich", sagte er und deutete einen Wangenkuss an.

Nina Michel war irritiert. Was wollte der charismatische, jedoch allgemein unbeliebte Kommissar von ihr? Sein Blick, seine kurzen Berührungen hatten sie elektrisiert. Sie hatte das Gefühl zu schweben, als sie Feierabend machte und das Haus verließ. Der Pförtner schien sie irgendwie anzugrinsen. Offenbar hatte die Gerüchteküche funktioniert. Sie musste noch vor 18.00 Uhr Fabian Farbergers Immobilienbüro erreichen, um ihre Tochter dort zu treffen. Sie wollten die Parisreise zur Teilnahme an der Trauerfeier für Elisabeths Vater besprechen. Es sollte in Paris auch einen Notartermin geben. Elisabeth Michel war volljährig und die Alleinerbin ihres Vaters. Nina Michel betrat die Immobilienfirma und hielt in dem Großraumbüro Ausschau nach ihrer Tochter. Die meisten Kollegen waren schon nach

Hause gegangen, so auch die Empfangsdame. Elisabeth stand in einer engen schwarzen Hose und einer weißen Hemdbluse am Kopierer. „Hallo Mama, ich bin gleich ganz für dich da." In dem Moment verließ Fabian Farberger sein Büro. Nina war zu ihrem Kind getreten. „Entschuldigen Sie bitte, wenn ich hier so einfach hereinplatze, aber es gibt einiges mit Elisabeth zu besprechen. Sie hat Ihnen bestimmt von dem tragischen Tod ihres Vaters erzählt?" Farberger nickte. „Eigentlich müsste Ihre Tochter hier noch einiges erledigen. Wir haben morgen eine wichtige Besprechung mit einem Interessenten. Aber ich stehe dazu, dass der Tod von Elisabeths Vater vor allem anderen stehen muss. Elisabeth, Sie können für heute Schluss machen. Ich sehe Sie morgen hier pünktlich und dem Anlass entsprechend gekleidet." Elisabeth nickte. Farberger hatte ihr im Laufe des Nachmittags zu verstehen gegeben, dass er sie heute in ein kleines gemütliches Lokal einladen wollte, um in Ruhe und Freundschaft über die verfahrene Situation zwischen ihnen beiden zu sprechen. Sie tat ihm leid. Er fühlte sich auch ein wenig verpflichtet, sie väterlich zu unterstützen. Nun war ihre Mutter aufgetaucht, so dass Farberger seinen Plan zur Gestaltung von Ruhe, Frieden und Freundschaft verschieben musste. Nina und Elisabeth fuhren von der Station Westend zwei Stationen in die Innenstadt, um zwei schwarze Kleider zu kaufen. Elisabeth meinte, dass es sich dabei um das dringendste Anliegen handelte. Sie entschied sich schnell für ein sehr enges knappes Modell, damit sie es mehr als nur einmal tragen konnte. Zum Beispiel wäre es auch für die Geschäftsbesprechungen gut geeignet, erklärte sie ihrer Mutter, die das allerdings nicht so sah. Elisabeth bestand schließlich darauf, dass auch ihre Mutter schwarze Pumps erwarb. Nina dachte an die Blicke des Kommissars Fritz Mittag auf ihr Schuhwerk und stimmte zu. Der erste Schritt einer Rückverwandlung war getan.

Derart ausgestattet trat Elisabeth am nächsten Tag den Dienst an. Elisabeth hatte Farbergers Vorschlag einer Aussprache missverstanden und dachte, dass er die Affäre fortsetzen wollte. In dem Bestreben, Fabian Farberger zu verführen, hatte sie sogar auf Unterwäsche verzichtet. Das Gespräch mit der Kulturdezernentin, die auch für den Denkmalschutz zuständig war, sollte in deren Mittagspause in einem schicken Restaurant, von denen es genug entlang der Bockenheimer Landstraße gab, stattfinden. Der Grund des Treffens bestand darin, dass Farberger einen denkmalgeschützten Komplex zu hochwertigen Eigentumswohnungen umbauen lassen wollte. Es ging um das Karmeliterkloster in der Innenstadt. Die Dezernentin war pünktlich. Sie warf einen etwas irritierten Blick auf Elisabeth Michel, die Farberger als seine Praktikantin vorgestellt hatte. Während Farberger die Umbaupläne erläuterte und Elisabeth Gesprächsnotizen machte, versuchte sie unter dem Tisch mit ihrer Schuhspitze den Makler zu berühren. Da dieser keine Reaktion erkennen ließ, bohrte Elisabeth nun den Absatz ihrer Pumps fest in dessen Fuß. Der Makler gab einen kaum unterdrückten Schmerzenslaut von sich. Unbeherrscht sagte er zu Elisabeth, dass sie sofort aufhören sollte, ihn zu belästigen. Er wollte sich gerade formvollendet bei der Dezernentin entschuldigen, als diese schon aufgestanden war, um das Lokal zu verlassen. „Sie können Ihre Pläne an mein Büro schicken, wenn Sie sich wieder im Griff haben. Guten Tag." Mit diesen Worten verließ die Stadtverordnete das Lokal. „Was fällt dir eigentlich ein, du kleines Luder, mich derartig vorzuführen? Hier geht es oder besser, ging es, um ein Riesengeschäft, was jetzt vermutlich geplatzt ist." Elisabeth seufzte und sah ihren Chef treuherzig an. „Mir ist es in deiner Gegenwart so heiß geworden, ich musste mich irgendwie abreagieren." „Dann hättest du besser einfach etwas ausgezogen, anstatt dich so aufzuführen!" „Das wäre nicht möglich gewesen", sagte Elisabeth mit unschuldigem Augenaufschlag. „Ich habe nichts an außer diesem Kleid." Ihr Blick wurde noch etwas treuherziger. „Wenn die Sache schon so verfahren ist, kann ich doch etwas zur Wiedergutmachung tun. Gehen wir neben der Küche durch die Hintertür in den Hof. Dort sind nur Mülltonnen und große leere Kartons. Dort sieht uns niemand. Schnell, gerade ist niemand vom Personal in der Nähe." Elisabeth war rasch aufgestanden und bedeutete Farberger, ihr zu folgen. Farberger wurde es ziemlich heiß. Sein Kopf sagte nein, sein Körper schrie ja. Er griff nach seinem Jackett. Die Pläne blieben auf der Tischplatte liegen, um zu zeigen , dass der Tisch noch besetzt war. Dann folgte er Elisabeth immer noch widerstrebend. Sie stand an der Tür und legte die Finger auf die Lippen, bevor sie nach draußen schaute und ihn hinter sich herzog. Schnell hatte sie Farberger an die Hauswand gedrängt. Vor ihnen stand schützend eine Großraummülltonne. „Sollen doch alle denken, dass wir eine Zigarette rauchen." Sie drängte sich an ihn. Mit einer Hand hielt sie ihm den Mund zu.

Schließlich löste sie sich von ihm und spähte durch den Hintereingang, ob sich jemand im Gang aufhielt, bevor sie den derangierten Makler durch die Tür schob. „Es war entwürdigend", murmelte Farberger, als sie wieder am Tisch saßen. Er beugte sich tief über sein Glas und versuchte, den Bodensatz zu ergründen. „Ich erwarte von dir, dass du nie wieder versuchst, mich zu verführen. Falls doch, kannst du dir einen anderen Praktikumsplatz suchen und zu deiner Mutter ziehen. Hast du das verstanden?", sagte Farberger mit gefährlich leiser Stimme. Elisabeth nickte. Plötzlich schämte sie sich für ihr vulgäres Verhalten, auch wenn dieses sie an ihr Ziel gebracht hatte. Sie hatte ihn verführen wollen, und es war ihr gelungen. Doch jetzt spürte sie die ablehnende Haltung, die Farberger ihr gegenüber eingenommen hatte. Ihr kleiner Triumph war ihr nichts mehr wert. Schweigend gingen sie die wenigen Meter zum Büro zurück. „Sie können den Rest des Tages freinehmen", sagte der Makler, als sie seine Büroetage betreten hatten. Elisabeth nickte und murmelte etwas, das wie „vielen Dank" klang. Sie ging sofort. In Farbergers Abwesenheit nutzte sie die Gelegenheit, in seiner Wohnung ausgiebig zu duschen. Schließlich fühlte sie sich wieder sauber und packte sich in ein großes weißes Badetuch ein. Ein kleineres Handtuch schlang sie um ihre frischgewaschenen Haare. Schließlich flocht sie ihre mittellangen Haare zu zwei kurzen Zöpfen. Jetzt fehlte ihr nur noch ein Glas heiße Milch, um sich wie neu geboren zu fühlen. Sie inspizierte den Kühlschrank in der Hoffnung, auf Milch zu stoßen. Plötzlich hörte sie, wie sich ein Schlüssel in der Wohnungstür drehte. Schon stand Fabian Farberger vor ihr. Entgeistert sah er sie an. „Was ist nun wieder?", fuhr er sie an, nachdem er sich von seinem Schock über ihren Anblick erholt hatte. „Ich wollte allen Schmutz abwaschen und habe nach Milch gesucht", stotterte Elisabeth. Sie bemerkte, dass sich Farbergers Gesichtsausdruck verändert hatte. Sein Blick ruhte auf ihren nackten Schultern und glitt an ihr nach unten. Sie bemerkte, dass er sie am liebsten aus dem Badetuch ausgepackt hätte. „In dem Gästezimmer ist es so kühl, daher wollte ich eine heiße Milch trinken", sagte Elisabeth völlig unnötigerweise. Farberger trat auf sie zu. „Ich kann dich wärmen", sagte er mit einem brutalen Unterton. Er presste sie in seine Arme, hob sie an und trug sie in sein Schlafzimmer. „Ich wollte dich nicht verführen", flüsterte Elisabeth. „Ich dachte, dass du noch lange nicht nach Hause kommst. Ich habe mich so schmutzig gefühlt." „Du hast mich nicht verführt. Nach unserer Mittagspause konnte ich nicht mehr arbeiten." Bevor Elisabeth etwas erwidern konnte, verschloss er ihren Mund mit einem langen Kuss. „Schade, dass ich so alt bin wie dein seliger Vater. Ich würde dich sofort heiraten, du bringst mich völlig aus der Fassung." Elisabeth schluckte. Sie wusste nicht, was sie sagen sollte und kuschelte sich an Farberger. Der Makler setzte sich abrupt auf. „Suchst du in mir einen Vaterersatz?", fragte er sie entgeistert von dem Gedanken, der ihm gerade gekommen war. Elisabeth strich über Farbergers Arm. „Deine Haut fühlt sich gut an", sagte sie. Auch sie hatte sich aufgesetzt. „Fabian, ich habe mich in dich verliebt. Ich war noch nie verliebt. Jetzt weiß ich, wie sich das anfühlt." Fabian Farberger seufzte. „Es wäre schön, wenn ich dir glauben könnte, was du sagst. Der Altersunterschied zwischen uns ist zu groß. Was würde deine Mutter sagen, wenn sie mich als Schwiegersohn bekäme, wo ich doch vom Alter her viel besser zu ihr passen würde." „Ich glaube, dass es Mama egal wäre, ob wir ein Paar werden. Sie hat ihre eigenen Sorgen und ist sicher froh, wenn sich wieder jemand um mich kümmert." „Da haben wir es doch wieder. Ein Ersatzvater wird gesucht." „Denk nicht an das Alter, lass uns unsere Liebe leben, solange sie vorhanden ist." Farberger war erschüttert über die Klugheit der Achtzehnjährigen. „Übrigens riecht deine Bettwäsche so gut nach Lavendel und jetzt habe ich Hunger", sagte Elisabeth. Die weiße Bettwäsche wurde von dunkelblauen Paspeln verziert. Farberger beugte sich über Elisabeth und angelte sein Handy vom Nachttisch. Er bestellte Pizza. Bevor er seine Nase in den Haaren seiner jungen Geliebten vergrub.

Es klingelte. Nina Michel dachte, dass es Elisabeth sei und fragte nicht über die Gegensprechanlage nach. Sie war völlig perplex, als Kevin Bauer ihre Wohnung betrat. Gerade vorher hatte ihr Fritz Mittag eine Kurzmitteilung geschickt und sich für ihre gemeinsame Mittagspause bedankt. „Was willst du hier?", fragte sie ziemlich unfreundlich. „Du kannst doch nicht einfach so in meine Wohnung eindringen." „Du hast mir doch aufgemacht." „Ja, weil ich dachte, dass es meine Tochter ist. Sie muss jeden Moment kommen." Kevin Bauer nickte. „Es wird nicht lange dauern. Ich will dir nur kurz erklären, dass ich nachgedacht habe. Was immer in Paris passiert oder nicht passiert ist. Es verbindet uns. Du bist eine wunderbare Frau, Nina Michel. Du flößt mir Respekt ein. Ich kann ohne dich nicht mehr leben. Ich habe es in den letzten Tagen versucht. Es geht nicht. Es gibt eine Verbindung zwischen uns, die viel stärker ist als Blutsverwandtschaft. Was immer du getan hast, es ist nicht wichtig für mich. Ich wollte dir sagen, dass es mir jetzt möglich ist, dass ich mich dir rückhaltlos öffne. Nina, willst du mit mir schlafen? Ich kann es jetzt. Komm wir gehen in dein Schlafzimmer." Kevin Bauer wollte Ninas Hand ergreifen und sie mit sich ziehen. „Aber Kevin, Elisabeth kommt doch gleich." „Sie ist eine erwachsene junge Frau. Sie kennt mich und sie wird dem Glück ihrer Mutter nicht im Wege stehen wollen. Wir hängen einen Zettel an die Tür mit der Nachricht, dass wir uns ein wenig zurückgezogen haben." Er versuchte, Nina an sich zu ziehen. „Es tut mir leid, Kevin. Jetzt bin ich blockiert. Das musst du verstehen. Ich muss auch erst nachdenken. Für mich kommt das jetzt etwas überraschend." „Du musst nicht nachdenken, folge einfach der Stimme deines Herzens. Wenn ich spüren kann, dass etwas zwischen uns ist, spürst du es auch, wenn du auf deine innere Stimme hörst. Aber gut, ich will dich jetzt nicht bedrängen." Kevin Bauer holte tief Luft und machte auf dem Absatz kehrt. So schnell, wie er kommen war, war er wieder gegangen.

Nina hatte nicht die Nerven zu warten, bis ihre Tochter endlich auftauchte. Sie machte sich selbst auf den Weg zu Farbergers Wohnung. Sie klingelte. Zu ihrer Überraschung stand Elisabeth nur in ein Badetuch gehüllt mitten im Wohnzimmer, in dem sich die Wohnungstür befand. Einen Flur gab es nicht. „Ach Mama, hm, die Heizung im Gästezimmer funktioniert nicht mehr. Ich habe so gefroren, dass ich mich nicht aus dem Badetuch auswickeln wollte, um mich wieder anzuziehen. Vor dem Besuch bei dir wollte ich doch noch duschen. Fabian Farberger sollte das sofort in Ordnung bringen." „Bitte nehmen Sie doch Platz, Frau Michel. Elisabeth, ich schaue nach der Heizung und bin sofort wieder da. Ihre Tochter duscht nämlich mit Vorliebe nach Dienstschluss", meinte der Makler vielsagend und verschwand in Richtung Gästezimmer. „Ihr versteht euch wieder gut?", fragte Nina. Elisabeth nickte. „Ja, wir haben uns wieder versöhnt. Und heute war er im Kulturdezernat und hat die Dezernentin von dem Umbauprojekt Karmeliterkloster überzeugen können. Demnächst gibt es dort eine Pressekonferenz, und ich darf mitkommen, um auch Fragen zu den Modellen zu beantworten." Die letzten Worte hatte der zurückgekehrte Farberger gehört. „Die Heizung geht wieder. Ich habe sie entlüftet." Er wandte sich an die Mutter. „Frau Michel, wenn Ihre Tochter mich bei der Pressekonferenz unterstützen kann, wäre das sehr gut. Sie hat ein sehr charmantes Wesen und kann bestimmt gut mit

Pressevertretern reden. Wann ist denn die Parisreise?" „Darüber wollte ich mit Elisabeth reden. Die Trauerfeier soll schon in einer Woche sein. Wir müssen auch zwei Tage vorher in Paris sein in Sachen Erbschaftsregelung." Farberger nickte. „Ich werde noch einmal im Kulturdezernat anrufen und bitten, dass die Pressekonferenz erst in zwei Wochen stattfindet, denn es müsste an den Modellen noch ein Feinschliff erfolgen. Wie ich gesehen habe, waren Sie bereits gemeinsam einkaufen für die Trauerfeier. Meinen Sie, dass Sie Elisabeth überzeugen könnten, dass sie zur Pressekonferenz in einem schwarzen Hosenanzug mit weißer Bluse erscheint? Ich denke, dass Sie ihr ein etwas konservativeres Auftreten vermitteln sollten." Farberger musterte Nina Michel und bemerkte Elisabeths zornigen Blick nicht. Er hatte es sich gerade noch verkneifen können zu sagen, dass sie selbst doch hinreichend gediegen aussah. Nina Michel ahnte, was der Makler gedacht hatte. „Elisabeth, für den Termin bei dem Notar wäre ein schwarzer Hosenanzug auch sehr angebracht. Wir gehen noch einmal in die Stadt. Was ich gerne wissen möchte ist, ob du in der Wohnung deines Vaters übernachten möchtest oder mit mir im Hotel." „Mit dir im Hotel", antwortete Elisabeth. „Wir werden am nächsten Mittwoch abreisen. Sollen wir morgen noch einmal in die Stadt gehen?" „Mama, ich muss dir noch etwas sagen. Morgen Nachmittag ist unser Sommerfest. Ich wollte erst nicht daran teilnehmen, aber Fabian Farberger hat mich gebeten, auch teilzunehmen. Er meint, dass Papa nicht wieder lebendig wird, wenn ich mich vollständig vergrabe. Mama, meinst du, dass ich das machen kann?" Nina Michel nickte. Sie war ein wenig traurig, denn sie hatte gehofft, dass Elisabeth das Wochenende in ihrer Wohnung verbringen würde, damit sie noch einmal den Ablauf der Reise, das Gepäck und gemeinsame übereinstimmende Äußerungen besprechen konnten. Auch wollte sie mit Elisabeth über deren Zukunft reden. Der Makler hatte das Zögern der Mutter bemerkt. „Was halten Sie davon, Frau Michel, wenn Sie auch zu unserem Sommerfest kommen? Morgen Vormittag steht Ihnen Ihre Tochter ganz zur Verfügung, falls

Sie die geplanten Einkäufe erledigen wollen. Sie können auch gerne eine Begleitung mitbringen." „Vielen Dank für die Einladung, ich werde es mir überlegen. Jetzt würde ich gerne nach Hause gehen. Treffen wir uns morgen um 10 Uhr bei mir, Elisabeth?" Die junge Frau nickte, während sie das Badetuch noch etwas enger um sich zog. „Darf ich Ihnen ein Taxi bestellen?", fragte Farberger, während er in Richtung Wohnungstür ging. Nina Michel lehnte dankend ab. „Ein paar Schritte durch den Sommerabend werden mir sicher guttun. Die Gegend ist belebt und so spät ist es noch nicht. Danke, dass Sie sich auf so väterliche Weise um meine Tochter kümmern. Sie hat sonst niemand mehr außer mir." Zum Abschied gab sie dem Makler die Hand. Dabei fiel ihr auf, dass sie sehr kalte Hände hatte. Nicht nur Elisabeth schien zu frieren.

Kaum hatte Farberger die Wohnungstür geschlossen, als Elisabeth das Badetuch fallen ließ. „Nachdem das Karmeliterklosterprojekt trotz meines skandalösen Verhaltens durchgekommen ist, darf ich dich doch wieder verführen? Oder muss ich warten, bis du aktiv wirst?" „Solange du dich im Büro korrekt verhältst und mich nicht versehentlich duzt. Ich habe aber ein anderes Problem." Farberger ging zu seinem Barschrank und entnahm ihm eine Whiskyflasche. „Darf ich auch?" Farberger reichte der jungen Frau, die splitterfasernackt mitten im Raum stand, ein Glas. Er setzte sich. Elisabeth machte zwei Schritte auf ihn zu und ließ sich schwungvoll auf seinen Schoß plumpsen. Sie spürte sofort die Wirkung ihres Einsatzes. Farberger sagte auch nichts zum Schwall Whisky, der sich auf seine Hosen ergossen hatte. Er zog Elisabeth zu sich und küsste sie leidenschaftlich. Abrupt brach er ab. „Ich kann das nicht Elisabeth, deine Mutter verlässt sich auf mich. Das ist mein Problem. Ich kann sie nicht hintergehen." Elisabeth ignorierte Farbergers Ansage. Sie zog ihn wieder zu sich. „Einmal noch. Dann ziehe ich zu ihr und du hast deine Ruhe." Farberger ließ sie gewähren und trug sie schließlich wieder in sein Schlafzimmer. Eng umschlungen lagen sie in seinem Bett. Immer wieder suchten seine Hände Elisabeth. „Dein niedlicher Po macht mich ganz verrückt. Wenn du bei deiner Mutter eingezogen bist und ich dich nur noch im Büro sehen kann, musst du lange Oberteile tragen. Ich muss mir die Gedanken an dich aus dem Kopf schlagen. Schließlich bin ich mehr als doppelt so alt wie du." Elisabeth nahm Farbergers Hand und legte sie auf ihr Hinterteil. „Du sollst mich nicht vergessen. Ich will auch nicht zu meiner Mutter ziehen. Der Altersunterschied ist doch nicht so gravierend." „Das sagt du jetzt. Wenn du vierzig bist, bin ich neunundfünfzig. Das ist schon etwas anderes, du bist noch jung und ich schon alt." „Oh, Fabian, Liebling, wie ich höre, siehst du uns gemeinsam alt werden. Das freut mich so sehr." Elisabeth schmiegte sich noch enger an Fabian.

25

Für die Zeit in Paris schien es Nina ratsam, ihr Äußeres für eine kurze Zeit umzugestalten. Sie wollte keinesfalls der Unbekannten ähneln, die ihren Exmann abgestochen hatte und die dann unbehelligt und ungesehen weitergegangen war. Sie durfte aber auch nicht wieder in ihren alten Stil, den sie überwunden hatte, verfallen. Nina dachte immer wieder über das Thema nach. Heute Morgen, als sie gerade schwarzen Kaffee trank und sich auf die Verabredung mit ihrer Tochter freute, fiel ihr ein, dass ihr Hauptkommissar auch meistens ganz in Schwarz gekleidet war. Der Gedanke erheiterte sie. Vor allem musste sie sich eine große schwarze Sonnenbrille für die Beisetzung zulegen. Sie war zwar nicht die direkte trauernde Witwe, aber die Exfrau des Toten und die Mutter seiner einzigen Tochter.

Als sie auf die Uhr schaute und überlegte, wie viel Zeit sie mit Elisabeth hatte, bevor diese das Eintreffen des Caterings für das Sommerfest überwachen musste, fiel ihr ein, dass sie zu diesem Fest doch auch eingeladen worden war. Nina war es gewohnt, allein am Rande von Feiern mit einem Glas in der Hand herumzustehen und mit einem höflichen Lächeln zu signalisieren, dass es ihr nichts ausmachte, nur das Geschehen zu beobachten und sich nicht aktiv daran zu beteiligen. Sie war das Publikum der Aufführung, das den Akteuren Beifall spendete. Bei der Veranstaltung, in welcher ihre Tochter im Zentrum stand, wollte sie nicht die Unbeteiligte geben. Sie wollte vor Elisabeth nicht als Mauerblümchen dastehen. Daher überlegte sie, dass es in diesem Fall vielleicht besser sei, nicht hinzugehen. Sie würde es Elisabeth erklären, wenn sie gleich klingelte. Endlich erschien sie im Türrahmen. „Willst du noch einen Moment für einen Kaffee hereinkommen oder gehen wir gleich los?" „Wir gehen gleich, Mama. Ich muss dann noch Fabian helfen." Nina wunderte sich nicht, dass ihre Tochter schlicht von Fabian sprach. So war das Berufsleben heute. Man war per Du und bekämpfte sich umso respektsloser. Als sie die wenigen Meter vom Opernplatz in die Innenstadt gingen, erklärte die Mutter ihrer Tochter, dass sie nicht auf dieses Fest passen würde. Sie würde dort niemand kennen und wollte nicht im Weg herumstehen. Elisabeth zog die Mundwinkel herunter und dachte nach. „Ich habe es", rief sie. „Du rufst jetzt sofort diesen Kerl an, mit dem du verabredet warst." Nina erstarrte. Woher wusste ihre Tochter von der Mittagspause mit Hauptkommissar Mittag? Elisabeth bemerkte das Erschrecken ihrer Mutter. „Mama, das muss dir doch nicht peinlich sein. Du bist doch noch nicht so alt und schon lange von Papa getrennt. Er war doch ganz nett. Fabian hat auch nichts Negatives nach dem Treffen in dem Weinladen gesagt." Nina dämmerte, dass Elisabeth Kevin Bauer vor Augen hatte. Sie war erleichtert. Sorgfältig zog sie den grauen Pulli nach unten, den sie zu einem beigebraun kleinkarierten Rock trug, der die Knie bedeckte. Der Rock war gerade geschnitten, aber nicht enganliegend, so dass er eher unförmig wirkte. Nina überlegte kurz und hielt es tatsächlich für eine gute Idee, Kevin mitzunehmen. Von seinem letzten Auftritt erzählte sie aber lieber nichts. Man musste nicht die anderen beunruhigen, wenn man selbst beunruhigt war. „Warte Elisabeth. Ich rufe ihn schnell an. Willst du nicht schon bei Zara schauen, und ich komme gleich nach. Wir treffen uns vor den Kassen." Etwas nervös aktivierte Nina die Telefonnummer, von der sie wusste, dass sie zu einem Anruf gehörte, der die Sache nur noch mehr erschwerte. Was soll es, dachte sie, hieß es nicht, dass der Zweck die Mittel heiligte? „Hallo Kevin, hier ist Nina. Entschuldige, wenn ich dich störe." „Nina, nein du störst überhaupt nicht. Ich freue mich, deine Stimme zu hören. Wie geht es dir, mein Liebling?" Nina musste den Impuls bekämpfen, zu sagen, dass sie nicht sein Liebling sei. „Ich wollte dich fragen, ob du vielleicht spontan Zeit hast, mich heute zu einer offiziellen Veranstaltung zu begleiten." Diese Formulierung hatte Nina mit Absicht gewählt. „Kevin, bist du noch dran? Ich verstehe dich nicht." „Nina, Liebling, ich habe auch nichts gesagt. Ich war so überrascht, dass es mir die Sprache verschlagen hat. Du willst mich im Polizeipräsidium einführen? Aber gerne. Was ist es denn für eine Veranstaltung? Selbstverständlich begleite ich dich." Nina Michel seufzte. Dass er so denken würde, hatte sie nicht erwartet. Die Tatsache, dass er sich anfangs, eigentlich immer noch, mehr für ihre Arbeit als für sie interessierte, hatte sie ausgeblendet. „Es tut mir leid, Kevin. Es geht heute um das Sommerfest des Immobilienmaklers, bei dem meine Tochter tätig ist. Du hast ihn doch in der Weinbar in der Altstadt kurz kennengelernt. Er meinte, dass er dich auch gerne wiedersehen würde. Was meinst du, passt es dir?" Kevin zögerte kurz, bevor er zustimmte. „Ja, gern mein Stern, alles was du willst, wenn du mich auch nächstens zu einer Feier bei deinem eigenen Arbeitgeber mitnimmst." „Jaja, natürlich. Kommst du gegen 15.30 Uhr bei mir vorbei? Es ist nett von dir, dass du mitkommst. Ich freue mich." Nina betrat Zara und bezahlte ihrer Tochter eine Hochwasserhose mit einer kurzen Jacke im Chanel-Stil, wozu Elisabeth eine cremefarbene hochgeschlossene Bluse im Tudor-Look gewählt hatte. Dazu passten die hochhackigen Schuhe ganz wunderbar. Nina bewunderte den konservativen und zugleich extravaganten Stil ihrer Tochter, die Kunst, Widersprüche zu einem passenden Ganzen zu gestalten. Sie selbst wollte noch in die Galeria. Bei einem Optiker auf dem Weg dorthin fand sie die passende riesige schwarze Sonnenbrille und in der Galeria hatte sie schnell einen schwarzen Hosenanzug gefunden, den sie mit einer weißen Bluse und alternativ mit schwarzen T-Shirts kombinieren wollte. Dazu benötigte sie ein weiteres Paar schwarzer Pumps mit halbhohem Absatz. Nina überlegte, wie sie ihre Haare verbergen konnte. Sie fand kein einfarbiges schwarzes Tuch. Schließlich fiel ihr Blick auf einen benachbarten eleganten Sommerhut. Seine Textur wirkte wie Organza. Die Krempe war weit nach unten gezogen. Jedoch wirkte die Kopfbedeckung nicht voluminös. Nina war erleichtert, dass sie nun für die heikle Parisreise, die sie nicht nur aus reiner Trauer antrat, gut ausgestattet war. „Eine schwarze Tasche hast du, Mama?", unterbrach Elisabeth die latente

Euphorie ihrer Mutter. Diese seufzte und sie betraten noch einmal die Galeria. „Du kannst sie für mich aussuchen. Ich bin zu erschöpft." Elisabeth tat, was ihr gesagt wurde und beförderte eine recht große, aber mit kleinem Griff versehene Tasche zutage. Sie war ziemlich teuer, und man konnte sie nicht umhängen. „Mama, das ist der Schick, dass man sie in der Hand tragen muss." Nina nickte und bezahlte die Tasche. „Jetzt können wir noch schnell einen Kaffee trinken und dann gehe ich die Dekoration der Lokation und das Catering überwachen. Wir gehen schnell zu Starbucks in der Fressgasse." „Schön, dass alles so gut geklappt hat. Jetzt können wir beruhigt am nächsten Mittwoch abreisen." Insgeheim dachte Nina, dass sie nun die Gelegenheit hatte, drei Tage über den Kommissar Fritz Mittag nachzudenken, wobei sie ihn sich aus dem Kopf schlagen wollte. Sie war irritiert, dass er sie so beeindruckt hatte und musste sich all die negativen Äußerungen, die über ihn in Umlauf waren, ins Gedächtnis zurückrufen. Sie passte sowieso nicht zu ihm und war außerdem bereits mit Kevin liiert. „Was ziehst du denn an, wenn du nachher kommst?", unterbrach Elisabeth den Gedankengang ihrer Mutter. „Was hast du gerade gesagt, mein Liebling? Ich war gerade mit den Gedanken ganz woanders." „Das hat man gemerkt. Was beschäftigt dich denn so? Ich wollte wissen, was du heute anziehst." Nina überlegte. „Vielleicht das schwarze Kleid, das ich schon anhatte?", schlug sie vor. „Aber Mama, das ist doch ganz furchtbar. Ein Hemdblusenkleid mit kleinen Puffärmeln und Stoffgürtel, weiter Rock und etwas über knielang. Das ist zu altmodisch. Wenn du das Beerdigungskleid nicht nehmen willst, dann nimm deine schwarze Jogginghose und eine weiße Bluse. Wenn schon eine weite Hose, dann die." Nina besaß tatsächlich eine solche Hose, von der Karl Lagerfeld behauptet hatte, dass sie einen Kontrollverlust über das Leben bedeute. Nina hatte einmal einige Stunden bei einem Physiotherapeuten verbringen müssen. Nach der Trennung von Hans hatte ihr permanent der Rücken so weh getan, dass sie einen Orthopäden aufsuchen musste. So wurden ihr Muskeldehnungsübungen verschrieben.

Nina war es nicht aufgefallen, dass Elisabeth diese Hose zur Kenntnis genommen hatte. Ihrer klugen Tochter entging offenbar nichts.

Kevin Bauer stand wieder bei Nina vor der Tür. Er sah sehr gut aus in Jeans, einem weißen Hemd und einem Jackett, das er über der Schulter trug. Sein Blick glitt an Nina hinunter. „So leger heute? So kenne ich dich gar nicht." „Du kennst mich doch schon sehr genau. Schließlich haben wir zwei Nächte in Paris das Bett geteilt." „Aber ich habe dich noch nie nackt gesehen." „Nennst du das nackt?", fragte Nina und sah mit einem erstaunten Lächeln an sich herunter." Die Feier fand im Garten des Café Laumer statt, den Farberger für diesen Anlass gemietet hatte. Obwohl es sich um ein Café handelte, das für seine Kuchen und Torten bekannt war, wollte Nina Michel mit einem selbstgebackenen Kuchen glänzen. Es handelte sich um einen Obstboden. Da sie den Kuchen mit beiden Händen trug, bat sie Kevin, einen Programmzettel, der auf einem kleinen Tischchen lag, mitzunehmen und ihn ihr vorzulesen. Während Nina nach Elisabeth Ausschau hielt, die ihnen einen Platz zuweisen und ihr den Tortenboden abnehmen sollte. Der Tisch, der das Catering enthielt, war bereits lückenlos bestückt. „Und, wie ist der Programmablauf?", hakte Nina nach. Kevin starrte auf den Handzettel und schien sichtlich überfordert. Er drehte ihn um, aber auch die Rückseite brachte ihm keine Erkenntnis zu dem Inhalt des Schriftstücks. Schließlich sagte er, dass er seine Lesebrille vergessen habe. „Gib mir doch den Kuchen zum Halten, dann kannst du das Programm selbst lesen." Nina schüttelte den Kopf. „Du lässt den Kuchen bestimmt fallen. Außerdem habe ich dich noch nie mit einer Lesebrille gesehen. Denk an die Zeit in Paris." Kevin sah für einen Moment betreten zu Boden, bevor er den Kopf wieder hob und Nina entschlossen in die Augen sah. „Ich kann nicht besonders gut lesen. Ich habe eine ausgeprägte Dyslexie." Jetzt war es Nina, die den Kuchen vor Erstaunen fast hätte fallen lassen, denn sie wollte mitfühlend nach der Hand des sichtlich angeschlagenen Mannes greifen. „Das konntest du aber gut verbergen. Bis heute habe ich nichts davon gemerkt. Wie kommst du damit zurecht im Leben?" „Mama, da bist du. Schön Sie zu sehen, Herr Bauer. So war doch Ihr Name?" „Hallo, Elisabeth. Sagen Sie doch bitte einfach Kevin und du zu mir." Er lächelte die junge Frau liebenswürdig an und hielt ihr die Hand hin, die Elisabeth kräftig schüttelte. „Ich zeige euch eure Plätze. Wie lieb, Mama, du hast einen Kuchen mitgebracht. Darf ich ihn dir abnehmen." Nina fand, dass ihre Tochter ungemein attraktiv aussah in superengen schwarzen Hosen, einem schwarzen Top, das schwarze BH-Träger und Spitzen sehen ließ. Dazu trug sie die hochhackigen Schuhe. Elisabeth spürte den Blick. „Mama, schau dir meine Dekoration an. Ich konnte Fabian überzeugen, dass wir alles in Schwarz halten." Tatsächlich war der Hinterhof des Traditionscafés mit schwarzen Girlanden überspannt. In den wenigen Bäumen, die den Außenbereich an der Seite flankierten, hingen schwarzen Lampions. An den Lehnen der Stühle waren herzförmige schwarze Luftballons befestigt. Solche Kleinigkeiten wie schwarze Servietten und Mitteldecken waren daneben gar nicht mehr erwähnenswert. Kevin Bauer wies auch darauf hin, dass die meisten Mitarbeiter der Immobilienfirma auch in Schwarz erschienen waren. „Wir haben uns für diesen schwarzen Auftritt erst ganz kurzfristig entschieden, aber es sind auch nicht alle dem Aufruf gefolgt. Sie sehen sehr gut aus, Herr Bauer. Du auch, Mama." Elisabeth schien mit ihren Ausführungen sehr zufrieden zu sein und sah sich suchend nach ihrem Chef um. „Kevin, bitte", rief ihr dieser noch nach, als sie schon auf Farberger zuging. Elisabeth winkte kurz zurück, bevor sie mit ihrem Arbeitgeber an einem größeren Tisch Platz nahm. Dort schienen die meisten Mitarbeiter der Firma zu sitzen. An den kleineren Tischen verweilten ebenso wie Nina und Kevin eingeladene Angehörige und Freunde. Nachdem sich Farberger über den Tisch gestreckt hatte, um allen die Hand zu geben, stand er wieder auf und trat im hinteren Gartenbereich auf ein kleines Podest, vor dem ein Mikrofon stand. „Meine Damen und Herren, darf ich für einen kurzen Moment um Ihre Aufmerksamkeit bitten. Ich begrüße Sie alle sehr herzlich zu unserem diesjährigen Sommerfest. Heute Nachmittag werden wir nicht über geschäftliche Dinge sprechen, sondern uns ein wenig besser privat kennenlernen. Es freut mich aus diesem Grund ganz besonders, dass so viele Familienmitglieder und gute Freunde meiner treuen Mitstreiterinnen und Mitstreiter gekommen sind." Farbergers Blick suchte Elisabeth. „Die Idee für die zauberhafte Dekoration hatte übrigens Elisabeth Michel, der ich heute ganz besonders dafür danken möchte, dass sie sich nach anfänglichen Schwierigkeiten so gut in unsere gemeinsame Sache eingebracht hat. Ganz besonders herzlich möchte ich auch Elisabeths charmante Mutter Nina Michel begrüßen." Nach einer kurzen Pause fuhr der Firmenchef fort. „Nachdem wir gleich etwas für unser leibliches Wohl und den Gedankenaustausch getan haben werden, erwarten wir eine Musikgruppe, die uns zum Tanzen verführen soll. Ich danke Ihnen und wünsche uns allen viel Spaß. Es wird auch eine Tombola geben, das hätte ich fast vergessen zu sagen. Nachdem die reizende Elisabeth uns allen ein Glas Sekt gereicht hat, wird sie sich dem Losverkauf widmen und die Damen des Hauses Laumer übernehmen unsere Versorgung." Alle klatschten. Besonders Kevin legte sich beim Applaudieren ins Zeug. Nina hatte für einen Moment Angst gehabt, dass Farberger ihre Tochter zum Servierfräulein machen wollte. Ihre Sorge hatte sich jedoch als unbegründet erwiesen. Farberger trat noch einmal an das Mikrofon. „Lassen Sie uns das Glas erheben und auf die Gesundheit meiner Exfrau trinken. Gerne hätte ich sie heute zu diesem Fest eingeladen, aber sie verbringt die Zeit ihrer Rekonvaleszenz in Griechenland. Alles Gute, liebe Thalia, auf dein Wohl!" Farberger hatte sein Glas hoch erhoben, damit sein Gruß weit in die Ferne gehen konnte. Er trank es nach dem Gedenken in einem Zug aus. „Er macht das sehr gut, findest du nicht", wandte sich Kevin an seine Tischdame. Nina ging nicht darauf ein, sie wollte stattdessen von Kevin wissen, wie er seinen Alltag meisterte. „Man muss doch ständig etwas lesen und wenn es nur die Richtungsangabe der einfahrenden U-Bahn ist." „Man kann die Ansage doch hören. Du musst nur lernen zuzuhören. Ich habe zum Beispiel ein Computerprogramm, das mir meine Mails vorliest. Es gibt Sekretärinnen, die für dich schreiben. Und es gibt weitere Computerprogramme, die das gesprochene Wort in geschriebenen Text umsetzen. So habe ich dich kennengelernt." Kevin lächelte Nina schüchtern an. „Danke, dass du mich heute nicht gleich weggeschickt hast, nachdem du es gehört hast. Ich habe gehört, dass man als Polizist nicht so viel lesen muss. Stimmt das?" Nina dachte sich, dass es wohl nur die reine Sensationslust war, warum Kevin einen solchen Anteil an ihrem Beruf nahm. „Du kannst nie ein Buch lesen, oder?", fragte sie ihn, um vom Polizeidienst abzulenken." „Es gibt Hörbücher. Darf ich dich um den ersten Tanz bitten?", fragte er. Nina hatte gar nicht bemerkt, dass mittlerweile schon getanzt wurde. Offenbar hatten sich die Mitarbeiter der Immobilienfirma nicht besonders lange über private Dinge unterhalten. Nina wollte nicht tanzen. Sie seufzte. Ihr Leben war völlig durcheinandergeraten. Der Tod von Elisabeths Vater machte sie traurig. Außerdem hatte sie immer noch Angst, dass es in Paris Schwierigkeiten geben könnte mit der Regelung der Erbschaft. Auch wenn sich Nina mittlerweile sicher war, nichts mit dem Todesfall zu tun zu haben, weil sie sich erfolgreich eingeredet hatte, dass es die Unbekannte gewesen war, die im Park ihren Weg gekreuzt hatte. Dass sie es nur beobachtet hatte. Dann war das Geschehen im Traum mit ihrem späten Rachewunsch für die durch Hans erlittenen Kränkungen vermischt worden. So hatte sie für einen Moment geglaubt, dass sie die Täterin sei. Nina hatte schon das vierte Glas Sekt getrunken. Kevin war immer sehr bemüht, sie mit allem zu versorgen. Offenbar sollten seine exzellenten Manieren davon ablenken, dass er nicht lesen konnte. Während Nina gerade versuchte, sich an die schwarzbraunen Augen des Kommissars Fritz Mittag zu erinnern, schoben sich Kevins eisblaue Augen in ihr Blickfeld, die schwarzen Lampions schienen sich darin zu spiegeln. Sie waren ihr fast ein wenig unheimlich. Der Mann hatte all seine Großspurigkeit verloren. Um seine Schwierigkeiten zu verbergen, hatte er sich offenbar angewöhnt, über alles locker hinweg-zugehen und dominant aufzutreten. Nina hätte ihn gerne getröstet in der kläglichen Stimmung, in der er sich jetzt befand. Trotzdem wollte sie nach Hause gebracht werden. Sie suchte nach Elisabeth, die neben ihrem Chef saß, der eine Hand auf dem Rücken ihrer Tochter liegen hatte. Für eine väterliche Geste ruhte die Hand viel zu weit unten. Nina war es im Moment egal. Sie musste darüber nachdenken, ob sie Kevin Bauer mit in ihre Wohnung nehmen wollte, aber ihr ging diese eine Mittagspause nicht mehr aus dem Kopf und die Ankündigung, dass er von ihr etwas über die Pariser Kollegen hören wollte. Mittler-weile war Nina begierig danach, von der Pariser Kriminalpolizei ver-nommen zu werden. Sie hatte nichts zu verbergen. Nina verabschiedete sich auf der Straße von Kevin Bauer. Sie schob die Vielzahl der Sekt-gläser und ihre Unruhe wegen der Parisreise vor. Danach würde sie sich bei ihm melden. Sie umarmte ihn. Während ihr Blick an der Fassade des Opernturmes hochglitt und sie die einsetzende Dunkelheit mit ihren vielen Lichtern wahrnahm, spürte sie die Wärme seines Körpers, als er sie fest an sich gezogen hatte und sie offenbar nicht mehr loslassen wollte. Diese Wärme durchflutete Ninas Körper wie eine Welle. Wie lange lebte sie nun schon ohne einen Mann. Sie sagte nichts mehr und zog ihn einfach nur zur Haustür, die sie heftig auf-stieß, nachdem sie ungeschickt mit dem Schlüssel hantiert hatte.

Am nächsten Morgen wurde sie von einem angenehmen Kaffee-duft geweckt. Während sie noch schlief, hatte Kevin in ihrer Küche ein Frühstück gezaubert. Er setzte sich zu ihr ins Bett und küsste sie zärtlich. „Lass es dir schmecken, mein Liebling." Nina erinnerte sich wieder. Es war wie das Radfahren, man verlernt es nicht mehr, wenn man es einmal beherrscht. Kevin zeigte sich als zärtlicher, wenig fordernder Liebhaber. Wahrscheinlich denkt er, dass er wegen seines Defekts kein Recht hat, etwas zu fordern. Sie ertappte sich bei dem Gedanken, dass der Kommissar bestimmt das genaue Gegenteil war. Nina fühlte sich ein wenig schuldig wegen dieser Gedanken, die ihr durch den Kopf gingen, als ihr Kevin liebevoll ein halbes Brötchen mit Butter und Marmelade bestrich. „Du bist so fürsorglich, Kevin. Dafür danke ich dir sehr, aber nach dem Frühstück musst du gehen. Ich habe noch viel für Paris vorzubereiten. Das verstehst du doch bestimmt. Wir sind doch jetzt ein Paar und müssen uns nichts mehr beweisen." Kaum hatte Nina diesen letzten Satz ausgesprochen, verwünschte sie sich für ihre Worte. Wie konnte sie den armen Mann glauben lassen, sie seien jetzt zusammen, während sie hoffte, dass eines Tages in der gleichen Situation schwarzbraune Augen auf ihr ruhten.

26

Nachdem Nina Kevin aus der Wohnung geschoben hatte mit dem Versprechen, ihn abends anzurufen, duschte sie lange und ausgiebig. Das Wasser sollte ihre Sünden in den Abfluss des Bades schwemmen. Das kleine Duschbad hatte keine eigene Duschkabine, das Wasser floss in einen Abfluss im Boden. Sie mochte ihr kleines Bad in dem Haus, das so günstig in der Nähe der Alten Oper und des Opernturmes lag. Als sie sich angezogen hatte, packte sie so gut es zu dem gegenwärtigen Zeitpunkt ging ihren Koffer für die Parisreise. Auf das alte schwarze Kleid verzichtete sie. Schließlich war sie mit dem Inhalt des kleinen Koffers zufrieden. Ohne bisher etwas gegessen zu haben, brach sie in Richtung Farbergers Wohnung auf, weil sie unbedingt die Kuchenplatte wieder abholen wollte. Nina befürchtete, dass das gute Stück sonst verloren ging. Am frühen Sonntagnachmittag begegneten ihr nur wenige Fußgänger.

Sie klingelte. Mit anderen Mietern, die ihr freundlich die Tür aufhielten, war sie in den Hausflur gelangt. An der Wohnungstür klingelte sie erneut. Als niemand öffnete, drückte sie das Ohr an die Tür, denn sie meinte, leise Geräusche zu hören. Plötzlich gab die Tür nach. Nina musste aufpassen, nicht der Länge nach in die Wohnung zu fallen. Sie machte einen unsicheren Schritt nach vorne und starrte in das Gesicht ihrer Tochter, die rückwärts mit hochgeschobenem Rock auf der Rücklehne eines Sessels saß. Farberger hielt sie mit beiden Armen fest. Nach einer Sekunde des Erschreckens stieß Elisabeth Fabian Farberger zurück. Der Makler verstand, dass etwas nicht stimmte und drehte sich um. Nina hob die Hand und ließ sie auf Farbergers gerötete Wange klatschen. „Was fällt Ihnen ein, meine Tochter zu missbrauchen? Sie hat in Ihnen den Ersatzvater gesehen und Sie haben es schändlich ausgenutzt. Ich werde Sie anzeigen." „Nein, nicht Mama, es war einvernehmlich. Ich wollte es vielleicht mehr als er. Ich habe immer wieder versucht, ihn zu provozieren und zu verführen. Ich wollte mit ihm schlafen. Du kannst ihn nicht anzeigen. Abgesehen davon bin ich volljährig." Elisabeth war von der Sessellehne heruntergerutscht. „Ich finde es trotzdem skandalös. Sie hatten die Unreife meiner Tochter vor Augen und hätten sie in ihre Schranken verweisen müssen. Sie haben zumindest ihre gefühlsmäßig labile Situation ausgenutzt." „Es ist nicht so, wie Sie denken." Der Makler strich sich die Haare aus der Stirn und sah sie ernst an. Nina fühlte sich plötzlich albern in der alten graukarierten Stoffhose, die sie immer sonntags mit einem hellblauen Baumwollpullover trug, der einen breit gerippten Kragen hatte. Viele ihrer Kleidungsstücke hatte sie auf dem Flohmarkt am Mainufer gekauft. Obwohl sie sich schlecht fühlte, beharrte sie tapfer auf ihrer Position. „So, wie ist es denn, wenn es nicht so ist, wie es aussieht?" Fabian Farberger war noch immer sehr ernst. Ihm schien es nichts auszumachen, wie er aussah. Das Hemd befand sich nicht mehr in der Hose, der Gürtel war geöffnet. „Sobald meine Scheidung erfolgt ist, werde ich die Verbindung zu Ihrer Tochter legalisieren." Nina holte tief Luft. „Stimmt, Sie sind zu allem Überfluss auch noch verheiratet. Das macht alles noch viel schlimmer." „Mama, er hat doch die Scheidung schon eingereicht. Du kannst seinen Anwalt fragen. Ich helfe ihm dabei, über die Trennung von seiner Frau hinwegzukommen. Sie bedeutet ihm immer noch sehr viel." Elisabeths Ton klang flehentlich, aber Nina Michel wollte nichts mehr hören. „Umso schlimmer ist der Missbrauch, wenn er seine Frau noch liebt!" Sie schlug die Tür hinter sich zu und eilte auf die Straße. Die Redewendung „Der Lauscher an der Wand hört seine eigene Schand" ging ihr durch den Kopf. Ihr Herz raste. Nina konnte sich zu Hause nicht beruhigen. Sie hatte Angst durchzudrehen und sich selbst zu verletzen. An Schlaf war mit Sicherheit nicht zu denken. Am Spätnachmittag gab sie auf und ging noch einmal weg. Ziellos lief sie in die Innenstadt. Wie ferngesteuert stand sie vor der Weinbar in der Altstadt. Sie drückte die Türklinke herunter und sah einen freien Barhocker. Sie zog sich hoch. Der freundliche Barkeeper brachte ihr unaufgefordert einen Grauen Burgunder, denn er erinnerte sich an Nina. Sie trank das Glas in wenigen Schlucken fast völlig aus, als sich ein neuer Gast auf den an ihrer rechten Seite freigewordenen Barhocker schob. Nina beachtete ihn nicht und trank einen weiteren großen Schluck. Sie hielt dem Barmann das Glas hin. Plötzlich spürte sie eine Hand auf ihrem anderen Arm. Ruckartig drehte sie sich zur Seite, noch immer das Glas zum Nachschenken in die Luft haltend. Neben ihr saß Kevin Bauer. „Was machst du denn hier?", fragte sie überrascht und fühlte sich auch irgendwie erleichtert. „Das wollte ich dich auch fragen", sagte ihr neuer Sitznachbar. Nina stellte das mittlerweile wieder gefüllte Glas auf die Theke. „Nina, ich habe auf den versprochenen Anruf gewartet und gewartet. Als mir klar war, dass du nicht mehr anrufen würdest, bin ich hierher gegangen, um mich auf andere Gedanken zu bringen und um mich an unsere schönen Stunden hier zu erinnern." „Das war auch meine Idee. Ich habe etwas Schreckliches erlebt und dachte, dass ich durchdrehen würde, wenn ich zu Hause geblieben wäre." „Nina, was ist passiert?" Kevin sah sie ernstlich besorgt aus dunkelblauen Augen an. Nina erzählte die Geschichte von Elisabeth und ihrem väterlichen Freund. „Oh, Nina, ich bin beruhigt. Ich dachte, dass dir wieder etwas wirklich Schlimmes geschehen wäre." Nina Michel verstand nicht, dass es eine Anspielung auf das Geschehen in Paris war. „Für eine Mutter ist es ganz furchtbar, die eigene Tochter beim Sex mit einem Mann zu beobachten, und dann ist es noch einer, der ihr Vater sein könnte, der eigentlich auf sie aufpassen sollte. Eine natürliche Grenze wurde überschritten." Nina atmete wieder schwer. Dann legte sie den Kopf zurück, betrachtete eingehend die Lampen in der Weinstube, strahlende Kugeln, die aussahen wie die exklusive Weihnachtsdekoration auf dem Opernplatz. Es war ein erstarrtes Feuerwerk. Langsam richtete sie den Blick wieder auf ihren Gesprächspartner. Vor ihren Augen flimmerte es. Weil er die Sache mit Elisabeth nicht so schlimm fand, ging sie zum Gegenangriff über. „Wie kannst du eigentlich mit Legasthenie als Steuerberater arbeiten? Da muss man doch lesen können?" Kevin Bauer zuckte unmerklich zusammen. Seine Stimme blieb unbewegt, als er antwortete. „Zahlen kann ich sehr gut erkennen, auch vergleichen und analysieren. Es sind für Steuerberater immer dieselben textlichen Vorgaben. In den Steuerformularen sind die Eingabefelder mit Nummern versehen. Irgendwann kannst du die wenige Texte auswendig. Es sind auch dieselben Dinge, die bei der Steuer geltend gemacht werden. Du erkennst an der Aufmachung der Schriftstücke, worum es geht. Der Beruf ist optimal für mich. Ich liebe ihn. Außerdem bin ich kein kompletter Analphabet. Ein bisschen lesen kann ich schon." „Und mich, liebst du mich auch?" Ninas Zunge war schwer geworden. Unterdessen hatte sie dem Barmann ein drittes Glas Grauburgunder abgerungen und es fast geleert. „Dich liebe ich auch. Komm Nina, wir gehen nach Hause. Du hast genug getrunken." Die in ihren Grundfesten erschütterte Frau konnte und wollte noch nicht nach Hause gehen. „Du kannst gehen, ich trinke noch etwas. Wieder hielt sie ihr Glas in die Luft. Kevin Bauer versuchte vergeblich, den Mann hinter der Bar am Nachschenken zu hindern. Er entschloss sich daher, ebenfalls die Kontrolle fallen zu lassen und bestellte ein weiteres Glas.

Es war dem Steuerberater schließlich gelungen, die betrunkene Frau in ein Taxi zu verfrachten. Er gab dem Fahrer 20 Euro und nannte ihm die Adresse. Nina hatte es, nachdem der Taxifahrer sie unsanft geweckt hatte, allein in ihre Wohnung geschafft. So wie sie war, ließ sie sich auf das Bett fallen. Das Klingeln des Weckers riss sie einige Stunden später aus dem Schlaf. Zunächst begriff sie nicht, wo sie war und was passiert war. Schließlich drangen Bruchstücke des gestrigen Abends in ihr Bewusstsein ein. Mühsam rappelte sie sich hoch, schleppte sich in die Küche, hoffte, dass es ihr nach mehreren Tassen Kaffee besser gehen würde. Duschen konnte sie nicht, dazu war sie zu angeschlagen. Sie wusch ihr Gesicht, feuchtete die Haare an. Putzte Zähne, entledigte sich endlich der Kleidung vom Vortag. Im Schlafzimmer lagen noch die Jogginghose und die weiße Bluse. Sie zog einfach diese Sachen wieder an. Es war ihr im Moment so egal, wie sie aussah. Sie wollte einfach nur den Weg ins Polizeipräsidium schaffen und dort hinter ihrem Schreibtisch warten, bis sie wieder gehen konnte. Sie gurgelte noch einmal mit Mundwasser. Dann griff sie ihre Tasche, eine Strickjacke und schleppte sich zum U-Bahn-Eingang. Normalerweise lief sie vom Opernplatz zur Hauptwache, um dort eine der vier Linien zu erwischen, die direkt zum Polizeipräsidium fuhren. Heute konnte sie nicht laufen.

Nina hatte Glück. Sie erreichte ihren Arbeitsplatz ohne direkten Kontakt. Der Polizeipräsident hatte am frühen Morgen einen Termin beim Landeskriminalamt in Wiesbaden und wurde erst am späteren Vormittag erwartet. Als er schließlich kam, hoffte Nina, dass er einfach wie gewöhnlich mit einem knappen Gruß an ihr vorbeirauschte. Aufgeräumt blieb er an ihrem Schreibtisch stehen. „Schön Sie zu sehen, liebe Frau Michel. Wie war Ihr Wochenende?" Reflexhaft war die Sekretärin aufgestanden, als ihr Chef das Wort an sie gerichtet hatte. Sie hatte noch nie sitzen bleiben können, wenn ein Vorgesetzter vor ihren Schreibtisch getreten war, um mit ihr zu reden. Der Polizeipräsident starrte sie an. „Sie haben Ihren Kleidungsstil geändert. Sind Sie bereits im Reisemodus?" „Entschuldigung. Ich dachte nicht daran, dass es so spät werden würde. Der Kommissar …" Nina verstummte. Ihr Chef lächelte freundlich. „Es ist ihr gutes Recht, sich auch einmal zu amüsieren. Es ist völlig in Ordnung, wie Sie gekleidet sind. Es sieht sogar sehr gut aus. Ich habe nur die Veränderung des Stils thematisiert. Natürlich stehen mir solche Äußerungen nicht zu. Bitte sehen Sie mir die fehlende Distanz nach." Der Frankfurter Polizeipräsident verweilte ungerührt vor dem Schreibtisch seiner Sekretärin. „Aber was hat, bitte schön, ein Kommissar damit zu tun, dass es so spät geworden ist?" Jacques Ehringer grinste breit. „Wenn ich schon dabei bin, kann ich gerade noch ein bisschen distanzloser werden. Ich nehme an, dass es um den guten Fritz Mittag geht, mit dem Sie letztlich eine so vertraute Mittagspause verbracht haben? Ach übrigens, er soll zu mir kommen." Der Polizeipräsident schloss die Tür hinter sich, nachdem er endlich sein Büro betreten hatte. Nina Michel griff zum Telefon. Es gelang ihr ohne ein Zittern, Fritz Mittag in das Chefbüro zu bestellen. So gut es ging, versuchte sie, sich hinter ihrem Schreibtisch zu verstecken. Als kurz darauf der Hauptkommissar das Vorzimmer betrat, gelang es Nina Michel, den Impuls des sofortigen Erhebens zu unterdrücken. Der Wunsch, die Jogginghose zu verstecken, hatte die Oberhand behalten. Statt einer Begrüßung murmelte sie, dass er gleich durchgehen könne. Kurz darauf stand Fritz Mittag wieder vor ihrem Schreibtisch. „Herr Ehringer meint, dass ich positiv zu Ihrer Veränderung beigetragen habe. Was haben Sie ihm denn über gestern Abend erzählt? Meines Wissens waren wir gestern nicht verabredet. Das können wir aber gerne nachholen. Wer war denn gestern der Glückliche?" Tiefrot im Gesicht war Nina jetzt doch aufgesprungen. „Entschuldigen Sie bitte vielmals, Herr Hauptkommissar Mittag. Ich war vorhin noch nicht ganz bei mir. Es ist gestern Abend leider sehr spät geworden, was ich auch Herrn Ehringer gesagt habe. Warum ich als Begründung einen Kommissar angeführt habe, weiß ich nicht. Oder vielleicht doch. Vielleicht war einfach der Wunsch Vater des Gedankens. Vielleicht habe ich mir einfach gewünscht, dass ich mit Ihnen unterwegs gewesen wäre, denn ich bin alleine ausgegangen." Die angeschlagene Sekretärin war über sich selbst überrascht. Ohne zu überlegen hatte sie eine stimmende Erklärung für ihre Äußerung gefunden. Sie setzte sich wieder und sah betreten auf die Tastatur ihres Computers. Die Zwischenräume zwischen den Tasten mussten wieder einmal abgestaubt werden. „Wir können die ausgefallene Verabredung doch heute nachholen. Ich treffe Sie nach Feierabend in Ihrer Weinstube. Es sollte auch nicht so spät werden. Sonst wird unser beider Chef ein wenig ungehalten sein. Und bitte ziehen Sie nichts anderes an. Sie sehen sehr gut aus." Nina konnte nur nicken. „Um 17.30 Uhr dann, maximal eineinhalb Stunden und nicht mehr als zwei Gläser, aber zuerst eine große Flasche Wasser. Haben wir uns verstanden?" Wieder brachte Nina nur ein Nicken als Antwort zustande. In der Mittagspause hatte sie nicht die Kraft, sich von ihrem Schreibtisch wegzubewegen.

Auf dem Weg in das Weinlokal kaufte sie sich eine große Brezel, um den Wein nicht auf nüchternen Magen zu trinken. Leicht fröstelnd stand sie vor der Weinstube. Heute konnte sie sich nicht aufraffen, das Lokal allein zu betreten. Es war ihr ohnehin fast unangenehm, hier schon wieder aufzutauchen. Außerdem war ihr das bevorstehende Gespräch mit dem Kommissar furchtbar peinlich. Als er eine Minute nach halb sechs eintraf, bemerkte er sofort das Frösteln der Sekretärin. „War es heute Morgen so schlimm, dass Sie ohne Jacke weggegangen sind, quasi nur im Hemd?" Bei diesen Worten legte er ihr sein Jackett um die Schultern. „Sind Sie eigentlich immer so arrogant?", fragte Nina. Sie verschwieg ihre hässliche Strickjacke, die sie im Büro gelassen hatte. Fritz Mittag wurde ernst. „Nein, nicht immer, kommen Sie. Wir setzen uns." Der Hauptkommissar erkundigte sich, was Nina trinken wollte. „Man soll immer damit weitermachen, womit man aufgehört hat. So sagt man doch." Die schlichte Nina Michel, die nicht anecken wollte, fühlte sich auf einmal wie eine gestrandete Alkoholikerin, der man wieder aufhelfen musste. Fritz Mittag bemerkte den betretenen Blick auf die Tischplatte und erinnerte sich daran, dass die sonst so dezente Frau als seine neue Partnerin gelten sollte. Er bemühte sich um ein gewisses Maß an Nettigkeit. „Ich habe mich übrigens heute sehr gefreut, dass Sie mir so offen Ihre Gefühle gestanden haben. Mir hat unsere Mittagspause auch sehr gut gefallen, also nicht die Pause, sondern meine Begleiterin." Er konnte nicht verhindern, dass sein ironisches Lächeln seine Worte spöttisch klingen ließen. Nina wäre am liebsten sofort aufgestanden. Fritz Mittag bemerkte die Reaktion und lenkte ein. „Ich weiß, dass ich unmöglich bin. Ich habe mir diese Art, über die die Kollegen sich so gerne den Mund zerreißen, die jegliche Nähe verhindert, antrainiert. Ich wollte das so. Sie sind eine Ausnahme. Ihre Nähe ist mir angenehm." Jetzt blickte der Kriminalbeamte seine Begleiterin sehr ernst an. Seine dunklen Augen hielten ihren Blick fest, bis sich Nina Michel leicht schwindelig fühlte, was jetzt nicht mehr einem exzessiven Weingenuss geschuldet war. „Warum wollen Sie alle auf Distanz halten?", fragte sie schließlich, um das peinliche Schweigen zu durchbrechen. Fritz Mittag stützte den Kopf auf. Nach einem Moment des ergebnislosen Nachdenkens stellte er sich der schlichten Nachfrage, ohne dass er es eigentlich beabsichtigt hatte. „Ich bin in einem Waisenhaus aufgewachsen. Das weiß aber keiner. Da lernt man es, alleine klarzukommen." Nina sah ihn erschüttert an. „Wie kam das? Sind Ihre Eltern gestorben?" „Das kann man so sagen. Mein Vater wurde erschossen. Meine Mutter hat nach der Schießerei eine Überdosis genommen." „Wie furchtbar!" Die Vierzigjährige sah sehr bestürzt aus. Fritz Mittag fiel auf, dass seine geschiedene Frau, die er seit seiner Schulzeit kannte, nie so viel Anteilnahme für seine schwierige Jugend aufgebracht hatte. Auch später nicht, als die Tragweite der Kindheitserfahrungen in langen Ehejahren deutlich geworden war. Die Scheidung von der Frau, die er zum Schluss nur noch unappetitlich fand, war eine Erlösung gewesen. „Weißt du, Nina, ich darf dich doch duzen?", fragte er, bevor er fortfuhr. Nina Michel nickte nur, völlig ergriffen von dem schweren Schicksal, das sich vor ihr ausbreitete. „Die Betreuerinnen und Betreuer waren zu allen Kindern völlig distanziert, damit es keine Eifersüchteleien aufgrund von persönlichen Beziehungen gab. Niemand war da, der dich getröstet hat. Niemand hat dich auf den Schoß genommen. Es gab nur Strafen, wenn du etwas falsch gemacht hast." „Oh Fritz", sagte Nina. Der Name ging ihr ganz leicht über die Lippen, obwohl sie ihn zum ersten Mal aussprach. „Du bist in deiner Kindheit nur von Kälte umgeben gewesen." Fritz Mittag nickte. Er tat sich gerade ein bisschen selbst leid. „Jedenfalls wollte ich mir später die Leute vom Hals halten, so wie wir es als Kinder erlebt haben. Fehler sollten mir auch nicht unterlaufen, deshalb mussten andere ermitteln." Nina nickte. Sie konnte die Haltung gut nachvollziehen. „Warum hat man dich nicht zur Adoption freigegeben?", fragte sie. „Doch, man hat das versucht, aber es wollte mich niemand." Das wiederum konnte Nina nicht nachvollziehen. „Ich hätte dich sofort adoptiert", sagte sie. Fritz Mittag lächelte gequält. Am liebsten wäre ihm ein Themenwechsel. Er verstand gar nicht, warum er sich dieser Frau, die so unbedarft wirkte, dermaßen geöffnet hatte. Nur Jacques Ehringer kannte seine Geschichte. Er hatte auch dafür gesorgt, dass darüber nichts in der Personalakte zu finden war. Die beiden Männer mochten sich. Der Polizeipräsident konnte seinen Hauptkommissar gut verstehen und war immer wieder darüber voll des Staunens, wie dieser mit seiner Taktik des sich Raushaltens zu guten Ergebnissen kam. Fritz Mittag hatte seiner Meinung nach ein sehr feines Gespür für die Eigendynamik der Dinge, die er nur sehr latent steuerte. So war er eigentlich nicht davon überrascht gewesen, dass sein Freund Fritz plötzlich eine lange vakante Planstelle in seinem Bereich mit einer Streifenpolizistin besetzen wollte. Offenbar sollte nun sie für ihn die Arbeit erledigen. Trotzdem bedeutete es aber auch, dass Fritz Mittag offenbar etwas Nähe zulassen wollte.

„Ich finde es jedenfalls schön, dass wir heute hier sitzen und dass ich nicht bis nach Paris warten musste, um dich wiederzusehen, deinem Versprecher sei Dank. Aber sag, was hat dich gestern Abend hier allein hergeführt und zu einem derartigen Weinkonsum verleitet?" Nina sah sich vorsichtig um, bevor sie Fritz Mittag die Sache mit ihrer Tochter erzählte. „Vielleicht werden die beiden ein Paar, es wäre doch denkbar", sagte er versöhnlich. „Ich kannte meine Frau auch schon in diesem Alter. Sie war meine erste Freundin. Unsere Wege haben sich zwar zeitweilig getrennt, aber ich konnte mich auf keine andere Frau einlassen, bis sie anfing, fett und träge zu werden." Eigentlich hatte er sagen wollen, dass er als junger Mann dachte, dass er sich keiner anderen Frau als seiner Jugendfreundin zumuten konnte. Im letzten Moment unterließ er es. Wieder einmal musste er an seine Töchter denken, zu denen er noch immer keinen Kontakt aufgenommen hatte. Wie würde er als Vater reagieren, wenn er eine von ihnen mit einem doppelt so alten Mann beim Sex sehen würde? Er wusste nicht, wie Eltern reagieren. „Ich kann dich verstehen, Nina. Du wirst sehen, deine Tochter hat bald genug von dem Ersatzpapa." Nina wechselte das Thema, blieb aber persönlich. „Wieso bist du eigentlich nach deiner Scheidung mit Dr. Antonella Wirth ausgegangen? Das ganze Präsidium hat darüber geredet", wollte sie wissen. Fritz Mittag überlegte kurz, bevor er Nina erklärte, dass es nach seiner Scheidung noch eine Frau gegeben habe, über die er hinwegkommen wollte. „Du hast dich aber ganz schön zum Frauenhelden entwickelt", stellte Nina fest. „Nein, nicht doch. Die andere Frau ist mir quasi nachgelaufen beziehungsweise zugeführt worden. Erinnerst du dich an die Praktikantin, die ich kurzfristig hatte?" Nina schüttelte den Kopf. Eine Praktikantin war ihr nicht aufgefallen. Der Hauptkommissar erwähnte den Mord an dem Besitzer des roten Hauses. „Hast du von der Einrichtung schon gehört?", fragte er. Nina schüttelte wieder den Kopf. „Ich erkläre dir die Sache ein anderes Mal. Was ist eigentlich mit dir? Hat es nach deiner Scheidung wieder jemand an deiner Seite gegeben? Dir fliegen doch die Männerherzen zu." Nina schüttelte zum dritten Mal in Folge den Kopf. Errötend fügte sie hinzu, dass sie schon so weit gegangen sei, dass sie sich in einer Singlebörse angemeldet hatte. Schließlich gestand sie, dass sie mit einem der dort angemeldeten Männer noch in Kontakt stehe. Sie entschloss sich dazu, Kevin Bauer zu verleugnen. Sie wisse aber nicht, ob sie ihn überhaupt noch einmal treffen wollt. Fritz Mittag schaute auf seine Uhr. „Unsere Zeit ist abgelaufen, jedenfalls für diesen Abend. Ansonsten beginnt sie vielleicht erst? Wer weiß das schon?" Jetzt war er wieder distanziert. In der U-Bahn-Station fragte sie den Kommissar, wie die Rechtsmedizinerin mit seiner Art klargekommen sei. „Gar nicht", sagte Fritz Mittag. „Ich war ihr ziemlich egal. Sie übertrifft mich noch an arroganter Distanz." „Bin ich jetzt so eine Art Lückenbüßer?", fragte Nina verzagt. „Nein gar nicht. Frau Wirth hat keine Lücke hinterlassen." „Das würde ich wohl auch nicht." Die tonlosen Worte hatte der Kommissar nicht gehört. Traurig winkte sie ihm aus der abfahrenden U-Bahn zu. Sie würde nicht mehr mit ihm ausgehen. Die Enttäuschung konnte sie sich sparen.

27

Noch am Montagabend, Nina war gerade nach Hause gekommen und wollte ihre Gedanken sortieren, klingelte Elisabeth. „Es tut mir so leid, aber ich liebe Fabian. Ich wollte es dir erst nach Papas Beerdigung sagen. Bitte verzeih mir, Mama. Ich wollte nicht, dass du es auf diese Weise erfährst. Es ist auch alles noch ganz neu. Es gab diesen einen Ausrutscher, danach haben wir beide versucht, uns zu ignorieren. Es hat nicht funktioniert. Bitte vergib mir, Mama." Zögernd streckte Nina ihrer Tochter die Hand hin. „Gib mir noch einen Tag, mich an den Gedanken zu gewöhnen. Ich bin aber sehr froh, dass du zu mir gekommen bist. Übermorgen fahren wir nach Paris. Danach sieht die Welt wieder anders aus." Nach diesen Worten machte Nina einen Schritt auf ihre Tochter zu und umarmte sie.

Fritz Mittag hatte bereits vor einigen Tagen mit den Kollegen vom Innenstadtrevier gesprochen. Sein Rat an die Beamten vor Ort hatte darin bestanden, ihnen nahezulegen, dass sie die Sache fallen lassen sollten. Der Algerier war in dem Tumult verschwunden. Es hatte ihn kein Krankenhaus aufgenommen, auch wurde keine Leiche gefunden. Die Beziehung von Antoine Kantar zu seiner Chefin galt als sich zunehmend verschlechternd. Das hatte die Belegschaft vom ersten Revier in Erfahrung gebracht. Fritz Mittag hatte dem Revierleiter versprochen, dass er die Chefin des roten Hauses informieren würde, dass nicht weiter nach der abgängigen Person gefahndet werden sollte. Es liege nichts vor, was ein derartiges Vorgehen rechtfertige. Am späten Mittwochvormittag sah Fritz Mittag auf die Uhr und überlegte kurz, ob Nina Michel schon in Paris angekommen war. Er wählte.

„Was soll ich nur tun? Ich brauche doch einen Sicherheitsbeauftragten und einen Manager." Marie Haussmann klang verzweifelt. „Rufen Sie doch bei der Agentur für Arbeit an oder schalten Sie eine Anzeige." Er wusste genau, wie arrogant und abweisend er geklungen hat. „Ich werde einmal darüber nachdenken, ob mir jemand einfällt", fügte er etwas versöhnlicher hinzu. „Ich vermisse ihn so", jammerte Marie, bevor sie auflegte. „Da habe ich aber anderes gehört." Fritz Mittag war sich nicht sicher, ob seine letzten Worte noch zu Marie durchgedrungen waren.

Der Hauptkommissar blieb in der Mittagspause in seinem Büro. Lustlos blätterte er in der Bewerbungsmappe, die ihm Eva Friedberger überreicht hatte, dabei biss er in ein belegtes Brötchen. Kurz entschlossen klappte er die Akte wieder zu und entschied sich für einen spontanen Besuch bei der jungen Streifenpolizistin im dritten Revier, um sie aufzufordern, ein Zwischenzeugnis über ihre aktuelle Tätigkeit nachzureichen. Zu seiner Genugtuung traf er die junge Frau nicht an, so dass er den Revierleiter aufsuchen konnte, um sich über die Beamtin zu informieren. „Wir sind alle sehr zufrieden mit der Kollegin Friedberger. Nur in der letzten Zeit hat es einige Unregelmäßigkeiten gegeben. Mir wurde zum Beispiel aus der JVA gemeldet, dass sie den freigesetzten Tatverdächtigen Normann Millet in ihrer Dienstzeit abgeholt hat. Das war eine glatte Dienstverletzung. Zwei Tage später erreichte uns die Nachricht einer Kollegin vom zweiten Polizeirevier. Sie wollte uns darauf aufmerksam machen, dass der Freigänger Normann Millet derzeit in die Wohngemeinschaft, die sie mit Eva Friedberger und einer dritten Person hat, eingezogen ist. Friedbergers Mitbewohnerin Lena Schönfelder hatte Angst, dass es auf sie zurückfallen könnte, dass dem Angeklagten Unterkunft in der gemeinsamen Wohnung gewährt wurde. Deshalb hat sie uns informiert. Sie machte sich auch Sorgen darüber, dass Eva Friedberger jegliche Distanz zu einem Tatverdächtigen abhandengekommen war und es nicht ganz sicher sei, auf welcher Seite sie agiere." Auf Fritz Mittags Gesicht spiegelte sich nach diesen Worten so etwas wie ungläubiges Erstaunen. Er bedankte sich bei dem Leiter der Dienststelle und kündigte an, da es um die Umsetzung auf eine ihm zugeteilte Stelle ging, seinerseits Jacques Ehringer zu informieren. Fritz Mittag tat, was er gesagt hatte und nahm sofort Kurs auf das

Büro des Polizeipräsidenten. Nina Michels Vertretung versuchte den Hauptkommissar aufzuhalten. „Sie können da jetzt nicht reingehen." „Doch, das kann ich sehr wohl." Fritz Mittag hatte bereits die Tür zum Allerheiligsten aufgerissen. Unaufgefordert ließ er sich auf den Besucherstuhl jenseits des großen Schreibtischs sinken und schlug die Beine übereinander. Sie steckten in einer schwarzen Jeans. „Was führt dich zu mir, Fritz, obwohl meine charmante Sekretärin heute Urlaub hat?" „Deine charmante Sekretärin ist mir im Moment gerade völlig egal. Es gibt ein Problem." „Du hast ein Problem? Das kann ich mir gar nicht vorstellen." Ehringer stützte die Ellbogen auf und beugte sich neugierig vor. „Ich wollte doch diese Mitarbeiterin haben, die aus dem dritten Revier, die mich bei meiner Arbeit unterstützen sollte." Ehringer unterbrach den Kommissar. „Du meinst, die die Arbeit für dich erledigt?" Der Polizeipräsident lächelte breit unter seiner grauen Lausbubenfrisur. Fritz Mittag ließ sich nicht provozieren. Das war neben seiner absichtslosen Aufklärungsquote eine positive Eigenschaft.

„Eva Friedberger hat sich während der Dienstzeit unerlaubterweise von ihrem Arbeitsplatz entfernt, um den tatverdächtigen Normann Millet aus der JVA abzuholen. Nicht nur das, sie hat ihn auch in ihrer WG untergebracht. Wir wissen das zuverlässig von der Kollegin aus dem zweiten Revier, die mit Friedberger zusammenwohnt, die Angst hat, in die Angelegenheit verwickelt zu werden." „Na, eine Freundin von Friedberger scheint diese andere Polizistin nicht zu sein. Wir können allerdings diese Mitteilung nicht ignorieren, Fritz. Mein Vorschlag wäre, dass wir die gute Frau Friedberger bis zum Millet-Prozess unter Wegfall ihrer Bezüge vom Dienst suspendieren. Danach sehen wir weiter. Willst du einer anderen Kandidatin die Stelle anbieten?" „Nein, das will ich nicht. Aber ich hätte eine Interimsbeschäftigung für die liebe Eva." Er erzählte dem Polizeichef von dem Wunsch der Marie Haussmann, einen Ersatz für den seit dem Tangoabend abgängigen Algerier zu finden. „Das wäre doch eine schöne Aufgabe für Eva Friedberger. Da ist sie auch ein wenig in dem Milieu beschäftigt wie ihr Liebhaber. Sollte der freigesprochen werden, kann der sie ablösen, falls der Algerier nicht wieder aufgetaucht ist." Fritz Mittag gefiel sein Vorschlag sehr gut. „Du machst das Suspendierungsschreiben, und ich unterbreite ihr, wie sie sich zwischenzeitlich nützlich machen kann. Wenn sie das Schreiben erhalten hat, wird sie bestimmt bei mir vorstellig werden." „So machen wir das, alter Junge." Jacques Ehringer war aufgestanden, um Fritz Mittag auf die Schulter zu klopfen. „Beim nächsten Tangoabend wird dich bestimmt meine reizende Nina Michel begleiten. Sehe ich das richtig?", fragte er erneut breit lächelnd. Fritz Mittag hatte sich ebenfalls erhoben. Er lächelte eher verhalten und streckte seinem Chef die Hand hin. Grußlos verließ er dessen Vorzimmer. Als er sich hinter seinem Schreibtisch auf den Bürostuhl sinken ließ, tat ihm das Herz weh. Er presste beide Hände auf seine Brust und Tränen traten ihm in die Augen. Er ließ ihnen freien Lauf. Was war er nur für ein widerlicher Mensch. Jetzt hatte er hinterrücks seine angedachte neue Kollegin in die Pfanne gehauen. Er hasste sich. Gegen dieses Gefühl der Abscheulichkeit konnte er nicht anschwimmen. Er würde sich niemals sauber fühlen. Warum nur hatte ihn nie eine mütterliche Frau liebevoll gestreichelt, als er klein war und ihm alles weh tat? Er ließ den Kopf auf seine Arme sinken, die er auf die Schreibtischplatte gelegt hatte. Er hasste seinen Beruf. Was aber sollte er stattdessen tun?

Die Trauerfeier fand am Mittwochnachmittag im Invalidendom statt. Anschließend war die Beisetzung im kleinsten Kreis auf dem Friedhof Montparnasse vorgesehen. Ninas Nachfolgerin an der Seite von Hans Michel wollte nicht, dass Bekannte und Geschäftsfreunde mit zum Friedhof kamen. Sie sollten bereits zu dem anschließenden Umtrunk vorausgehen. So war es in der Trauerkarte vermerkt, denn am Grab waren keine persönlichen Beileidsbezeugungen erwünscht. Für teilnehmende Worte lag ein Kondolenzbuch aus. Neben dem Sarg stand auf einer Staffelei ein Foto des Verstorbenen, das mit einem Trauerflor versehen war. Es zeigte einen lachenden braungebrannten

Mann in den besten Jahren. Nach der Trauerfeier brachten zwei Taxen die beiden Frauen des Verstorbenen und ihre Angehörigen zum Friedhof. Colette war in Begleitung ihrer Eltern abgefahren. Im zweiten Wagen saßen Nina und Elisabeth. Alle an der Beisetzung teilnehmenden Frauen trugen große schwarze Brillen. Am Spätnachmittag gab es einen Aperitif im Bistrot des Campagnes, das sich in der Nähe des Friedhofs befand. Colette Michel, Ninas Nachfolgerin, hatte auch Adrienne zu dem Umtrunk eingeladen. Nina gefiel es gar nicht, dass sich Adrienne mehr um Colette bemühte, als dass sie ihrer deutschen Freundin Aufmerksamkeit schenkte. Colette ihrerseits bemühte sich zwischen Gesprächen mit den Freunden und Geschäftspartnern und deren weiblicher Begleitung sehr um Elisabeth. Sie hatte Hans' Tochter gebeten, im Anschluss an den Aperitif mit in die gemeinsame Wohnung zu kommen, um sich die persönlichen Habseligkeiten ihres Vaters anzusehen. Sie sollte entscheiden, was sie davon behalten wollte. Ihre Mutter könne ruhig auch mitkommen, falls es ihr nicht unangenehm sei, die ehemals gemeinsame Pariser Wohnung zu betreten. Elisabeth ging zu ihrer Mutter, die etwas abseits stand, um sie über Colettes Wunsch zu informieren.

Als die beiden Ehefrauen des Verstorbenen mit dessen Tochter Elisabeth in der Wohnung eintrafen, in der sie beide mit ihm gewohnt hatten, lag eine weitere Taxifahrt hinter ihnen. Als Erstes stellte Colette eine Käseplatte, zwei Baguettes und eine Flasche Wein auf den Esstisch. „Est-ce que t' as vu Hans quand tu etais ici en avant? Moi, je ne te veus pas vexer, mais je dois le savoir." Nina schüttelte energisch den Kopf. Offenbar war sie von Colette nicht erkannt worden. Colette ihrerseits nickte beruhigt und wies mit der Hand auf das karge Mahl. „Servez vous. Et Elisabeth, comment vas tu avec tout ca?" Nina wollte von Colette wissen, ob sie vorhatte, in der Wohnung zu bleiben. „Wo soll ich hin?", fragte diese und bekräftigte den Wunsch, dass Elisabeth jederzeit wieder bei ihr wohnen könne. Danach gingen die drei Frauen mit einem Weinglas in der Hand durch die Wohnung und sahen die vertrauten Dinge durch. Elisabeth wollte die neonfarbigen Turnschuhe, einen schwarzen Pullover, die Lieblingstasse ihres Vaters, sein Eau de Toilette, ein Jackett und ein Paar Manschettenknöpfe. Auch um seine Lieblingsuhr bat sie. Colette nickte zu allem und warf Nina einen fragenden Blick zu. Nina signalisierte, dass sie mit der Wahl ihrer Tochter einverstanden sei, und erklärte, dass sie nichts mitnehmen wolle. Elisabeth fragte noch nach Tagebüchern und anderen handschriftlichen Notizen ihres Vaters. Colette händigte ihr den Terminkalender des letzten Jahres aus. Der aktuelle Kalender, der Laptop und sein Mobiltelefon seien von der Polizei noch nicht freigegeben worden, obwohl sich keinerlei Anhaltspunkte ergeben hatten. Ninas Blick fiel auf einen Stapel CDs, der in der Ecke des Raums auf dem Boden lag. „Hat er zum Schluss immer noch Ravel gehört?", fragte sie Colette. Diese nickte. „Neuerdings war er auch ein Fan von Johnny Hallyday." Elisabeth lehnte es ab, die Tonträger mitzunehmen. „Morgen früh ist der Termin der Testamentseröffnung", stellte Colette nach einer Weile lastenden Schweigens fest. „Ich war nicht lange genug mit ihm verheiratet, um einiges zu erben. Sein Vermögen wird wohl komplett an Elisabeth gehen. Ich wäre schon froh, wenn ich in der Wohnung ein Wohnrecht behalten könnte. Colette seufzte. Dann fragte sie, ob sie anschließend zusammen essen wollten. Elisabeth sagte, dass sie nach dem Dejeuner mit ihren Freundinnen verabredet sei. Nina meinte vorsichtig, dass sie den Tatort sehen wolle. Die Rückfahrt war für den nächsten Morgen geplant, an dem Nina und Elisabeth noch von der Polizei befragt werden sollten. Es sei eine reine Formsache, so hatte man erklärt. Bei dem gemeinsamen Mittagessen besprachen die beiden Frauen, die sich erstaunlicherweise nicht unsympathisch waren, was im Kommissariat zur Sprache kommen könnte.

Es gehe sicher darum zu klären, ob insbesondere Elisabeth in letzter Zeit etwas aufgefallen sei, was im Verhalten ihres Vaters anders war. Das sei sie, Colette, auch gefragt worden. Von Nina würden sie sicher wissen wollen, ob ihr irgendwelche anderen Frauengeschichten bekannt seien. Auch zu diesem Thema war Colette schon interviewt worden. Eine weitere Kernfrage könnte sein, warum Nina zum Zeitpunkt des Todes in Paris gewesen sei. Adrienne hatte Colette darüber informiert und auch die Polizei, denn mit ihr hatte man ebenfalls gesprochen. Nina fragte sich, was Adrienne für eine Freundin geworden war. Nachdem sie bei dem Mittagessen ziemlich viel Wein getrunken hatten, umarmten sich die beiden Frauen in schwarzen Sommerkleidern und schwarzen Hüten. Colette sprach aus, was Nina dachte. „Irgendwie sind wir doch gar nicht so verschieden. Soll ich dich in die Tuilerien begleiten und dir die genaue Stelle zeigen?" Kurze Zeit später saßen die beiden Frauen versonnen nebeneinander auf einer Parkbank an der Stelle des furchtbaren Geschehens. Nina zeigte auf eine Stelle in der Mitte des Weges, die etwas rötlich schimmerte. „Ist das sein Blut?", fragte sie. Colette zuckte die Schultern und wechselte das Thema, während sie sich vorbeugte und mit einem Stöckchen kleine Kreise in den staubigen Wegrand zeichnete. Sie sah Nina nicht an bei dem, was sie sagte. „Wenn du mit Elisabeth nach Paris kommen willst, kannst du bei uns wohnen. Platz genug gibt es. Vielleicht willst du weg aus Frankfurt?" „Ich bin dir sehr dankbar für dein Angebot, Colette. Es macht es mir leichter, dass wir uns gut verstehen. Deshalb würde ich dir auch Elisabeth gern zurückschicken. Es gibt ein Problem in Frankfurt. Sie hat sich in den Freund von Hans verliebt, bei dem sie das Praktikum macht. Elisabeth will ihn heiraten. Er ist mehr als doppelt so alt wie sie, und er ist noch verheiratet." Colette nickte und hatte sich aufgerichtet. Das Stöckchen hielt sie noch immer in der Hand. „Sie hat jetzt wieder Kontakt zu ihren alten Freundinnen und ihr Pariser Leben wieder aufgenommen. Bestimmt kommt sie zurück." Nina lächelte dankbar. Gerne hätte sie auch den Abend erneut zusammen mit Colette verbracht, aber die Französin wirkte müde. Auch Nina dachte, dass sie vielleicht ein wenig Ruhe und Schönheitspflege gebrauchen könnte. Sie kaufte noch ein frisches großes Brot, eine Flasche Wein und eine Salami für ein kleines Abendessen im Hotel. Tatsächlich wurde es ein nettes Picknick im Hotelzimmer, bei dem Elisabeth erklärte, dass sie nur nach Paris zurückkehren würde, wenn es mit Fabian Farberger nicht funktionierte. Nina sah ihre Tochter unglücklich an. „Du hast doch Kevin. Oder du kommst auch nach Paris?" Mutter und Tochter lächelten sich an und tranken auf die Zukunft.

Nina und Elisabeth Michel waren sehr zeitig im zuständigen Kommissariat erschienen. Nina trug nun den schwarzen Hosenanzug. Ihr war heiß. Der Polizeibeamte sah sie unfreundlich an und begrüßte sie nur kurz. „Gestatten Sie, dass ich gleich zur Sache komme." Nina sah den Mann irritiert an. Er hatte volle Lippen und kurzgeschnittene graue Haare. Sein Alter schätzte sie auf ungefähr sechzig. Er war ihr nicht sympathisch, obwohl er ein schickes schwarzes Samtjackett trug zu Jeans und einem weißen Hemd mit kleinem Muster. Auch war er groß und schlank. Nina hatte es bemerkt, als er sie hereingerufen hatte, während Elisabeth noch warten musste. Völlig unnötigerweise, wie sie meinte, fasste er die Fakten über die Tat für sie zusammen. Anschließend machte er eine Pause und blickte ihr in die Augen. „Warum waren Sie zu diesem Zeitpunkt in Paris, Madame?" „Ich hatte einen neuen Freund, ihm wollte ich Paris zeigen, und es sollte der Beginn unserer Liebe werden." „Nur wurde dummerweise zeitgleich ihr Exmann von einer Frau erstochen. Colette Michel hat uns ein Foto von Ihnen zur Verfügung gestellt, welches wir verschiedenen Zeugen des Geschehens gezeigt haben." Nina wollte gerade entgegnen, dass doch niemand von dem Geschehen Notiz genommen hatte, als ihr wieder einfiel, dass sie gar nicht in dem Park gewesen war, jedenfalls nicht zu Tatzeit. Der Kommissar fuhr unbeirrt fort. „Wir haben die Augenzeugen aufgesucht und ihnen das Foto präsentiert. Mindestens zwei der Personen sind sich ziemlich sicher, dass Sie die gesuchte Person sein können. Was können Sie dazu sagen?" Nina betrachtete den hoch gewachsenen Pariser Beamten mit echtem Interesse. Was konnte sie dazu sagen? „Es muss eine Verwechselung sein. Viele Frauen sehen so aus wie ich. Warum hätte ich meinen Exmann erstechen sollen? Wir waren doch schon lange getrennt." „Er hat sie gedemütigt, wie Colette Michel mir erzählt hat." Nina wurde wütend. „Vielleicht hätten Sie gleich mit mir sprechen sollen. Außerdem war ich mit Kevin zusammen. Er kann bezeugen, dass ich nicht für die Tat infrage komme. Und außerdem arbeite ich für den Frankfurter Polizeipräsidenten. Der würde wohl kaum eine fragwürdige Person beschäftigen. Ich musste etliche Tests absolvieren." Die letzte Bemerkung hatte gesessen. Der französische Ermittler nickte. „Wir haben Ihre Adresse und Telefonnummer. Sollten sich noch Fragen ergeben, melden wir uns bei Ihnen. Gegebenenfalls müssen Sie noch einmal anreisen. Au revoir Madame, alles Gute für Sie." Nina streckte ihm die Hand hin. An eine Befragung von Elisabeth war offenbar nicht gedacht. „Komm wir müssen zum Bahnhof." Nina wollte nur noch weg. Unterwegs grübelte sie darüber nach, warum Colette ihr übel nachgeredet hatte und warum sie dann so freundlich zu ihr gewesen war. „Magst du deine Stiefmutter?", fragte sie Elisabeth, als sie im Zug saßen. „Colette war nie meine Stiefmutter. Du lebst doch noch, Mama. Schon vergessen? Sie war immer nur Papas neue Frau. Ich verstehe auch gar nicht, warum sie jetzt so nett zu uns gewesen ist. Über dich hat sie immer nur verhalten schlecht gesprochen." Nina überlegte. „Meinst du, dass sie sich nach Papas Tod einsam fühlt und Anschluss sucht?" „Das glaube ich nicht", sagte Elisabeth. „Eher denke ich, dass sie etwas mit Papas Tod zu tun hat." Erschrocken hielt sich die junge Frau beide Hände vor den Mund. „Warum sollte sie ihn töten wollen?", fragte Nina überrascht. „Dafür gibt es doch gar keinen Grund." „Na, vielleicht will sie nicht mehr arbeiten und von seiner Rente leben", mutmaßte Elisabeth. „Das ist doch wirklich ein bisschen weit hergeholt", meinte Nina ärgerlich. „Schon, aber sie ist der Typ Frau, den die Zeugen gesehen haben wollen. Sie ist auch ein ähnlicher Typ wie du. Vielleicht wollte Papa auch zu dir zurück und sie wollte es verhindern. Bist du denn glücklich mit Kevin?" Nina holte tief Luft. Das Gespräch war ihr unangenehm. Sie wollte in Ruhe nachdenken. Frankfurt würde schnell genug erreicht sein. Die Fahrt im TGV dauerte unter vier Stunden. Morgen würde sie nicht nur Kevin, sondern auch den Frankfurter Kollegen wiedersehen. Bestimmt fand er einen Grund, bei ihrem Chef vorstellig zu werden. Nina wusste nicht genau, was sie ihm über das Gespräch im Pariser Kommissariat erzählen konnte. Sollte sie Fritz Mittag berichten, dass sie unter Verdacht gestanden hatte? Nina entschied dazu, es zu unterlassen. „Freust du dich auf Farberger?", fragte sie nach einer Weile. „Schon, ich hoffe, dass es Neuigkeiten bezüglich seiner Scheidung gibt. Er wollte meine Abwesenheit nutzen, um sich über den Stand der Dinge zu informieren." Elisabeth nickte geschäftsmäßig. „Komm doch einmal mit Kevin zu uns zum Abendessen", schlug sie vor. Irgendwann musste Fritz Mittag auf der Bildfläche ihrer Tochter erscheinen. Nina wusste nur noch nicht genau, wie sie es anstellen sollte.

28

Nachdem Antoine verschwunden war, hatte Marie wieder angefangen, Schwarz zu tragen. Sie griff auf die Kleidung ihrer Trauerzeit zurück. Zum Glück hatte sie seitdem nicht zugenommen. Die
junge Witwe hatte sich nach Max' Tod davon verabschiedet, Berge
von Schlagsahne zu verdrücken, um an dem weißen weichen Schaum
eine tröstende Liebkosung zu finden. Dieses Verhalten gehörte definitiv
ihrer unglücklichen Kindheit und Jugend an. Die Barchefin saß an
der Theke und behielt mit düsterer Miene die Eingangstür im Auge.
Sie hoffte, dass sie sich im nächsten Moment öffnete und Antoine
hereintrat. Eigentlich hatte sie Musli vertretungsweise mit dem Türste-
herdienst der Bar beauftragt, aber der irakische Flüchtling musste auch
die Küche versehen und hatte also nicht immer Zeit. Ein passender
Ersatz musste her oder besser noch, Antoine sollte zurückkehren. Insgeheim schloss sich Marie der Vermutung von Kommissar Mittag
an, dass der Algerier den Tumult genutzt hatte, um sich abzusetzen.
Vielleicht hatte er ihn sogar eigens dafür bestellt. Der Gedanke machte
sie jedoch sehr traurig, obwohl sie ihn seinerzeit, als sie einmal aus dem
roten Haus fliehen wollte, genau dazu angestiftet hatte. Marie wollte
unbedingt zu ihrer Mutter zurückzukehren, denn sie fühlte sich im
roten Haus gefangen. Bei dieser vermeintlichen Flucht hatte sie festgestellt, dass sie gar nicht festgehalten wurde. Damals sollte sich auch
Antoine seinerseits von Max absetzen, seinem ehemaligen Chef. War
sie so eine schlechte Chefin geworden? Sie wollte keinesfalls von Antoine verlassen werden. Es stimmte, dass sie ihn unfreundlich behandelt
hatte. Doch dann war ihr die Idee mit dem Tangotanz gekommen.
Das Tanzen und die damit verbundenen Berührungen hatten sie doch
wieder zusammengebracht. Das war jedenfalls ihr Eindruck gewesen.
Während Marie diesen Gedanken nachhing, klingelte ihr Mobiltelefon. „Frau Haussmann, ich habe jemand für Sie." Marie vernahm die

Stimme des Kommissars. Bevor Marie nachfragen konnte, um wen es ging, hörte sie, dass es sich um eine vorübergehend vom Dienst suspendierte Polizistin handelte. Spontan machte sich eine Art von Enttäuschung in Marie breit. Eine Frau. Fritz Mittag hatte ihr erklärt, dass Eva Friedberger auch an der Bar mitarbeiten könne. Das wäre doch ein Vorteil. Antoine hätte sie auch in einen Minirock gezwungen. Marie fragte sich, woher Fritz Mittag das wusste. Sie willigte ein, dass sich die beurlaubte Polizistin bei ihr vorstellte, und dachte daran, dass ihr Haus eine Arbeits- und Wohngemeinschaft für Frauen war. Wie hatte sie sich nur derart auf einen Mann als Hausmeister fixieren können? Wahrscheinlich war es ihr nur darum gegangen, dass sie Antoine wiederhaben wollte.

Marie hatte sich nach dem Verzicht auf Schlagsahne eine neue Angewohnheit zu eigen gemacht. Sie trank Gin. Gestern hatte sie mit einer Frau geredet, die auch Gin trank und ihr nach etlichen Gläsern erklärt hatte, dass sie sich nicht sicher sei, ob sie ihren Exmann tatsächlich umgebracht oder sich nur eine Tat vorgestellt hatte, die von einer anderen Frau begangen worden ist. Die Barbesucherin schien Mitte vierzig zu sein und war sehr schüchtern, vielleicht sogar unauffällig. Dass sie ganz in Schwarz gekleidet war, zerrte ein wenig an dieser Unauffälligkeit. Sie sagte, dass sie mehrfach von dem roten Haus gehört und auch einen Bericht in der Zeitung gelesen habe. Sie wusste nicht, mit wem sie über ihr Dilemma hätte reden können. Hier im Rotlichtmilieu fühlte sie ihre Identität geschützt. Sie hatte erst zwei Gin pur und dann noch einen Gin Tonic getrunken. Marie hatte ihr geraten, davon auszugehen, dass sie den Mord nicht begangen habe. Ein Mord lasse sich nicht vertuschen. Er würde immer aufgedeckt werden, und eine Mörderin würde sich selbst verraten. Marie dachte an die schöne Tiziana, Antoines Frau. Marie schüttelte den Kopf. „Nein, Sie sind keine Mörderin, dafür habe ich ein Gespür." Nachdem die verzweifelte Besucherin gegangen war, stellte Marie die Überlegung an, dass es sehr schön war, dass einmal eine weibliche Person in der

Bar gewesen war, um rückhaltlos über ihre größten Sorgen zu reden. Viele Frauen tranken in problematischen Situationen den einen oder anderen Sorgentröster. Am nächsten Morgen hatten sie dann alles vergessen. Sie waren wie ausradierte Blätter, bevor sich wieder der tägliche Wahnsinn in sie eingraben würde. Marie fühlte geradezu eine gewisse Dankbarkeit dafür, dass diese Nina den Weg zu ihr gefunden hatte. Vielleicht sollte sie im Türbereich ein elegantes Täfelchen anbringen mit dem Hinweis, dass Frauen sehr willkommen wären. Die schwarze Kleidung der Dame hatte sie an Friedrich Kistner, den Bestattungsunternehmer, erinnert, der ihr Stammkunde war und sie sogar hatte heiraten wollen. Mit diesem Vorschlag war er eines Tages in die Bar gestürmt, als sie noch sehr um Max, ihren Ehemann für einen Tag, getrauert hatte. Max hatte das rote Haus ins Leben gerufen und sich in Marie verliebt. Marie überlegte, dass sie damals genauso unauffällig und übersehbar gewesen war, wie diese Nina es von sich behauptete. Marie wollte früher nicht wahrgenommen werden, um sich keinen Ärger einzuhandeln und wahrscheinlich war es auch bei der anderen Frau so, dass sie in der Kulisse bleiben wollte und das Rampenlicht scheute. Marie trank einen Schluck auf die unsichtbaren Frauen und hatte das Gefühl, dass sie etwas essen sollte. Sie hoffte jetzt, dass diese Eva Friedberger nicht allzu grell war. Man wusste doch, dass die Polizei heute egal wen einstellte. Marie hatte das Gefühl, ihr Konzept wiedergefunden zu haben, und war glücklich. Eva Friedberger konnte kommen.

Die Polizistin war außer sich gewesen, als sie das Schreiben mit ihrer vorläufigen Suspendierung erhalten hatte. Es war per Hauspost gekommen. Kaum hatte sie sich etwas beruhigt, griff sie zum Telefonhörer, um Fritz Mittag anzurufen mit der Bitte, ob sie ihn kurz sprechen könne. Als sie ihm gegenübersaß, war sie erschrocken, denn der Mann schien in wenigen Tagen um Jahre gealtert zu sein. „Ist etwas vorgefallen, geht es Ihnen nicht gut?", fragte sie vorsichtig. „Nichts, was ich mit Ihnen diskutieren würde", sagte er. Eva Friedberger schluckte und knetete nervös die Finger. „Entschuldigung. Ich wollte Sie fragen, was aus meiner Bewerbung wird. Wie Sie bestimmt schon gehört haben, bin ich vom Dienst suspendiert worden, weil ich Normann Millet während der Dienstzeit aus der JVA abgeholt und dann anschließend bei mir untergebracht habe." Sie machte eine Pause und sah den Kommissar vorwurfsvoll an. „Das wäre sicher nicht passiert, wenn Sie mir nicht den Auftrag erteilt hätten, das Vertrauen von Normann zu gewinnen." „Man muss immer seine Grenzen erkennen und wissen, wie weit man gehen kann." Fritz Mittag hatte die Arme vor seinem Bauch verschränkt und krümmte sich, als hätte er Magenkrämpfe. Es schien, als würde er noch ein bisschen grauer aussehen. Was er nur hat, überlegte Friedberger. Plötzlich entkrampfte sich der Ermittler und beugte sich zu ihr vor. Die junge Polizistin konnte seine Bartstoppeln sehen und den Geruch eines Aftershaves erahnen. Fast erschien so etwas wie ein Lächeln auf seinem Gesicht. „Ich hätte für die Zeit Ihrer Suspendierung eine Aufgabe für Sie. Sie wird Ihnen einiges an Lebenserfahrung bescheren und Ihre finanzielle Situation sichern." Fritz Mittag erzählte vom roten Haus und Marie Haussmann. „Dort waren Sie doch mit der Rechtsmedizinerin zum Tangoabend", gab die Polizistin ihr Wissen preis. Fritz Mittag schien wieder zu verkrampfen. Wenn es vorher ein kleines Lächeln in seinem Gesicht gegeben hatte, so war nun jegliches Leuchten wieder daraus verschwunden. „Wie nett, dass das ganze Präsidium darüber informiert ist." „Na ja, wegen des Polizeieinsatzes." „Wie dem auch sei. Wenn Sie Ihre Sache dort gut machen, werde ich mich für Sie verwenden und Ihre Bewerbung weiterverfolgen. Betrachten Sie es bitte als eine Art Probezeit." Eva Friedberger nickte missmutig. „Wann soll ich dort vorstellig werden?" „Am besten sofort." Eva nickte und erhob sich. An der Tür drehte sie sich noch einmal um. „Eine Frage hätte ich doch noch. Wo soll Normann Millet jetzt hin?" „Nachdem Sie nicht mehr im Polizeidienst stehen, kann er bei Ihnen wohnen bleiben, so lange Sie wollen." „Was ist mit meiner Mitbewohnerin Lena Schönfelder? Sie ist doch auch bei der Polizei." „Schon, aber sie steht dem Millet doch hoffentlich nicht so nahe wie Sie. Oder teilen Sie sich den smarten Knaben etwa? Außerdem ist sie nicht mit dem Fall befasst." Eva Friedberger sah den Kommissar wütend an und wusste in dem Moment gar nicht, ob sie überhaupt noch daran interessiert war, die Stelle bei ihm anzutreten.

Direkt vom Polizeipräsidium aus fuhr sie mit der U-Bahn zur Hauptwache, von wo aus es nur wenige Schritte bis zum roten Haus waren. Die junge Frau war richtig nervös vor der Begegnung mit der Barbesitzerin. Marie stand schwarz gekleidet in der Tür und schien schon Ausschau zu halten. Sie identifizierte Eva Friedberger sofort als ihren Besuch. „Schön, dass Sie da sind. Herr Mittag hat mir schon von Ihnen erzählt. Kommen Sie doch bitte ins Haus." Friedberger folgte der Barchefin. Sie betraten den großen Schankraum, an dessen Längsseite sich ein langer Tresen befand. Gegenüber in der Ecke stand ein großer runder Tisch mit einer Anzahl von Stühlen. Marie Haussmann deutete auf diesen Tisch. „Hier werden die gemeinsamen Mahlzeiten eingenommen. Musli kocht für uns." Marie deutete auf eine Tür am Ende des Tresens. Daneben waren noch zwei weitere Türen zu sehen. „Die Toiletten und das Büro." Marie hatte Evas Blick bemerkt. Im Vordergrund der Bar gab es einige kleinere Tische. „Hier sitzen die Frauen und reden mit unseren Kunden. Es sind hauptsächlich Männer, die über ihre Lebenskrisen oder sexuelle Probleme reden wollen. Unser Credo ist, dass wir uns als denkende Menschen nicht von unseren körperlichen Empfindungen dominieren lassen wollen. Dass es für alles eine andere Lösung gibt. Was das Körpergefühl angeht, haben wir unseren Verhaltenskodex ein wenig geändert. Vielleicht haben Sie von dem Tangoabend gehört, bei dem mein Manager, den Sie jetzt ersetzen sollen, jedenfalls zeitweise, verloren gegangen ist. Mehr als das Anfassen während des Tanzes wird es aber keinesfalls geben. Und? Gefällt es Ihnen hier?" Marie war völlig erschöpft von der langen Rede, die sie der neuen Mitarbeiterin gehalten hatte. „Wollen Sie hier wohnen? Wir Frauen sind nicht nur eine Arbeitsgemeinschaft, sondern auch eine Lebensgemeinschaft." Marie sah nicht wenig stolz aus bei dieser Feststellung. Offenbar schien es ihre Idee gewesen zu sein. „Vielen Dank, aber ich wohne hier ziemlich in der Nähe. Wann ist der Dienstbeginn?" „Sie könnten zu unserem gemeinsamen Frühstück kommen oder danach, damit die Schicht nicht zu lange wird. Im Allgemeinen wird die Bar spätestens um 24 Uhr geschlossen. Bis dahin müssen Sie für unsere Sicherheit sorgen. Eigentlich müssten Sie auch nachts hier sein." „Aber das sind doch viel zu hohe Dienstzeiten. Das kann ich nicht bewerkstelligen. Was ist mit meinem Privatleben?" Marie holte tief Luft. „Machen wir es so, dass sie von 17.00 bis 24.00 Uhr arbeiten. Dienstags ist unser Ruhetag. So kommen Sie auf eine 42-Stunden-Woche. Das ist normal. Unser Koch, ein irakischer Flüchtling, muss also weiterhin die Einkäufe und die Reparaturen erledigen." Die Barchefin seufzte. „Ich dachte, dass ich im Servicebereich, also bei den Gesprächen mithelfen sollte. Das hat eigentlich die Sache für mich interessant gemacht." Marie bekam große Augen. „Ja, sehr gerne. Ich habe gar nicht daran gedacht, dass das möglich ist." „Hauptkommissar Mittag hat es mir so gesagt, als er mir eine mögliche Interimsaufgabe beschrieben hat." „Natürlich freuen wir uns sehr, sie als neue Kollegin begrüßen zu dürfen. Vielleicht sollten Sie nicht in Uniform kommen, sondern im kleinen Schwarzen. Sie sitzen an der Bar, führen Gespräche im Bedarfsfall und behalten alles im Auge. Vielleicht sollten Sie aber Ihre Dienstwaffe in einer Handtasche mit sich führen. Herzlich willkommen, Eva. Ich darf doch du sagen? Wir duzen uns hier alle und sind Freundinnen. Du bist jetzt unsere neue Freundin." „Klar, das können wir so machen. Ich fange dann schon heute Nachmittag an. Jetzt würde ich dann wieder gehen. Ich muss mich schließlich noch umziehen." Eva sagte nicht, dass sie kein schwarzes Kleid besaß und dieses erst kaufen musste. Ebenso wenig erwähnte sie, dass sie die Waffe hatte abgeben müssen. Es blieben ihr nur noch wenige Stunden bis zu ihrem Dienstbeginn.

Eva Friedberger fühlte sich, wie elektrisiert, als sie über die Zeil lief. Bei C&A wurde sie fündig. Sie konnte sich Zeit lassen. Normann war in dem Altersheim. Zu Evas Erleichterung sollte er jeden Tag kommen. Aus dem Minijob war eine Halbtagsbeschäftigung geworden. Normann musste morgens bei Fertigmachen der Bewohner helfen. Er assistierte der Altenpflegerin, die die nicht mobilen Insassen aus dem Bett heben und ins Bad bringen musste. Außerdem war er für das Beziehen von Betten, das Leeren der Bettpfannen und der Toilettenstühle zuständig. Schließlich musste er helfen, alle Mitglieder der Station in dem Aufenthaltsraum zu versammeln, und immer wieder einspringen, wenn jemand klingelte, um auf die Toilette gebracht zu werden. Im Aufenthaltsraum musste er sich den hilflosen Rufen der dementen Patienten stellen. Schließlich half er, das Mittagessen zu verteilen und beim Füttern, wobei er darauf achten musste, dass die Schlabberlätze angelegt waren. Nach dem Mittagessen konnte er gehen. Er war jeden Tag fix und fertig. Nach Dienstschluss musste er zuerst mehrere Zigaretten rauchen. Normann hatte damit wieder begonnen. Langsam schob er sich dann zu Fuß in Richtung Altbornheim, wo sein Bewährungshelfer ansässig war. Auf dem Rückweg ins Nordend in die WG dachte er mit Schrecken an die Treppen, die er bewältigen musste. Der einzige Lichtblick in dieser Tretmühle war Karin, die ihn immer wieder anlächelte, wenn sie zusammentrafen. Mit ihr gönnte er sich kurze Kaffeepausen und wunderte sich immer wieder, wie frisch sie wirkte. Manchmal war sie etwas erhitzt, dann war ihr Gesicht leicht gerötet und Normann fand sie noch attraktiver. Er hatte das Gefühl, nach Dienstschluss nur noch nach Urin zu riechen. Jeden Tag musste er zu Hause als Erstes duschen. Er hatte nach wenigen Tagen einen Bezug zu der WG gefunden, auch wenn Lena Schönfelder sich ihm gegenüber sehr reserviert verhielt. Eva und Karin waren ihm in diesen ersten Tagen in der neuen Wohngemeinschaft gleichermaßen lieb. Manchmal erzählte er beim Abendessen, dass er jetzt erst erkennen konnte, welche ästhetischen Vorzüge das Rotlichtmilieu hatte. Die

Frauen rochen gut, das war Normann am wichtigsten. Sie waren jung geblieben, wenn sie nicht ganz jung waren. Verfügten über gute Figuren und waren attraktiv gekleidet. Die Räumlichkeiten im Milieu rochen nach Parfüm und Alkohol. Das Milieu kam Normann vor wie das reinste Paradies. Zumindest empfand er es als ästhetischen Arbeitsplatz. Diese Arbeit im Altersheim ersetzte das Gefängnis. Es war Strafe genug für ihn. Er fragte sich, warum es immer noch Personen gab, die dort arbeiten wollten. Die Arbeit müsste seiner Meinung nach sehr hoch bezahlt sein, um interessant zu werden. Am schlimmsten für ihn waren die Dementen. Da war diese Frau, die immerzu um Hilfe schrie. Man konnte sie nicht zum Aufhören bewegen. Ihre Schreie gellten ihm noch in den Ohren. Eine andere Insassin verlangte immerzu, dass man nach ihrem Mann sehen solle. Er komme doch nicht zurecht. Nur war dieser Mann schon vor vielen Jahren gestorben. Dann gab es diese zierliche Person, die aber sehr nachdrücklich auf sich aufmerksam zu machen verstand. Immerzu stellte sie nur eine Frage. „Welchen Tag haben wir und wie viel Uhr ist es?" Normann hatte es ihr gesagt. Kaum war er mit seiner Erklärung zu Ende, stellte sie die Frage erneut. Als sie das nächste Mal wieder fragte, welcher Tag es sei, fügte sie einen Satz hinzu. „Sie sind neu hier. Ich habe Sie noch nie hier gesehen." Schließlich sprach ihn immer wieder die gut gekleidete Dame im Rollstuhl an. „Schwester", sagte sie zu ihm. „Ich muss mich beeilen. Ich darf keinesfalls meinen Zug verpassen. Sie müssen mich zum Bahnhof bringen, ohne Hilfe schaffe ich es nicht. Sie wissen doch sicher, auf welches Gleis wir müssen." Normann hatte nur genickt und gemurmelt, dass sie rechtzeitig aufbrechen würden. Dann hatte sie versucht, aus dem Stuhl aufzustehen. In Panik hatte Normann nach Karin gerufen, die der Frau eine Beruhigungstablette gab und so lange neben ihr sitzen blieb, bis sie sich beruhigt hatte. Normann bewunderte Karin. Er wusste, dass er Eva die Ehe versprochen hatte und daran würde er sich halten. Er zwang sich, sein Versprechen nicht zu hinterfragen. Er lächelte, als er daran dachte, dass die Polizistin nun als Bardame arbeitete. Alle Wege führten ins Milieu. Bestimmt würde Eva durch ihre Tätigkeit positiv verändert werden. Solche Gedanken standen ihm eigentlich nicht zu. Er war ihr nicht überlegen. Und hatte ihn die Tätigkeit im Bahnhofsviertel positiv verändert?

Als er am nächsten Tag zum Dienst erschien, hörte er, dass die Dame gestorben war. Normann überlegte, dass es ihr deshalb so eilig war, zum Bahnhof zu kommen, weil sie das Ausscheiden aus dem Leben nicht verpassen wollte. Ihr Tod machte ihn traurig. Trauriger als der Tod seines Bruders, den er verschuldet hatte.

29

Normann Millet überlegte, ob er Eva einen Besuch im roten Haus machen und sich als Kunde ausgeben sollte. Er unterließ es, denn er wollte sie nicht in Verlegenheit bringen. Jedenfalls kam sie auch an ihrem zweiten Abend richtig gut gelaunt zurück, was Normann nicht auf den konsumierten Sekt zurückführen wollte. „War die neue Arbeit wieder angenehm, Süße?", fragte er, als sie sich neben ihn in ihr schmales Bett kuschelte. Eva seufzte. „Fritz Mittag war da. Du weißt, das ist der, der mir den neuen Job vermittelt hat. Ich habe gehört, dass die Chefin Marie Haussmann ihm gesagt hat, dass sie sehr zufrieden mit mir ist." „Du siehst jetzt immer so schick aus", meinte Millet. „Wenn du so duftig und gut aussehend nach Hause kommst, ist es für mich so ein schöner Ausgleich für das Altersheim. Schwarze Kleider stehen dir besser als die Uniform." „Oh danke, Normann, du bist so süß." Eva küsste ihn zärtlich. „Allerdings hat die Chefin schon einmal vorgeschlagen, dass ich die Uniformjacke über einem schwarzen Kleid zu schwarzen Pumps tragen sollte. Das komme gut an. Sie hatten vor einiger Zeit einen großen Erfolg, als alle Mitarbeiterinnen rosafarbige Uniformen trugen." „Hattest du eigentlich schon einen Kunden?" „Nein, nur eine Besucherin, die eigentlich mit Marie Haussmann reden wollte. Sie hat sie aber zu mir geschickt, weil ich Polizistin bin." „War", korrigierte Normann. „Worum ging es denn bei der Frau, hatte sie Schwierigkeiten mit ihrem Mann?" „Nein, nein, eher mit ihrem Sohn. Ich glaube, dass sie gar keinen Mann hat." „Und was ist mit dem Sohn?", fragte Normann neugierig, der an seine Nichte Rachel denken musste, die er wohl nie wiedersehen würde. Seine Miene verdüsterte sich, was Eva nicht bemerkte. „Warum geht sie wegen Problemen mit dem Sohn in das rote Haus?", wiederholte er seine Frage. „Wie kommt man auf so eine Idee?" Je länger Normann Millet darüber nachdachte, desto absurder erschien ihm die Bemerkung. „Der Hausarzt von ihr ist ein gelegentlicher Gast der Chefin. Sie schätzt ihn sehr. Und als die verzweifelte Mutter eine Überweisung für einen Psychotherapeuten mit einer Empfehlung, wo sie schnell zum Zug kommen könnte, haben wollte, hat er ihr die Gesprächsangebote der Betreiberin des roten Hauses geschildert. „Beachtlich", meinte Normann. „Dass man Männern die Sexbesessenheit ausreden will, ist voll in Ordnung. Müttern mit durchgedrehten Kindern zu helfen, geht meiner Meinung nach etwas in die falsche Richtung. Wird da nicht das Geschäftsmodell ein wenig überstrapaziert?" „Schon, aber der Arzt wollte der verzweifelten Frau zu Ablenkung verhelfen. Sie sollte nicht den ganzen Abend zu Hause sitzen. Sie hat alle ihre Kontakte abgebrochen, weil sie auf ihren Sohn wartet und zu Hause sein will, wenn er zurückkommt. Auf diese Weise geht sie wenigstens aus. Das rote Haus ist eine Bar, die man auch als Frau ohne Begleitung betreten kann. Sie ist zu uns gekommen, weil wir ihr sagen sollten, wie sie sich verhalten könnte, wenn ihr Sohn wiederkommt und wie, wenn er nicht wiederkommt." „In Ordnung, das kann ich gut nachvollziehen. Sich ins Leben zu stürzen, ist sicher die beste Art, sich von der Trauer über das verlorene Kind abzulenken." Eva seufzte. „Der Sohn ist auch psychisch labil. Vor zehn Tagen hat er seiner Mutter erklärt, dass er nach Leipzig fahren will, weil er dort sein abgebrochenes Kunststudium wieder aufnehmen wolle. Davor müsse er aber die Atmosphäre der Stadt spüren, um zu erkennen, ob er es tatsächlich tun soll. Er würde sich jeden Tag melden. Danach war der junge Mann wie vom Erdboden verschwunden. Leider hat der Sohn das Problem, dass er mit Mobiltelefonen nicht umgehen kann. Entweder verliert er sie oder sie funktionieren nach kurzer Zeit nicht mehr. „Ich habe gehört, wie Marie zu der Mutter gesagt hat, dass sie den Sohn einfach gewähren lassen soll. Er sammle auf diese Weise viele Erfahrungen, und er müsse als junger Mensch das Leben mehrfach neu erfinden. Vielleicht sei es als eine Reise zu sich selbst zu sehen und vielleicht finde sich der Sohn dabei auch selbst und erkenne, was er letztendlich will." „Das kann schon sein", meinte Normann und gähnte. „Vielleicht gerät er aber auch an die falschen Personen, dann geht er richtig kaputt. Dann hat es so sollen sein." Die Polizistin fragte sich, ob Normann Millet schon immer so wenig empathisch gewesen war. Eva hatte nach dem Gespräch mit der Mutter ein gutes Gefühl, dahingehend, dass sie einer Person mit Problemen hatte zuhören können. Die meisten Menschen in Krisen nehmen keine Beratung an. Sie wollen nur reden und bestätigt werden. „Ihr Sohn hat nichts Böses getan." Das hatte sie der Mutter zum Schluss noch mit auf den Weg gegeben. „Er wird jemand finden, der für ihn sorgt, ihm hilft, bis er mit sich selbst im Reinen ist. Und Sie müssen auch mit sich ins Reine kommen. Er lotet aus, welche Möglichkeiten das Leben, unser Land für ihn bereithält. Er wird sich selbst finden. Sie sollten ihm keine Vorwürfe für seinen Lebensmut machen. Ich würde mich freuen, wenn Sie wiederkommen und mir erzählen, wie die Sache ausgegangen ist." Dass ihr erstes Gespräch mit einer Frau stattgefunden hatte, war Eva besonders angenehm gewesen. Sie beschloss, dass sie bei nächster Gelegenheit noch ein schwarzes Kleid benötigte.

Am nächsten Morgen wurde sie von Kaffeeduft geweckt. Normann brachte ihr eine Tasse des heißen aromatisch riechenden und alle ihre Lebensgeister weckenden Getränks ans Bett. Die Polizistin gestand sich ein, dass sie koffeinabhängig war. Zum Glück hatte Normann das erkannt. Sie setzte sich auf, schob sich das Kissen in den Rücken, nachdem sie ihr Schlafhemd in Form gezogen hatte. „Schade, dass du zum Dienst musst." „Ja, leider. Karin ist schon gegangen. Normalerweise gehen wir gemeinsam." Eva verspürte einen leisen Stich der Eifersucht. „Was macht dein Bewährungshelfer?", fragte sie stattdessen. „Ich muss mich nur noch jeden zweiten Tag zeigen, damit er sicher sein kann, dass ich nicht das Weite gesucht habe. Ich denke, dass ich an einem der nächsten Tage einmal versuchen werde, meine Nichte zu sehen. Sie wird mich bestimmt vermissen." „Hältst du das für eine gute Idee, Normann? Schließlich hast du zum Tod ihres Vaters beigetragen." „Musst du mich daran erinnern?" Eine Zornesfalte zeigte sich auf der schönen glatten Stirn des Tatverdächtigen. Normann bedauerte bereits, dass er nicht gemeinsam mit Karin das Haus verlassen hatte. Je mehr Eva gegen eine seiner Aktivitäten war, desto attraktiver wurde diese für ihn.

Auch wenn ihr die Barchefin geraten hatte, dass sie sich von dem Hauptkommissar fernhalten sollte, damit sie nicht Fangfragen ausgesetzt sein würde, hatte Nina beschlossen, ihn zu kontaktieren, denn früher oder später würde er sowieso ihr Vorzimmer betreten. Elisabeth war nach der Parisreise auf Tauchstation gegangen und meldete sich nicht. Wahrscheinlich war sie mit dem Ausbau ihrer Beziehung zu Farberger beschäftigt. Es blieb noch Kevin Bauer. Nina hatte ihm telefonisch erklärt, dass sie zu traurig sei, um mit ihm auszugehen oder auch nur in ihrer Wohnung zu essen und fernzusehen. Es stimmte, dass sie deprimiert war. In ihrer Brust saß ein dumpfes Gefühl, das sie nach unten zog und ihr jeglichen Lebensmut nahm. Nina musste sich zu jeglicher Aktivität zwingen. Dieser Stein in ihrer Brust verursachte ihr außerdem Ohrenschmerzen und drückte auf ihren Tränenfluss. Sie wusste nicht mehr, was sie getan hatte oder nicht, was Traum oder Wahrheit gewesen war.

Die Sekretärin griff zum Telefon. „Hallo, Herr Hauptkommissar. Ich möchte mich zurückmelden. Haben Sie vielleicht Zeit für eine gemeinsame Mittagspause?" Der Kommissar hatte Zeit. Als sie gemeinsam die Kantine betraten, waren wiederum alle Blicke auf das neue Paar gerichtet. Nina Michel nahm einen Salat und Fritz Mittag Bratwurst mit Kartoffelbrei. Während sie in den Salatblättern herumstocherte, beugte sich die Sekretärin über den Tisch, um flüsternd zu fragen, warum denn Eva Friedberger vom Dienst suspendiert worden war. Nina hatte sich in dem Bemühen, leise zu sprechen, so sehr nach vorne gebeugt, dass der Kommissar feststellen konnte, dass sie keinerlei Parfüm aufgetragen hatte, sondern nur ein wenig nach einem neutralen Deo roch oder gar nur nach Seife. „War das der Grund, warum Sie mit mir essen gehen wollten?", fragte er statt einer Antwort. Nina lief genauso rosa an wie ihre Bluse, die sie zu einer hellgrauen nicht besonders figurbetonten Hose trug. „Nein, natürlich nicht. Ich kann auch Jacques Ehringer fragen. Ich dachte nur, dass Sie sie auf eine Stelle in Ihrem Bereich umsetzen lassen wollte." „Wollte ich. Jetzt will ich es nicht mehr. Genügt das als Auskunft?" Nina nickte erschrocken. Sie stocherte eine Weile schweigsam in ihrem Salat herum. Fritz Mittag kam ihr nicht entgegen. Sie hatte mit ihm essen gehen wollen, also war auch sie für die Unterhaltung zuständig. Seine Tischdame schien sein Ansinnen zu verstehen. „Ich hatte doch versprochen, dass ich Ihnen von den Pariser Kollegen erzähle." Fritz Mittag schenkte ihr jetzt ein Lächeln. Er hatte sich daran erinnert, dass er sie als seine neue Partnerin präsentieren wollte. Der zarte Geruch nach Seife erweckte zudem in ihm die Vorstellung, dass sie nicht nur für die öffentliche Meinung ein Ablenkungsmanöver sein sollte. Plötzlich konnte er es sich tatsächlich vorstellen, sie an seiner Seite zu haben. Sie verstand ihn. Vielleicht würde es ihr gelingen, seine Distanz zu allem, seine Selbstverachtung, seinen Wunsch, die Welt zu bestrafen, weil sie nicht so war, wie er sie gebraucht hätte, zu durchbrechen. Vor allem hatte er das Gefühl, dass sie genauso litt wie er, ohne es sich einzugestehen. Sie wollte sich verstecken. Es war kein guter Ansatz, die Tage des Lebens aus einer staubigen Ecke zu betrachten. Er konnte ihr helfen und sie sollte ihm helfen. „Vielleicht sollten wir über die Pariser Kollegen bei einem abendlichen Glas Wein reden? Dann wird das Thema hoffentlich ein wenig bunter? Was meinen Sie?" „Ja, gerne", Nina nickte bekräftigend und schien sichtlich erfreut. „Was halten Sie von heute Abend? Oder wollen Sie vielleicht meine Wohnung sehen? Ich koche uns etwas Schönes und Sie bringen eine Flasche Wein mit?" „Ich komme sehr gerne zu Ihnen." Nina schien den Farbton ihrer Bluse zu übertreffen. „Sie wohnen doch an der Staufenmauer? Welche Nummer ist es denn?" „Aha", dachte Fritz Mittag. Wo ich wohne, weiß sie also auch schon. Er verriet ihr die Hausnummer im Flüsterton und fügte etwas lauter hinzu, dass er 19.00 Uhr für eine sehr passende Zeit hielt.

Als Nina zu Hause angekommen war, beschloss sie, sich ein wenig schön zu machen, auch wenn es nur eine Einladung in seine Küche gewesen war. Ging es doch um ihn. Sie duschte noch einmal und wählte das schwarze Kleid, das sie für Paris gekauft hatte. Leider besaß sie keine schwarze Unterwäsche, aber Hautfarbe ging auch zu schwarz. Fertig angezogen sah sie in den Spiegel. Was sie sah, war nicht Nina Michel, die unauffällige Sekretärin des Chefs der Polizei. Im Spiegel trat ihr eine etwas gehetzt wirkende ausgezehrte Pariserin entgegen, die trotz aller Zeichen der Anstrengung eine unübersehbar attraktive Ausstrahlung hatte. Nina war völlig erstaunt, dass es so leicht gewesen war, sich in eine alltägliche Bourgeoise zurückzuverwandeln. Nein, sie konnte Fritz Mittag nicht erschrecken. Er sah sie anders. Sie wollte ihm auch nicht die Farbe wegnehmen, wollte ihn nicht verführen und auch nicht von ihm ausgezogen werden. Es konnte nicht gutgehen, innerhalb eines halben Tages von der geliebten Unscheinbarkeit zum Pariser Stil zu wechseln. Nachdem Nina diese Überlegung angestellt hatte, zog sie das schwarze Kleid wieder aus. Vielleicht würde sie eines Tages mit Fritz Mittag nach Paris reisen. Mit Kevin Bauer war sie schließlich auch dort gewesen. Das wäre der richtige Zeitpunkt, um die Pariserin zu geben. Neben ihm würde sie nicht stocksteif im Bett liegen und warten, bis er die Initiative ergriff. Nina angelte das zweite braune Sommerkleid, das sie auf der Parisreise mit Kevin Bauer getragen hatte, aus dem Schrank, obwohl es sie an den Tag erinnerte, an dem sie ihren Mann verloren hatte. Als sie sich umzog, gefiel ihr die alte unschöne hautfarbige Wäsche. Sie verzichtete auf Parfüm. Auch den Lippenstift ließ sie weg. Sie war fast ungeschminkt. Nur eine getönte Tagescreme sollte die Falten mildern. Ohne einen weiteren Blick in den Spiegel griff sie nach der Flasche teuren Rotweins, den sie noch bei Rewe auf dem Heimweg gekauft hatte. Irgendwie wurden ihre Knie weich, als sie an das verhaltene Gesicht des Kommissars dachte. Hoffentlich würde er nicht nur über das Geschehen in den Tuilerien reden wollen. Bestimmt kam er nicht wieder auf private Dinge zu sprechen. Küssen würde er sie sowieso nicht, aber er sollte ihr eine weitere Verabredung vorschlagen. Unterwegs entschied sich Nina für den Kauf einer weiteren Flasche Wein. Sie eilte in den Rewe-Markt in der Ladengalerie MyZeil. Wenn sie genug Wein getrunken hatten, würde die Stimmung bestimmt locker. Am liebsten wäre sie aber schon wieder zu Hause, denn sie wollte so schnell wie möglich schlafen, da sie früh aufstehen musste.

Als sie klingelte, war es bereits kurz nach sieben. „Wir können gleich essen. Leider gibt es wieder mein Standardgericht Spaghetti Bolognese." Der Kommissar stand in der Tür und musterte sie, als sie die letzten Stufen nahm. Er hatte ein Geschirrtuch in seinen Hosenbund gesteckt, was ihm die Schürze ersetzen sollte. Nina musste wie gebannt auf diesen Lendenschurz schauen. Fast wäre sie gestolpert. „Hallo junge Frau. Treten Sie doch ein. Wie nett Sie heute Abend aussehen. Warten Sie, ich zeige Ihnen gleich alles." Nina ärgerte sich über diese Begrüßung. Weder war sie eine junge Frau noch nett aussehend. Jetzt stand sie jedoch erst einmal wie bestellt und nicht abgeholt in der Küche, denn Hauptkommissar Mittag musste die Soße umrühren. Nina betrachtete eingehend den Fußboden. Die Küche war mit Linoleum in schwarzweißer Fliesenoptik ausgelegt. Ihr Blick schweifte weiter. An der einen Wand stand ein mittelgroßer Holztisch, zu dem drei Stühle gehörten. Im Übrigen bestand die Einrichtung aus einer Küchenzeile mit Spüle und Herd. Ein großer weißer Kühlschrank stand separat neben der Tür. Auf dem Fensterbrett befand sich ein leicht welkes Basilikum. Fritz Mittag griff nach den Gläsern, die er bereits auf der Arbeitsplatte neben der Spüle stehen hatte. „Trinken wir einmal ein Schlückchen." Er schenkte aus einer bereits geöffneten Flasche ein. „Ich hatte ganz vergessen, dass wir schon beim Du waren", meinte er. Sie stießen an. „Nett, dass du für Nachschub gesorgt hast." Nina hielt die beiden Flaschen noch im Arm. Jetzt stellte sie sie ab. „Auf gute Freundschaft", fügte Fritz Mittag dem nächsten Schluck hinzu. Auch seine Besucherin hielt mit. „Gleich sind die Nudeln weich. Hier geht es ins Schlafzimmer." Nina schluckte. Sie hatte sich vorgestellt, dass er ihr zunächst das Wohnzimmer zeigen würde. Neben dem Bett, was weder sehr schmal noch ein echtes Doppelbett war, stand ein Spiegelschrank. Auf dem am Kopfende befindlichen Stuhl lagen schwarze Hosen und Pullover. „Ich habe mir nicht Mühe gemacht aufzuräumen. Schließlich bist du kein besonderer Gast." Auch diese Bemerkung verletzte Nina. Was wollte sie hier? Der Kommissar machte auf dem Absatz kehrt und steuerte wieder die Küche an. „Du kannst den Tisch decken, während ich die Spaghetti abschütte. In den Schränken findest du alles." Zunächst trank der Koch einen weiteren Schluck Wein. Nina geriet ins Schwitzen, als sie ständig um den Kommissar herumtanzen musste, um alle Schranktüren zu öffnen.

Schließlich saßen sie am Tisch. Fritz Mittag streute reichlich Parmesan auf seinen Nudelberg. „Ich denke, dass dir das zu viele Kalorien sind", sagte er und nahm noch einen weiteren Löffel Parmesansplitter. Geschickt wickelte er die Nudeln auf. „Soll ich dir erklären, wie man das macht?", fragte er mit einem interessierten Blick. Nina schüttelte stumm den Kopf. Sie hoffte, dass sie sich bald verabschieden konnte. „Jetzt erzähl doch mal von Paris. Zunächst würde mich der Tathergang interessieren." Er lehnte sich in seinem Stuhl zurück. „Du könntest uns jedoch zuerst eine weitere Flasche Wein öffnen." Nina stand willig auf. Zum Glück hatte der Wein einen Schraubverschluss. Als sie wieder saß und ein halbes Glas auf ex getrunken hatte, der Wein war schließlich von ihr mitgebracht worden, begann sie ihren Bericht. „Ich wollte Kevin die Tuilerien zeigen. Plötzlich sah ich Hans und seine neue Frau auf mich zukommen. Ich sagte meinem Begleiter, dass ich meinen Exmann begrüßen wollte. Dann ging ich direkt auf Hans zu. Dicht vor mir war aber noch eine andere Frau, die auch auf ihn zusteuerte. Ich trat ihr in die Fersen, weil sie mir den Weg abschnitt. Sie verlor dadurch das Gleichgewicht und taumelte in seine Richtung. Auch ich fiel in seine Richtung. Er ging in die Knie. Er hat mich gar nicht bemerkt. Die Frau, die direkt vor mir war, hat ungerührt ihren

Weg fortgesetzt. Das habe ich dann auch getan. Genau wie ich hat die Neue von Hans bestimmt zuerst gedacht, dass wir in einer Art Dominoeffekt ihn auch zu Fall gebracht haben. Auch in meinem Rücken gab es keinen Eklat. Mittlerweile hatte mich auch Kevin wieder eingeholt, mit dem ich weitergegangen war. Er hat auch nichts gesehen. Also ich weiß gar nicht, was sich da abgespielt hat." Fritz Mittag verkniff sich die Frage nach Kevins Reaktion. Nina fuhr unbeirrt in ihrem Bericht fort. „Erst später wurde ich durch einen Anruf von Colette, so heißt die Neue, darüber informiert, dass er in dem Moment erstochen worden ist." Fritz Mittag verzog das Gesicht. „Was sagen die Pariser Kollegen?" Nina hatte mittlerweile ihr drittes Glas Wein ausgetrunken, so dass sie mitteilsamer geworden war, als sie wollte. „Weißt du, was die denken? Die meinen, dass ich das gewesen sein könnte. Da will mich eine Frau auf einem Foto erkannt haben. Übrigens ist das das Kleid, was ich nach dem Tag getragen habe." Nina deutete auf ihren Schoß. „Oh, an dem Kleid klebt Blut. Das ist aber ungut." Fritz Mittag sah angewidert aus. „Natürlich nicht. Das Kleid ist frisch gewaschen. Außerdem weiß ich gar nicht, ob ich es gewesen bin. Ich kann mich an gar nichts mehr erinnern. Aber warum hätte ich es tun sollen? Ich liebe ihn doch immer noch." „Oh", sagte der Kommissar und machte eine Pause. „Nina, am besten gehst du jetzt. Nicht, dass es bei mir zu Befangenheit kommt." Die Sekretärin war ruckartig aufgestanden. „Da hat die Chefin des roten Hauses doch Recht gehabt damit, dass ich dir die Sache nicht erzählen soll." „Du warst bei Marie? Warum denn das? Die Geschichte wird immer interessanter." Nina Michel hatte schon nach ihrer Handtasche gegriffen. „Ich muss noch das Bad benutzen." „Wenn du meinst, dass es sein muss, bitte. Aber achte darauf, dass du es so hinterlässt, wie du es vorgefunden hast."

Nachdem seine Besucherin schwankenden Schritts den Abgang vollzogen hatte, beschloss der Kommissar, dass er sich bei Marie erkundigen musste, was dort geredet worden war. Sollte gegen Nina Michel ein dringender Tatverdacht bestehen, konnte sie nicht seine

Freundin werden. Dieser Gedanke machte ihn noch nicht einmal trau-rig. Schließlich war sie genauso gefühllos wie alle anderen Personen, mit denen er in seinem bisherigen Leben zu tun hatte. Wie konnte sie ihm sagen, dass sie noch immer ihren toten Exmann liebte. Sicher hatte der Alkoholeinfluss diese Bemerkung begünstigt. Jedoch hatte er nur zu Tage befördert, was tief unten in der Seele gelegen hatte. Fritz Mittag nahm sich vor, in Zukunft noch unfreundlicher mit seinen Mitmenschen umzugehen, insbesondere mit denjenigen, die er eigent-lich mochte. Schließlich wollte er sich anpassen. Wenn die allgemeine Verrohung um sich griff, musste er sich davor schützen. In seinem bisherigen Dasein hatte er genügend Kälte erfahren. Sollte Nina Mi-chel ihren Mann umgebracht haben, musste sie dafür bezahlen. Seine im Entstehen begriffenen Gefühle hatte sie soeben auch umgebracht.

30

Karin und Normann waren im Altersheim beide zur Spätschicht eingeteilt worden, so dass es zu einem gemeinsamen späten Frühstück in der WG kam. Normann hatte bereits frische Brötchen besorgt und ein angenehmer Kaffeeduft lag in der Küche. Eva freute sich darüber, dass sie alle zusammen frühstücken konnten. Ihre gute Laune erhielt einen Dämpfer, als sie Normann fragte, ob er Lust habe, vor Dienstbeginn mit ihr in die Stadt zu fahren, um ein weiteres schwarzes Kleid zu kaufen. „Das ist lieb, dass du das vorschlägst, aber Karin und ich haben bereits ausgemacht, dass wir zwei Runden im Holzhausenpark laufen, bevor unser Dienst anfängt. Das Wetter ist so schön, und wir waren beide schon länger nicht mehr so richtig draußen unterwegs. Du weißt doch, wie kaputt wir nach unserer Schicht sind." Normann hatte sich zu Eva gebeugt und sie ernst dabei angesehen. Trotzdem fühlte sie erneut einen Stich der Eifersucht. Diese Gemeinsamkeit, die er erwähnte. Offenbar hatte sich ihre Miene bei dieser Ankündigung wahrnehmbar verdüstert, so dass Normann ihr die Hand auf die Wange legte. „Komm doch einfach mit, Eva, und verschieb das Kleid auf morgen. Wenigstens für eine Runde müsste deine Zeit doch reichen." Eva holte tief Luft. Sie wusste, dass sie sich wie das fünfte Rad am Wagen fühlen würde. „Marie, meine Chefin, hat mir das Geld für ein neues Kleid gegeben. Ich will sie nicht enttäuschen." Karin und Normann nickten. „Das können wir verstehen", sagte Karin. „Weißt du was, Normann, wir könnten auch in den Grüneburgpark gehen. So viel weiter ist das nicht. Dann müssen wir nicht zwei Runden durch den Park drehen." Normann nickte zustimmend. „Wir sollten bald aufbrechen", meinte Normann. „Desto mehr Zeit haben wir im Park." Eva fühlte sich leicht schwindelig. „Ich räume hier auf", sagte sie. Während sie die Teller abspülte, musste sie eine Träne mit dem Handrücken von ihrer Wange wischen. Es war die Wange, die Normann kurz vorher liebkosend mit seiner Hand berührt hatte. Kurz darauf fuhr Eva zielstrebig in die Innenstadt und begab sich zu Peek & Cloppenburg. Sehr schnell hatte sie ein kurzes schwarzes Kleid in Größe 42 gefunden. Es hatte kurze Ärmel zu einem mondsichelförmigen Ausschnitt, war enganliegend und brachte ihr rundes etwas ausladendes Gesäß sehr vorteilhaft zur Geltung. Außerdem bedeckte es kaum ihre Knie, so dass sich darunter wohlgeformte runde Waden zeigten. Nebenan bei Görtz fand sie halbhohe schwarze Pumps. Es fehlte noch ein frisches Eau de Toilette, das nicht so aufdringlich war. Sie ließ sich von einer Parfümeriemitarbeiterin in der Galeria Karstadt Mémoire von Gucci verkaufen. Außerdem erstand sie noch einen tiefroten Lippenstift. Nach ihrem Ausflug in die Stadt war Eva noch einmal nach Hause gefahren. Von Karin und Normann fehlte jede Spur. Nur eine Flasche Sonnenmilch auf dem Küchentisch erinnerte an den geplanten Ausflug. Sie war wohl aussortiert oder vergessen worden. Eva duschte ein weiteres Mal, bevor sie sich mit all den neu erworbenen Sachen verwöhnte. Es stimmte, dass Marie Haussmann ihr Geld gegeben hatte, jedoch musste sie selbst einen nicht unerheblichen Betrag beisteuern.

Nach einem Blick in den Spiegel fühlte Eva sich attraktiv und brach einigermaßen gutgelaunt zum Dienst auf. Marie staunte nicht schlecht, als sie die Polizistin derartig schick das rote Haus betreten sah. Zunächst gab sie Marie den Beleg über das neuerworbene Kleid und bedankte sich dafür. Marie konnte es als Dienstkleidung von der Steuer absetzen. Als Sicherheitsbeauftragte untersuchte sie kurz darauf wie jeden Tag das Haus nach irgendwelchen Auffälligkeiten und fragte, ob sie weitere Aufträge zu erledigen hatte. Danach nahm sie in der Nähe der Eingangstür Platz und behielt sie im Auge. Der erste Besucher an diesem Spätnachmittag war zu ihrem Erstaunen Hauptkommissar Fritz Mittag. Er musterte die suspendierte Polizistin mit einem interessierten Blick. „Hallo Frau Friedberger, wie ich sehe, haben Sie sich hier schon gut angepasst. Die Aufgabe scheint wohl

Ihrem wahren Naturell zu entsprechen. Allerdings bin ich nicht wegen Ihnen gekommen, sondern möchte mit Frau Haussmann sprechen." Sein Sarkasmus war unüberhörbar. Eva Friedberger, die gerade erfreut lächeln wollte, stand auf und ging in Richtung Büro. Sofort erschien sie zusammen mit Marie Haussmann wieder in der Bar, die erfreut auf den Hauptkommissar zuging. „Es freut mich, dass Sie den Weg wieder zu uns gefunden haben. Außerdem bin ich sehr dankbar dafür, dass Sie mir die zauberhafte Eva zu unserer Sicherheit vermittelt haben." Marie war im Laufe ihrer Zeit als Barchefin um einiges gewandter im Auftreten geworden. Sie seufzte. „Das soll nicht heißen, dass ich nicht mehr daran interessiert wäre, dass Antoine wiederkommt. Im Gegenteil vermisse ich ihn noch sehr. Eva kann dann in jedem Fall bei uns weitermachen. Haben Sie etwas über Antoine gehört?" „Nein, Frau Haussmann, wir suchen doch nicht nach ihm. Haben Sie das schon vergessen? Es gibt einen anderen Grund, der mich zu Ihnen führt." „Bitte setzen Sie sich doch", sagte Marie etwas verärgert. „Worum geht es bitte?" „Sie hatten unlängst ein Gespräch mit Nina Michel, wie diese mir selbst gesagt hat." Fritz Mittag fischte völlig überflüssig seinen Dienstausweis aus der Brusttasche seines weißen Hemdes, das er unter einem leichten schwarzen Pullover trug, und hielt ihn der Betreiberin des roten Hauses hin. „Frau Haussmann, erzählen Sie über das Gespräch, was Paris betrifft. Frau Michel hat mir von den Vorfällen in der Pariser Parkanlage erzählt. Dazu möchte ich gerne von Ihnen weitere Informationen erhalten." „Seit wann ermittelt die Frankfurter Polizei über Vorfälle in Paris?", fragte Marie überrascht. „Außerdem sind die Gespräche hier ein Dienstgeheimnis. Wir unterliegen der Schweigepflicht. Außerdem kann ich mich nicht mehr daran erinnern." „Das sollten Sie aber, wenn Sie einigermaßen professionell agieren wollen. Sie können doch schlecht Ihre Besucher fragen, was sie denn beim letzten Mal erzählt hätten. Außerdem scheinen mir Bargespräche keine Dienstgeheimnisse zu sein." Marie schluckte. „Sie hat mir erzählt, dass sie Sie kennt. Sie sagte, dass sie mehrfach von dem roten Haus gehört und auch einen Bericht in der Zeitung gelesen habe. Sie wusste nicht, mit wem sie über ihr Dilemma hätte reden können. Hier im Rotlichtmilieu fühlte sie sich geschützt. Sie hatte erst zwei Gin pur und dann noch einen Gin Tonic getrunken. Nach zwei weiteren Gläsern Gin habe sie ihr erklärt, dass sie sich nicht sicher sei, ob sie ihren Exmann tatsächlich umgebracht oder sich nur eine Tat vorgestellt habe, die dann von einer anderen Frau begangen worden sei. Sie habe ihr geraten, davon auszugehen, dass der Mord nicht von ihr begangen worden sei. Ein Mord lasse sich nicht vertuschen. Er würde immer aufgedeckt werden und eine Mörderin würde sich selbst verraten." Marie machte eine Pause und sah den Hauptkommissar treuherzig an. „Es war doch in Ordnung, was ich gesagt habe?", fragte sie. „Mehr oder weniger nicht, gute Frau Haussmann. Sie sind nicht in der Lage zu erkennen, ob jemand einen Mord begangen hat oder nicht. Hüten Sie sich bitte in Zukunft vor derartigen Ratschlägen, oder ich sehe mich gezwungen, gegen das rote Haus vorzugehen." Marie hatte es die Sprache verschlagen.

Der Hauptkommissar nickte Marie zu und setzte sich neben die suspendierte Mitarbeiterin. „Frau Friedberger, Sie sind dafür verantwortlich, dass Frau Haussmann hier nicht zur Vertuschung einer Straftat beiträgt. Abgesehen davon sehen Sie in dem Kleid fabelhaft aus, jedenfalls viel besser als in Uniform." Fritz Mittag sah den entsetzten Blick und lenkte ein. „Natürlich steht Ihrer Rückkehr zu uns nichts im Wege, wenn der Millet-Prozess beendet ist. Jedenfalls soweit ich es zu entscheiden habe. Vielleicht sollte ich Sie öfter hier besuchen. Wie laufen eigentlich Ihre Gesprächsführungen?" „Das rote Haus ist eine Bar, die man auch als Frau allein betreten kann. Eine Dame ist zu uns gekommen, weil wir ihr sagen sollten, wie sie sich verhalten könnte, wenn ihr verschwundener Sohn wiederkommt und wie, wenn er nicht wiederkommt." „In Ordnung, das kann ich gut nachvollziehen. Sich ins Leben zu stürzen, ist sicher die beste Art, sich von der Trauer über das verlorene Kind abzulenken." Eva seufzte. „Der Sohn ist vor Wochen nach Leipzig gefahren.

Jedenfalls wollte er das. Er ist ohne Telefon aufgebrochen und hat noch keinen einzigen Ton von sich hören lassen. Ich habe der Mutter gesagt, dass sie sich an die Polizei wenden soll." Fritz Mittag hatte aufmerksam zugehört. Das haben Sie sehr gut gemacht, Frau Friedberger", lobte er sie und schenkte ihr ein verkniffenes Lächeln.

Nina war völlig panisch zu Hause angekommen und fühlte sich auch wieder nüchtern. Obwohl es schon spät war, wählte sie mit zitternden Händen die Nummer von Kevin Bauer. „Kannst du zu mir kommen?", fragte sie in einem flehenden Tonfall. „Ja, klar meine Süße. Du weißt, dass ich beschlossen habe, immer für dich da zu sein, egal, was du tust." „Du kannst auch wieder bei mir übernachten", schlug sie leise vor. „Es ist schon einigermaßen spät. Zeit, um schlafen zu gehen." Nina beruhigte sich bei dem Gedanken, dass er vielleicht die Nacht bei ihr verbringen würde und sie vor bösen Geistern beschützen konnte. Als er eingetroffen war, schenkte sie ihm ein Glas Whisky ein und schlug vor, das Getränk im Bett zu verkosten. Sie nahm einfach seine Hand, zog ihn hinter sich her, ließ los und schlüpfte unter die Decke. „Komm", sie klopfte auf den freien Platz an ihrer Seite. Kevin setzte sich, zog Schuhe, Hose und Hemd aus, nahm einen großen Schluck von dem Whisky. Nachdem er das Glas abgestellt hatte, schwang er die Beine ins Bett, griff sich aber erneut das Glas und trank es aus. Nina nahm es ihm aus der Hand, machte das Licht aus und kuschelte sich an ihn. Sie führte seine Hand auf ihren Bauch, wo sie sie gerne fühlen wollte. Bevor sie einschliefen, fragte Nina ihn, ob er morgen zum Polizeipräsidium zu Fritz Mittag gehen könne mit der Bitte, etwas aussagen zu dürfen. „Du sagst ihm, wie es war, dass eine andere Frau sich aus dem Nichts plötzlich vor mich geschoben hat. Sie ist mir so direkt in den Weg getreten, dass ich über ihre Fersen gestolpert bin. Das hast du doch gesehen, Kevin?" „Nicht jetzt, meine Süße, lass uns morgen früh darüber reden." Nina schlief sehr unruhig. Die ungewohnte Anwesenheit eines Mannes in ihrem Bett verhinderte gemeinsam mit ihrer Sorge ein Fallenlassen in die Umarmung des Schlafes, obwohl ihr die Arme ihres Mitschläfers sehr angenehm waren. Hier hatte der Alkohol nachgeholfen.

Mit Kopfschmerzen wachte die Sekretärin am nächsten Morgen schon auf, bevor der Wecker klingelte. Mühsam versuchte sie aufzustehen, aber die Arme des Übernachtungsgastes hielten sie davon ab. Er schmiegte sich erneut an sie, bevor er vorschlug, mit ihr noch einen Kaffee im Bett zu trinken. Ohne ihre Antwort abzuwarten, war er aufgestanden. Nina lächelte, als sie ihn in der Küche rumoren hörte. „Also Kevin, wie sieht es aus? Machst du eine Zeugenaussage bei meinem Hauptkommissar, um seine Zweifel an mir auszuräumen?" „Wieso ist er dein Hauptkommissar? Und wieso hat er Zweifel an dir? Ich halte dich für ein unschuldiges Mäuschen." Nina war leicht irritiert über die Ausdruckweise ihres neuen Liebhabers. Es fehlte noch, dass er sie als graues Mäuschen bezeichnete. Kevin Bauer war die Wolke des Unmuts nicht entgangen. „Entschuldige Nina, ich war ganz im Überschwang meiner Gefühle. Ich mache diese Aussage gerne, wenn du mich als Gegenleistung heiratest." Nina stutzte. „Sag mal, Kevin, war das eben ein Heiratsantrag oder ein Erpressungsversuch?" „Es war ein sehr nachdrücklicher Antrag. Wir würden uns doch sehr gut ergänzen. Du liest für mich, und ich lebe für dich." Er wurde ernst. „Ich kann mich nicht so gut ausdrücken, weil ich nicht lesen kann. Ich höre viele Redewendungen, und sie setzen sich in meinem Kopf fest. Außerdem denke ich, dass ich nicht gut genug für dich bin, so dass ich den Erpressungsversuch zu Hilfe genommen habe. Nina, willst du meine Frau werden?" Kevin Bauer war vor der Bettkante auf die Knie gegangen und hatte Ninas freie Hand, die nicht die Kaffeetasse hielt, ergriffen. Nina war völlig überwältigt. Ihr kamen die Tränen. „Ja, ich will." Sie konnte ihr Jawort nur flüstern, obwohl sie es tiefernst meinte. Ein Strahlen ging über das Gesicht des Werbers. Er stand auf, zog Nina in die Höhe. „Ich darf jetzt die Braut küssen." Nina schaute verstohlen auf die Uhr, während sie sich küssen ließ. „Kevin, wir müssen uns sehr beeilen. Kann ich zuerst ins Bad gehen?" Beide trugen die Kleidung des Vorabends, als sie fünfzehn Minuten später das Haus verließen. Vor dem Eingang küssten sie sich zum Abschied. Nach dem Betreten des Polizeipräsidiums eilte Nina zu den Aufzügen. Kevin fragte den Beamten an der Pforte nach Fritz Mittag. Der Polizist erhielt die telefonische Zusage, dass er Herrn Bauer nach oben schicken könne.

„Was führt Sie zu mir, Herr Bauer, so war doch der Name, oder war es Mauer?" „Nein, Bauer stimmt. Ich muss eine Aussage machen. Meine Verlobte hat mich darum gebeten." „Und wer bitte schön ist Ihre Verlobte? Und seit wann macht man Aussagen auf Bestellung?" „Meine Verlobte ist Ihre Mitarbeiterin Nina Michel. Sie hat mir gestern Abend erzählt, dass Sie sie verdächtigen, Ihren Exmann in Paris erstochen zu haben." Fritz Mittag merkte, wie seine Gesichtsmuskeln zuckten. „Guter Mann, ich darf Sie darüber informieren, dass Ihre Beziehungsprobleme nicht zu meinem Tagesgeschäft gehören. Ich habe wenig Zeit. Falls Sie etwas zu sagen haben, sagen Sie es, aber stehlen Sie mir nicht die Zeit." Fritz Mittag nahm endlich seine Beine vorm Schreibtisch. Kevin Bauer erklärte, dass er mit Nina Michel zum Tatzeitpunkt in den Tuilerien gewesen war. Sie sei ein wenig vorausgegangen, als sie ihren Exmann gesehen hatte. Sie wollte ihn begrüßen, mich aber nicht vorstellen. „Das kann ich verstehen", unterbrach Fritz Mittag. Kevin Bauer ließ sich nicht aus dem Konzept bringen und erzählte weiter. Plötzlich sei eine andere Frau Nina in den Weg getreten, die wohl auch auf den Exmann zusteuern wollte und der sei daraufhin zu Boden gegangen. „Scheint ein begehrter Typ gewesen zu sein, der Exmann." Nina Michels Verlobter ließ sich nicht aus dem Konzept bringen. „Es hat so ausgesehen, als wäre er nur umgeknickt. Niemand hat den Sturz so richtig ernst genommen. Die Atmosphäre war so hell und freundlich. Der helle Sandweg mit seinen kleinen Kieselsteinchen, über die der Mann hätte gestolpert sein können. Die Bäume, die so lichtgrün zu beiden Seiten des Weges ihr Spiel mit der Sonne trieben. Nina und ich gingen unbehelligt weiter. Was hätte auch diese heitere schöne Welt zerstören können." „So, so, Sie und Nina konnten unbehelligt weitergehen. Was glauben Sie denn, warum ihr die Aussage auf einmal so schrecklich wichtig und dringend war?" „Weil Sie sie doch unter Druck gesetzt haben", konterte nun der Zeuge. „Ich setze niemand unter Druck. Wahrscheinlich war es das schlechte Gewissen Ihrer Verlobten, das ihr zugesetzt hat. Bei mir ist alles immer völlig freiwillig wie auch der Besuch der geschätzten Kollegin Michel. Das legt die Frage nahe, wie lange Sie beide schon verlobt sind." Kevin Bauer war etwas verunsichert. „Ähm, wir sind noch nicht so lange verlobt, eigentlich erst seit jetzt." „So erst seit jetzt." Fritz Mittag sagte nicht laut, was er dachte. „Ich werde jetzt Ihre Aussage verschriftlichen. Danach müssen Sie nur noch unterschreiben, und Sie können gehen. Zuerst müssen Sie mir noch Ihre Personalien aufschreiben." Mit ungelenker Schrift notierte der Zeuge die Angaben zu seiner Person. „Sie warten bitte draußen." Nachdem er das Schriftstück gedruckt hatte, hieß der Hauptkommissar den Zeugen wieder vor seinem Schreibtisch Platz nehmen. „Bitte lesen Sie das Papier genau. Wenn ich Ihre Aussage korrekt aufgenommen habe, unterschreiben Sie bitte." Kevin warf einen kurzen Blick auf das Blatt, danach schickte er sich an zu unterschreiben. „Wollen Sie die Schriftform Ihrer Aussage nicht gründlich lesen?", fragte Mittag erstaunt. Kevin Bauer schüttelte betreten den Kopf. „Es wird schon stimmen. Ich habe großes Vertrauen in Sie. Genau wie Nina." Er lächelte den Kommissar an. „Leider muss ich jetzt ins Büro gehen. Vielen Dank auch für Ihre Zeit." „Der Dank ist ganz auf meiner Seite." Nachdem sein Besucher gegangen war, wollte der Hauptkommissar zunächst wieder die Füße auf den Schreibtisch legen, entschloss sich dann für ein kompliziertes Ferngespräch mit dem Pariser Kollegen. Am Ende des Gespräches war er genauso klug wie vorher. Auch die jetzige Ehefrau des Ermordeten kam für die Tat infrage. Ebenso wie die Exfrau und die gemeinsame Freundin, die man offenbar für die Unbekannte hielt.

Es wurde Zeit, die Kantine aufzusuchen. Fritz Mittag rief bei Nina Michel an. „Kommen Sie doch mit mir in die Mittagspause. Ihr Verlobter wird schon nichts dagegen haben", sagte er und hörte förmlich die Sprachlosigkeit am anderen Ende der Verbindung. „Oh nein, das geht leider nicht", sagte die Sekretärin. „Kevin und ich wollten uns heute vor dem Römer treffen, um das Aufgebot zu bestellen." „Sie haben es aber verdammt eilig. Sind Sie schwanger?" Der Hauptkommissar ärgerte sich darüber, dass ihm diese Hochzeit so zusetzte. „Wenn Sie wieder Zeit für mich haben, melden Sie sich. Eigentlich schade, dass Sie jetzt so plötzlich heiraten." „Sie haben doch angedeutet, dass Sie nichts mehr mit mir zu tun haben wollen." „Das stimmt. Im Moment sind Sie für mich eine Mordverdächtige. Ihr Verlobter hat diesen Gedanken ins Wanken gebracht. Bedanken Sie sich bei ihm." Nina wusste nicht, was sie von diesem Anruf halten sollte. Offenbar hatte Kevin Bauer ganze Arbeit geleistet. Tatsächlich schickte sie ihm eine SMS und teilte ihm mit, dass sie ihrem Kommissar etwas von einem Aufgebot, das es zu bestellen galt, gesagt hatte. Kevin sollte informiert sein. Sofort kam sein Anruf. Er freue sich so und sie sollten heute Abend die Papiere zusammensuchen und die Sache morgen erledigen. Nina schluckte. Jetzt wollte sie doch in die Kantine gehen. Sie stand am Aufzug, als Kevin wieder anrief. „Ganz wichtig, Nina, du brauchst ein schönes Brautkleid. Sobald ich meine Papiere zusammengesucht habe, bin ich bei dir. Ach, und wir müssen die Wohnungsfrage klären." Nina riss sich zusammen. Sie hätte niemals gedacht, dass es so einfach sei, sich wieder zu verheiraten. Plötzlich fühlte sie sich leicht. Ihr Leben, das ihr oft zu schwer war, wurde nun von anderen Schultern getragen.

Fritz Mittag wollte gerade gehen, als Nina mit einem Stück Kuchen und zwei Tassen Kaffee an seinen Tisch trat. „Hallo, Herr Mittag. Ich habe es mir anders überlegt und Ihnen einen Kaffee mitgebracht." Fritz Mittag hob seine schwarzbraunen Augen, er saß noch und sandete ihr einen tiefgründigen Blick. „Was haben Sie sich anders überlegt? Wollen Sie ihn nicht mehr heiraten?" „Doch, ich habe den Termin beim Standesamt gemeint und die abgesagte Mittagspause mit Ihnen."

„Wenn Ihnen ein Kantinenbesuch mit mir so viel bedeutet, können Sie das gerne öfter haben. Ach übrigens wäre mir der Kuchen lieber gewesen." Nina, die sich inzwischen gesetzt hatte, schob hastig das Stück in seine Richtung. „Danke, sehr lieb von Dir. Wir waren doch beim Du? Egal, ich nehme den Kuchen mit ins Büro. Schöne Pause." Seine letzten Worte gingen in dem Quietschen seiner Schuhe unter. Fritz Mittag saß wieder an seinem Schreibtisch und aß genüsslich den Kuchen. Er überlegte, ob er der guten Nina die Hochzeit austreiben sollte. Er kam zu keinem klaren Ergebnis.

Abends kam die Chefsekretärin nach diesem aufreibenden Tag erschöpft nach Hause. Sie freute sich auf einen geruhsamen Abend. Als sie die Treppe nach oben ging, war irgendetwas anders als sonst. Bald hatte sie das Gefühl, dass jemand im Hausflur verharrte. Panik ergriff sie. Sie beschleunigte ihre Schritte und bekam fast den Aussetzer eines Herzschlags, als sie Kevin Bauer in einem weißen Anzug auf der Treppe vor ihrer Wohnung sitzen saß. Als er Nina sah, stand er auf und wollte sie umarmen. „Was machst du denn hier?", fragte sie und versuchte sich der Umarmung zu erwehren. „Ich warte auf dich. Hier sind meine Geburtsurkunde und die Urkunden meiner Eltern." Er wedelte mit einem Umschlag. Unterdessen hatte Nina die Wohnungstür geöffnet. „Wir waren doch erst später verabredet und wie siehst du denn überhaupt aus?", fragte sie. „Na ja, ich dachte, dass aus Anlass unserer Verlobung ein weißer Anzug ganz passend wäre." „Schon vergessen, die Braut trägt weiß", entgegnete Nina unfreundlich. Sie fühlte sich um ihren ruhigen Feierabend betrogen. „Zuletzt habe ich bei dir nur schwarze Kleider gesehen, deshalb dachte ich, dass wir heute die Rollen tauschen. Jetzt suchen wir deine Urkunden und dann bestelle ich etwas oder wir gehen essen. Danach darf ich die Braut küssen." Nina ging das alles im Moment viel zu schnell. Jedoch wusste sie nicht, was sie sagen sollte. Sie seufzte leise, dachte daran, dass ihr die gleichgültige bis abweisende Art von Fritz Mittag um einiges lieber war als das Draufgängertum ihres neuen Verlobten.

„Holst du uns zwei Gläser Wein aus der Küche? Dann könntest du mir beim Suchen helfen." Nina fügte sich in ihr Schicksal. Im Verlauf des Abends träumte aber auch sie von der perfekten Hochzeit. Die Feier sollte außerhalb Frankfurts im Grünen stattfinden. So weit waren sie sich einig und zermarterten sich die Köpfe, welche Orte geeignet wären und wen sie einladen sollten. Schließlich wurde Nina von einer Euphorie erfasst und Kevin konnte eine weitere Nacht an ihrer Seite verbringen.

Fritz Mittag stand in seiner Küche und bemächtigte sich des Chaos vom Vorabend. Dabei versuchte er, seinen kurzen Flirt mit Nina Michel Revue passieren zu lassen. Angefangen hatte es mit der Verabredung für die Kantine im Präsidium. Er wollte nur den Gerüchten über die Rechtsmedizinerin und ihn Einhalt gebieten. Die zweite Verabredung fand noch vor der Parisreise statt, nachdem sich Jacques Ehringers Mitarbeiterin in ihrer Fantasie eine Verabredung mit ihm ausgemalt und ihrem Chef davon erzählt hatte. Hier war also der Wunsch Vater des Gedankens gewesen. Schließlich war es gestern zu dem Abend in seiner Küche gekommen, wozu sie das Kleid angezogen hatte, an dem Blut kleben konnte, falls sie nach der Tat nicht geduscht hatte. Er dachte noch einmal über ihre Erzählung nach, die der sogenannte Verlobte genauso wiedergegeben hatte. Fritz Mittag verstand nicht mehr, warum er die fast schon naive Frau gestern für tatverdächtig gehalten hatte. Sie hätte ihm die Sache nicht zu erzählen brauchen. Er gestand sich ein, dass er gestern seine Aggressivität an ihr ausgelassen hatte, die ihre schlichte und etwas unbeholfene Art provozierte. Sie hatte so gar nicht den Ehrgeiz zur Femme fatale. Er verbot sich zu hoffen, dass die Sache mit diesem Kevin Bauer nicht ernst zu nehmen war. Morgen würde er sie um eine weitere Verabredung bitten und sich für sein Verhalten entschuldigen. Er musste den Rotwein, der übrig geblieben war, austrinken, um nicht wieder den Tränen freien Lauf zu lassen.

Als Nina tags darauf kurz vor der Mittagspause die Nummer des Hauptkommissars in der Rufnummernanzeige erkannte, nahm sie nicht ab. Ihr tat das Herz dabei weh. Sie konnte unmöglich ihr Versprechen, dass sie Kevin gegeben hatte, brechen. Wer weiß, welche Gemeinheiten dieser Ermittler demnächst wieder für sie parat hatte. Nina war es gelungen, telefonisch mit dem Standesamt kurzfristig einen Termin für heute zu ergattern, denn es hatte eine Absage gegeben. Wieder dachte sie, dass es für sie nicht so schnell hätte gehen müssen. Sie konnte pünktlich Schluss machen, da der Polizeipräsident nicht anwesend war. Kevin Bauer erwartete sie bereits vor dem Eingang des Standesamtes in der Bethmannstraße. Eigentlich hatte er sie im Präsidium abholen wollen, doch Nina meinte, dass es ihr lieber wäre, wenn sie sich dort träfen. Auf Kevins beleidigte Bemerkung, dass sie wohl nicht mit ihm gesehen werden wolle, entgegnete sie, dass sie sich unauffälliger früher davonstehlen konnte, wenn sie nicht abgeholt würde. Kevin ließ das gelten. Zum Glück trug er heute einen grauen Anzug und hatte nicht wieder den auffälligen Brautanzug gewählt. Während sie im Warteraum saßen, auch das Standesamt gab Nummern aus, hielt sie ihre Tasche auf dem Schoß umklammert. Immer wieder sagte sie sich, dass sie ganz fest daran glauben müsse, dass diese Ehe glücklich werden müsse, denn bekanntlich versetzte der Glaube Berge. „Denn wahrlich, ich sage euch, wenn ihr Glauben habt wie ein Senfkorn, so werdet ihr zu diesem Berg sagen: Werde versetzt von hier nach dort!, und er wird versetzt werden; und nichts wird euch unmöglich sein" (Mt 17,20). Nina erwischte sich schließlich bei dem Gedanken, dass sich die Hochzeit mit Kevin noch verhindern lasse. Was hatte ihr Fritz Mittag wohl heute sagen wollen? Der Termin für die Trauung wurde auf Kevins Drängen bereits in der nächsten Woche angesetzt. Es gab nur noch einen freien Termin im Haus Rosenbrunn im neoklassizistischen Pavillon im Rosengarten des Palmengartens.

Die Braut fühlte sich schwindelig, als sie das Standesamt verlassen hatten. „Gehen wir wieder in unsere Weinstube und besprechen alles Weitere." Nina nickte nur zu Kevins Vorschlag. Sie fühlte sich wie betäubt. Als sie in einer Ecke bei Balthasar Rees saßen und den ersten

Wein vor sich stehen hatten, ging es ihr langsam besser. „Ich muss Elisabeth anrufen. Sie weiß noch gar nichts von der ganzen Geschichte. Sie muss meine Trauzeugin sein. Meine Pariser Freundin Adrienne will ich nicht dafür haben. Sie soll auch nicht zur Hochzeit eingeladen werden. Ich zweifele an ihrer Loyalität. Wer weiß, was sie sonst noch getan hat." Kevin nickte. „Übrigens danke ich dir, Nina, dass du mir alles halblaut vorgelesen hast, so als müsstest du dich vergewissern, dass es stimmt, was du liest." Nina schenkte Kevin ein kleines Lächeln. Wir sind doch jetzt ein Duo." Ihr verhaltenes Lächeln zeugte nicht von tiefer innerer Übereinstimmung. Kevin sagte sich, dass das schon kommen würde. Die Frage, die ihn beschäftigte, war, wen er als Trauzeugen nehmen sollte. Er hatte sich immer wie ein einsamer Wolf gefühlt, der nicht lesen und schreiben konnte. Als Steuerberater war er sowieso ein Einzelgänger. „Weißt du was", schlug Nina vor. „Ich frage im Präsidium. Ein Streifenpolizist tut mir bestimmt den Gefallen." Dann sprachen sie darüber, dass sie nach der Trauung im Restaurant des Palmengartens essen würden. Nur sie beide und die Trauzeugen. Es würde eine kleine Hochzeit werden, weil sie eigentlich beide keine Freunde hatten. Nina konnte sich nach ihrer Pariser Zeit in Frankfurt an niemand näher anschließen. Ebenso wie sie ihre äußerliche Anwesenheit zurückgenommen hatte, verzichtete sie auf ein soziales Umfeld und innere Anteilnahme. Es gab außer ihrer Tochter keine weitere Familie. Kevin war ebenfalls das Kind verstorbener Eltern ohne Geschwister und hatte aus Angst vor der Entdeckung seiner Leseschwäche keine Freundschaften geknüpft. Es war sehr mühsam gewesen, sich in der Singlebörse anzumelden, aber es hatte ihn zum Erfolg geführt. Nina meinte, dass es ein bisschen schade sei, dass sie so wenig Zeit für die Vorbereitungen der Hochzeit hatten, aber eine große Feier mit Programm sei auch gar nicht ihr Wunsch gewesen. Sie griff zu ihrem zweiten Glas Wein und zu ihrem Mobiltelefon. „Elisabeth, meine Süße. Störe ich dich gerade? Nein, gut. Ich muss dir etwas beichten. Kevin und ich heiraten nächste Woche am Freitag, und ich wollte dich fragen, ob du meine Trauzeugin sein kannst." Elisabeth zeigte keine Reaktion. Sie blieb einfach stumm. Nachdem Nina mehrfach „Elisabeth, Elisabeth, hörst du mich?" gerufen hatte, antwortete ihre Tochter schließlich. „Wie kannst du so kurz nach Papas Tod heiraten? Mir verschlägt es die Sprache. Und deine Trauzeugin kann ich auch nicht sein. Du hast mich schließlich aus einer anderen Ehe heraus geboren." „Du hast recht, mein Liebling. Du kannst nicht meine Trauzeugin sein. Ich habe nicht nachgedacht. Es ging alles so wahnsinnig schnell. Allerdings hat sich dein Vater schon vor so langer Zeit von mir getrennt, dass ich keine Trauerzeit für ihn einhalten muss. Das gilt selbstverständlich nicht für dich, mein Schatz. Aber du kommst doch zur Hochzeit und Fabian Farberger ist auch eingeladen." „Ja gut, Mama, ich werde ihn fragen. Ich wünsche dir jedenfalls, dass du glücklich wirst." Elisabeth hatte das Gespräch beendet, ohne auf die Antwort ihrer Mutter zu warten. Nina seufzte. „Egal, wie schlecht es mir morgen geht. Ich muss noch ein Glas trinken. Du hast gehört, was Elisabeth gesagt hat. Wen nehme ich jetzt als Trauzeugin?" Sie überlegte eine Weile, während Kevin sie ratlos ansah und ihre Hand hielt. Plötzlich glitt ein Lächeln über Ninas Gesicht, nachdem eine Dame in einem knallroten Kostüm die Weinbar betreten hatte. „Ich frage Marie Haussmann, die Barchefin des roten Hauses. Gleich morgen Abend gehe ich dort vorbei." „Ich komme mit", sagte Kevin. „Schließlich muss sie mich kennenlernen." „Ja, gut", stimmte Nina zu. „Jetzt muss ich nach Hause und schlafen und du auch, jeder für sich. Es war heute anstrengend genug." „Aber schön anstrengend", korrigierte Kevin. „Ich sehe ein, dass du deinen Schönheitsschlaf brauchst, meine Süße. Und vergiss nicht, morgen einen deiner Polizisten zu fragen. Ich bringe dich zur U-Bahn." Es war erst 21.00 Uhr, so dass es vertretbar war, dass Nina allein nach Hause fuhr. Offenbar hatte ihr der Wein auch gar nicht so zugesetzt. „Du musst auch dein Brautkleid allein aussuchen. Ich darf das gar nicht vor der Hochzeit sehen. Das bringt Unglück." Kevin stand neben Nina auf dem Bahnsteig in der U-Bahn-

Station Dom/Römer und hatte beschützend den Arm um sie gelegt. Diese nickte zustimmend. „Vielleicht geht Elisabeth mit." Als der Zug einfuhr, rief Kevin ihr hinterher, dass sie auch noch überlegen müsse, ob er zu ihr ziehen solle. Er lief noch ein Stück neben der abfahrenden Bahn und winkte.

Als Kevin Bauer seine kleine Wohnung in der Nähe des Mühlbergs betreten hatte, zog er seine Schuhe aus und ließ sich auf die Couch fallen. Vorsichtig griff er in seine Anzugstasche und holte Ninas Taschentuch hervor, das er ihr entwendet hatte. Er presste es an seine Nase und roch intensiv daran. Er würde diese wunderbare Frau nicht wieder gehen lassen. Er musste gut auf sie aufpassen. Kevin Bauer konnte sein Glück nicht fassen. Er ließ seinen Blick in die Runde schweifen. Seine Putzfrau hatte wie immer gute Arbeit geleistet. Demnächst würde Nina bei ihm übernachten müssen. Vielleicht sollte er vorher noch ein paar Bücher beschaffen, die er in die Regale stellte, damit es etwas behaglicher aussah. Liebevoll betrachtete er seinen großen Gummibaum. Behutsam legte er Ninas Taschentuch zur Seite, stand auf und gab der Pflanze etwas Wasser. Selbst genehmigte er sich noch einen Whisky, bevor er noch ein paar Takte von Beethovens 9. hörte. Heute war der richtige Tag für diese schicksalshafte Musik. Schließlich riss er sich zusammen, ging ins Bad, putzte sich die Zähne und zog seinen Schlafanzug an.

31

Fritz Mittag wollte gerade das Präsidium verlassen, als er bemerkte, dass Nina Michel im dritten Revier verschwand. Entschlossen folgte er ihr. Sie stand mitten in der Wachstube und rang die Hände. Alle Augen waren auf sie gerichtet. „Ich weiß nicht, wie ich es formulieren soll." Sie seufzte laut. „Ich bräuchte einen Trauzeugen." Sie hatte es geschafft. „Was für einen Zeugen brauchen Sie?", fragte einer der Beamten. „Du, Idiot, hör doch zu. Sie will einen Trauzeugen." Ein allgemeines Gelächter brach aus. Nina Michel hatte mittlerweile einen hochroten Kopf. Was hatte sie sich nur gedacht bei dieser Aktion. „Freiwillige vor!", rief einer der Streifenpolizisten, als Fritz Mittag eingriff. Krachend schlug er mit der flachen Hand auf einen der Schreibtische. Das Gejohle brach ab. Nun stand der Hauptkommissar im Fokus des allgemeinen Interesses. „Meine Herren, ich stelle fest, dass Sie wenig entgegenkommend sind. Ich werde Frau Michel aus der peinlichen Situation befreien und stelle mich hiermit als Trauzeuge zur Verfügung." „Wir dachten, Sie wären der Bräutigam." Einer der anwesenden Kollegen war nicht aus dem Takt zu bringen. „Ich darf Ihnen allen versichern, dass ich nicht im Mindesten daran denke, so schnell wieder zu heiraten. Zufrieden? Kommen Sie, Frau Michel, wir gehen. Unterwegs erklären Sie mir alles."

Auf dem Weg zur U-Bahn wusste Nina nicht genau, was sie sagen sollte. Um irgendwelche Vorschläge des Hauptkommissars zu unterbinden, sagte sie wahrheitsgemäß, dass sie mit ihrem Verlobten die Bar im roten Haus aufsuchen wolle. Wie er bereits wisse, habe sie doch die Paris-Geschichte mit der Chefin besprochen. „Ich möchte Marie Haussmann jetzt fragen, ob sie meine Trauzeugin werden will. Ich schätze sie sehr. Sie hat mir angeboten, mit allen meinen Angelegenheiten zu ihr zu kommen. Zuerst wollte ich meine Tochter bitten, aber sie hat abgelehnt. Freundinnen in Frankfurt habe ich leider nicht."

Letzteres Eingeständnis war der Mittvierzigerin sichtlich peinlich. „Machen Sie sich nichts daraus. Ich habe auch keine Freunde außer Jaques Ehringer." Fritz Mittag zuckte die Schultern. „Ich werde Sie nach dorthin begleiten", sagte er. „Eine Kollegin von mir vertritt den bei dem Tangoabend verschwundenen Türsteher und Hausaufseher." „Ich habe niemand in Uniform gesehen", meinte Nina. „Trage ich eine Uniform?", fragte Fritz Mittag. „Ich werde schon einmal die Bar betreten. Treffen Sie den Bräutigam auf der Straße?" „Nein, ich begleite Sie in das Innere." Nina tat plötzlich die Kehle weh. Fritz Mittag begrüßte die Barchefin sehr charmant und wandte sich einer jungen Frau in einem eleganten schwarzen Kleid zu. Marie Hausmann zeigte sich erfreut, Nina wiederzusehen, und dann noch in Begleitung eines offenbar sehr gut gelaunten Kommissars. „Was möchten Sie trinken?", fragte sie. „Es geht auf das Haus." Nina schüttelte den Kopf. „Nein, das kann ich eigentlich nicht annehmen. Es könnte höchstens ein alkoholfreies Getränk sein. Vielleicht ein Bier ohne Alkohol", meinte sie. Fritz Mittag mischte sich wieder in die Unterhaltung ein. „Frau Haussmann, sie sollten nicht nur Ihre Bar als Therapie gegen Sex nutzen, sondern auch auf den Ausschank von Alkohol verzichten. Wie wäre das?" Marie sah, wie es Nina vorkam, leicht pikiert aus. Wieder ergriff der Kommissar das Wort. „Frau Michel, Sie sollten ihr Anliegen sofort vortragen, bevor Frau Haussmann im Gespräch ist." Die Chefsekretärin fühlte sich leicht bevormundet, tat aber, was ihr gesagt wurde. „Frau Haussmann, ich habe eine große Bitte." Nina seufzte. In diesem Moment betrat Kevin Bauer die Bar, entdeckte Nina und stellte sich strahlend hinter sie, um sie mit zwei Küssen links und rechts zu begrüßen. Dann reichte er Marie Haussmann die Hand. „Kevin Bauer, ich bin der Glückliche. Hat Nina Ihnen schon gesagt, worum es geht?" „Sie wollte gerade ihr Problem zur Sprache bringen." Marie lächelte Nina an. „Was kann ich für Sie tun?", ermutigte sie die Barbesucherin.

„Sie will Sie bitten, Ihre Trauzeugin zu werden. Wir wollen nämlich heiraten." Kevin Bauer hatte an Ninas Stelle geantwortet. Marie stutzte kurz. „Das mache ich selbstverständlich sehr gerne. Wann ist denn der Termin? Ich muss es gleich in den Kalender eintragen." „Schon am nächsten Freitag", ergänzte Kevin Bauer. Mittlerweile war auch Fritz Mittag wieder hinzugetreten. „Hallo Herr Bauer, nett, Sie zu sehen. Ich darf Sie darüber informieren, dass ich Frau Michel zugesagt habe, für Sie als Trauzeuge zur Verfügung zu stehen. Vielleicht wäre ich auch gern an Ihrer Stelle." „Vielen Dank, Herr Kommissar. Wie darf ich das denn verstehen, dass Sie lieber an meiner Stelle wären?" „Ganz einfach. Ich wäre gerne der Bräutigam. Abgesehen davon ist die korrekte Anrede Herr Hauptkommissar. Da wir aber privat hier sind, sollten Sie einfach Herr Mittag sagen." Nina war sprachlos, und sie musste sich setzen. Das hatte nicht wie ein Scherz oder wie ein Kompliment geklungen. Ob ihr etwas entgangen war, fragte sie sich. Mittlerweile war Fritz Mittag wieder zu Eva Friedberger getreten, die den Wortwechsel mit angehört hatte. „Tja, Frau Friedberger, wenn es arbeitsmäßig nicht mit uns funktioniert und Frau Michel mich verschmäht hat, könnten Sie doch darüber nachdenken, ob sie ein wenig mit mir privatisieren wollen. In den schwarzen Kleidern sind Sie ganz mein Typ. Vielleicht können Sie Ihre Fixierung auf den straffälligen jungen Mann etwas lockern." Eva Friedberger strahlte den Kommissar an. „Über ihr Angebot werde ich liebend gerne nachdenken", sagte sie. „Aber nicht zu lange. Ich bin ein bisschen ungeduldig. Sollten Sie sich dagegen entscheiden, könnte ich Ihnen noch vorschlagen, Sie bei Jacques Ehringer im Vorzimmer unterzubringen, falls Nina Michel ihrerseits vom Dienst suspendiert wird oder in Elternzeit geht. In ihrem Alter müsste sie sich beeilen. Ach, vergessen Sie es wieder." „Gibt es noch etwas zu besprechen? Sollen wir uns zu viert noch einmal treffen oder besser zu fünft?" Marie sprang in die Bresche und warf ihrer neuen Sicherheitsbeauftragten einen verschwörerischen Blick zu. „Ja, vielleicht am nächsten Mittwoch. Bis dahin müssten wir mit unseren Hochzeitvorbereitungen durch sein", entschied Kevin Bauer. „Komm Süße, wir gehen nach Hause." Nina fügte sich der Anweisung ihres Verlobten und warf nach der Verabschiedung im Hinausgehen Fritz Mittag einen zutiefst verunsicherten Blick zu. Der Kommissar registrierte genau, wie sehr es die Sekretärin drängte, mit ihm allein zu reden und wie sie unter der Unmöglichkeit litt. Er sah sie breit lächelnd an und zuckte die Achseln, was so viel heißen sollte wie „ein anderes Mal vielleicht".

„Heute kannst du mich nicht einfach so nach Hause schicken. Du musst etwas wiedergutmachen." Kevin meldete seine Rechte an. „Was denn?", fragte Nina angespannt. „Es hat mir gar nicht gefallen, wie dieser Kommissar, den du auch noch als meinen Trauzeugen benannt hast, mit dir umgeht. Verschweigst du mir etwas? Ich denke, dass ich dich ein wenig mehr kontrollieren muss. Jetzt fahren wir erst einmal nach Hause zu dir, mein Liebling." Kevin Bauer kam aber nicht mehr auf das Gespräch in der Bar zurück. Er war sehr rücksichtsvoll und sehr zärtlich zu seiner Verlobten. Bevor er sie in seinen Armen einschlafen ließ, flüsterte er kaum hörbar, dass er sie liebte. Nina war froh, dass er nicht nachtragend oder neugierig war.

32

„Die Wohnungsangebote müssen noch bis abends in den aktuellen Newsletter der Immobilienwelt eingestellt werden." Fabian Farberger vergriff sich leicht im Ton, als er Elisabeth diesen Auftrag erteilte. „Es geht also nicht, dass Sie heute früher gehen. Sie gehen für meinen Geschmack zu oft etwas früher. Auch wenn Sie nur die Praktikantin sind, gelten für Sie die Regeln meiner Mannschaft." Elisabeth hatte ihrer Mutter versprochen, dass sie heute mit ihr nach einem Brautkleid schauen würde. Fabian Farberger wollte mit dieser Ansage verhindern, dass sich Elisabeth als seine Partnerin begriff und sich einbildete, dass sie Sonderrechte bekam aufgrund der Liebelei mit ihm. Das Techtelmechtel mit der achtzehnjährigen Praktikantin durfte keinesfalls zu einem Thema zwischen Thalia und ihm werden, falls sie zu ihm zurückkehrte, wovon er immer mehr ausging. Er dachte daran, dass Jan Jurak zum zweiten Mal verloren hatte.

Als Elisabeth, die den Termin mit ihrer Mutter verschoben hatte, sehr spät nach Hause kam, stand Farberger mit einem Glas in der Hand am Fenster und starrte nach draußen auf die noch belebte Straße. „Hallo Fabian, darf ich mittrinken? Ich bin mit deinem Auftrag fertig geworden." „Das kannst du gerne. Ich wollte sowieso etwas mit dir besprechen." „Was denn?", fragte Elisabeth neugierig. „Es geht um dich und mich. Du weißt, dass ich dich sehr attraktiv finde. Dennoch möchte ich unsere Affäre beenden. Es tut mir leid, dass ich mich dazu habe hinreißen lassen. Du bist aber auch einfach hinreißend." Farberger versuchte einen Scherz. Elisabeth sah ihn jedoch mit schmerzerfüllten Augen an und ging nicht darauf ein. „Woher kommt der Sinneswandel? Ich dachte, dass wir heiraten wollen, sobald du geschieden bist." Farberger entschied sich für die Wahrheit. „Ich weiß nicht, ob ich diese Scheidung überhaupt noch will. Es vergeht kein Tag, an dem ich nicht an Thalia denken muss. Ich will noch einmal versuchen, sie zurückzugewinnen." „Das heißt, dass ich nur der Pausenclown war", stellte Elisabeth mit bebender Stimme fest. „Das kannst du so nicht sagen. Es gab Tage, an denen ich dachte, dass du ihr Bild auslöschen kannst. Als du mit deiner Mutter in Paris warst, ist es mir bewusst geworden, dass ich sie vermisse und nicht dich. Es gibt aber noch ein anderes Problem. Es ist mir schon seit einiger Zeit aufgefallen, dass meine Mitarbeiter grinsen, wenn ich mit dir rede. Ich möchte nicht zum Gespött der Belegschaft werden. Gerade heute ist es mir wieder bewusst geworden, als du dich meinem Auftrag widersetzen wolltest." „Gib mir die Flasche!", rief Elisabeth. „Sie steht auf dem Tisch. Nimm sie dir. Willst du sie mir an den Kopf werfen? Dann bitte, tu dir keinen Zwang an." „Nein, ich will mich betrinken." Elisabeth griff nach dem Whisky und rannte in ihr Zimmer. Nachdem sie die Tür krachend ins Schloss geworfen hatte, fing sie heftig an zu weinen. „Es ist aus. Fabian hat Schluss gemacht." Elisabeth hatte ihre Mutter angerufen. „Aber warum denn, mein Liebling? Bitte beruhige dich. Es ist doch besser so bei dem Altersunterschied. Und er ist dazu noch verheiratet." „Das ist es gerade, Mama. Er will sich mit ihr versöhnen." „Besser er sagt dir das jetzt als später. Wenigstens war er ehrlich zu dir." „Du verteidigst ihn auch noch. Ich hasse dich. Zu deiner blöden Hochzeit komme ich auch nicht. Ohne Begleitung will ich da nicht hingehen." „Aber Elisabeth. Du bist doch meine Tochter. Willst du mir das antun? Es findet sich schon jemand, der dich begleitet, obwohl du einfach als meine Tochter dabei sein könntest." „Sag doch die blöde Hochzeit einfach ab. Ich will keinen anderen Begleiter. Nur Fabian. Wenn ich allein durch das Leben gehe, kannst du das auch." „Elisabeth. Denk doch einmal nach. Ich bin schon alt und sehr lange allein gewesen. Du wirst schnell einen neuen Freund finden. Ich sicher nicht." Nina dachte kurz an Fritz Mittag. „Dann heirate ihn eben, aber ohne mich", sagte sie trotzig und beendete das Gespräch, um sich dem Whisky zuzuwenden. Nina Michel überlegte verzweifelt, was sie tun sollte. Schließlich suchte sie in ihrer Tasche nach der Karte von Marie Haussmann. Die Barchefin nahm nach dem dritten Klingeln das Gespräch an. „Hier ist Nina Michel. Entschuldigen Sie bitte, dass ich Sie gleich am nächsten Tag schon wieder mit meiner Hochzeit behellige." „Kein Problem, Frau Michel. Ich bin immer gerne für Sie da." Marie freute sich jedes Mal, wenn ihr der geschäftsmäßige Tonfall gut gelang. So professionell wie eben hatte sie sich schon lange nicht mehr angehört. „Frau Haussmann, der Freund meiner Tochter hat sich gerade von ihr getrennt. Er ist ihr Chef und mehr als doppelt so alt. Außerdem ist er dazu noch verheiratet. Insofern begrüße ich diese Trennung. Elisabeth will nun aber nicht ohne Begleiter an der Hochzeit teilnehmen. Hätten Sie vielleicht jemand in Ihrem Kundenkreis, der passen könnte?" „Frau Michel, aber sagen Sie doch einfach Marie zu mir, darüber müsste ich kurz nachdenken. Schließlich sind wir kein Escortservice. Darf ich Sie wieder anrufen?" „Sie müssen Nina zu mir sagen, wenn ich Marie sage. Vielen Dank, dass Sie sich der Sache annehmen wollen."

Marie saß allein an der Bar. Es war heute kein Betrieb im Haus. Solche Abende gab es von Zeit zu Zeit, die durch Tage des Hochbetriebs wieder ausgeglichen werden konnten. Auch Eva Friedberger wirkte ein wenig gelangweilt, obwohl gerade sie zur beliebten Gesprächspartnerin geworden war. Sie ließ immer wieder ihren Polizeijargon einfließen, äußerte sich kompetent zu Recht und Ordnung. Darüber hinaus sah sie äußert attraktiv aus. Die schwarzen Kleider und hochhackigen Schuhe brachten ihre üppigen Formen sehr gut zur Geltung. Marie dachte mit Hingabe über das Problem der Begleitung, als Friedrich Kistner die Bar betrat. Sein Blick fiel auf die Polizistin, aber Marie war schneller. „Friedrich, wie schön, dich zu sehen." Sie war aufgesprungen. „Komm, setz dich zu mir!" „Marie Haussmann, eine solche euphorische Begrüßung von dir bin ich gar nicht gewohnt. Ich kann mich noch sehr gut dran erinnern, wie du immer ‚Du schon wieder' gesagt hast, wenn ich zu dir gekommen bin. ‚Wir haben doch schon alles besprochen' war dein zweiter Satz." Marie errötete leicht. „Es tut mir leid, aber damals ging es um Max. Lassen wir doch die alten Kamellen in Ruhe. Ich habe eine Bitte. Könntest du die Tochter einer Freundin zur Hochzeit ebendieser Freundin begleiten? Ich bin die Trauzeugin. Die Tochter will an der Hochzeit der Mutter nicht teilnehmen, weil der Freund sie gerade hat sitzen lassen. Und einen schwarzen Anzug hast du sowieso." Friedrich Kistner besaß ein Bestattungsunternehmen. „Wie alt ist denn die junge Dame und ist sie hübsch?" „Ja, sie ist sehr hübsch und gerade erst achtzehn Jahre alt. Noch dazu ist sie in Paris aufgewachsen." „Wer lässt denn so ein attraktives Mädel sitzen?" Friedrich Kistner war sich sicher, dass die junge Frau außerordentlich hübsch sein musste. „Der Exfreund ist der Chef der jungen Frau. Sie macht bei ihm ein Praktikum, aber er ist verheiratet und hat offenbar kalte Füße bekommen." „Kein Problem. Klar mache ich das. Wann lerne ich die junge Frau kennen?" „Das weiß ich noch nicht so genau. Vielleicht erst bei der Trauung. Ich muss die Mutter anrufen und fragen, wie wir das handhaben wollen." „Und was ist, wenn sie mich nicht als Begleitung akzeptiert? Du weißt schon, dass mein Beruf die Frauen abschreckt. Sie denken, dass mir Leichengeruch anhaftet." Friedrich Kistner hatte schon oft mit Marie über dieses Problem geredet. Darüber hinaus hatte er eine Zeit lang versucht, Maries neuer Partner zu werden. Nach der Ermordung von Max Haussmann war er in die Offensive gegangen und hatte ihr einen Heiratsantrag gemacht. „Dir haftet kein Leichengeruch an. Wie oft soll ich es noch sagen? Dein Parfüm ist exquisit und viele Frauen fühlen sich von einer dunklen Aura bei Männern angezogen." „Schon gut, wenn ich die Tochter begleite, schuldest du mir einen Gefallen. Ich gehe jetzt. Der Abend wird mir zu anstrengend. Hier hast du noch einmal meine Karte." Im Hinausgehen winkte der Bestatter Eva Friedberger zu und würdigte Marie keines weiteren Blickes. „Wer war denn das?", fragte die Polizistin und trat zu Marie. „Er wirkt so düster." „Genau das ist sein Problem", gab Marie zurück. Sie redeten eine Weile über den Totengräber, und Marie bemerkte, dass der Mann ihr plötzlich gar nicht mehr unangenehm war. Auch Eva gab zu, dass die bleiche schwermütige Ausstrahlung mindestens genauso faszinierend war wie die glatte gegelte Schönheit von Normann Millet. Ihre neue aufregende Beschäftigung trug dazu bei, dass sie sich nicht mehr so sehr dafür interessierte, was Normann und Karin im Altenpflegeheim miteinander verband, auch wenn sie immer noch eifersüchtig war. Die Energie, die sie für den tatverdächtigen jungen Mann für eine kurze Zeit aufgebracht hatte, war etwas verflogen. Zwischen ihnen beiden hatte sich der Kontakt auf das abendliche Ankuscheln zum Einschlafen reduziert, was Eva gerade zu der selbstkritischen Frage führte, ob sie in Normann nur noch ein praktisches Kuscheltier sah. Sie wollte es ändern. Für ihre eigenen Pläne war es doch wichtig zu wissen, was Normann mit ihr verband.

Marie bemerkte, dass ihre neue Mitstreiterin in einen eigenen Gedankengang eingetreten war und wählte die Nummer von Nina Michel. „Nina, ich bin es, Marie. Ich hätte jemand als Begleiter für Ihre Tochter." Sie erzählte kurz von Friedrich Kistner und seinem ehrenhaften Beruf und den damit verbundenen Schwierigkeiten bei Frauen. Nina war ganz begeistert und meinte, dass dieser Herr Kistner genau der passende Ersatzbegleiter sei. Er würde zu der Grabesstimmung ihrer Tochter passen. Sie würde sie fragen, ob sie ihn vorher kennenlernen wollte, aber sie als Mutter wäre eigentlich dafür, dass sie sich bei der Hochzeit zum ersten Mal sähen. „Hochzeit auf den ersten Blick in einem anderen Sinn", meinte sie.

Marie wechselte das Thema. Wie geht es Ihnen, Nina? Sind Sie tatsächlich sicher, dass Kevin Bauer der Richtige für Sie ist? Als Ihre Trauzeugin darf und muss ich Sie das fragen." „Ich finde, dass wir uns duzen sollten, wenn wir solche Themen besprechen." Nina wollte die Antwort hinauszögern. „Ja selbstverständlich gerne. Und wie sieht es aus, Nina?" Marie ließ nicht locker. „Kevin ist der Richtige für mich. Das Gerede von Kommissar Mittag kann ich nicht ernst nehmen. Es ist seine Art, anderen weh zu tun. Wahrscheinlich kommt es daher, dass er so eine problematische Kindheit hatte." „Sie kennen ihn aber schon ganz gut. Ich habe nichts von ihm gehört, wie er aufgewachsen ist", gab Marie zu bedenken. „Tatsächlich haben wir uns ein paar Mal privat getroffen, bis er mich schließlich weggeschickt hat. Leider habe ich nicht auf dich gehört und ihm von dem Verdachtsmoment der Pariser Kollegen erzählt. Kevin ist zu ihm gegangen und hat meine Unschuld bezeugt und wollte, dass ich ihn dafür heirate. So ist das Eheversprechen zustande gekommen." Nina fühlte sich erleichtert, dass sie Marie die Wahrheit gesagt hatte. Jetzt konnte sie Marie als Freundin empfinden, und sie war die richtige Trauzeugin. „Nina, du willst doch nicht etwa andeuten, dass du Kevin zum Dank dafür heiratest, dass er für dich aussagt?" Marie unterbrach sich. Beide Frauen schwiegen. Schließlich ergriff Marie wieder das Wort. „Vielleicht hätte ich auch so gehandelt wie du. Ich finde es gut so. Die große Liebe trägt nicht weit." Da war sie wieder, die alte Marie, die alles sehr pragmatisch sah und sich ihre Naivität behalten hatte. Die neuen Freundinnen beendeten das späte Telefonat. Nina ging anschließend sofort schlafen. Sie war dankbar dafür, dass Kevin heute in seiner Wohnung bleiben wollte.

„Wir haben eine Begleitung für dich. Es ein sehr gut aussehender Bestatter. Willst du ihn schon vor der Trauung treffen? Liebe Grüße, Mama." Nina hatte ihrer Tochter eine Kurzmitteilung geschickt, damit diese nicht gleich beim ersten Wort ablehnend reagierte. So konnte sie sich mit einer Antwort Zeit lassen. Um die Mittagszeit kam eine Antwort. „Okay. Ich nehme ihn als Begleitung, unbesehen. Hinterher kann er mich dann gleich auch zu Grabe tragen. Was ist mit dem Brautkleid?"

Eva Friedberger hatte Glück. Als sie am nächsten Morgen aufwachte, war Normann Millet noch in der Küche. „Heute habe ich wieder Spätdienst. Wir haben schon so lange nicht mehr miteinander geredet. Ich weiß gar nicht mehr, was in deinem hübschen Kopf so vorgeht." „Das geht mir genauso", sagte Eva und lächelte. Normann sah ihr in die Augen, bevor er Evas unausgesprochene Frage beantwortete. „Ich arbeite, der Dienst ist nicht angenehm, aber ich habe zum ersten Mal das Gefühl, dass ich etwas Gutes tue. Und dann warte ich auf den Prozess und mein Urteil. Erst danach kann ich weitere Pläne machen. Ich bin dir dankbar, dass ich hier wohnen kann." Eva nickte. „Und wie läuft es mit Lena und Karin?" „Hm, Lena geht mir etwas aus dem Weg. Sie ist eher professionell höflich, wenn wir uns begegnen und mit Karin verstehe ich mich gut. Das weißt du doch." Eva schluckte und nahm allen Mut zusammen. „Ich wüsste zu gerne, wie gut ihr euch versteht. Also wenn du eine Liste deiner Favoritinnen anlegen müsstest, wie sähe die aus?" „Eva, ich glaube, du bist eifersüchtig. Dafür gibt es keinen Grund. Karin ist nur die Nummer zwei nach dir. Danach kommt Rachel, meine kleine Nichte." Eva wusste nicht, ob sie die Aussage von Normann wirklich beruhigte. „Wie sieht denn deine Hitliste aus?", fragte er jetzt. „Na, du kommst natürlich an erster Stelle und dann vielleicht der Kommissar Mittag. Im dritten Revier gibt es niemand, der mir gefällt." „Soso, der Herr Kommissar. Und was ist mit der Bar? Hat dir noch niemand schöne Augen gemacht?" „Nein, nur der Kommissar." „Ach was, der kommt also auch dahin." „Es war dienstlich und dabei hat er gesagt, dass mir die schwarzen Kleider sehr gut stehen würden. Besser als die Uniform." „Da hat er nicht ganz unrecht." Normann zog Eva an sich und flüsterte ihr ins Ohr, dass sie sich noch ein Weilchen in Evas Zimmer zurückziehen sollten.

33

Marie stand vor ihrem Kleiderschrank und überlegte, ob sie einen Hosenanzug oder ein Kostüm für den Nachmittag und Abend in der Bar anziehen sollte. Ihr Blick fiel dabei auf die Plastikhülle, die ihr eigenes Brautkleid barg. Vorsichtig holte sie das voluminöse Kleid aus seiner Verpackung. Vorsichtig strich sie über den Tüll. Zweimal hatte sie es getragen. Zur Hochzeit und am Tag danach, an dem Tag, als Max ermordet wurde. Spontan griff sie nach ihrem Telefon und rief Nina an. „Sag, willst du zur Hochzeit mein Kleid tragen? Wir haben doch eine ähnliche Figur. Oder hast du Angst, dass es dir Pech bringt? Es ist wunderschön." „Oh, Marie sehr gerne. Ich komme nach Feierabend vorbei und probiere es an. Wie lieb von dir. Es würde die Vorbereitungen sehr erleichtern, wenn ich es anziehen könnte, und es verbindet uns."

„Es passt sehr gut, und es sieht so schön aus." Nina war ganz aus dem Häuschen. „Wie kann ich das wiedergutmachen?" „Gar nicht, du machst mir eine Freude, wenn du es trägst. Ich bin schon gespannt, was Kommissar Mittag dazu sagen wird, wenn er es sieht." „Und ich freue mich darauf, wenn Kevin große Augen bei meinem Anblick bekommt", sagte Nina, weil sie es sich einreden wollte, dass es so war. Nina bat Marie, ein Foto zu machen, was sie an Elisabeth schickte, um sie zu informieren, dass sich die Sache mit dem Brautkleid erledigt hatte. Elisabeth schrieb zurück, dass ihr das Kleid gefallen würde und dass sie vorher für das Makeup vorbeikomme. Nina begann ein wenig, wie auf Wolken zu schweben. Kevin hatte eine weitere gute Nachricht zu bieten, denn Fritz Mittag würde ein Dienstfahrzeug der Polizei zur Verfügung stellen, für welches er einen Blumenschmuck organisieren würde. Der Polizeipräsident hatte dem Wunsch seines Hauptkommissars spontan zugestimmt. Die Blumen auf dem Kühler seien das Hochzeitsgeschenk, insbesondere dasjenige für Nina. Kevin hatte den

Anruf getreulich weitergegeben. „Eigentlich könnte ich schon wieder ein wenig eifersüchtig werden", fügte Kevin noch hinzu. „Der Kommissar holt erst mich ab, dann Marie Haussmann und schließlich dich." Marie hatte noch einmal mit Friedrich Kistner telefoniert, um ihm die positive Entscheidung der Tochter der Braut mitzuteilen, dass sie sich freue, von ihm begleitet und begraben zu werden. Marie gab wörtlich wieder, was ihr Nina erzählt hatte. Friedrich Kistner sollte über die Grabesstimmung des jungen Mädels informiert sein. Außerdem sollte er Eva Friedberger, ihre neue Sicherheitsbeauftragte und ehemalige Polizistin, mitnehmen. Sie könnten dem Polizeifahrzeug folgen und dann Elisabeth, die bereits in der Wohnung ihrer Mutter zugegen war, zu sich an Bord nehmen. Marie hatte sich sehr gewählt ausgedrückt. Sie wollte verhindern, dass der Bestatter bemerkte, dass es ihr schlechter ging, nachdem sie die Hochzeit vorzubereiten half. „Was bekomme ich dafür, Marie?" Seine Stimme kam ihr zu laut vor. „Du kannst dir was wünschen", sagte Marie gedankenverloren. Ununterbrochen musste sie momentan an ihre Heirat mit Max denken, an die Ehe, die nur einen Tag gedauert hatte, an den Verlust ihrer Unschuld, an die ersten Tage im roten Haus, in denen sie sich wie eine Gefangene gefühlt hatte, das dann zu ihrer Wirkungsstätte, ihrer Philosophie und ihrer Heimat geworden war. Sie dachte an die rosafarbene Kleidung ihrer Hochzeitsgesellschaft. Ihre Kolleginnen und Freundinnen aus dem Haus hatten so wunderschön ausgesehen. Die Rückkehr zur Realität brachte die Überlegung, was sie eigentlich als Trauzeugin anzog, mit sich. Und auch das Gefühl, dass sie dringend ein großes Glas Rotwein trinken musste. Aus einem Glas wurden zwei. Schließlich kamen einige Barbesucher. Eva Friedberger bemerkte, dass ihre Chefin nicht ganz auf der Höhe war, und nahm sich am Eingang der Gäste an und führte sie zu Maries Freundinnen, die zu dritt an dem großen runden Tisch saßen, an dem auch die Mahlzeiten im roten Haus eingenommen wurden. Sie schienen sich gut zu unterhalten. Marisa hatte sogar Stricknadeln und Wolle mitgebracht. Es war ein undefinierbares Maschenwerk, an dem sie arbeitete. Als Marie das Glas ausgetrunken hatte, wusste sie, was sie anziehen würde. Fritz Mittag, die junge Frau und der Bestatter würden sowieso in Schwarz kommen, das war ihr klar. Marie besaß neben dem Brautkleid, das sie geschenkt bekommen hatte und jetzt weiterverschenkt hatte, noch ein weiteres fast weißes Kleid. Sie musste es nur kürzen lassen. Als Agnes zu ihr herüberschaute, fragte sie sie, ob sie eine gute Änderungsschneiderei kenne. Sie wolle ein Kleid kürzen lassen. „Welches denn?", fragte Agnes interessiert. „Ach das von damals, das mit dem Federärmel. Ich will es als Trauzeugin anziehen. Durch die Pfauenfedern ist es nicht völlig weiß." „Wenn du meinst", sagte Agnes. „Ich kann es dir kürzen, ich habe eine Nähmaschine. Wir können es morgen abstecken." Marie nickte dankbar.

Die Trauung war sehr stimmungsvoll. Kevin Bauer hatte ein Streich-quartett organisiert. Zu seinen Klängen tanzten sie langsamen Walzer auf der Terrasse des Pavillons. Nina hatte nur einige wenige Takte mit Kevin zur Eröffnung absolviert, als Fritz Mittag sie aus dessen Armen befreite und den Tanz mit ihr fortsetzte. „Du weißt schon, dass du mit dieser Eheschließung einen Fehler begangen hast. Ich habe dein Zögern vor dem Ja-Wort deutlich bemerkt. Es ist, wie es ist. Ich liebe dich, und du liebst mich. Jetzt müssen wir nur noch zueinander finden. Diese erpresste Ehe erschwert es ein wenig, stellt aber kein wirkliches Hindernis dar." Nina blieb abrupt stehen. Sie war wie paralysiert und konnte sich nicht bewegen. Fritz Mittag seinerseits fand den Blick von Eva Friedberger. Mit ihr setzte er den Tanz fort. Kevin trat neben Nina, legte den Arm um ihre Schultern und sie erwachte aus ihrer Starre. Während sie wieder mit Kevin tanzte, sah wie, dass Fritz Mittag seiner Polizistin etwas ins Ohr flüsterte, was diese zum Strahlen brachte. Jetzt war es für Nina ganz klar, dass der Kommissar doch das personifizierte Böse war. Sie nahm sich vor, ihm so gut es ging aus dem Weg zu gehen. Während des Tanzes stand Marie hochaufgerichtet am Rande der Terrasse. Nach einer Weile überließ Friedrich Kistner die schwarzgekleidete Elisabeth dem dritten Glas Sekt und tanzte mit Marie. „Das ist unser erster Tanz. Ihm werden noch viele folgen. Schade, dass deine Federn so bunt sind. Schwarze Schwingen stünden dir besser." Marie fühlte sich seltsam an die Nacht ihrer Entjungferung erinnert. Sie dachte an das Bett, das im Keller des roten Hauses hinter einer schwarzen Statue stand, deren eine Seite zu einem schwarzen Flügel ausgearbeitet war. Was sich damals abgespielt hatte, konnte Friedrich Kistner unmöglich wissen.

Nach dem Hochzeitstanz gab es das mehrgängige Essen im Rosenzimmer des Palmengartenrestaurants. Schließlich wurde die Hochzeitstorte angeschnitten. Sie war mit einem Brautpaar dekoriert. Neben den Füßen der Braut hatte der Konditormeister einen kleinen schwarzen Vogel angebracht. Marie fröstelte, als sie ihn bemerkt hatte. Am Spätnachmittag fand sich die Hochzeitsgesellschaft im roten Haus ein. Es floss Champagner. Marie hatte dafür gesorgt, dass wieder Tango getanzt wurde. Die Stimmung war sehr ausgelassen. Auch Elisabeth war mitgekommen. Die drei anwesenden Barbesucher vergaßen ihre Probleme und schlossen sich den Feiernden an. Immer öfter tanzte Fritz Mittag mit der Braut, wobei er ihr wiederholt sagte, dass sie die Ehe übereilt geschlossen und besser auf seinen Antrag gewartet hätte. Der Kommissar war schon ein wenig angetrunken. Soweit es der Tango zuließ, suchte er den Körperkontakt. Nina, die ebenfalls beschwipst war, ließ es geschehen und versprach ihm, dass sie ihn im Falle einer weiteren Scheidung heiraten würde. Kevin seinerseits hatte Agnes als Tanzpartnerin auserkoren. Der versierten Mitstreiterin Maries war der Flirt des Hauptkommissars mit der Braut nicht entgangen. Sie versuchte daher, den Bräutigam so gut es ging daran zu hindern, nach seiner frisch angetrauten Frau Ausschau zu halten. Friedrich Kistner hatte sich Marie zugewandt, weil Elisabeth eine Weile an der Bar sitzen wollte, um die anderen Frauen und Gäste zu beobachten. Für sie war das Ambiente des roten Hauses neu und aufregend. Außerdem konnte sie nicht Tango tanzen und hatte auch keine Lust, sich die

Schritte erklären zu lassen. Eva Friedberger versuchte Normann Millet anzurufen und zu überreden, dass er den Abend mit ihr im roten Haus verbrachte. Er versprach zu kommen, was er allerdings nicht in die Tat umsetzte, denn er hatte sich überlegt, dass er keinesfalls mit Kommissar Fritz Mittag zusammentreffen wollte. Außerdem meinte Karin, die das Gespräch mitgehört hatte, dass sie doch gerade so gemütlich in der Küche zusammensitzen würden. Sie öffnete eine Flasche und nahm zwei Gläser aus dem Schrank.

Der Polizeiwagen und der Leichenwagen, mit dem Friedrich Kistner gekommen war, blieben im Halteverbot vor dem roten Haus stehen, denn Marie hatte Agnes darum gebeten, drei Taxen zu bestellen. „Es war eine sehr schöne Hochzeit", flüsterte die Braut, bevor sie in den Armen ihres Mannes einschlief, dem es gerade noch gelungen war, ihr das Hochzeitskleid auszuziehen. „Die Hochzeitsnacht holen wir morgen früh nach", flüstere Kevin, bevor auch er einschlief. Fritz Mittag konnte lange nicht einschlafen. Am frühen Samstagmorgen machte er sich zu Fuß auf den Weg zum roten Haus, um das Dienstfahrzeug sicherzustellen. Vom Präsidium aus fuhr er mit der Buslinie 30 zum Panoramabad, wobei er ein Stück laufen musste. Das wilde Schwimmen brachte ihn wieder ins Lot, so dass er sein Frühstück wie jeden Samstag auf dem Erzeugermarkt an der Konstabler Wache einnehmen konnte. Anschließend ging er nach Hause, um aufzuräumen. Dabei fühlte er sich einsam. Er überlegte, ob er einen Besuch im roten Haus machen sollte und entschied, dass er dieses tun sollte. Er fragte sich, warum er die aufkeimende Beziehung zu Nina Michel zerstört hatte, indem er sie aggressiv des Mordes an ihrem ersten Mann bezichtigt hatte. Fritz Mittag hatte die Tendenz, sich alles kaputt zu machen, nie abgelegt. Er bekämpfte die aufkommenden Tränen. Es konnte nicht angehen, dass er zur Heulsuse wurde. Morgen würde er eine lange Radtour unternehmen und unterwegs einkehren. „Wie kann man diese Ehe schnell wieder beenden?", fragte er Marie Haussmann, als er an der Bar des roten Hauses saß. „Na, am besten, wenn der Ehemann am

Tag nach der Hochzeit ermordet wird", erklärte sie, ohne zu lächeln. „Ich werde darüber nachdenken", sagte der Kommissar. Er lächelte. „Danke für den Hinweis." Die Laune von Fritz Mittag war sprunghaft angestiegen.

Nachdem Elisabeth nach Hause gekommen war und sofort in ihr Zimmer gehen wollte, stellte sich ihr Fabian Farberger in den Weg. „Schön, dass du wieder da bist. Ich habe dich vermisst. Magst du mir erzählen, wie es gewesen ist?" Elisabeth war überrascht. „Ja gerne", sagte sie. Fabian nahm sie in die Arme. „Ich habe dich in jeder Hinsicht vermisst." Farberger hatte in Elisabeths Abwesenheit versucht, einen Brief an Thalia zu schreiben. Es waren ihm nicht die richtigen Worte in die Feder geflossen. Er hatte außer „Liebe Thalia" nichts zu Papier bringen können. Der Satz, der auf die Anrede folgen sollte, dass es schön wäre, wenn es einen Neuanfang geben würde, hatte seine Hand gelähmt. Dabei hatte er nur eine unüberwindbare Distanz gefühlt, was ihn schließlich dazu geführt hatte, die Gedanken an den Neuanfang fest in seinem Inneren zu verschließen. Es tat ihm leid, dass er so brutal mit der jungen Elisabeth umgegangen war. Deswegen war Farberger in die Stadt gegangen und hatte einen Ring bei Swarovski gekauft, der ringsum mit vielen bunten Glitzersteinen besetzt war. Der Hochzeitstag der Mutter war der richtige Moment für ein solches Geschenk. „Gib mir deine Hand", sagte er. „Und mach die Augen zu." Elisabeth fühlte, wie er den Ring über ihren Finger streifte. Ihr Herz klopfte wie wild. „Du kannst die Augen aufmachen." „Oh ist der schön ..." In Elisabeths Augen glitzerte es feucht. „Danke, Fabian." Elisabeth umarmte Farberger sehr lange und sehr fest. „Komm, wir gehen schlafen", sagte er und zog Elisabeth hinter sich her. Am nächsten Morgen küsste Farberger seine Bettgenossin zärtlich. „Was möchtest du jetzt unternehmen?", fragte er. „Nachmittags muss ich kurz im Büro etwas erledigen, danach könnten wir essen gehen." „Wollen wir nach Wiesbaden fahren und die Nerobergbahn nehmen?", fragte Elisabeth, die im Radio einen Bericht über die Wiederinbetriebnahme der historischen Bergbahn gehört hatte. „Gute Idee", sagte Farberger. Sie nahmen das Auto und fuhren bis zur Station der Nerobergbahn, oben bewunderten sie die Aussicht und die russische Kapelle, gingen spazieren. Schließlich nahmen sie die Bahn nach unten. Elisabeth flüsterte, während sie angestrengt aus dem Fenster sah, dass man in der Bergbahn auch heiraten konnte. Fabian Farberger hatte ihre Worte nicht gehört. Er schien in Gedanken versunken zu sein. Schließlich suchten sie in der Wiesbadener Innenstadt ein Traditionscafé auf. Nachdem Farberger Elisabeth in der Wohnung abgesetzt hatte, ging er in sein Büro. Elisabeth wollte sich eine Weile hinlegen. Sie war müde. Vorher versuchte sie noch einen Blick auf die Quittung für den Ring zu erhaschen. Vielleicht lag sie auf dem Schreibtisch. Dabei bemerkte sie grob zerrissene weiße Blätter. Es gelang ihr leicht, sie zusammen zu setzen. „Liebe Thalia, es würde mich …" ergab der eine Bogen. Das wiederhergestellte zweite Blatt enthielt die Anrede. Nach dem Komma folgte „nichts würde mich". Elisabeth nickte vor sich hin. Es lag klar auf der Hand. Er wollte ihr schreiben, hatte aber noch nicht die entscheidenden Worte gefunden. Gut, dass ich das weiß, dachte Elisabeth und verschob die Papierteile wieder. Dann lief sie in ihr Zimmer und schmiss sich auf ihr Bett. Plötzlich bemerkte sie, dass ihre eine Wange feucht geworden war. Sie zog die Bettdecke über sich, ohne sich die Mühe zu machen, sich auszuziehen. Bald war sie fest eingeschlafen. Farberger weckte sie mit einem Kuss. „Wach auf, Süße, wir wollen essen gehen. Mach dich schön." Er hatte in einem kleinen exklusiven argentinischen Steakhaus, das nur über wenige Tische verfügte, zwei Plätze reserviert. Elisabeth wählte wieder ein schwarzes Kleid. Für Paris hatte sie mit der Praktikumsvergütung noch zwei weitere Modelle erworben. Heute Abend sollte es das kürzere der beiden Kleidungsstücke sein. Sie stopfte in ein silbernes Handtäschchen ihr Telefon, etwas Geld, ein Taschentuch und Kaugummis sowie den Schlüssel zur Wohnung ihrer Mutter. Sie beschloss, ihn ihr zurückzugeben, um nicht unverhofft Kevin Bauer in die Arme zu laufen. Sie ahnte schon, dass er sich dort festsetzen würde. Allerdings hatte ihre Mutter beschlossen, mit ihrem neuen Mann noch einmal drei Tage nach Paris zu reisen, so dass sie den Schlüssel während der Hochzeitsreise noch behalten konnte. Paris sei der Dreh- und Angelpunkt für Kevin und sie, hatte Nina Michel allgemein erklärt.

Das Essen in dem kleinen Lokal in der Nähe des Hilton Hotels war sehr nett gewesen. Elisabeth verstand sich gut mit den netten jungen Männern, die den Service versahen. Sie kam in Fahrt und erzählte Farberger von dem Bestatter, dem sie im Anschluss an die Hochzeit ein Rendezvous versprochen hatte. „Das sagst du ab", erklärte er kategorisch und küsste ihr die Hand. Auf die gemeinsame Nacht folgte ein ausgiebiges Frühstück. Nach einem langen Spaziergang am Mainufer ließen sie sich Pizza kommen. Am Montag im Büro erhielt Elisabeth überraschend den Anruf von Fritz Mittag. Ihre Mutter sei doch verreist und sie habe wichtige Unterlagen aus dem Präsidium in ihrer Wohnung. Ob sie einen Schlüssel zu der Wohnung hätte. Elisabeth bejahte. Der Hauptkommissar hatte Elisabeth auf die Straße vor das Haus ihrer Mutter bestellt, wo er mit seinem Dienstwagen in zweiter Reihe parkte. Er ließ sich den Schlüssel aushändigen, wollte aber im Moment nicht nach den Unterlagen schauen und fragte, ob er ihn für eine Weile ausleihen könne. Elisabeth nickte.

34

Mutter und Tochter waren erst am Tag nach ihrer Ankunft in das Café von Thalias Vater gegangen. Er hatte sich verändert. Sein dunkles Haar war grauer geworden, er sah braungebrannt aus und seine Erscheinung war sehr drahtig. Der Kaffeehausbesitzer hatte die beiden Frauen nicht sofort erkannt, zumal sie beide Sonnenbrillen trugen. Schließlich trat Thalia an die Theke. „Papa, erkennst du mich nicht?" Peter schüttelte den Kopf. Doch dann hielt er inne, legte den Kopf schräg. „Thalia, mein Kind. Was bist du so schön geworden." Er stürzte um die Theke herum, wobei er anstieß und sich heftig weh tat. Der Kaffeehausbesitzer ignorierte den Schmerz und schloss seine Tochter in die Arme. „Du siehst blass aus, mein Liebling. Wie geht es dir? Wie gut, dass du endlich den Weg zu deinem alten Vater gefunden hast. Jeden Tag habe ich irgendwo auf dich gewartet. Ich wusste, dass du eines Tages hierherkommen würdest." „Willst du nicht Mama begrüßen?" Thalia war leicht verunsichert. „Doch, das will ich, mein Liebling." Peter zog Thalia noch einmal an sich, um sich dann seiner geschiedenen Frau zu nähern. „Amelia, du wirst auch immer schöner. Wie geht es euch? Macht ihr hier Urlaub? Lindos ist so wunderschön." „Eigentlich machen wir schon hier Urlaub. Thalia war im Krankenhaus. Deshalb sieht sie auch etwas mitgenommen aus." Amelia wollte gleich zur Sache kommen. Plötzlich trat eine Frau aus der Küche des Cafés auf sie zu. Sie hatte lange blonde und etwas strähnig wirkende Haare. Die Sonnenbräune hatte etliche Falten in ihr Gesicht gegraben. Über einem ausgeleierten weißen Kleid trug sie eine bunte Schürze, an der sie sich gerade die Hände abtrocknete. „Wie man bis hinten gehört hat, haben wir gerade Familienbesuch." Sie streckte erst Amelia die Hand entgegen und dann Thalia, deren zarte Hand sie festhielt. „Schön, dass du den Weg zu deinem Vater gefunden hast." Als sie sich an einen Tisch gesetzt hatte, gab es einen Frappé. Es war gerade kein

Betrieb in dem kleinen Café. Eine kleine Gesprächspause entstand, in der Peter damit beschäftigt war, seine Tochter anzustrahlen. Schließlich dämpfte er das Lächeln in seinem Gesicht, bevor er zu erzählen begann. „Übrigens hast du hier auch einen Bruder, einen Halbbruder. Er kommt aber nur am Wochenende nach Lindos. Wenn du dann noch da bist, kannst du ihn kennenlernen. Er arbeitet auf der Flughafenbaustelle. Er ist genau wie ich auch Bauingenieur geworden. Aber rar, wie die Stellen in Griechenland sind, muss er meistens als Bauarbeiter arbeiten." Thalia sah ihre Mutter erstaunt an, bevor sie begriff, dass es der gemeinsame Sohn von ihrem Vater und der blonden Frau war, der ihre Hand ergriffen hatte. Die Blonde hatte die Exfrau ihres Lebensgefährten bisher nicht in das Gespräch einbezogen. Jetzt wandte sie sich an Amelia. „Sie haben Ihre Tochter nur hierher begleitet, damit sie sicher bei uns ankommt, vermute ich. Die Arme ist so blass. Sie sollte sich hier länger erholen. Außerdem wäre es doch schön, wenn Vater und Tochter eine Weile für sich wären. Wann reisen Sie wieder ab?" „Wir wollten gemeinsam fünf Tage bleiben und zusammen zurückfliegen." Amelia hat Mühe, sich zu beherrschen. Peter drehte sich zu Thalia um. „Du musst aber länger bleiben. Ich bin dein Vater. Du musst nach so vielen Jahren deinem Vater eine Chance geben, dein Vater zu sein. Amelia, du kannst doch nicht dagegen sein." Widerwillig stimmte die Mutter zu, dass sie ohne ihre Tochter zurückflog. „Lass uns aber erst über Thalias Krankheit sprechen. Sie hat Leukämie. Du kommst als Knochenmarkspender infrage. Wenn es ihr sehr schlecht geht, musst du nach Frankfurt kommen und spenden. Versprichst du das, Peter?" Amelia sah ihren Exmann ernst an. „Ja, ich verspreche es. Mein Sohn Giorgio kann günstige Flugtickets besorgen. Der Flughafen von Rhodos wird übrigens von Fraport betrieben." „Ich muss jetzt in die Küche. Wir haben einige Gäste, die mittags hier einen Vorspeisenteller essen." Die blonde Wirtin erhob sich. „Ja, mach das, Lisa. Ich komme gleich und helfe dir." „Ich freue mich so, dass ihr da seid", sagte Peter. „Das gilt auch für dich, Amelia. Ich hoffe, dass es wenigstens um deine Gesundheit gut bestellt ist. Morgen früh kann ich euch einige schöne Ecken in Lindos zeigen, und wir können meine Esel nehmen, um auf die Akropolis zu reiten. Den Betrieb morgens schafft Lisa allein. Seid ihr gut untergebracht?" Amelia nickte. „Wir haben ein All-inclusive-Angebot gebucht." Peter schüttelte den Kopf. „Das sind die Sachen, die mir das Geschäft verderben. Wir leben aber trotzdem ganz gut. Es ist das Ambiente, das uns trotz der Angebote in den Hotels Kunden bringt." Er deutete auf die blauen Holzstühle und winkte zum Abschied. „Ihr kommt morgen früh hier vorbei, wenn ihr fertig seid."

Mutter und Tochter schlenderten zum Strand in der Nähe ihres Hotels. Sie wollten vor dem Mittagsbuffet noch im Meer baden. „Es lief doch ganz gut", sagte Thalia zu ihrer Mutter. „Ich hätte es mir schwieriger vorgestellt, Papa nach fast zwanzig Jahren wieder zu sehen. Außerdem habe ich kein einziges Mal an Fabian gedacht, so aufgeregt war ich, und an Jan sowieso nicht. Fabian schreibe ich eine Postkarte. Im Hotel gibt es bestimmt welche." Am Spätnachmittag saßen die beiden Frauen am Pool und tranken einen Cocktail. Thalia machte ein Foto ihrer Mutter. Amelia schickte das Bild an Schönfelder mit Grüßen aus Lindos. Sie besuchten Peter jeden Tag im Café. Am Abend vor dem Rückflug lernten Mutter und Tochter den Halbbruder der Tochter kennen. Giorgio war ein paar Jahre jünger als Thalia und sah unverschämt gut aus. Er war breitschultrig, schmalhüftig. Haselnussfarbige Locken umrahmten ein gleichmäßiges Gesicht, in den hellgrünen Augen schien sich das Blau der Unendlichkeit zu spiegeln. Thalia war ganz fasziniert von ihrem neuen Bruder. Sie war nahezu hingerissen. „Alle Frauen im Ort mögen Giorgio. Du bist keine Ausnahme, aber er hat einen stolzen Charakter. Sie lassen ihn alle kalt." Während er das sagte, legte Peter einen Arm um die Schultern seines Sohnes. Na, das wird sich zeigen, dachte Thalia. Auch Giorgio schien Gefallen an seiner älteren Halbschwester zu finden. Zwar sah er viele gut gekleidete, auch elegante Frauen am Flughafen, aber seine Schwester schien doch eine Ausnahmeerscheinung zu sein. Thalia war nicht traurig darüber, dass Lisa und Peter darauf drängten, dass die besorgte Mutter den geplanten Rückzug antrat.

„In einem Hotel außerhalb von Lindos ist samstags abends Disco. Gehen wir zusammen hin?", fragte Giorgio seine neue Schwester. „Ich kann auch fahren." Thalia nickte begeistert. Sie tranken und tanzten. Der DJ war phänomenal. Schließlich küsste Giorgio Thalia. „Nur so unter Geschwistern", sagte er. Mit überhöhter Geschwindigkeit rasten sie vor dem Morgengrauen nach Lindos zurück. Der Wagen wurde kurz vor dem Ort aus der Kurve getragen und stürzte ab. Die Geschwister wurden erst Stunden später lebensgefährlich verletzt in dem Auto aufgefunden. Peter informierte Amelia über den Unfall. Obwohl sie kaum zu Hause war, wollte sie sofort nach Rhodos zurückfliegen. Peter konnte sie davon überzeugen, dass er und Lisa alles tun würden und sie auf dem Laufenden hielten. Überdreht, wie Amelia war, lief sie sofort zu Thalias WG und hoffte, Jan Jurak anzutreffen. Tatsächlich hatte sie Glück. Der schlaftrunkene Arzt war anwesend. Leicht irritiert und sichtlich gestört durch den Besuch bot er Amelia eine Sitzgelegenheit an. „Was führt Sie hierher, Frau Thalheimer? Wie geht es Thalia?" „Es geht um Thalia. Ich wollte Sie darüber informieren, dass sie einen schweren Autounfall hatte." „Wie ist das passiert, ist sie schwer verletzt?", fragte Jan Jurak neutral. Amelia hatte das Gefühl, dass die Nachricht ihn nicht besonders beeindruckte. In kurzen Worten erzählte sie von der Rhodos-Reise und dass Thalia noch eine Weile bei ihrem Vater und dem neu entdeckten Halbbruder habe bleiben wollen. „Bestellen Sie ihr bitte viele Grüße und dass ihre Sachen hier ausgeräumt werden müssen. Ich gehe davon aus, dass Thalia hier nicht wieder einziehen wird." Jetzt seufzte der junge Arzt. „Wir haben beide die Erfahrung gemacht, dass man die Zeit nicht zurückdrehen kann. Um zu erfahren, dass wir nicht wieder wie früher zusammen sein können, war es gut, dass es den Versuch dafür gegeben hat." Jan Jurak machte eine Pause und überlegte. „Vielleicht ist es gut, dass sie jetzt

am Heimatort ihres Vaters im Krankenhaus liegt. Die Knochenmarkspende sollte in diesem Zusammenhang realisiert werden. Vielleicht
können Sie das so weitergeben, Frau Thalheimer." Thalia stand auf,
bedankte sich für den Hinweis und die Anteilnahme, von der sie nicht
sehr viel verspürt hatte. „Übrigens werde ich demnächst Oberarzt. Viel
Glück!", rief er ihr noch hinterher. Der Besuch in der WG hatte Amelia
auf den Boden der Tatsachen zurückgeholt. Sie kehrte in ihre Wohnung zurück. Von dort aus rief sie Fabian an. Er reagierte völlig anders
als der Arzt. „Ich werde morgen alles Erforderliche veranlassen und
nach Rhodos fliegen und nicht ohne Thalia zurückkommen." Amelia
kamen die Tränen. „Du liebst sie wirklich und ohne Vorbehalt." „Ich
werde dich täglich anrufen, Schwiegermama. Mach dir bitte nicht zu
viele Sorgen. Thalia ist stark. Alles wird gut werden."

Als Nächstes redete Farberger mit Elisabeth. „Du musst mich verstehen, Elisabeth. Ich bin noch mit Thalia verheiratet. In der Situation ist es
selbstverständlich, dass ich mich um sie kümmere. Ich werde sie hierher
zurückholen. Solange ich auf Rhodos bin, kannst du hier noch bleiben.
Wenn ich mit meiner Frau zurückkomme, müsstest du dann zu deiner
Mutter ziehen. Natürlich kannst du in meiner Firma bleiben. Es tut mir
leid, dass ich dir gerade jetzt wieder Hoffnungen gemacht habe. Als ich
das tat, habe ich geglaubt, dass es für uns eine Zukunft geben kann,
und ich war nahe daran, es in meinem Innersten zu fühlen." Elisabeth
warf sich Farberger an den Hals und klammerte sich an ihn. „Bitte tu
mir das nicht an Fabian. Verlass mich nicht. Wir passen doch so gut
zusammen." Farberger schüttelte die junge Frau brutal ab. „Elisabeth, sei
doch bitte vernünftig." Unter lautem Weinen rannte die junge Frau in
ihr Zimmer, griff nach ihrer Handtasche und verließ Türen schlagend
die Wohnung. Zu dumm, dass der Kommissar die Schlüssel zur Wohnung ihrer Mutter an sich genommen hatte. Er musste sofort kommen
und ihr aufschließen bzw. ihr die Schlüssel zurückgeben.

Fritz Mittag hatte Elisabeth nicht angelogen. Bei seinem Pariser
Kollegen hatte er einen Untersuchungsbericht zum Tod von Hans Mi-

chel angefordert. Dieser war einen Tag vor Antritt der Hochzeitsreise eingegangen. Da das Papier auf Französisch verfasst war, hatte er Nina um eine Übersetzung gebeten. Sie hatte es offenbar vor Feierabend nicht mehr geschafft und die Unterlage mit nach Hause genommen. Ob es womöglich bereits dort eine Übertragung ins Deutsche gab, wollte er überprüfen, auch, ob Nina Michel ein sie möglicherweise belastendes Dokument hatte verschwinden lassen oder verändern wollen. Die Datei war aus Paris zum einmaligen Herunterladen übermittelt worden, auch enthielt sie einen Kopierschutz. Gegebenenfalls musste er sie erneut anfordern, aber das wäre höchst unprofessionell gewesen.

Elisabeth aktivierte in ihrem Telefon eine Nummer, die sie für die des Kommissars hielt und hatte Glück, er antwortete ihr sofort. „Ich muss die Schlüssel zur Wohnung meiner Mutter haben." „Warum, was ist passiert?" „Ich muss dort einziehen", rief die junge Frau klagend in ihr Telefon. „Warum denn, Sie wohnen doch bei dem Herrn Farberger." „Er hat mich rausgeschmissen, weil seine Frau in Griechenland einen Autounfall hatte. Jetzt will er hinfahren und sie dort abholen, sobald sie transportfähig ist und sie wieder bei sich aufnehmen. Er ist so gemein." „Beruhigen Sie sich bitte. Wir treffen uns in einer Stunde vor dem Haus Ihrer Mutter." Fritz Mittag bemerkte, dass seine lange verdrängten Vatergefühle zurückkehrten. Jedenfalls war es eine Art von Inbesitznahme und Beschützerinstinkt, den das Telefongespräch in ihm wachgerufen hatte. Er schaute im Bad in den Spiegel und machte sich auf den Weg. Sein Fahrrad hatte er vor dem Haus angekettet.

35

Elisabeth saß auf der Stufe zum Eingang des Wohnhauses ihrer Mutter. „Hallo, da bin ich", begrüßte der Kommissar die junge Frau. Sie erwiderte den Gruß nicht und stand auf, während Fritz Mittag die Tür aufschloss. „Wo sind denn deine Sachen?", fragte Fritz Mittag mit Blick auf Elisabeths kleine Handtasche. Er hatte sie einfach geduzt. „Noch bei Farberger, die müssen Sie für mich abholen. Ich setze da keinen Fuß mehr rein." Elisabeth dachte nach. „Danke, dass Sie gekommen sind. Und Entschuldigung, dass ich nicht Hallo gesagt habe." Fritz Mittag legte die Hand auf ihre Schulter. Elisabeth sah sich in der Wohnung ihrer Mutter um. Sie kam ihr fremd vor. Sie überlegte, wo sie schlafen sollte. Es gab das Ehebett und die Couch im Wohnzimmer. Über dem Stuhl im Schlafzimmer lag sorgsam ausgebreitet das voluminöse Hochzeitskleid. Irgendwie fand Elisabeth keinen Platz für sich. Sie stellte sich vor, wie sie im Sessel vor dem Fernseher saß. Ihre Mutter und ihr neuer Vater kamen von der Hochzeitsreise zurück und bekämen große Augen bei ihrem Anblick. Elisabeth fühlte förmlich das verlegene Schweigen, dem die halbherzigen Bekundungen, dass man sich freue, folgten. „Ich weiß nicht, wohin ich soll", sagte Elisabeth weinerlich zu Fritz Mittag, der die Papiere auf dem Schreibtisch von Nina Michel durchsah. „Du kannst mit zu mir kommen. Ich habe Töchter in deinem Alter. Du musst keine Angst haben." Elisabeth riss die Augen auf. Spontan fühlte sie eine tiefe Dankbarkeit in sich aufsteigen. „Wenn du deine Praktikantenstelle in der Immobilienbranche aufgeben willst, kannst du auch ein Praktikum bei der Polizei absolvieren." „Wie gut, dass Sie den Schlüssel meiner Mutter wollten", sagte Elisabeth und strahlte. Sie ging in die Küche, um sich einen Kaffee zu kochen. „Wollen Sie auch einen?", fragte sie. Fritz Mittag stellte mit Befriedigung fest, dass sein väterlicher Einsatz ein voller Erfolg war.

Schließlich hatte er den Bericht aus Paris gefunden. Nina Michel hatte tatsächlich eine Übersetzung angefangen, dann aber alles durchgestrichen und die Blätter sorgsam unter anderen Papierstapeln verborgen. Laut einer Augenzeugin hatte Nina Michel ihren Exmann Hans Michel erstochen und war weitergegangen, als wäre nichts passiert. Aus Angst vor der Kaltblütigkeit der Täterin hatte sich die Zeugin ruhig verhalten. Also doch. Oder doch nicht? Hatte Nina Michel frei fantasiert? Sie konnte unmöglich, nachdem sie einen Mord begangen hatte, so unbeschwert ihrer Wege gehen. Fritz Mittag nahm das Original an sich und legte die Übersetzung an ihren Platz zurück. Dabei fiel sein Blick auf ein kleines Messer, das neben diversen Stiften in einer Dose steckte. Er griff vorsichtig mit einem Stück Papier danach und legte es zwischen die Blätter des Originalausdrucks. Die junge Frau hatte nichts davon bemerkt. Fritz Mittag wollte das Messer zur Untersuchung an die KTU geben. „Komm, Elisabeth, wir gehen. Was möchtest du zum Abendessen haben? Ich könnte Spaghetti Bolognese kochen." „Spaghetti wären perfekt. Danke." Fritz Mittag schlug vor, dass er gleich Elisabeths Sachen bei Farberger abholen würde. Sie sollte sich an den Brunnen auf dem Opernplatz setzen und auf sein Fahrrad aufpassen. Nach einer guten halben Stunde kam Fritz Mittag zurück. Er schulterte eine große Reisetasche und zog einen Rollkoffer hinter sich her. „Farberger hat mir geholfen, deine Sachen zu finden, obwohl er selbst damit beschäftigt war, für Griechenland zu packen." Auf dem Weg zu seiner Wohnung erzählte Fritz Mittag dies und das über die Fressgasse, die Zeil und die mit dieser Umgebung verbundenen Verbrechen der letzten Zeit. Er betonte, dass seine Kundschaft weitgehend im Bahnhofsviertel zu finden sei. Sie hatten noch einen kurzen Abstecher ins rote Haus gemacht. Fritz Mittag hatte Marie Haussmann und Eva Friedberger darüber informiert, dass Elisabeth Michel jetzt für einige Tage bei ihm wohnen würde. Er verschwieg, dass er sich mit seinem Pariser Kollegen in Verbindung setzen würde, um über die Nichtauslieferung der Mutter der jungen Frau zu reden, sobald das

Ergebnis der minimalen Blutreste, die sich am Einschluss der Klinge in dem Schaft gefunden hatten, vorlag. Er hatte keine Zweifel, dass es sich um das Blut des Getöteten handelte. Nina Michel war deutsche Staatsbürgerin. Die Straftat wurde an einem Deutschen verübt. „Eine Tochter würde auch gut zu Ihnen passen", sagte der Kommissar zu Eva Friedberger, bevor er sich verabschiedete. „Elisabeth kann auch bei uns wohnen", rief Marie dem Beamten und seiner jungen Begleiterin noch hinterher. Das ungleiche Gespann hörte ihre Worte nicht mehr.

In seiner Wohnung wies Fritz Mittag der jungen Frau die Ausziehcouch in seinem Arbeitszimmer zu, gab ihr Bettzeug und frische Bettwäsche. Außerdem entschloss er sich spontan dazu, Elisabeth im Gegenzug seinen Haustürschlüssel zu geben. „In einigen Tagen werden wir eine andere Lösung finden. Vielleicht willst du zurück nach Paris oder du bleibst in Frankfurt und wohnst alleine. Sag mal, Elisabeth, ist dein Vater eigentlich Franzose geworden?" Sie hatten sich darauf geeinigt, sich gegenseitig zu duzen. Elisabeth sah ihn erstaunt an. „Nein, wieso? Er ist Deutscher geblieben." Fritz Mittag wechselte das Thema. „Erzähl mir etwas von deiner Mutter." Elisabeth berichtete, was sie über ihre Mutter wusste. „Ich glaube, dass sie einen Fehler gemacht hat, indem sie Kevin Bauer geheiratet hat." Fritz Mittag dachte, dass sie den Fehler schon etwas früher begangen hatte, indem sie ihren Exmann erstochen hatte. Es war eine Unsitte von vielen Frauen, dass sie ein Messer bei sich führten.

Elisabeth erledigte lustlos die Aufgaben in Farbergers Büro und dachte ernsthaft daran, das Praktikum im Polizeipräsidium anzutreten, das ihr Fritz Mittag noch einmal in Aussicht gestellt hatte. Abends wollten sie zusammen kochen. Der Kommissar hatte Elisabeth schon am zweiten Abend vorgeschlagen, ihn ins Schwimmbad zu begleiten. Er zeigte ihr, wie man kraulte.

Schließlich war Nina Michel wieder an ihren Arbeitsplatz zurückgekehrt. Umgehend tauchte der Ermittler bei ihr auf. „Herr Ehringer ist nicht im Haus", sagte sie bei seinem Eintreten. „Ich wollte ihn gar nicht sprechen. Es interessiert mich viel mehr, wie es in Paris gewesen ist. Haben sich die französischen Kollegen noch einmal mit dir unterhalten?" „Oh, nein. Wieso hätten sie das tun sollen? Sie wussten gar nicht, dass ich dort war." „Du wirst also nicht gesucht?" „Nein, was stellst du mir für merkwürdige Fragen? Einmal flüsterst du mir nach meiner Hochzeit ins Ohr, dass du mich liebst und tanzt ständig mit mir, dann wieder hältst du mich für eine Verbrecherin.". „Da hast du vollkommen recht. Beides trifft zu. Allerdings habe ich hier einen Haftbefehl. Aufgrund der Beweislage muss ich dich wegen Mordes an Hans Michel festnehmen. Du wirst vor ein deutsches Gericht gestellt." Während er das sagte, öffnete er die Tür. Die beiden Streifenbeamten, die vor der Tür gewartet hatten, traten ein. „Ich werde mich bei Jacques Ehringer über Sie beschweren", schrie Nina, die wild um sich schlug. Sie war zu einer regelrechten Furie geworden. Die ruhige unscheinbare Frau war verschwunden. Eine gewaltbereite Kämpferin war an ihre Stelle getreten, deren Haare vom Kopf abstanden und deren Gesichtszüge völlig verzerrt wirkten. Hasserfüllt entblößte sie die Zähne, bevor sie versuchte, die Beamten zu beißen, um sich gegen die Handschellen zu wehren, was ihr nicht gelang. „Hören Sie auf Frau Michel, das ist Widerstand gegen die Staatsgewalt. Herr Ehringer ist informiert. Er weiß, dass ich Sie heute verhafte. Die Beweislage ist erdrückend. An dem bei Ihnen sichergestellten Messer befindet sich das Blut des Getöteten." Der Hauptkommissar trat einen Schritt zurück. Auch er war zum Sie zurückgekehrt. Eine merkwürdige Ruhe machte sich in ihm breit, als er bemerkte, wie der Widerstand der Tatverdächtigen in sich zusammenbrach. Jetzt konnte er ihr mitteilen, dass er dafür sorgen würde, dass Elisabeth vorübergehend in ihre Wohnung ziehen würde, nachdem sie bei Farberger rausgeflogen sei. Sie könne sich daher dort um alles kümmern, für ihre Mutter eine Tasche packen. Er beabsichtige, sie dorthin zu begleiten, um sicherzustellen, dass Kevin Bauer die Wohnung verließ, die Schlüssel zurückgab, bevor er wieder seine eigenen Räumlichkeiten bewohnte. „Wahrscheinlich wird er die

Ehe annullieren lassen", mutmaßte Fritz Mittag. „Aber das dürfte Ihr geringstes Problem sein. Ich hatte auf Ihre Scheidung gehofft, aber unter den neuen Umständen interessiert sie mich nicht mehr."

Sehr zufrieden mit sich kehrte der Kommissar in sein Büro zurück. Umgehend rief er Eva Friedberger an. „Ihrem Antrag auf Umsetzung zu mir wurde stattgegeben. Sie können Ihre Tätigkeit bei mir am 16. des Monats antreten. „Ach übrigens freue ich mich auf die Zusammenarbeit. Wer weiß, vielleicht ergeben sich Kinder daraus. In jedem Fall wird sie Früchte tragen." Eva Friedberger verstand nicht, was Fritz Mittag meinte. Sie wusste gar nicht, ob sie überhaupt noch für ihn arbeiten wollte. Reflexhaft sagte sie jedoch, dass auch sie sich freue und ihm für die Chance danken würde. „Noch etwas, Frau Friedberger. Fahren Sie doch im Krankenhaus vorbei, in dem die junge Ukrainerin liegt. Es soll ihr etwas besser gehen. Stellen Sie fest, ob das stimmt." Eva Friedberger war überrascht, dass ihr Name kein Problem mehr war. Sie nickte in das Telefon, bevor sie auflegte.

Amelia konnte sich nicht dazu entschließen, Joseph Schönfelder sofort anzurufen. Nicht vor ihrem ersten Arbeitstag nach dem Urlaub und nicht danach, als sie müde nach Hause gekommen war. Wie jeden Abend telefonierte sie mit Fabian Farberger, der sich mittlerweile in Rhodos aufhielt. Thalia schien es besser zu gehen. Fabian schwor, dass er nicht ohne sie zurück nach Deutschland käme.

Dieser Tage hatte die Gerichtsverhandlung für Normann Millet stattgefunden. Das Urteil führte zu einer weiteren Bewährungsstrafe, denn seine Schwägerin hatte sich entschlossen, zu Gunsten des Angeklagten auszusagen, nachdem sich Joseph Schönfelder mit ihr beraten hatte. Als sich Normann Millet gerade bei Joseph Schönfelder bedankte, trat Sonja Millet auf ihn zu. „Herzlichen Glückwunsch, Normann. Ich wollte mich bei dir entschuldigen, dass ich so unfreundlich zu dir war, und vorschlagen, dass du gerne in die Villa zurückkommen kannst. Wir wohnen dort wieder, und es ist so leer. Rachel vermisst dich auch sehr." Normann Millet sah seine Schwägerin an, dann atmete er tief durch. Ja, das würde er tun. Er war das Tauziehen um seine Person zwischen Eva und Karin leid. Auch das Altersheim hatte er über. Dort würde er aber vielleicht einmal in der Woche als Ehrenamtlicher weitermachen. Schließlich hatten sie ihm eine Chance gegeben. Die Villa und alles, was dazugehörte, war sein Leben gewesen. Er fand es folgerichtig, dass er den Platz seines Bruders einnahm, den er leergeräumt hatte. Er würde sich bemühen, Rachel ein Ersatzvater und Christians Witwe ein guter Mann zu sein. Ein Lächeln glitt über sein Gesicht. Dass heute seine Verhandlung gewesen war, hatte er Eva verschwiegen. Demnächst wäre er einfach weg.

Am Samstag sollte Thalias Rücktransport in die Uniklinik Frankfurt erfolgen. Fabian Farberger hatte kurzerhand mit Hilfe Jan Juraks den Intensivtransporthubschrauber Christoph Mittelhessen organisiert. Der Flug war sehr anstrengend für die Patientin gewesen. Unterwegs hatte Farberger Jan Jurak angerufen und ihr baldiges Eintreffen angekündigt. Bei der Landung auf dem Klinikgelände war Thalia ohne Bewusstsein. Jan Jurak kam mit wehendem Kittel herbeigeeilt, als sich die Rotoren noch drehten. Doch dann zögerte er einen Moment. Als er sich über die junge Frau beugte, war sie eine Patientin wie alle anderen auch. Der Arzt arbeitete ohne Empathie, weil sein Herz sich verschlossen hatte. Er würde selbstverständlich alles tun, um ein Leben zu retten, um zu helfen und zu heilen, wie es das ärztliche Ethos verlangte. Die Hubschrauberpiloten übergaben ihm den Arztbrief der Klinik in Rhodos. Nach der Erstversorgung studierte Jurak den englischen Text. Thalia Farberger würde zweifellos völlig wiederhergestellt werden und der in Lindos ansässige Vater käme gegebenenfalls für eine Knochenmarkspende infrage. Bei einem seiner täglichen Besuche in dem Krankhaus in Rhodos hatte er sich testen lassen. Jurak begab sich in das Zimmer der Patientin. Fabian Farberger saß auf der Bettkante und hielt die Hand seiner Frau. „Sie kennen den Befund?", fragte der junge Arzt. „Nicht genau, mir wurde immer einiges mündlich mitgeteilt, wovon ich nie genau wusste, ob ich es richtig verstanden habe.

Es sieht wohl ganz günstig aus?" Der Immobilienkaufmann sah den Arzt voll ängstlicher Erwartung in die Augen. „Ja, sie wird in jeder Hinsicht wieder ganz gesund werden. Ich denke, dass Sie sie bald nach Hause holen oder in eine Rehaklinik bringen können. Das wird sich in den nächsten Tagen entscheiden." „Haben Sie schon Thalias Mutter informiert?" Farberger stellte fest, dass es für Jan Jurak ganz selbstverständlich zu sein schien, dass Thalia wieder in das Leben an seiner Seite eingebunden wurde. Fabian Farberger spürte, während er Thalias Hand hielt, dass auch sie es wollte. Ein tiefes Glücksgefühl durchströmte ihn. Er wählte die Nummer seiner Schwiegermutter.

Es war Samstagabend. Amelia trug ein schwarzes Kleid. Sie hatte eine Flasche Sekt geöffnet und stand mit dem Glas in der Hand auf dem Balkon. Sie hielt ihr Telefon in der Hand und überlegte, ob sie endlich Joseph Schönfelder anrufen sollte, bevor sie den Anfang von „1900" seinen Lauf nehmen ließ, als sie durch das Signal eines eingehenden Gesprächs erschreckt wurde. Nach dem Gespräch mit Fabian klang der Filmbeginn wie ein lautes Jubeln über Verdis Tod. Er lebt, vielmehr sie lebt, sie wird wieder ganz gesund. Auch Amelia musste ihre Freude herausschreien. „Sie wird leben", rief sie über die Straße in Richtung der stillen Friedhofsmauer. Als sie ein Auto abrupt bremsen hörte, fiel ihr Blick auf die Fahrbahn. Schönfelder hatte vor dem Haus, in dem Amelia wohnte, eine Parklücke gesehen. Er setzte zurück, parkte ein, stieg aus und sah nach oben. Amelia winkte und trat näher an die Balkonbrüstung. „Dich schickt der Himmel", rief sie. „Gerade habe ich überlegt, ob ich dich anrufen soll. Wir müssen feiern." „Das habe ich gespürt. Du bist schließlich meine Frau. Darf ich hereinkommen?" Amelia betätigte den Türöffner, stellte die Flasche ab und umarmte Joseph Schönfelder. „Du bist es", sagte sie in einem erhabenen Tonfall, als sie ihn wieder losließ. Mit dem Finger fuhr sie so leicht über seine Schläfen, Nase und Lippen, dass es fast keine Berührung war. Schönfelder verstand das Versprechen, das in dieser Geste lag. Es handelte von Nähe und Respekt, eingebettet in Zärtlichkeit.

Marie stand schwarz gekleidet in der geöffneten Tür des roten Hauses. Sie trauerte um Antoine. Ihr Blick war auf das Ende der schmalen Straße gerichtet. Sie nahm nicht wahr, was sie sah und dachte nur, dass es schön wäre, jetzt eine dunkle Zigarette zu rauchen, eine von denen, die Antoine manchmal in der Hand hielt, wenn er sich entspannen wollte. Wenigstens das. Wehmut schnürte ihr den Hals zu. Die dunkle Gestalt, die im Gegenlicht auftauchte, entging ihr. Plötzlich hatte sie den Eindruck, dass Antoine neben sie getreten war. Marie sah sich um und bemerkte Friedrich Kistner, der immer noch einen Wunsch frei hatte. Sie hustete. „Komm rein", sagte sie schließlich wirsch. „Ich will nicht hereinkommen", sagte Kistner, dem Maries unfreundlicher Tonfall nicht entgangen war. „Elisabeths Telefonnummer, kann ich sie bitte haben? Ich möchte sie einladen." „Ich muss sie suchen. Mein Telefon liegt auf dem Tresen, also musst du dich doch hereinbequemen", entgegnete Marie. Sofort bemerkte sie die eingegangene Kurzmitteilung. „Moment", sagte sie und begann zu lesen. „Ma Cherie, ich habe in dem Tumult gespürt, es ist etwas passiert, dass ich sofort nach meiner Mutter sehen muss. Es geht ihr mittlerweile wieder gut. Sie hatte einen Herzinfarkt. Bald komme ich zu dir zurück und dann beantrage ich die Scheidung. Warte auf mich, Marie. Ich liebe dich." Friedrich Kistner hatte das Gefühl, dass Marie plötzlich von einer gleißenden Sonne umgehen war. Ihr Gesicht strahlte so hell, dass er fast geblendet wurde. Er griff nach seiner Sonnenbrille.

Die Autorin hat in Frankfurt am Main Germanistik studiert und war in der Wissenschaftsverwaltung tätig. Sie ist Co-Autorin der Reihe Mord am Main. Der Kriminalroman „Schwarze Kleider" knüpft an den Krimi „Das Rote Haus" an, der 2019 unter dem Pseudonym Anna Becker erschien.